Mala Niem

Ich sehe Deine Stimme

Mala Niem

Ich sehe Deine Stimme

ORIGINALAUSGABE
Ungekürzt

©Copyright/Originalausgabe 2019:	Mala Niem - Autorin
Herausgeber:	Marlies Dockenwadel Consult-Project
Herstellung und Verlag:	©2019 BoD – Books on Demand, Norderstedt
ISBN-Nr.:	9783741225666
	©Copyright Coverpicture 2019 Marlies Dockenwadel Consult-Project, Deutschland
Gestaltung und Design:	Mala Niem

Umwelthinweis:
Dieses Buch wurde auf chlorfrei gebleichtem Papier gedruckt.

Ein jeder Klang aus voller Seele ist eine wirkungsvolle Tat.

Lorenz Kellner

(1811 - 1892), deutscher katholischer Pädagoge
Quelle: »Pädagogik der Volksschule in Aphorismen«, 1854

Mala Niem

Ich sehe Deine Stimme

Teil 1

Der Kampf zurück ins Leben

1.

„Malcom Bloons, Du solltest Dich in Grund und Boden schämen. Schau Dich an! Schau Dich um! Pfui Teufel, es stinkt bestialisch hier! Was ist nur aus Dir geworden?"

Lena war entsetzt, sie stand vor ihm im Wohnzimmer, ihren beigefarbenen Sommermantel hatte sie erst gar nicht ausgezogen.

Malcom saß, nein besser gesagt, er lag ausgestreckt in einem verdeckten Sessel vor einem verdreckten Couchtisch in einer verdreckten Wohnung. Der Aschenbecher war längst übergequollen, Asche und Zigarettenstummel lagen verstreut auf dem Tisch. Einige Zigaretten hatten deutliche Brandlöcher auf dem einst so teuren Teppich hinterlassen.

Auf dem Tisch stapelten sich die Bierdosen, deren Inhalt hässliche braune Flecken auf dem Tisch und auf Malcoms Hemd hinterlassen hatte.

Der Rest der Wohnung war vollkommen verwahrlost und Müllberge undefinierbaren Morasts stapelten sich, wohin das Auge blickte. Aus dem einst so schönen Haus war ein einziges Dreckloch geworden.

Malcoms Haare waren fettig, die braunen Haarsträhnen hingen kraftlos an seinem Kopf herab und waren mit seinem Schweiß verklebt.
Sein Hemd hing aus der Hose, schief zugeknöpft und stand vor Dreck. Die Jeans sah nicht besser aus. Er war

barfuß. Malcom bot ein bemitleidenswertes Bild, aber Lena fühlte kein Mitleid, sondern nur noch Abscheu vor dem Mann, den sie noch immer ihren Freund nannte.

Anstatt zu antworten, hob Malcom eine halb ausgetrunkene Whiskyflasche hoch und prostete ihr mit einem seltsamen und unheimlichen Lächeln zu. Seine Gesichtszüge entglitten ihm.

Tränen traten in ihre Augen. Lena ging zum Fenster, starrte eine Weile wortlos hinaus auf die Straße, dann öffnete sie es, um den Gestank dieser Wohnung wenigstens für einen Augenblick zu verbannen.

„Ich bin eigentlich nur gekommen, um Dich daran zu erinnern, dass Lari morgen ihren ersten Schultag hat. Du hattest ihr fest versprochen, sie und mich zu begleiten. Sie schämt sich, weil sie keinen Papa hat und Du weißt, wie sehr sie an Dir hängt. Aber es ist zwecklos, saufe einfach weiter. Ich frage Jeremy, ob er Lari begleitet. Sie wird enttäuscht sein, so furchtbar enttäuscht! Ich weiß auch noch nicht, welche Geschichte ich ihr verkaufen kann, weshalb Du nicht dabei bist, aber so…“, sie sah ihn wieder an.
Malcom hatte für einen Moment das Lächeln abgelegt und starrte Lena schweigend an. Seine Augen waren ausdruckslos und seine Gesichtszüge entglitten ihm erneut. Er versuchte aufzustehen, überlegte es sich dann aber anders und rutschte in seinem Sessel etwas tiefer. Sein wirrer Gesichtsausdruck blieb.

„Vergiss es! Vergiss einfach, dass ich hier war, streiche Larissa und mich einfach aus Deinem Leben. Es hat uns nie gegeben."

Noch immer sagte Malcom kein Wort und starrte sie nur weiterhin an. Dann nickte er fast unmerklich.

Lena wandte sich zum Gehen, ließ das Fenster aber geöffnet.

„Lena….!"

Sie blickte ihn direkt an. „Was? Malcom, was?"

„Ich wäre bestimmt gekommen."

Kopfschüttelnd ging Lena hinaus in die Diele, bevor sie die Tür öffnete, sagte sie zu ihm: „Wenn Du endlich bereit bist, Dein Leben wieder in den Griff zu bekommen und mit dieser elenden Sauerei aufhörst, dann weißt Du ja, wo Du mich findest."

Dann ging sie hinaus und ließ ihn zurück. Malcom starrte seine Whiskyflasche an. Bevor er nochmals einen kräftigen Schluck nahm, sagte er: „Prost, Lari. Ich wäre doch gekommen. Und morgen höre ich auf zu trinken, spätestens übermorgen, aber ganz sicher nächste Woche."

Es dauerte noch weitere drei Monate, bis Malcom beschloss, sich sein altes Leben zurückzuholen.

2.

Malcom wachte mit fürchterlichen Kopfschmerzen auf. Das Sonnenlicht dieses Oktobermorgens brannte in seinen Augen. Er blinzelte. Noch bevor er richtig wach war, nahm er den Gestank von Urin und Schweiß wahr. Als er die Augen öffnete, wusste er zunächst nicht, wo er sich befand und wie um alles in der Welt er dort hingekommen war.

Das Sonnenlicht schien durch Gitterstäbe, direkt auf die dreckige Pritsche, auf der er lag. In dieser Zelle waren fünf weitere Männer untergebracht, zwei Mexikaner und drei Farbige. Die Zelle war durch weitere Gitterstäbe vom Police-Office getrennt, vor der Tür saßen zwei Beamte.

Erschrocken richtete Malcom sich auf und sofort durchzuckte ein stechender Schmerz seinen Kopf.

„Wo bin ich?"

Einer der Mexikaner grinste ihn an. Seine verfaulten Zähne kamen zum Vorschein und Malcom hatte eher den Eindruck, mit einem bissigen Hund eingeschlossen zu sein. Er ging schleppend auf die Gitterstäbe zu und rief einen Beamten.

„Wo bin ich, Sir? Wieso bin ich hier? Was ist geschehen?"

Der Beamte, der sich als Sheriff Saulter vorstellte, erklärte ihm, Malcom würde sich im Gefängnis der Stadt Killeen befinden und er habe tatkräftig bei einer Massenschlägerei mitgemischt, weshalb er dann auch unter seinem lauten und unflätigen Protest verhaftet wurde.

„Killeen? Massenschlägerei? Aber… wie bin ich denn nach Killeen…?" Malcom wusste wie sinnlos es war, den Beamten danach zu fragen.
Er musste nachdenken, an irgendetwas würde er sich sicher gleich erinnern, wenn diese dämlichen Kopfschmerzen endlich aufhörten.

„Sir, ich würde gerne auf die Toilette und mich etwas frisch machen."

Der Beamte wies mit dem Kopf in die Ecke der Zelle. „Dort haben Sie alles, was Sie brauchen, Mister."

Völlig niedergeschlagen ging Malcom zu der Toilette und entleerte sich, aber nur, weil er es wirklich nicht mehr aushielt und der Druck seiner Blase ihn daran hinderte, klare Gedanken zu fassen. Dann wusch er sich Gesicht und Hände und spülte seinen Mund aus. Über dem Waschbecken hing kein Spiegel. Vielleicht auch gut so, so blieb ihm wenigstens für den Augenblick sein desolater Zustand verborgen.

Es vergingen zwei Stunden, bis er einen heißen Kaffee und einen Beagle bekam. Ohne Appetit verschlang er ihn, aber der Kaffee weckte in ihm neue Lebensgeister.

Malcom fragte sich, ob er bereits seinen Verstand versoffen habe. War er wirklich an dem Punkt angelangt, wo es kein Zurück mehr gab?

Wenn ihm früher seine Mandanten erklärten, sie könnten sich an den Tathergang nicht mehr erinnern, hatte er sie innerlich ausgelacht und ihnen keinen Glauben geschenkt. Und jetzt? Jetzt saß er in einer stinkenden Zelle mit ebenso stinkenden Mitgefangenen und fühlte sich, als hätte ihn ein Panzer überrollt.

Er wusste nur zu gut, was nun geschah. Die Beamten würden seine Personalien feststellen, Fingerabdrücke nehmen, ihn erkennungsdienstlich behandeln und seine Fotos mit in die Verbrecherkartei aufnehmen. Und je nachdem, was er angestellt hatte, würde er gleich dem Haftrichter überführt, bestenfalls würde ein Verwandter ihn gegen Kaution auslösen können.

Nach einer gefühlten Ewigkeit wurde die Zellentür geöffnet und die Männer wurden einer nach dem anderen herausgeführt, selbstverständlich nicht ohne ihnen Handschellen anzulegen. Malcom kam als letzter an die Reihe.

Der Raum, in dem ihm ein Stuhl angeboten wurde, war hell erleuchtet und nur mit zwei weiteren Stühlen und einem Tisch ausgestattet.

Ein korpulenter Beamter nahm seitlich von ihm Platz. Wenigstens hatte dieser ihm die Handschellen abgenommen, allerdings unter der Androhung, diese sofort wieder anzubringen, sollte Malcom auch nur zucken.

Ein weiterer Beamter mit zu viel Gel im Haar und einem gestylten Schnurrbart betrat den Raum und setzte sich Malcom gegenüber.

„Mein Name ist Jonathan Moore. Ich bin der zuständige Sheriff in Killeen, und ich werde Ihnen zunächst einige Fragen zu Ihrer Person stellen. Ich weise Sie darauf hin, alle Fragen zur Person müssen Sie beantworten. Ferner weise ich Sie auf Ihre Rechte hin. Sie haben das Recht zu schweigen, sollten Sie sich durch Ihre Aussage selbst belasten. Wenn Sie aber reden, muss dies der Wahrheit entsprechen. Falschaussagen werden entsprechend geahndet. Sie haben das Recht auf einen Anwalt. Sollten Sie sich keinen leisten können, kann Ihnen ein Pflichtverteidiger zu Seite gestellt werden. Haben Sie das verstanden?"

„Ja, Sir, ich habe es verstanden und ich benötige keinen Rechtsanwalt."

„Nun gut, dann bitte Name, Geburtsdatum und Geburtsort, Adresse, Beruf und eventuelle Vorstrafen."

Malcom atmete tief durch und schloss die Augen. „Mein Name ist Malcom Arthur Bloons, geboren am 05. Mai 1982 in Houston/Texas. Ich wohne in Corpus Christi, 135, Beachavenue. Ich bin Jurist und ich habe keinerlei Vorstrafen."

Erstaunt blickte Jonathan Moore auf. „Sie sind Jurist? Dann sollten Sie ja wissen, was Ihnen blüht!"

„Ja Sir, aber wenn ich Ihnen jetzt sagen würde, dass ich mich an nichts erinnern kann, nicht einmal daran, wie ich überhaupt von Corpus Christi hierhergekommen bin, würden Sie es mir sicherlich nicht glauben."

„Oh doch, Mr. Bloons, das würde ich Ihnen ausnahmsweise sogar glauben."

Nun staunte Malcom.

„Wissen Sie, wir haben hier in der Gegend seit geraumer Zeit ein erhebliches Problem mit sogenannten K.O.-Tropfen, insbesondere in der Gegend, wo wir Sie aufgefunden haben. Selbstverständlich haben wir Ihnen gestern noch Blut abgenommen und konnten eine erhebliche Menge dieser Substanz in Ihrem Blut nachweisen."

Malcom zog seinen Hemdsärmel hoch und entdeckte in der Tat einen von einem Pflaster überdeckten Einstich.

„Ich kann Sie beruhigen, einige Bruchteile des gestrigen Tages werden nach und nach wieder in Ihr Gedächtnis kommen, aber ob Sie sich über die Erinnerungen freuen werden, kann ich Ihnen nicht garantieren."

„Können Sie mir sagen, wo Sie mich verhaftet haben? Ihr Kollege sagte etwas von einer Massenschlägerei."

Jonathan grinste breit und musterte Malcom. „Die Streife wurde zum „Crazy Coyot" gerufen, einer zwielichtigen Spelunke, die mehr als einmal in der Woche durch Drogen und Schlägereinen auffällt. Dort war in der Tat eine Schlägerei zwischen einigen Gästen und einer Motorradclique im Gange. Als die Beamten erschienen, flüchteten die Motorradfahrer auf ihren Bikes. Die Streifenbeamten konnten dann die restlichen Krawallbrüder einsammeln.

Sie selbst lagen hinter den Mülltonnen am Eingang der Kneipe. Die Kollegen wussten nicht, ob Sie zusammengeschlagen worden sind oder inwiefern Sie an dem Tanz beteiligt waren. Jedenfalls konnten Sie sich nicht auf den Beine halten und haben unzusammenhängendes Zeug gebrabbelt. Darüber hinaus waren Sie überaus unflätig den Beamten gegenüber. Deshalb nahmen Sie die Kollegen erst mit zu der Blutprobe, bevor Sie in der Zelle übernachten durften."

Malcom schüttelte ungläubig den Kopf.

„Dennoch kommen wir nicht umhin, Sie erkennungsdienstlich zu erfassen. Wenn Sie keine Probleme machen, können Sie danach gehen. Leider haben wir keinerlei Papiere oder Geldbörse bei Ihnen gefunden, was uns aber nicht weiter verwundert hat."

Erleichtert stimmte Malcom dem Procedere zu. Nach einer weiteren Stunde stand er vor dem Polizeirevier auf der Straße.

Da vorbeigehende Passanten ihn angewidert anstarrten, befürchtete er, sein äußerlicher Zustand sei desolater und furchterregender, als er annahm. Er suchte eine öffentliche Toilette auf und erschrak vor seinem eigenen Spiegelbild.

Eine ganze Weile starrte er fassungslos in sein Gesicht, dann erinnerte er sich an Lenas Worte.

„Ja, Malcom Bloons, ich sollte mich in Grund und Boden schämen. Ich schau mich an und bin entsetzt. Pfui Teufel, ich stinke bestialisch! Was ist nur aus mir geworden!"

Mit zittrigen Händen entkleidete er sich völlig und begann, sich so gründlich, wie es diese Örtlichkeit zuließ, zu waschen, auch sein Haar.

Seine Kleidung war zwar schmutzig und roch unangenehm, aber er selbst fühlte sich wesentlich besser. Er sehnte sich eine Rasur herbei.

„So geht das nicht weiter, Malcom. Du musst etwas ändern, und zwar schnell, sehr schnell", sagte er zu sich.

Jetzt wurde er sich wieder seiner Lage bewusst! Er hatte weder Geld noch Papiere bei sich und zwischen Killeen und Corpus Christi lagen einige hundert Meilen.
Ihm blieb nichts anderes übrig, als bis zum nächsten Truck-Stopp zu laufen.

Doch er hatte an diesem Tag Glück. Ein LKW-Fahrer, der nicht besser aussah und besser roch als er selbst, nahm ihn mit bis an die Küste. Malcom dankte ihm und schlich in seine Wohnung.

Als würde er dieses Chaos zum ersten Mal in seiner Wohnung sehen, blieb er angewidert stehen. „Wie kann ein Mensch nur so leben?"

Bis zum späten Abend war die Wohnung wieder in einem relativ sauberen Zustand, der Müll war entsorgt, die Flaschen im Container.

Malcom stand unter der heißen Dusche und wusch sich den Dreck und seine Schande ab. Nach der Rasur getraute er sich wieder, in den Spiegel zu schauen. Noch immer war ihm der Anblick seines Ichs fremd, aber er war fest entschlossen, sich sein Leben zurückzuerobern.

Er wählte eine Nummer, nach einigem Klingeln meldete sich Jeremy.

„Hi Jeremy, hier ist Mal. Ist Deine Schwester zu Hause? Kann ich sie bitte sprechen?"

Ohne eine Antwort wurde der Hörer am anderen Ende der Leitung beiseitegelegt und Malcom hörte, wie Jeremy nach Lena rief.

Ein zögerliches „Hallo Mal" drang an sein Ohr.

„Hallo Lena, ich hoffe es geht Dir und Larissa gut und natürlich auch Jeremy. Ich mache keine großen Worte, Lena." Malcom schluckte. „Ich brauche Deine Hilfe! Ich möchte Dich bitten, mich zum Retirement Mirador zu begleiten. Ich möchte einen Entzug machen und mein Leben neu ordnen. Wirst Du das für mich tun?

Lena blies die Luft durch ihre Wangen. „In Ordnung Mal. Ich bin in einer Stunde bei Dir. Packe inzwischen Deine Koffer. Du wirst für eine lange Zeit nicht mehr zurückkehren."

3.

Schweigend waren sie über weite Strecken der Fahrt in Lenas Fahrzeug nebeneinander gesessen, die Begrüßung fiel ebenfalls kühl und wenig persönlich aus. Lena sah erschöpft aus. Es war ihr anzumerken, wie schwer sie sich und ihre kleine Tochter durchs Leben kämpfen musste. Jeremy war sicherlich keine große Stütze, aber immerhin ging er arbeiten und trug einen Teil zum Lebensunterhalt bei.

Die Einfahrt zum Mirador war durch Palmen links und rechts gesäumt und endete vor einer parkähnlichen Grünanlage. Der Rasen war dicht und gut gepflegt.

Das Gebäude hatte vom äußeren Schein her so gar nichts mit einem Krankenhaus oder einer Entzugsklinik zu tun, vielmehr mit einem großzügig angelegten Wohnhaus mit mehreren aneinandergereihten Gebäudeteilen. Fast gar wie eine moderne Ranch eines reichen Großgrundbesitzers.

Der graubraune Steinbau war mit einem grauen Dach ausgestattet, der Eingangsbereich war vorgebaut und einladend. Sechs mit Efeu berankte Arkadenbögen mussten passiert werden, erst dahinter verbarg sich die eigentliche Eingangstür. Ein überaus gepflegtes Anwesen, wenn auch sehr abgelegen, weit weg von der Großstadt.

Malcom schnappte sich seine Koffer und eilte zielstrebig auf die Arkaden zu, so, als hätte er Angst, irgendjemand

[17]

würde ihn am Eintreten ansonsten im allerletzten Moment noch hindern. Er wartete auf die Hand auf seiner Schulter, die ihn zurückzog. Aber es gab keine Hand, also trat er ein.

Lena folgte ihm. Sie würde bei ihm bleiben, bis der Check-in erfolgt war und das Personal sie über die Gepflogenheiten dieser Klinik in Kenntnis setzen würde.

Immerhin war es inzwischen ein Uhr nachts. Institutionen wie das Mirador jedoch, kennen keine Öffnungszeiten. Hier sind Tag und Nacht und Nacht und Tag immer gleich. Vierundzwanzig Stunden täglich an sieben Tagen in der Woche. Jederzeit bereit, die alkohol- und drogenkranken Menschen wieder auf den richtigen Weg zu bringen.

„Hast Du Dich angemeldet, Mal?"

„Nein, das habe ich nicht, ich dachte, sie werden mich nicht wegschicken."

„Mal, das glaube ich jetzt nicht! Weißt Du nicht, dass diese Einrichtungen ewig lange Wartezeiten haben? Was, wenn sie Dich doch wegschicken?"

Aber Malcom wurde nicht weggeschickt, die Institution fand einen Platz für ihn, zumal Malcom die ersten drei Monate der Behandlung cash im Voraus bezahlte.

Malcom und Lena standen an der Rezeption. Schon beim Eintritt in diesen Bereich hatte der Anblick Lena sprachlos gemacht. Sie hatte sich solche Kliniken ganz anders vorgestellt. Dunkler, unfreundlicher, unpersönlicher. Hier im Wartebereich jedoch fand sie helle Einrichtungen, große Fensterfronten und nett arrangierte Sitzgruppen vor.

Lena und Malcom wurden gebeten, einige Formulare auszufüllen, eine nette Krankenschwester brachte trotz der vorgerückten Stunde Tee und Gebäck.

„Der Doktor kommt gleich zu Ihnen und wird Ihnen alles erklären", mit einem freundlichen Lächeln zog sie sich wieder zurück, und ließ Malcom und Lena mit den Formularen allein.

Bewundernd sah sich Lena um. „Das alles hier wirkt auf mich wie eine Schönheitsfarm, keinesfalls würde ich hier eine Drogenklinik vermuten", stellte Lena fest.

„Das ist ein durchaus zutreffender Vergleich, Ma`m", unbemerkt war der Doktor zu ihnen getreten, „denn wenn die Patienten uns verlassen, sind sie nicht nur äußerlich kaum wiederzuerkennen, strahlen nicht nur äußerlich Gesundheit und Vitalität aus, sondern strahlen auch aus dem Inneren heraus. Man sagt nicht zu Unrecht, wahre Schönheit kommt von innen."

Malcom und Lena erhoben sich, begrüßten den Doktor und stellten sich vor.

„Mein Name ist Professor Lykerman, ich bin Ihr zuständiger behandelnder Arzt und gleichzeitig der Klinikleiter. Sie werden im Laufe der Woche weitere Kollegen von mir kennenlernen und zusammen mit diesen und den Therapeuten an Ihre innere und äußere Schönheit arbeiten. Bitte nehmen Sie doch wieder Platz!"

Der Professor war eine große und sehr kräftige Erscheinung, sein Haar war bereits ergraut, seine Augen wachsam und flink. Er hatte große kräftige Hände und manikürte Fingernägel. Insgesamt machte er einen sympathischen Eindruck.

Professor Lykerman setzte sich ebenfalls, blätterte in der noch recht dünnen Akte Malcom Bloons und verglich mit Malcom seine persönlichen Daten, die Anschrift, fragte seinen Beruf ab und sah Malcom dann streng an.
„Jeder Patient, der in dieser Klinik aufgenommen wird, hat die gleichen Rechte und Pflichten. Es gibt keine Privilegien, keinerlei Ausnahmen.

Wir haben auf den Stationen alle Altersgruppen, alle Berufsgruppen, reiche Menschen, studierte Menschen, arme Menschen. Die Krankheit macht vor keinem materiellen und gesellschaftlichen Status Halt.

Ich warne Sie, die Dämonen zu bekämpfen, wird kein Zuckerschlecken und ganz offen gesprochen, viele Patienten sind dem hohen Druck nicht gewachsen, dieser Schwerstarbeit nicht gewachsen, dieser

körperlichen und vor allem auch psychischen Belastung nicht gewachsen.
Auch Sie kommen mit der hohen Erwartung, damit wir Ihr Leben wieder in Ordnung bringen, nicht wahr, Mister Bloons?"

Automatisch nickte Malcom.

„Von diesem Gedanken müssen Sie sich sofort verabschieden. Nicht wir werden Ihr Leben wieder ordnen, das nämlich müssen Sie ganz alleine machen, vorausgesetzt, Sie wollen es überhaupt wieder in Ordnung bringen. Sie wollen es aus tiefstem und ganzem Herzen und vor allem aus freien Stücken.
Nicht Ihre Frau, Ihre Kinder, Ihre Eltern und Familie, Ihre Freunde müssen das wollen, ganz alleine Ihr freier Wille ohne Einschränkung, ist der Schlüssel zum Erfolg. Wer sich helfen lassen will, dem wird geholfen. Dieser Jemand bekommt unsere ganze uneingeschränkte Aufmerksamkeit und Unterstützung."

Der Professor machte eine bedeutsame Pause.
„Wer aber im Hinterkopf hat, es für die genannten Personen tun zu müssen, ohne die eigene Überzeugung zu haben, der wird scheitern. Wer meint, der Onkel Doktor biegt mich schon wieder hin, ohne dafür etwas tun zu müssen, der scheitert ebenfalls."

Malcom räusperte sich. „Ich bin freiwillig hier, niemand hat mich dazu gezwungen. Ich stehe am Abgrund und..."

Professor Lykerman hob die Hand und deute Malcom an, zu schweigen. „Haben Sie schon einmal einen Entzug hinter sich? Oder haben Sie es vielleicht bereits auf eigene Faust versucht, trocken zu werden?"

„Weder das eine, noch das andere."

„Sehr gut. Oder vielleicht auch nicht, denn dann wissen Sie noch nicht, welche Höllenqualen Sie durchleben werden."

Lykerman nahm kein Blatt vor den Mund und Malcom ahnte bereits, wie stark ihn die volle Breitseite dieses Entzugs treffen würde.

Lena saß aufrecht da, sie spürte, wie sich ihre Augen mit Tränen füllten. Sie schluckte schwer und atmete tief durch. Es half ihr.

„Wie lange trinken Sie schon?"

„Es begann vor fünf Jahren, ganz langsam und schleppend, aber in den letzten eineinhalb Jahren war ich jeden Tag ziemlich betrunken. Ich bin mittlerweile auf die harten Sachen umgestiegen."

Lena nickte zustimmend mit zusammengekniffenem Mund.

„Wann haben Sie das letzte Mal Alkohol zu sich genommen, Mister Bloons?"

„Gestern. Seither habe ich nichts mehr getrunken."

Professor Lykerman schmunzelte.

„Wann haben Sie den Entschluss gefasst, hierher zu kommen?"

Malcom presste die Lippen aufeinander. „Ich wusste es schon eine ganze Weile, ich kann so nicht weitermachen, aber den endgültigen finalen Beschluss habe ich heute Vormittag gefasst."

„Sie oder Ihre Partnerin?"

„Nein, die Entscheidung habe ich ganz alleine für mich getroffen. Ich habe Miss Lena Ashborn gebeten, mich abzuholen und hierherzufahren.

„Interessant, heute beschlossen und heute schon hier. Wenigstens waren Sie nicht volltrunken, als Sie sich entschieden, Ihre Schönheit zurückzugewinnen."

Malcom fuhr sich nervös durch sein Haar, erst jetzt bemerkte er seine zittrigen Hände. Er versuchte seine Hände zu verbergen und Professor Lykerman tat, als hätte er es nicht bemerkt.

„Jetzt glauben Sie, stark zu sein, ein Herakles. Bereit für die zwölf Heldentaten. Fest entschlossen, sich dem Kampf gnadenlos zu stellen und zu siegen!

Ich kann Ihnen aber versichern, aus dem Herakles wird in ein bis zwei Tagen ein Eurystheus, nur werden Sie keine Tonne finden, in der Sie sich verkriechen können. Sie werden öffentlich leiden! Ich versichere Ihnen, Sie werden von uns kein Mitleid bekommen.

Natürlich werden Sie medizinisch und psychologisch betreut, wenn die körperlichen Qualen zu stark werden, werden wir Sie mit entsprechenden Medikamenten unterstützen.

In den ersten zwei Wochen werden Sie in der geschlossenen Abteilung untergebracht. Dort werden wir zunächst Ihren Körper entgiften. Kein Besuch, keine Telefonate, kein Internet, kein Ausgang.
Je nach Verfassung werden wir Ihnen danach gestatten, auf eine offene stationäre Abteilung zu wechseln. Sie bekommen dort ein Einzelzimmer und werden sich den Gepflogenheiten, Regeln und Therapiemaßnahmen unterwerfen. Dort entgiften wir dann Ihre Psyche.
Nach und nach werden wir einige Be- und Einschränkungen lockern und Ihnen auch gestatten, zu telefonieren oder Besuch zu empfangen.

Auf der offenen Station können Sie sich frei bewegen, Die dürfen auch in den Garten oder ins hauseigene Schwimmbad.
Das Gelände allerdings dürfen Sie in den ersten drei bis vier Monaten nicht verlassen.

Wir werden Sie ganz langsam wieder ins Leben da draußen hinausführen. Sie werden in Begleitung mit unseren Therapeuten in die Stadt fahren, mal zum Einkaufen, mal, um eine Pizza zu essen oder nur einfach um spazieren zu gehen. Manchmal machen Sie das mit dem Therapeuten alleine, manchmal in der Gruppe, damit wir sehen, wie Ihnen die Freiheit gefällt und was Sie daraus machen.

Jeder Regelverstoß zieht Sanktionen nach sich, bis hin zur Beendigung der Therapie, sollten wir Sie mit Drogen oder Alkohol erwischen, sollten Sie auch nur eine einzige Schnapspraline vertilgen, werden Sie sofort und ohne jede weitere Begründung aufgefordert, diese therapeutische Anlage zu verlassen. Ist Ihnen das wirklich klar?"

Malcom sah Lykerman direkt in die Augen. Malcoms Angst wuchs und der Arzt bemerkte es.

„Sie sollten sich nicht fürchten. Sie sollten sich auf Ihre neue, vielleicht letzte Chance freuen."

Malcom kniff die Lippen zusammen und sackte ein wenig tiefer in die Sitzgruppe.

„Ich lasse Sie gleich von einem Pfleger abholen, der Sie auf die geschlossene Station bringt und Ihnen die ersten Ein- und Anweisungen gibt. Er wird Ihre Koffer durchsuchen und alles entfernen, was in diese Klinik nicht hingehört, vor allem auch Dinge, mit denen ein Suizid erfolgen könnte."

„Ja, natürlich", mehr brachte Malcom nicht heraus. Er blickte zu Lena, die ihn angstvoll anschaute.

„Haben Sie schon einmal daran gedacht, sich umzubringen?"

Malcom war entsetzt und bestritt dies vehement. Auch Lena war aufgeschreckt. Daran hatte sie noch gar nicht gedacht.

Der Professor machte fortwährend Notizen in der Akte Malcom Arthur Bloons.

„Noch ein paar kleine Dinge, dann sind wir für heute fertig", versprach Lykerman.

„Zweimal im Monat gibt es für Angehörige eine Gesprächsrunde, ein Austausch und auch psychologische Hilfestellungen. Dieses Treffen findet ohne die Patienten statt. Auch Angehörige brauchen Hilfe, denn diese sind und waren mit der Situation überfordert. Ein Trinker in der Familie oder im Freundeskreis bedeutete für sie in erster Linie, in permanenter Angst zu leben, dass das Umfeld etwas von dem Desaster bemerkt. Sie sind weite Teile ihres Lebens damit beschäftigt, alles zu vertuschen, zu verheimlichen, aus wohl falsch verstandenem Schamgefühl. Alkohol- und Drogenmissbrauch sind heute noch immer gesellschaftliche Tabuthemen. Leider.

Nicht selten sind die Angehörigen durch die Drogen- oder Alkoholexzesse des Partners finanziell am Ende, haben keine sozialen Kontakte mehr oder sind selbst depressiv.

Ihr Umfeld hat zunächst sicherlich unbewusst, später ganz bewusst die Trinkerei gedeckt und bis zu einem Maße auch unterstützt. Ihr Umfeld hat sich genau wie Sie verändert und lange alles ertragen, bis irgendwann der Familie oder den Freunden die eigene Kraft ausging.

Erst wenn der Abhängige keine Unterstützung und Toleranz mehr erfährt, stellt sich bei ihm eine Bewusstseinsänderung ein. Erst wenn der abhängige Mensch merkt, alles um ihn herum ist zerstört, nicht nur die Familie, auch der Beruf, vielleicht ist sogar der Führerschein weg. Die Liste wäre ellenlang! Erst dann, wenn er keine Deckung mehr zu erwarten hat, jeder sich von ihm abwendet, beginnt seine Chance! Nämlich zu erkennen, wie krank er in Wahrheit ist!

Alkoholabhängigkeit ist genau wie Drogenabhängigkeit eine anerkannte Krankheit in der Medizin und Psychologie, nicht aber in der Spießbürgergesellschaft um uns herum.

Wenn Familie und Freunde Trinkerei oder Drogenkonsum nicht mehr tolerieren, nicht mehr unterstützen, sich vielmehr öffentlich zu dem Problem bekennen, kann sich die Situation ändern. Erkennen und Bekennen, das sind die Zauberworte. Für den Kranken gleichwohl, als für alle anderen Beteiligten in seinem Umkreis.

`Ich bin Alkoholiker´ oder ich bin ein Junkie´, dies muss dem Kranken bewusst sein und dazu muss er stehen.

Natürlich ist der Erfahrungsaustausch für die Angehörigen freiwillig, aber für die Genesung unserer Patienten ist es sehr wichtig, auch diese Personen mit in den Therapieplan aufzunehmen, nicht zuletzt, um auch diese Personengruppe wieder zu stärken und zu unterstützen, zu Kräften kommen zu lassen.

Ich versichere Ihnen, das Leben ist nie wieder so, wie vor dem Alkoholmissbrauch oder der Abhängigkeit. Patient und Familie werden sich verändern, entweder sie finden wieder zusammen oder nie mehr! Beides ist gut, wie es kommt. Was auch immer der künftige Weg sein wird, wir werden ihn begleiten."

„Ich würde gerne zu den Sitzungen der Angehörigen kommen, wenn Malcom es erlaubt." Erstmals meldete sich nun Lena zu Wort.

Dankbar lächelnd nahm Malcom ihre Hand und nickte. Professor Lykerman schrieb Lenas Daten in die Akte Bloons.

„Egal welcher Schicksalsschlag Sie ereilt hat, gebe ich Ihnen ein Letztes mit auf den Weg: Niemand trinkt ohne Grund, aber Sie allein sind für Ihren Zustand verantwortlich. Sie allein haben sich in diese Situation hineinmanipuliert. Sie allein sind verantwortlich, auch – oder ganz besonders – für sich selbst. Sie hatten immer die Wahl, einen anderen, vielleicht konfliktreicheren Weg zu gehen, aber Sie haben den Weg der Flasche gewählt. Niemand hat Sie zu einem Alkoholiker gemacht, das haben Sie ganz alleine geschafft!"

Malcom war schockiert. Diesen Punkt zu verinnerlichen würde die größte Herausforderung in der Therapie werden.

Professor Lykerman erhob sich freundlich lächelnd. „Haben Sie für diesen Moment noch Fragen, bevor ich den Pfleger anweise, Sie abzuholen?"

Zögernd wandte sich Lena an ihn. „Wie sind die reellen Chancen, ich meine, auf Heilung, statistisch gesehen, meine ich natürlich."

„Es gibt keine Heilung für einen alkoholkranken Menschen! Das ist eine Tatsache, die Sie verstehen und annehmen müssen, denn das ist überaus wichtig.

Ein alkoholkranker Mensch wird Zeit seines Lebens immer alkoholabhängig bleiben. Er darf nie mehr auch nur einen Schluck Alkohol zu sich nehmen. Die geringste Menge würde ihn wieder in die Abhängigkeit führen. Das Rückfallrisiko bleibt ein Leben lang bestehen. Selbst die alkoholfreien Biere, Sekte und andere Push-Ups sind und bleiben lebenslang ein Risikofaktor.

Stabile alkoholabhängige Menschen können sich diese Getränke hin und wieder gönnen, obwohl wir Ärzte dringend von dem Konsum abraten, denn auch in diesen Getränken ist eine kleine Menge Alkohol. Allein schon der Geruch oder der Geschmack, ja selbst ein Stück Rum-Torte, kann einen Rückfall hervorrufen.

Sie fragen mich nach Statistiken? Zwei von Zwölf Alkoholkranken haben eine gute Chance auf eine lebenslange Abstinenz.
Jeder Mensch, jedes Schicksal ist individuell. Erfolg oder Misserfolg sind immer abhängig vom körperlichen Verfall, nämlich durch die durch Alkohol hervorgerufene Organschädigung wie Leber und Bauchspeicheldrüse, und vor allem von der positiven oder negativen Perspektive, die das Leben bereithält.

Zwei gerettete Leben! Zehn Leben, die von Alkohol oder auch Drogen zerstören werden, kurz oder mittelfristig! Verstehen Sie mich nicht falsch, wir versuchen alle Zwölf zu retten, aber der Patient muss sich auch retten lassen wollen. Wie gesagt, jeder ist für sich selbst verantwortlich."

Mit diesen niederschmetternden Worten verließ er Malcom und Lena.

„Malcom, bitte verspreche mir, Einer dieser Zwei von Zwölf zu sein. Nicht für mich, Malcom, aber für Larissa und vor allem für Dich."

4.
Die erste Woche war die Hölle für Malcom.

Andere Menschen regelten jetzt seinen Tagesablauf, es gab Frühstück, Mittagessen, Kaffee und Kuchen, Abendbrot, Ruhezeiten, Sport und Stuhlkreise, immer zu festgelegten Zeiten, unveränderbar.

Gleich am ersten Morgen mussten die Ärzte ihn mit einer hohen Dosis Campral versorgen, um ihm den sogenannten Saufdruck zu mindern. Tatsächlich verringerte sich das Verlangen nach Alkohol, und trotz der prognostizierten Nebenwirkungen vertrug er dieses Medikament.
Zwei Wochen lang nahm er Medikamente, deren Dosis nach und nach verringert wurde.

Brav ließ Malcom alles über sich ergehen, machte bei jeder Therapiemaßnahme mit und nachdem er sich im geschlossenen Vollzug, wie die Patienten diese Station nannten, bewährt hatte, wurde er auf die offene Station verlegt.

Dort fühlte er sich gleich wohler, die geschlossene Station hatte aber seinen Schrecken beibehalten.
Dort waren die schlimmen Alkoholiker, die Spinner, die Verrückten, so redeten die Patienten untereinander, um sich hier an diesem Ort, außerhalb der verschlossenen Tür, mit ihrer teilweise zurückeroberten Freiheit bereits deutlich von dieser Gruppe zu distanzieren. Sie nämlich hätten es ja fast geschafft, während die da drinnen noch

alles vor sich hätten. Es hörte sich wie eine Zweiklassengesellschaft an, aber es half dem Ego.

Allerdings konnte von „fast geschafft" keine Rede sein.

Bei den ersten Gruppensitzungen hatte sich Malcom einige Male dabei erwischt, wie er einzelne Personen in der Gruppe dafür verachtete, wenn sie ihre Geschichte erzählten und darin der Grund verborgen lag, weshalb dieser Mensch einfach trinken musste. Anfänglich empfand er diese Menschen als primitiv, einfältig und niveaulos, bis er schließlich merkte, dass er genauso primitiv, niveaulos und einfältig war.

Malcom erzählte der Gruppe von seinem früheren Leben als Strafverteidiger in seiner eigenen gutgehenden Kanzlei. Er sprach von Lena und Larissa, wandte sich aber wie eine Schlange um das eigentliche Thema, welche Situation in seinem Leben ihn veranlasste, ein Trinker zu werden.
Er behauptete, er begann, schlampig zu arbeiten, wie er Gerichts- und Mandantentermine versäumte und sich auch sonst große Mühe gab, den Laden gegen die Wand zu fahren. Das war nicht gelogen, aber nicht der Grund. Er wollte nichts anderes zulassen, er wollte leiden, er hatte versagt, kläglich versagt, so sein Blickwinkel.

Jetzt saß Malcom im Garten des Klinikums und las in der Tageszeitung. Lena besuchte ihn regelmäßig, aber an diesem Sonntag würde sie wohl eher nicht kommen. Larissa hatte sich gewünscht, in den Zirkus zu gehen. Das kleine Mädchen war in letzter Zeit etwas zu kurz gekommen und deshalb ermutigte Malcom Lena, Larissa den Wunsch zu erfüllen.

Unwillkürlich musste er an ihre erste gemeinsame Begegnung denken. Lena war damals im fünften Monat schwanger und grün und blau geschlagen in seiner Kanzlei erschienen. Trotz ihrer Blessuren im Gesicht konnte Malcom Lenas atemberaubende Schönheit erkennen und die gewisse Aura, die von ihr ausging, ließ ihn tagelang nicht mehr los.

Lena war an einen Typen geraten, ein Mann aus besseren Kreisen, mit dickem Bankkonto und ebenso dickem Auto. Sie ließ sich von ihm einwickeln, manipulieren und kontrollieren. Sein Charme beeindruckte sie mehr als sein Geld.
Er verstand es, ihr den Hof zu machen, führte sie aus, machte sie mit Menschen bekannt, denen sie ansonsten nie im Leben vorgestellt worden wäre. Rod überschüttete sie mit edlen Kleidern und edlem Schmuck. Er wollte mit ihr zusammen leben, sie sollte zu ihm in die Penthouse-Wohnung ziehen, was Lena aber nicht wollte, denn da war noch Jeremy, ihr Zwillingsbruder, den sie seit dem frühen Unfalltod ihrer Eltern mitversorgte.
Rod und Jeremy waren sich spinnefeind. Lena saß zwischen den Stühlen.

Ihr Freund Rod setzte sie immer mehr unter Druck. Er verfolgte und kontrollierte sie, sorgte dafür, dass Lena ihre Freundinnen nicht mehr traf und schaffte es sogar zeitweise, einen Keil zwischen das Zwillingspaar zu treiben.

Irgendwann verlangte er von Lena, sie solle ihre Arbeitsstelle kündigen und nur noch für ihn da sein. Er erhöhte erneut den Druck und begann, sie zu schlagen. Bei einer dieser Attacken kam Jeremy dazu und schritt ein. Rod fiel an eine Tischkante und blieb regungslos liegen.
Er sollte nie wieder zu sich kommen, nach monatelangem Koma verstarb er.

Jeremy und Lena wurden angeklagt, Malcom übernahm mit einem weiteren befreundeten Anwalt die Verteidigung und die Mandanten wurden in allen Punkten freigesprochen.

Schon damals begannen sich Malcom und Lena anzufreunden und auch Jeremy wurde zu Malcoms Freund. Zusammen verbrachten sie die Wochenenden, mal mit Jeremy und seiner Freundin Maggy, mal nur zu zweit, das Baby kam und Malcom wurde Pate. Die kleine Larissa war ihm ans Herz gewachsen und nicht nur einmal war er eher Vater als Pate.

Malcom seufzte tief bei den Gedanken an Lena und Larissa. Er hoffte sehr, es war nicht zu spät für einen neuen Anfang zusammen. Ihm kamen die Worte von Dr. Lykerman in den Sinn: „Ich versichere Ihnen, das Leben ist nie wieder so, wie vor dem Alkoholmissbrauch oder

der Abhängigkeit. Patient und Familie werden sich verändern, entweder sie finden wieder zusammen oder nie mehr. Beides ist gut, wie es kommt. Was auch immer der richtige Weg sein wird, wir werden ihn begleiten."

Que sera, sera!

Mittlerweile hatte er zu den Gruppensitzungen auch Einzelgespräche mit Dr. Lykerman. Langsam begann er sich zu öffnen, langsam überkam ihn der Mut, sich seines Versagens zu stellen.

Malcom hatte innerhalb der Einrichtung nicht viel Kontakt zu seinen Mitstreitern gesucht, weshalb er sich in den freien Stunden des Tages oft sehr einsam fühlte. Andere Mitpatienten saßen oft stundenlang in Gruppen zusammen, spielten Karten oder *Mensch ärgere Dich nicht*". Malcom hatte ein oder zwei Versuche gemacht, sich dort zu integrieren, fühlte sich aber in der Gemeinschaft nicht sonderlich wohl. Es lag an ihm, nicht an den anderen, das wusste er.

In den sogenannten Stuhlkreisen fanden sich regelmäßig zwölf Personen ein. „Zwei von Zwölf", schoss es ihm dann jedes Mal durch den Kopf. „Wer von denen wird es neben mir noch schaffen?" Für ihn stand es außer Frage, er würde trocken bleiben, aber wer noch? Er betrachtete jeden Mitpatienten und kam zu keinem Ergebnis. Was Malcom nicht wusste, die meisten seiner Stuhlkreispartner dachten ebenso.

Auslöser seiner Offenheit war die ergreifende Darstellung eines kaputten Lebens seines Zimmernachbars Theo. Ein junger Mann, Ende zwanzig, erzählte von seiner Kindheit in Armut, den Schlägen des Vaters, den Drogenexzessen seiner Mutter und dem Selbstmord seiner Schwester. „Ich habe einen Freund gefunden, der immer und überall für mich da war, mit dem ich über alles reden konnte und der mir half, wann immer ich nach ihm rief. Er tröstete mich und machte mich stark. Ein guter Freund..., ein ständiger Begleiter, ich wollte diesen Freund nicht verlieren, wer verstößt schon seinen besten Freund!"

Niemand sagte etwas, der Therapeut ließ ihn reden.

„Viel zu spät habe ich erkannt, dass der Alkohol gar nicht mein Freund war, sondern mich nur benutzte, mich ruinierte, mir alles nahm, selbst meine Selbstachtung, meine Gesundheit und all das, was mir je in meinem Leben etwas bedeutet hat. Mein Freund ist in Wirklichkeit mein Feind, mein Freund ist in Wirklichkeit der Teufel."

Malcom lief es heiß und kalt den Rücken runter. Theo hatte den Nagel auf den Kopf getroffen, selbst der Therapeut nickte nur stumm, ebenfalls betroffen von der so reellen Darstellung.

Malcom bewunderte Theos Mut, so offen über sein Leben, seinen Absturz und seine Träume und Wünsche zu sprechen vor einer Gruppe ihm völlig fremder Menschen.

Der Therapeut versicherte Theo, er sei auf dem richtigen Weg. Damit stand auch für Malcom der Kandidat Nummer Zwei fest.

5.
Der Feierabendverkehr war verhältnismäßig dicht, trotzdem gelang es ihm, zügig voranzukommen. Gegen sechzehn Uhr war er aufgebrochen und hatte die Strecke von seinem Arbeitsplatz bis zu ihr in knapp vierzig Minuten in seinem Sportwagen zurückgelegt.
Im Radio erklang Neil Diamonds „Sweet Caroline". Er grinste vor sich hin. My sweet Caroline, gleich wird es wieder richtig sweet!

Er parkte sein Auto auf dem Parkplatz vor dem hohen Gebäude. Er griff in seine Jackentasche und stellte verärgert fest, seinen Schlüssel vergessen zu haben. Normalerweise war der Schlüssel an seinem Schlüsselbund, aber vor einigen Tagen war ihm der Schlüsselbund auseinandergefallen und er hatte die Schlüssel einzeln in seinen Taschen. Zeit, sich um einen neuen Schlüsselhalter zu kümmern. Doch es machte jetzt nichts zur Sache, beim ersten Klingeln öffnete sich die Haustür bereits und der Unmut über seine Vergesslichkeit war verflogen.

Mit dem Aufzug fuhr er in den vierten Stock, die Eingangstür zu dem Appartement 4-4-5 war angelehnt. Er trat ein und ging schnurstracks ins Bad.
Caroline war bereits in der Badewanne und winkte ihn mit dem Zeigefinger zu sich heran.

Sie war wunderschön, ihre knallrot angemalten Lippen hielten sich ihm entgegen und er beeilte sich, zu ihr in die Badewanne zu kommen.

Gegen neunzehn Uhr machte er sich auf den Heimweg. In weniger als einer Stunde wäre er zuhause. Niemand würde Fragen stellen.

Caroline brachte ihn zur Tür. Sie trug einen weißen hauchdünnen Bademantel und er hätte gute Lust gehabt, die Nacht bei ihr zu verbringen, aber was nicht ging, das ging nicht.

6.

Lena hatte gerade das Geschirr abgewaschen, als das Telefon läutete. Sie ärgerte sich etwas, eigentlich hatte sie jetzt dringend etwas Zeit für sich gebraucht.

Jeremy und Maggy planten ihre Hochzeit und waren auf der Suche nach einem geeigneten Wohnsitz. Lari schlief bereits, und Lena sehnte sich auf einen gemütlichen Fernsehabend auf ihrer bequemen Couch.

Der Anrufer blieb hartnäckig, schließlich entschied sich Lena dafür, das Gespräch anzunehmen.

„Hallo Miss Ashborn. Hier ist Will Louis. Wissen Sie, wer ich bin?"

„Ja natürlich, Mister Louis. Was kann ich denn für Sie tun?"

„Ich hörte, Sie sind mit Malcom Bloons befreundet. Ich war heute in der Stadt in seiner Kanzlei und habe das Schild gesehen: *Vorübergehend geschlossen.* Auch ans Telefon habe ich ihn nicht bekommen! Ich mache mir Sorgen, ist etwas passiert?"

„Oh nein, Mr. Louis. Es ist alles in Ordnung. Malcom wird in Kürze seine Arbeit wieder aufnehmen, kann er Sie telefonisch erreichen?"

Will gab ihr seine Telefonnummer. „Erwähnen Sie ihm gegenüber aber unbedingt, es ist eine äußerst wichtige Angelegenheit. Sehr, sehr wichtig."

Die Gesprächspartner verabschiedeten sich. Lena war es flau im Magen. Was wollte Richter Will Louis von Malcom. Nach all den Jahren, nach diesem verheerenden Schuldspruch, nach Malcoms verlorenem Kampf gegen das himmelschreiende Unrecht! Nach dem fast erreichten Sieg des Alkohols über Malcom!

Sie würde Malcom nichts sagen, noch nicht. Erst wenn er wieder den Schlüssel in das Schlüsselloch seiner Kanzlei stecken würde, könnte sie ihn mit dem Anruf konfrontieren. Wer weiß, welche Wunden Richter Louis sonst wieder aufreißen würde.

Lena nahm ihren Tee, schaltete den Fernseher ein, aber drehte den Ton ab. Sie kuschelte sich in eine Decke auf der Couch und nahm ihr aufgeschlagenes Buch zu Hand und begann zu lesen. Eine gute Stunde später schellte das Telefon erneut.

„Sorry Miss Ashborn, ich muss Sie nochmals stören. Warum haben Sie mir nicht gesagt, wie es wirklich um Malcom steht?"

„Oh Mister Louis, damit geht man doch nicht gerne hausieren. Ich..., ich werde ihm bei meinem nächsten Besuch von Ihrem Anruf erzählen, ich denke, er wird sich dann bei Ihnen umgehend melden. Mehr kann ich leider nicht für Sie tun."

Lena war verärgert, fühlte sich ertappt. Was geht es denn Richter Louis an, sie versuchte, das Gespräch schnell zu beenden, aber Will ließ nicht locker.

„Miss Ashborn, ich muss mit Malcom sprechen. Sehr schnell. Ich habe inzwischen herausgefunden, wo er sich in den letzten sechs Monaten aufgehalten hat. Denken Sie, er ist stabil genug, um mich zu empfangen?"

Lena hielt für einen Moment den Atem an. „Sie wollen ihn dort besuchen? Das halte ich für keine gute Idee. Ich möchte nicht, dass all die Qualen, Demütigungen und Schmerzen, die er durchlitten hat oder noch immer durchleidet, umsonst waren. Gerade hat er sich stabilisiert, sieht zuversichtlich in die Zukunft und in seinen neuen Start, da darf nichts, aber auch gar nichts passieren, was ihn erneut aus der Bahn wirft. Können Sie das denn nicht verstehen?"

„Es fing alles an, nach dem Prozess, nach dem Henry McGyer weggeschlossen wurde, nicht wahr, Miss Lena?"

Lena schloss die Augen, ein fast nicht hörbares „Ja" kam über ihre Lippen.

„Er hat es nicht verkraftet, diesen jungen Menschen ein Leben lang hinter Gittern zu sehen, felsenfest von dessen Unschuld überzeugt, hat er sich die Schuld an diesem Urteil gegeben, habe ich Recht?"

Lena nickte nur, unfähig etwas zu antworten.

„Miss Lena, auch ich war von der Unschuld dieses jungen Mannes überzeugt, mir waren damals vor mehr als fünf Jahren, genau wie Malcom auch, die Hände gebunden. Das Urteil der Geschworenen war eindeutig. Ich musste ihn verurteilen. Ich habe die Geschworenen angehalten, von der Verurteilung zum Tode abzusehen, weil ich die Hoffnung hatte, irgendwann kann die Unschuld dieses unglückseligen Mannes bewiesen werden."

„Nein, es war ein mieser Deal auf den Malcom reingefallen ist. Angeklagter, bekenne Dich schuldig und Du entgehst der Todesspritze.
Die Staatsanwaltschaft steht gut da, der Anwalt kann behaupten, ein Menschenleben gerettet zu haben, der Mandant überlebt und der Richter kann die Akte schließen.
Aber etwas sehr Gravierendes haben wir alle dabei vergessen. Henry sitzt unschuldig im Gefängnis, ohne die leiseste Hoffnung, dieses jemals wieder lebend zu verlassen, sein Leben, seine Familienplanung, seine berufliche Zuversicht, all das ist zerstört, kaputt, seine besten Jahre, einfach kaputt, seine Freunde, alle weg!

Und Malcom ist mit ihm untergegangen, er hat es nicht verkraftet, ihn haben die Ohnmacht und die Ungerechtigkeit krank gemacht. Es nahm ihn gefangen und ließ ihn nie wieder los. Wie eine Anakonda hat sich diese Ohnmacht um ihn geschlungen, ihm ist es nicht gelungen, sich aus diesem Würgegriff zu befreien.

Seinen Kummer hat er in Alkohol getränkt, so lange, bis auch Malcom nun alles verloren hat. Er wollte sein wie Henry, sich mit ihm auf eine Stufe stellen. Er sah sich genau wie Henry als unschuldiges Opfer der Justiz. Und jetzt, jetzt hat die Anakonda den Griff gelockert und Malcom könnte sich befreien!"

Unter Tränen schrie Lena in den Telefonhörer.

„Miss Lena, beruhigen Sie sich. Malcom ist ein Opfer, genau wie auch Henry ein Bauernopfer ist. Ich verspreche Ihnen, Sie kriegen Ihren Malcom zurück. Deshalb bin ich in der Stadt."

7.

„Malcom, fühlen Sie sich jetzt besser, nachdem sie sich alles von der Seele geredet haben?"

Malcom nickte. Als er erst einmal die richtigen Worte gefunden hatte, war alles ganz wie von alleine aus ihm herausgesprudelt, mit allen Emotionen, die damit verbunden waren, es ging wie von selbst. Jetzt war er erschöpft, aber irgendwie befreit.

„Wissen Sie, ich verstehe nicht wirklich viel von diesen juristischen Spitzfindigkeiten. Ich will auch an dieser Stelle nicht beurteilen, ob Ihr Henry schuldig ist oder nicht. Darum geht es nicht. Es geht hier um Sie. Nicht um Schuld oder Unschuld, nicht um richtig oder falsch. Einzig und allein um Sie.

Es geht um die Rolle, die Sie dabei spielen. Es lag nicht in Ihrer Verantwortung, als der junge Mann angeklagt wurde, es war nicht Ihre Verantwortung, wenn alle Indizien gegen ihn sprachen, nicht Ihre Verantwortung, wenn alle am Prozess Beteiligten ihn für schuldig hielten und verurteilten.

Ihre Verantwortung lag und liegt darin, das Beste aus den Begebenheiten zu machen, jede Situation neu einzuschätzen und zu bewerten, mit voller Überzeugung und aus ganzem Herzen ihrem Mandanten beiseite zu stehen.

Niemand weiß vormittags, wie ein Tag endet, niemand weiß wie ein Prozess endet.

Was ich damit sagen will ist, das Leben birgt Überraschungen, auf die wir uns einstellen müssen, die wir annehmen müssen.
Nicht jede Entscheidung ist in unserem Sinne, andere Menschen haben andere Meinungen, andere Sichtweisen, andere Charaktere. Manche sind hart, manche labil, manche sensibel. Verschiedenheit ist lebensnotwendig, bunt wie das Leben.

Sie können andere Menschen nicht ändern, Malcom. Das wird Ihnen nicht gelingen! Egal was auch immer Sie versuchen werden! Also versuchen Sie es erst gar nicht. Wenn Sie etwas ändern wollen, dann verändern Sie sich oder die Dinge, die Sie aktiv beeinflussen können. Fangen Sie bei sich an!

Sie müssen lernen, die Entscheidungen der anderen und deren Sichtweisen zu akzeptieren, was nicht heißt, Sie müssen sich ebenfalls diese zu Eigen machen. Das heißt es sicher nicht. Lösen Sie sich von dem Gedanken der Schuld. Richtig und falsch gibt es in Ihrem Falle nicht. Sie haben für das Recht Ihres Mandanten gekämpft und verloren. Aber sie haben gekämpft.
Nur weil es in diesem Fall nicht gelungen ist, diesen Kampf für sich zu entscheiden, heißt es doch nicht, Sie werden im Leben immer der ewige Verlierer sein, in diese Rolle müssen Sie sich nicht selbst hineindrängen!

Kämpfen Sie verdammt noch mal weiter. Suchen und finden Sie einen Weg, Henry zu helfen. Sie können nichts richtig oder falsch machen, aber Sie können etwas für ihn und für sich tun. Das Ergebnis muss doch kein Freispruch sein, das Ergebnis muss zufriedenstellen.

Sie wissen doch gar nicht, ob Henry sich nicht längst mit seinem Schicksal abgefunden hat, ob er hadert oder ob er zufrieden ist. Sorgen Sie sich nicht mehr um ihn als um sich selber.

Sie sagten selbst, Sie hätten nichts anderes mehr tun können. Warum zweifeln Sie dann an sich? Wieso laden Sie die ganze negative Energie in sich, anstatt sie in Positives umzuwandeln?

Können Sie an der Situation etwas ändern? Ja oder nein? Wenn ja, dann ändern Sie es, wenn nein, akzeptieren und tolerieren Sie dieses Nein.

Die Tragik dieses Falls darf Sie nicht lähmen. Gehen Sie kleine Schritte, einen vor den anderen, stolpern Sie, fallen Sie, stehen Sie wieder auf! Irgendwann erreichen Sie das Ziel, das Ihnen den ersehnten Frieden bringt.
Auch der längste Weg beginnt immer mit dem ersten Schritt."

Malcom verstand.

„Sie sollten wieder ins Leben zurück, Malcom. Sie sind stark. Ich kann Ihnen nichts versprechen, ich weiß nicht, ob Sie es schaffen. Es schaffen, dauerhaft alkoholfrei zu leben, aber ich traue es Ihnen zu, Sie haben eine reelle Chance.

Also freunden Sie sich mit dem Gedanken an, uns bald zu verlassen. "

Malcom fühlte sich in der Tat sehr wohl und die Ratschläge und Gespräche taten ihm gut. Er würde diese Vertrautheit vermissen, komisch, er würde wirklich die Heimeligkeit dieser Einrichtung vermissen, wer hätte das gedacht?

„Ach, Mr. Bloons, das hätte ich jetzt fast vergessen. Im Innenhof wartet ein Freund von Ihnen, der Sie gerne sprechen möchte. "

8.

Peter Lakow hatte heute die Wochenendbereitschaft übernommen, das dritte Mal in diesem Monat. Es machte ihm nichts aus. Peter lebte allein, niemand wartete also auf ihn und viele Freunde hatte er auch nicht. Ursprünglich wollte er heute zum Football, aber sein Kumpel Joe hatte abgesagt. Deshalb blieb er zu Hause und schaute sich das Footballspiel im Fernsehen an.

Um 21.29 Uhr erhielt er einen Notruf über seinen Chef, eine Kundin meldete einen Rohrbruch und auch die darunterliegende Wohnung drohte in Mitleidenschaft gezogen zu werden. Peter notierte sich die Adresse, schnappte sich den bereitgestellten Werkzeugkoffer und war bereits um 21.57 Uhr auf dem Parkplatz des Hochhauses.

Die Haustür stand weit offen und Peter fuhr in den vierten Stock zu dem angegebenen Appartement 4–4–5.

Eine Stunde später saß er in U-Haft, er war voller Blut, Hausbewohner hatten ihn überwältigt. Sie fanden Peter mit einem blutigen Messer in der Hand und über Caroline gebeugt.
Ein Unbekannter hatte den Notruf 911 gewählt.

9.

„Jeremy, meine Güte! Das freut mich aber jetzt, Dich zu sehen."

Malcom war direkt nach der Sitzung in den Innenhof gegangen, um den angekündigten Besucher zu empfangen.

„Mensch Malcom, man kennt Dich ja gar nicht mehr wieder! Gut siehst Du aus und zugenommen hast Du auch! Wie geht es Dir?"

„Danke, danke, mir geht es blendend und der Arzt hat eine kurzfristige Entlassung in Aussicht gestellt. Jeremy, ich danke Euch so sehr, Ihr seid immer hinter mir gestanden, die ganze Zeit, auch wenn ich in der Vergangenheit richtig eklig zu Euch war."

Jeremy machte eine Handbewegung um anzudeuten „Schwamm drüber".

„Ich war gerade in der Gegend und dachte, ich schaue zu Dir herein. Malcom. Maggy und ich heiraten nächsten Monat und wir hätten Dich gerne als Trauzeugen dabei. Was hältst Du davon?"

„Ich bin sprachlos, Jeremy, das ist großartig."

Jeremy erzählte in allen Einzelheiten von den Hochzeitsplänen, von den geplanten Flitterwochen und von seinem neu erworbenen Eigenheim in Corpus Christi.

„Ich habe nur Sorge um Lena, ich hoffe sehr, sie schafft es alleine."

„Was heißt alleine? Ich bin doch da, ich meine, wieder da. Hey, Ihr könnt wieder voll mit mir rechnen!"

Dann wurde Jeremy ernster. „Malcom, ich muss noch etwas mit Dir besprechen. Gestern Abend hat Will Louis bei Lena angerufen. Er will unbedingt mit Dir sprechen. Lena konnte ihm ausreden, Dich hier zu besuchen. Keine Ahnung, woher er informiert ist, jedenfalls weiß er, wo Du bist. Er sagte, Du möchtest ihn dringend anrufen, sehr dringend.

Ich habe hier eine Nachricht von ihm und seine Telefonnummer. Wenn es Dir nicht guttut, schmeiße es weg. Wenn Du Dich entscheidest ihn anzurufen, sollte vielleicht ein Therapeut oder ein Kumpel dabei ist. Nur vorsichtshalber."

„Will? Will Louis? Das ist ja ein Ding! Nein, schon gut, Jeremy, ich sehe Will nicht als meinen Feind. Ich selbst bin mein größter Feind. Will würde nie zu mir kommen, wenn es nicht tatsächlich um etwas sehr Wichtiges ginge. Ich rufe ihn an, dann kann ich ja immer noch entscheiden, was ich tue."

10.

Richter Stabler hatte gehofft, vom Parkplatz unbemerkt in das Gerichtsgebäude zu gelangen, aber dieser Trottel Burn fuhr zur gleichen Zeit auf den Parkplatz und parkte ausgerechnet direkt neben ihm.

„Heißer Schlitten, Herr Vorsitzender!", kommentierte Burn neidvoll, „Neu?"

„Nein, woher. Das ist das Auto meiner Frau. Mein Fahrzeug musste zum Ölwechsel."

Richter Stabler eilte davon, um jedem weiteren Gespräch zu entgehen.

Burn schlich noch ein paar Mal um das Auto. „Mindestens einhundertfünfzigtausend Dollar das Teil", brummelte er vor sich hin. „Besser eine hässliche Reiche im Bett als eine schöne Arme!"

11.
Larissa rannte ihm entgegen. Sie hatte Blumen für Malcom gepflückt und ein Bild für ihn gemalt. Mal nahm sie hoch und drehte sich mit ihr im Kreis.

„Schön, dass Du wieder da bist. Bist Du jetzt wieder ganz gesund? Bleibst Du jetzt für immer bei uns?"

„Lari, jetzt lasse Malcom doch erst einmal hereinkommen und bombardiere ihn doch nicht mit Fragen."

„Ja, aber er kann doch jetzt bei Jeremy im Zimmer wohnen, soll ich es Dir zeigen?"

„Lari, bitte."

„Schon gut Lena, ich freue mich ja auch, wieder bei Euch zu sein. Aber eigentlich wollte ich Euch einen ganz anderen Vorschlag machen."

Lena stellte Malcom einen Kaffee auf die Küchentheke und sah ihn erwartungsvoll an.

„Wir kennen uns schon fast sieben Jahre. Ihr seid mir ans Herz gewachsen und wirklich das Beste, was mir im Leben je passiert ist. Lena, könntest Du Dir vorstellen, mit Lari zu mir in mein Haus zu ziehen? Das Haus ist für mich alleine viel zu groß und ehrlich gesagt, habe ich auch Angst vor der Einsamkeit."

„Ja klar, das machen wir, nicht wahr Mama?", Lari hatte ihre Entscheidung schon getroffen.

Lena hatte sich noch nicht wieder gefangen und schaute abwechselnd von Lari auf Malcom.

„Mal, ich weiß nicht, ob ich noch einmal die Kraft habe, das durchzustehen. Ich fürchte mich vor einer Enttäuschung. Ehrlich gesagt, habe ich mich auch so schrecklich vor dem heutigen Tag gefürchtet. Dr. Lykerman hat damals gesagt, nichts wird mehr so sein wie vorher. Entweder wir finden zusammen oder nie mehr."

„Es ist auch gut, wenn nichts mehr so ist wie vorher. Vorher war gestern, ist vorbei und war nicht gut. Jetzt beginnt eine neue Ära, mein neues Leben, an dem ich Euch gerne teilhaben lassen möchte. Lena, ich bin ein anderer Mensch, ein anderer, als unter Alkoholeinfluss. Ich bin doch nicht zu einem Monster mutiert! Ihr könnt wieder mit mir rechnen, ich bin wieder da und glaube mir, ich möchte auch nicht noch einmal durch diese Hölle gehen!"

Lena machte einen Schritt auf Malcom zu, getraute sich aber nicht, ihn zu umarmen. Sie war seine Freundin, nicht seine Geliebte. Wollte er das ändern? Wollten sie beide dies ändern?

„Komm her Lena, komm in meine Arme, lasse Dich beschützen von mir. Ich bin für Euch da." Sie ließ es geschehen und Lari schmiegte sich ebenfalls ganz dicht an beide.

„Also abgemacht, nächste Woche wird umgezogen."

„Bist Du mit Will klargekommen?", diese Frage brannte Lena noch auf der Seele.

„Selbstverständlich, ich treffe ihn morgen."

Lena sah ihn ängstlich an. „Bist Du Dir sicher?"

„Ich bin wieder da, aber nicht mehr der Alte. Der neue Malcom ist bereit für alle Herausforderungen, die das Leben mit sich bringt, auch für die Herausforderungen in meinem Job. Ich werde wieder das machen, was ich am besten kann, nämlich Verteidiger in Strafverfahren, mit all meinem Herzblut."

Lena blieb skeptisch. „Und wenn ein Fall verloren geht?"

„Ich habe nicht den Anspruch, jeden Prozess zu gewinnen, Lena. Das kann niemand. Aber ich kann alles das tun, was in meiner Macht steht. Nicht jeder Mandant ist unschuldig. Ich bin nun einmal Strafverteidiger, ich bewege mich auf dünnem Eis und muss auch damit rechnen, einmal einzubrechen."

12.

Das Lokal, das Richter Louis für die Besprechung mit Malcom gewählt hatte, lag weit außerhalb der Stadt, ein ländliches Anwesen mit einer exzellenten Speisekarte. Die Einrichtung war alt und verschlissen, allerdings hinderte es die Gäste ganz offensichtlich nicht daran, das Lokal regelrecht zu stürmen.

Will saß an einem Tisch in der hinteren rechten Ecke und hatte bereits einen Weißwein vor sich stehen. Zwei Speisekarten lagen bereit.

Malcom und Will begrüßten sich herzlich, obwohl sie in der Vergangenheit nie privat miteinander zu tun gehabt hatten.

„Wie bekommt Ihnen der Ruhestand, Will?"

„Oh, mir geht es damit bestens, manchmal ein wenig langweilig nur Garten und Enkelkinder, aber ich kann nicht sagen, dass mir mein Hammer fehlt. Daheim klopft eh meine Frau auf den Tisch, aber ich habe kein Problem damit.
Und Sie Malcom, was machen Sie denn für Sachen?"

Malcom blies die Backen auf.

„Sie haben doch hoffentlich Ihre Zulassung noch?"

Malcom hatte sich wieder gefangen: „Natürlich habe ich meine Zulassung noch, aber offen gestanden, es war knapp. Ich konnte rechtzeitig die Handbremse ziehen. Das Leben hat mich wieder und ich bete zu Gott, es möge so bleiben."

Die Bedienung erschien und Malcom bestellte Wasser und Kaffee, Steak und Potatos. Der Richter schloss sich dem Essen an.

Als die Bedienung gegangen war, musterte Will seinen Gegenüber mit ernster Miene: „Sie wissen aber schon, wie sehr sich die Sache mit Ihnen herumgesprochen hat? Wie ein Lauffeuer verbreitet sich so etwas. Auch vor den Kreisen der Justiz wird Ihr Problem keinen Halt machen. Sie werden sich schwer tun, Ihren Ruf wieder herzustellen, das wissen Sie hoffentlich."

Als Malcom verwirrt blickte, ergänzte Will: „Malcom, es ist doch Ihren Kollegen nicht verborgen geblieben, Corpus ist eine Kleinstadt, was haben Sie denn gedacht?"

Malcom nickte. „Nun gut, dann werde ich den Damen und Herren Kollegen den Beweis liefern, auferstanden zu sein, was bleibt mir auch sonst übrig."

„Haben Sie nie daran gedacht, Ihre Kanzlei nach Houston, Austin oder Dallas zu verlegen? Ich meine, dort in der Anonymität täten Sie sich sicher leichter."

„Es würde mich einholen Will, immer und immer wieder. Nein. Ich bleibe hier, hier ist meine Front."

Will lachte. „Tapfer! Ob es dumm ist, wird sich herausstellen."

Nach einer kleinen Pause kam Will dann endlich zur Sache.

„Können Sie sich denken, weshalb ich Sie sprechen wollte?"

„Ungefähr, nicht genau. Lena hat gesagt, es ginge um Henry McGyer."

„Ich muss Sie nicht fragen, ob Sie sich an den Fall erinnern Malcom, ich weiß, Sie tun es. Sie kennen jede Einzelheit."

Malcom sagte nichts.

„Das ist jetzt über fünf Jahre her, seit ich den Hammer über das Haupt dieses unglücklichen jungen Mannes hob! Henry, ein anständiger junger Mann, der sich zuvor nie etwas zu Schulden kommen lassen hat. Er ist nicht besonders intelligent, zugegeben, aber doch rechtschaffen. Und ich habe ihn verurteilt. Verurteilen müssen! Glauben Sie, ich habe nicht auch Schuldgefühle gehabt, Malcom?

Sie wissen, wie sehr ich genau wie Sie an der Schuld dieses Mannes gezweifelt habe, aber es war nichts, aber rein gar nichts Entlastendes zu finden. Das Blut der Toten befand sich an seiner Kleidung, das blutige Messer in seiner Hand. Es klebte an ihm der Vorwurf, das Opfer getötet zu haben, weil er es vergewaltigen wollte. Es gab an der Tür keine Einbruchsspuren, das Opfer hatte definitiv selbst dem Mörder die Tür geöffnet. Also lag die Vermutung nahe, dass die Frau noch lebte, als Henry die Wohnung betrat, ergo musste er sie umgebracht haben." Will nahm einen Schluck Wein.

Das Opfer hatte ja ganz offensichtlich auf Henry gewartet, weil nachweislich in der Firma von Henry ein Wasserschaden durch die Tote gemeldet wurde. Im Bad fand man in der Tat eine undichte Leitung.

Niemand konnte seine Behauptung beweisen, die Tür habe offen gestanden und die junge Frau sei schon tot gewesen. Der festgestellte Todeszeitpunkt unterstützte auch noch Henrys Schuld!"

Malcom blickte ihm direkt in die Augen. „Ich weiß das alles Will, ich werde nie das Entsetzen in Henrys Gesicht vergessen, niemals das Schluchzen seiner Mutter und Familie. Am meisten hat es mich persönlich getroffen, weil Henry mich nicht mehr sehen wollte. Will, er hat mir die Schuld gegeben für seine Verurteilung. Er hat mir vertraut und ich habe es nicht geschafft. Stattdessen habe ich mich auf einen kranken Deal eingelassen. Das alles hat mich fertig gemacht."

„Aber jetzt haben wir eine reelle Chance, Malcom. An dem Fall stimmt etwas nicht, das ging alles viel zu glatt!"

„Will, das sind meine Worte, Worte, die nie jemand hören wollte!"

Will hatte sich etwas vorgelehnt und flüsterte beinahe. „Und jetzt halten Sie sich fest. Eine identische Tat ist vor einer Woche nach gleichem Muster abgelaufen. Wieder eine tote Frau Anfang dreißig in ihrer Wohnung erstochen, wieder blond, schlank und hochgewachsen. Wieder alleinstehend, wieder spärlich bekleidet, als hätte sie soeben ihren Freier verabschiedet. Wieder ein gemeldeter Wasserschaden und wieder der Notruf 911, ohne einen Namen des Anrufers, abgesetzt von einer Telefonzelle. Und wieder wurde auf frischer Tat der Mörder überwältigt. Was sagen Sie jetzt?" Will schränkte die Arme übereinander und lehnte sich zurück.

Malcom runzelte die Stirn. „Zugegeben, viele identische Merkmale, aber das muss nichts heißen. Wissen Sie wie viele Frauen jeden Tag ermordet und erstochen werden?"

„Ja, das weiß ich, aber nicht jede ruft kurz vor ihrem Tod einen Monteur und meldet einen Wasserschaden und wird dann von dem Monteur erstochen." Will saß noch immer zurückgelehnt und mit verschränkten Armen da.

Die Bedienung servierte das Essen, was beide mehr oder minder schweigend einnahmen. Nachdem die Bedienung einen weiteren Kaffee serviert hatte, sah Malcom Richter Louis streng an.

„Ich habe von dem weiteren Mord in der Tagespresse gelesen, ohne ihn jedoch mit Henrys Fall irgendwie in Verbindung zu bringen. Henrys Opfer lebte in Laredo. Soweit ich mich erinnere, ist der neue Mord hier in Corpus Christi geschehen."

„Völlig richtig, aber die Entfernungen nach Laredo von Corpus Christi aus, ist sehr gering, wenn ich mir mal den Bundesstaat Texas vor Augen halte. Lediglich zweieinhalb Autostunden, das ist nichts!"

„Sie meinen ernsthaft, es handelt sich bei dem Fall in Corpus Christi um den gleichen Täter, wie im Falle des Mordes an dieser Helen in Laredo?"

Richter Louis schwieg und Malcom führt mit zusammengekniffenen Augen weitere Theorien ins Feld.

„Angenommen, es ist der gleiche Täter, er könnte auch in Monterrey oder Austin oder wer weiß wo leben."

„Stimmt natürlich, aber Corpus und Laredo haben die gleichen Oberen Gerichtsbezirke."

„Will, ich kann Ihnen nicht folgen, wirklich nicht. Was hat denn der Gerichtsbezirk damit zu tun."

„Das weiß ich auch nicht so genau, aber ich habe einfach nur zu beiden Fällen immer die Parallelen gezogen. Alles was identisch ist, habe ich mir notiert, natürlich nur das, was ich in der Kürze der Zeit ermitteln konnte. Ich habe natürlich zu dem aktuellen Fall keine Akteneinsicht. Und die Akten des alten Falls sind momentan nicht auffindbar. Was allein schon sehr seltsam ist."

„Ermitteln? Sie ermitteln? Ist es Ihnen vielleicht doch langweiliger zu Hause, als Sie vorher zugegeben haben?"

Will grinste. „Mal, Sie müssen den Fall in Corpus Christi übernehmen, melden Sie sich als Pflichtverteidiger. Ich werde schon für das Mandat sorgen. Es wird eh keinen großen Run auf diesen Fall geben. Niemand macht sich gerne die Hände schmutzig, wenn alles so eindeutig ist. Und wie es aussieht, kommt der Fall vor eben dieses selbe Obere Gericht, vor derselben Gerichtsnebenstelle wie im Falle Henry McGyer, und alle erwarten das gleiche Urteil.
Seit der Zusammenlegung der einiger Gerichtsbezirke trifft man notgedrungen auch immer wieder auf die gleichen Statisten!"

„Ich soll was? Will, wissen Sie, was Sie von mir verlangen?"

„Natürlich weiß ich das. Wenn Sie verlieren, wandert auch dieser Mann ins Gefängnis oder gar in die Todeszelle, aber wenn Sie gewinnen, bekommen Sie auch Henry frei. Wir müssen nur beide Fälle nehmen und alle Parallelen herausfinden. Wir müssen die neuen Aspekte nehmen und diese mit dem alten Fall vergleichen, wir müssen einfach in beiden Fällen gleichzeitig ermitteln und die Ergebnisse übereinanderlegen, wir…"

„Will? Wer ist wir?"

„Na, wir zwei Hübschen, Arthur Milles, Lilli Vodego und Crash."

„Moment Will, das geht mir jetzt alles viel zu schnell. Arthur und Lilli haben doch bestimmt längst andere Jobs. Und Crash, ist das nicht der Hacker, den Sie in den Knast gebracht haben? Und noch etwas! Was, wenn wir uns irren, was, wenn es gar keine Parallelen gibt?"

Louis´ Grinsen wurde breiter. „Das Team steht bereit, Malcom, alle stehen hinter Ihnen, auch Crash. Und wenn wir uns irren, na ja, dann ist es auch nicht anders als jetzt auch."

„Wenn die Morde so identisch sind, dann ist doch vor uns längst die Polizei auf diese Tatsache gestoßen und würde doch in dieser Richtung ermitteln!"

„Ach Blödsinn, wieso sollte sich die Polizei mehr Arbeit als nötig machen? Henrys Fall ist abgeschlossen, er ist verurteilt, im neuen Fall ist der Mörder auf frischer Tat ertappt worden. Die Polizei versinkt in Fluten ungelöster Fälle, da ist doch jeder froh, wenn er einen Fall zur Seite schieben kann. Außerdem ist für die Ermittlungsarbeit eine ganz andere Polizeibehörde zuständig als damals im Falle Henry McGyer. Ich brauche Ihnen doch nicht zu sagen, wie wenig sich die Herren untereinander austauschen!"

„Wer wird der Ankläger sein? Wer würde den Vorsitz übernehmen?"

„Die Anklage würde Albert Burn übernehmen, Albert, der so gerne Richter geworden wäre, aber die Wahl ging nicht für ihn aus, stattdessen hat ihm George T. Stabler den Vorsitz weggeschnappt. Und Stabler wird die Verhandlung führen."

„George T. Stabler, mein Sargnagel. Damals der Staatsanwalt im Fall Henry McGyer. Burn damals als zweiter Staatsanwalt aktiv. Na bravo, da haben wir es. Das ist die gleiche Besetzung wie im Fall McGyer, nur haben sich einige Rollen vertauscht. Nur meine ist geblieben. Die Rolle des Verlierers."

Will blickte Malcom streng an. „Die gleichen Akteure in anderen Rollen, ja, aber Ihre Rolle ist dieses Mal die Rolle des Gewinners."

„Weil Sie dieses Mal an meiner Seite kämpfen?"

„Auch! Und unser Vorteil ist, Staatsanwaltschaft und Richter denken, sie haben den Fall in der Tasche und werden sich nicht besondere Mühe geben. Gleicher Fall, gleiches Urteil, gleiche Beweise."

„Wo genau liegt der Vorteil? Ich sehe keinen!"

[64]

„Malcom, wir haben es doch vorher besprochen, niemand hat wirklich eine Motivation der Sache auf den Grund zu gehen. Die Beweise, die vorgefunden wurden, sind eindeutig, die können Sie nicht entkräften. Also macht Burn das, was Stabler damals machte und Stabler macht das, was ich seinerzeit machte. Aber Sie, Sie werden alles anders machen, auch wenn es für das Gericht nicht sofort erkennbar ist."

Malcom war nicht überzeugt.

„Wir machen es so, ich melde mich als Pflichtverteidiger, um die Akteneinsicht zu bekommen. Ich besuche den Angeklagten und spreche mit ihm, dann sehen wir weiter. Wenn ich bis dahin überzeugt bin, ziehen wir die Sache durch. Wenn nicht, lege ich das Mandat nieder und Sie müssen sich eine andere Freizeitbeschäftigung suchen."

13.

Malcom betrat das San Antonio Jail Bexar County mit einem mulmigen Gefühl. Obwohl er in den vergangenen Jahren einige Male hier war, war dies ein Ort, in dem Verzweiflung aus jeder Ritze schrie.

Er kannte keinen anderen Platz, in denen mehr gestandene Mannsbilder Angst um ihr Leben hatten. Besonders in diesem Gefängnis florierte das illegale Geschäft in jeder kriminellen Struktur, insbesondere die Bandenkriminalität war hier hoch angesiedelt. Die dicken Mauern täuschten nicht über die alltäglichen Probleme hinweg, Drogen und Waffen waren ebenso einfach zu beschaffen, wie Donuts oder Kaugummi. Körperverletzungen, ja sogar Morde, bestimmten das Leben innerhalb dieser Mauern. Die mexikanische Mafia und Mitglieder der Bande Tango Orejon hielten die neunhundert Wächter ganz schön auf Trapp.

Malcom passierte die Sicherheitsschleuse und wurde in einen Besprechungsraum geführt. Kurze Zeit später erschien der mutmaßliche Mörder Caroline Hunters.

Er trug um seine Fußknöchel Ketten, die ihm nur kleine Schritte erlaubten. Das Orange seiner Kleidung machte ihn blasser, als er ohnehin schon war.
Sein Haar war kurz geschnitten, seine Gesichtszüge eben. Seine Augen verrieten eine ausgesprochen scharfsinnige Wahrnehmungsgabe.

Peter wurden die Handschellen abgenommen, die mit einer Kette an seinen Fußfesseln verbunden waren.

Peter Lakow setzte sich Malcom gegenüber und schaute ihn angstvoll an.

Der Wärter verließ den Raum mit dem Hinweis, Malcom möge klingeln, wenn er fertig sei, oder wenn er sich von dem Inhaftierten bedroht fühlte.

Malcom brachte ein müdes Lächeln zustande, als er sich Peter Lakow als seinen Pflichtverteidiger vorstellte.

Peter schwieg.

„Mr. Lakow, würden Sie mir bitte aus Ihrer Sicht schildern, was am Tage des Mordes genau passiert ist?"

Peter schwieg.

„Mr. Lakow, Sie müssen mir schon erzählen, wie es zu dieser Verhaftung kam, wenn ich Ihnen helfen soll."

Peter schwieg weiterhin. Malcom war irritiert.

Nach einer Weile des Schweigens begann Malcom erneut „Peter, möchten Sie überhaupt, dass ich Ihnen helfe?"

Peter nickte.

„Dann müssen Sie aber mit mir reden!"

Peter senkte den Blick und schwieg.

„Ich weiß, es ist schwer für Sie hier zu sein, aber es hilft uns nicht weiter, wenn Sie mir nicht vertrauen. Wir sind unter uns. Ich bin Ihr Anwalt und alles was wir hier besprechen, jedes einzelne Detail, unterliegt der anwaltlichen Verschwiegenheit."

Peter nickte. Er sah Malcom durchdringend an, senkte wieder seinen Blick. Dann zeigte er mit dem Zeigefinger auf sich, deutete auf seinen Mund und seine Ohren und schüttelte den Kopf.

Endlich hatte Malcom begriffen! Peter war taubstumm! Er konnte weder sprechen, noch hören, aber offensichtlich konnte er von seinen Lippen lesen. Deshalb waren Malcom auch vorher seine wachsamen Augen sofort aufgefallen.

Verflixt nochmal, warum hatte es ihm denn niemand vorher gesagt, weshalb hat Will ihm das nicht erzählt und wieso verflixt noch einmal stand darüber nichts in der Akte?

Wie um alles in der Welt sollte er sich denn jetzt mit dem Mandanten unterhalten, wenn keine Antworten zu erwarten waren.

Er suchte nach einer Kopie des Ausweises in den Akten, suchte nach einem Hinweis auf diese Behinderung. Er hatte sich nicht geirrt, es war nichts dergleichen vermerkt. Er fand die Ausweiskopie, darauf fand er die

Buchstaben HP für handicapend People, die Art der Behinderung war nicht aufgeführt.

Verlegen blätterte Malcom in der Akte und stieß auf das Vernehmungsprotokoll. „Peter, Sie haben bei der Vernehmung im Polizeirevier ein Geständnis abgelegt und genau geschildert, was passiert ist. Das wundert mich, denn ich kann nicht erkennen, ob ein Gebärdendolmetscher anwesend war."

Peter schüttelte den Kopf.

„Heißt das, es war kein Dolmetscher anwesend?" Malcoms Entrüstung stieg.

Peter bestätigte es mit einem Nicken.

„Aber ich habe hier Ihre Aussage!"

Schulterzucken.

„Haben Sie das hier unterschrieben?"

Ein weiteres Nicken.

„Haben Sie den Beamten den Tathergang aufgeschrieben?"

Kopfschütteln.

„Aber wie haben dann die Beamten Ihre Aussage denn aufnehmen können?"

Schulterzucken.

Malcom durchfuhr ein Blitz. Konnte das denn sein? War es tatsächlich möglich? Niemand hatte diese Behinderung wahrgenommen? Hatten die Beamten ihm das Geständnis untergejubelt?

Malcom beugte sich über den Tisch näher zu Peter. „Peter, das ist jetzt ganz wichtig! Haben die Beamten bemerkt, dass Sie taubstumm sind? Wurde Ihnen ein Dolmetscher angeboten?"

Kopfschütteln.

„Aber ein Anwalt wurde Ihnen angeboten? Ihre Rechte wurden vorgelesen?"

Schulterzucken.

„Peter, denken Sie nach, die Beamten haben also gar nichts bemerkt, Ihre Taubstummheit ist ihnen nicht aufgefallen?"

Kopfschütteln.

„Hat überhaupt jemand bemerkt, dass Sie taubstumm sind, ich meine, hier im Gefängnis?"

Kopfschütteln.

Malcom war fassungslos.

„Peter, ich beherrsche die Gebärdensprache nicht, so können wir uns also nicht richtig unterhalten. Ich komme morgen mit einem Dolmetscher und einem Kollegen nochmals vorbei. Halten Sie sich bis dahin jeden Ärger vom Leib. Ich weiß, das ist hier nicht so leicht."

Draußen vor der Tür atmete Malcom einige Male tief durch. Noch immer hatte er sich nicht ganz gefasst.
Hier bahnte sich ein Skandal an, der in der unteren Polizeibehörde begann.

Malcom bestieg sein Auto und fuhr langsamer als gewohnt zurück in seine Kanzlei nach Corpus Christi. Dort bat er seine Sekretärin Lilli, alle Teammitglieder zu unterrichten, sich in einer Stunde in seinem Büro einzufinden.

Malcom selbst ging zum Lunch. Er brauchte jetzt Menschen um sich herum.

14.
Das Team war pünktlich. Inzwischen hatte Lilli jedem die Akte Lakow kopiert und ebenso jedem die Akte McGyer. Malcom bat das Team, sich in der Akte Lakow den Ausweis und das Vernehmungsprotokoll anzuschauen.

„Fällt irgendjemandem etwas auf?", fragte er.

Crash nahm seinen eigenen Ausweis in die Hand und verglich ihn mit dem von Peter. „Hmm, was hat das HP auf dem Ausweis bei Lakow zu bedeuten?"

Malcom grinste. „Bingo. HP handicapend Person."

Will blickte auf, „Peter hat eine Behinderung? Davon habe ich in der Akte nichts gefunden. Welcher Art?"

„Peter Lakow ist taubstumm."

Die Gruppe wurde unruhig.

Arthur Milles schob sich seine Brille zurecht. Das machte er immer, wenn er aufgeregt war. „In dem Vernehmungsprotokoll steht aber nichts davon, und überhaupt habe ich darüber nichts gelesen oder einen anderen Hinweis gefunden."

„Völlig korrekt, denn bislang ist es weder den Zeugen, die Peter überwältigt haben, noch den verhaftenden Beamten, noch den vernehmenden Beamten, noch der Gefängnisaufsicht aufgefallen."

„Aha", bemerkte Will, „und woher kommen dann die Aussage und das Geständnis? Hat Peter es aufgeschrieben?"

„Nein, eben nicht", kommentierte Malcom, „ich fürchte, der übereifrige Sheriff hat die Geschichte vordiktiert und Peter unterschreiben lassen. Anders kann ich mir das Zustandekommen des Geständnisses gar nicht erklären. Peter kann von den Lippen lesen, das funktioniert aber nur, wenn sich der Sprecher direkt an ihn wendet. Er konnte mir zum Beispiel nicht sagen, ob ihm seine Rechte vorgelesen wurden oder ob ihm ein Anwalt angeboten wurde."

Crash pfiff durch seine Zähne.

„Leider haben wir jetzt keine Parallele zu dem McGyer-Fall, jedenfalls was das Geständnis betrifft. Henry kann sprechen, er hat zwar unter dem Druck des Verhörs gestanden, hat aber noch am gleichen Tag widerrufen."

Lilli schaute auf. „Haben wir doch Mal, auch Henry hat ein HP in seinem Ausweis!"

Das Team starrte auf Lilli. „Wie bitte?" Richter Louis war aufgesprungen. „Wir müssen sofort herausfinden, wofür dieses HP steht. Ich rufe Misses McGyer an."

Henrys Mutter war zunächst sehr erschrocken über den Anruf von Will Louis und anfänglich nicht bereit, mit ihm zu reden. Nachdem aber Will ihr versicherte, nach

Unschuldsbeweisen zusammen mit Malcom zu suchen, war sie zu einer Kooperation bereit.

Sie erzählte, Henry habe im Alter von fünf Jahren eine Kinderlähmung bekommen, die allerdings kaum noch ausgeprägt sei. Lediglich sein linker Arm sei nicht so stark wie der rechte Arm. Durch eine gleichzeitig aufgetretene Hirnhautentzündung sei sein Gehirn dauerhaft leicht in Mitleidenschaft gezogen worden. So sei er nicht in der Lage, sich lange auf etwas zu konzentrieren, Lesen und Schreiben könne er nur seinen Namen und Zahlen, jedenfalls hätte diese Behinderung gereicht, um ihm den Stempel HP in seinem Ausweis zu verpassen. Sie ärgerte sich darüber, denn ihr Junge wäre dadurch andauernd benachteiligt worden.

Lilli blätterte hektisch in der Akte McGyer. „Henry gab an, sowohl Links- als auch Rechtshänder zu sein. Das Opfer wurde mit einem Stich ins Herz, geführt durch die linke Hand des Täters, getötet. Bei wenig Kraft im linken Arm hätte doch Henry unbewusst die rechte Hand nehmen müssen, oder nicht?" Lilli blickte von einem zum anderen.

„Caroline, das zweite Opfer wurde ebenfalls von einem Linkshänder getötet! Ist Peter Linkshänder?"

Malcom zuckte die Schultern, es fanden sich keine Hinweise in der Akte. „Ich erinnere mich, wie er mir Zeichen mit der linken Hand gab, was aber nicht unbedingt etwas zu bedeuten hat. Das klären wir morgen."

„Ich kenne da jemanden, der die Gebärdensprache beherrscht, nicht als offizieller Dolmetscher, aber er kann das ziemlich fließend", bemerkte Crash.

„Das wäre das nächste Thema, über das wir sprechen müssen. Auf gar keinen Fall sollte vor der offiziellen Anhörung das Handicap bekannt werden. Wir könnten hier einen Zeitvorteil raus ziehen.

Wir können nämlich damit beantragen, das Ermittlungsverfahren wegen eines Verfahrensfehlers für ungültig zu erklären. Burn wird uns vor die Grand Jury zerren, aber er wird seinen Klageantrag nicht durchbringen. Damit wäre die Anklage gezwungen, ganz von vorn zu beginnen. Neue Ermittlungen und dann das Ganze noch einmal von vorn!

Wir bekommen damit Luft, um Beweise zu sammeln, die gegen die Schuld unserer Mandanten Henry und Peter sprechen. Es bedeutet allerdings auch für Henry und Peter ein verlängerter Aufenthalt in Haft, aber nur so können wir die Behörden dazu bewegen, die offenbar bereits abgeschlossenen Ermittlungen wieder aufzunehmen.

Aus diesem Grund dürfen wir momentan auch keinen offiziellen Dolmetscher beauftragen. Allerdings müssen wir uns irgendwie mit Peter verständigen. Also, sagen

Sie Ihrem Freund, er soll morgen Früh um zehn Uhr vor dem Jale auf mich und Will warten."

Malcom lief auf und ab. Blieb stehen, drehte sich um und begann wieder auf und ab zu schreiten. „Wir werden aber mit an Sicherheit grenzender Wahrscheinlichkeit zwar auf den Mangel hinweisen und auch mit Webber einen Hexentanz machen, aber erst vor der Grand Jury, Burn wird seinen Antrag zurückziehen, denn wenn er die Grand Jury entscheiden lässt, und diese sich gegen eine Klageerhebung entscheidet, kann Peter nie mehr wegen dieses Verbrechens angeklagt werden. Zwar würden die Ermittlungen von neuem beginnen, aber zu keiner anderen Verhaftung führen und Peter hätte sein Leben lang den Makel eines eventuellen Mörders an sich haften. Zudem würde auch Henry weiterhin im Gefängnis bleiben! Nein! Ich will einen Freispruch, ich will – wie im Fernsehen – in der Verhandlung den richtigen Täter präsentieren. Ich will damit die Gerechtigkeit auch für Henry wiederherstellen! Mit einer Verfahrenseinstellung gegen Peter ist uns nicht geholfen, wir gehen auf`s Ganze! Jawohl, das machen wir! Wenn der Schuss nach hinten losgeht, müssen wir uns eben durch alle Instanzen quälen."

„Das Gericht wird aber Peters Fall ganz sicher neu aufrollen lassen, wenn er vor der Grand Jury nicht durchgeht. Burn wird erneute Ermittlungen fordern, damit müssen wir rechnen. Vielleicht finden die Behörden keinen anderen Täter und lassen unsere

Argumente nicht gelten, auch darauf sollten wir vorbereitet sein", gab Will zu bedenken.

„Aber diese kleine Spitzfindigkeit verschafft uns Zeit, die wir sicher dringend brauchen werden", überlegte Malcom.

„Wenn wir aber keinen neuen Täter präsentieren können, was dann?"

„Dann verlangen wir in jedem Fall Freispruch aufgrund erheblicher Zweifel! Ich bin sicher, auch den Fall McGyer wenigstens in diese Richtung zu bringen."

Will versuchte wieder Ruhe hereinzubringen. „Nun lasst uns erst einmal das Mysterium Grand Jury planen. Wir müssen uns Schritt für Schritt durch den Dschungel kämpfen."

Malcom bestätigte: „Will hat recht."

An Lilli gewandt: „Besorgen Sie mir einen Termin bei der Staatsanwaltschaft, wir brauchen Zugang zum Tatort. Ich brauche eine Zutrittserlaubnis.
Ich brauche eine Landkarte und eine Gemarkungskarte. Wir müssen prüfen, welche Zufahrtsmöglichkeiten es zu dem Objekt gibt und wie stark sie frequentiert sind.
Die Namen einiger Nachbarn wären auch nicht schlecht und finden Sie heraus, wovon diese Caroline gelebt hat, Beruf, soziale Kontakte, Freunde, Familie.

Wurde ein Computer in der Wohnung des Opfers sichergestellt?" Malcoms Elan sprudelte und steckte das Team an. „Suchen Sie das gleiche auch im Falle McGyer zusammen!"

„So gefallen Sie mir, Malcom", platzte Will heraus.

Malcom fürchtete sich nicht vor der Grand Jury, trotz ihrer Machtposition. Die Grand Jury gilt als mächtigstes und doch mysteriösestes Organ im amerikanischen Justizwesen. In der Bevölkerung wird sie als eine Art Puffer zwischen Staat und Bevölkerung verstanden, eine Art Schutzschild vor willkürlicher Strafverfolgung.

Das Reglement im vierten Zusatzartikel der Verfassung, das sogenannte „Fourth Amendment", ist eindeutig das verbriefte Recht eines freien Bürgers. Niemand darf angeklagt werden, wenn nicht zumindest ein begründeter Anfangsverdacht, der „probable cause" plausibel dargestellt werden kann.
Malcom wusste, dieser begründete Anfangsverdacht gegen Peter war augenscheinlich mehr als gegeben und unter normalen Umständen hätte jeder Staatsanwalt ein leichtes Spiel mit den Laienjuroren gehabt und die Zulassung der Anklage durchgesetzt.

Der Vertreter der Anklage würde seine Showbühne hoch erhobenen Hauptes verlassen. Wiederholt wäre dann die Grand Jury als Plattform zur Absicherung der eigenen Karriere missbraucht worden, denn aus dem Ergebnis dieses Laiengremiums kann durchaus die Erkenntnis

[78]

gezogen werden, ob ein Prozess erfolgreich zur Verurteilung führen kann. In unverhohlener Art und Weise ist dies durchaus eine Untergrabung des Justizsystems, doch durchaus gängige und gelebte Praxis. So benutzen, besser gesagt, missbrauchen, in der Regel die Staatsanwälte die Grand Jury als Karriereleiter. Damit ist die Anhörung vor der Jury immer weniger als Mittel zur Wahrheitsfindung dienlich, was sie im ursprünglichen Sinne jedoch sein sollte. Ergo bringen die Vertreter des Staates nur die Fälle vor Gericht, in denen sie voraussichtlich obsiegen werden. Die Grand Jury liefert mit ihrer Zustimmung zur Klageergebung praktisch schon das „Schuldig im Sinne der Anklage" mit.

Leider liegen auch hier Theorie und Praxis zum Schutz des unbescholtenen Bürgers weit auseinander.

Der ursprüngliche Gedanke, diesen Bürger, dem jetzt ein so ungeheuerliches Verbrechen durch den Staat vorgeworfen wird, so lange zu schützen, bis der Staat nach der nicht öffentlichen Anhörung offiziell Anklage erheben darf, ist in Peters Fall mehr als eine Phrase. Alle Zeitungen hatten von Peters Verhaftung und der bevorstehenden Anklage berichtet. Einige fleißige Reporter hatten sogar Fotos von Peter erhascht, woher auch immer. Unbehelligt und anonym sollte jeder Tatverdächtige den Gerichtssaal nach der Anhörung durch die Grand Jury verlassen können, wenn sich der Anfangsverdacht nicht bestätigen oder nachweisen ließe. Welche Ironie!

15.

Pünktlich um zehn Uhr betrat Malcom mit seinem Gefolge das Jale und ließ sich erneut in den Besprechungsraum führen. Da es durchaus üblich war, wenn mehrere Anwälte zusammen einen Inhaftierten vertraten, wurden keine Fragen gestellt. Das Jale hatte andere Probleme.

Peter erklärte dem Dolmetscher jedes Detail, jeden Ablauf und konnte konkrete Uhrzeiten zu konkreten Begebenheiten liefern. Er erzählte von Joe und der abgesagten Verabredung zum Footballspiel. Da er in Rufbereitschaft war, nahm er die Tour zu Caroline an. Er parkte vor dem Haus und nahm sein Werkzeug aus dem Kofferraum.

Seit er aus der Schule sei, würde er für diese Sanitär- und Installationsfirma arbeiten und nein, es ist ganz und gar nicht ungewöhnlich, wenn spät abends Kunden noch anriefen.

Er wunderte sich zwar über die vorgefundene offene Haustür, aber er vermutete, die Kundin habe dafür gesorgt. Sein Chef hatte sicherlich der Kundin von seiner Behinderung erzählt, deshalb war es logisch für ihn, eine offene Tür vorzufinden.
Mit dem Aufzug sei er zu dem angegebenen Appartement gefahren, die Eingangstür hätte einen Spalt offen gestanden, er hätte geklingelt, aber niemand erschien.

Da er ja nicht hören konnte, ob ihn jemand hereingerufen habe, sei er in den Flur getreten und hätte dort eine Frau blutüberströmt auf dem Boden liegend vorgefunden.

Er sei erschrocken gewesen, zu ihr hingelaufen und hätte mehr aus Reflex das Messer aus ihrer Brust gezogen. In diesem Moment hätten ihn auch schon zwei fremde Männer überwältigt und ziemlich gleichzeitig war auch die Polizei erschienen.

Er wurde abgeführt und verhört. Manchmal war nur ein Beamter im Zimmer, der jüngere von ihnen wurde einige Male herausgeschickt, um Kaffee oder Wasser zu holen. Bei der Unterschrift sei nur der ältere Beamte zugegen gewesen.

Ja, er hätte gewusst, was er da unterschreibt, aber er habe so schreckliche Angst gehabt. Nach mehreren Stunden hätte er sich dann schlicht geschlagen gegeben. Durchgelesen habe er sich das Protokoll nicht, so viel Zeit habe ihm auch der Beamte nicht gelassen. Er habe nicht alles von den Lippen lesen können, die Beamten saßen seitlich von ihm. Ein Aufnahmegerät stand auf dem Tisch, es war wohl eingeschaltet, er wisse aber nicht, ob auch Kameras in dem Raum gewesen seien.

Die Frage, ob er Rechts- oder Linkshänder sei, beantwortete er auch. Demnach wäre es unlogisch, wenn ein Rechtshänder mit der linken Hand sein Opfer angreifen würde.

Nach zwei Stunden verabschiedeten sie sich von Peter und Will und Malcom rasten über die Interstate 37 zurück nach Corpus Christi.

Burn kam gerade aus der Mittagspause. Malcom hatte es gerade so geschafft, einigermaßen pünktlich zu dem Termin zu kommen.

„Mr. Malcom Bloons! Wer hätte das gedacht, Sie je wieder hier begrüßen zu dürfen." Der Sarkasmus war nicht zu überhören.

„Ja, Mr. Burn, hätte ich auch nicht gedacht, Sie hier in diesem Büro je wieder anzutreffen, dachte eigentlich, Sie würden den Richterstuhl wärmen." Das saß! Malcom hatte seine empfindliche Stelle getroffen.

„Ihre Sekretärin hat eine Zugangsbescheinigung verlangt. Ist das wirklich nötig? Der Tatort ist noch versiegelt."

„Aber spurentechnisch und forensisch ist der Tatort freigegeben, so steht es jedenfalls im Polizeireport."

Burn rümpfte die Nase. „Sie wissen aber schon, Sie dürfen nichts vom Tatort entfernen!"

„Albert, jetzt bitte ich Sie aber! Was soll das? Denken Sie, ich trinke die Schnapsvorräte leer? Es wurde doch jedes Zimmer und jedes Detail in der Wohnung fotografiert. Sie würden sofort merken, wenn eine Flasche fehlt!"

Burn gab sich geschlagen. Es wunderte ihn, wie offen Malcom mit seinem Alkoholproblem umging. Eigentlich mochten sich die beiden Anwälte und es war sicher nicht nötig, hier den Richter über den Antrag auf Zutritt entscheiden zu lassen, der Malcom diesen unweigerlich zusprechen müsste.

Malcom hatte als Verteidiger dieses Recht, das wussten beide, deshalb stellte Albert ihm auch die Bescheinigung aus. Burn reichte Malcom die Schlüssel und ein Siegel mit der Bitte, nach Verlassen des Appartements dieses wieder anzubringen. Sicher sei sicher, zumal sich noch keine Angehörigen gefunden hätten, die Ansprüche auf den Nachlass erhoben.

Malcom rannte schimpfend über den Parkplatz zu seinem Auto. „Dieser elende Wurm!"

„Regen Sie sich nicht auf Malcom, haben Sie, was wir brauchen?", Will war wie immer die Ruhe selbst.

„Und ob, er hat verlauten lassen, es gäbe noch keine bekannten Angehörigen. Schauen wir uns das Appartement zunächst an."

Malcom machte Fotos vom Parkplatz, von der Zufahrt und von dem Eingangsbereich. Es war nicht möglich, vom Parkplatz aus um das Gebäude herumzulaufen, die

Mauerabtrennung war etwa ein Meter fünfzig hoch. Den Innenhof erreichte man also nur, wenn man sich bereits im Gebäude befand, es sei denn, die Mauer würde überklettert.

Es gab ein Treppenhaus und einen Aufzug. Malcom inspizierte das Gebäude nochmals, bevor er in den Aufzug trat.

Sechzehn bewohnbare Stockwerke, zwei Kelleretagen, davon war eine die Tiefgarage. Zufahrt nur mit einem gesonderten Schlüssel.
Vom Aufzug her war die Tür zur Tiefgarage mit dem Haustürschlüssel zu öffnen.

Auf den Stockwerken eins bis fünfzehn waren jeweils achtzehn Wohnungen, die Appartements im Parterre hatten Terrassen, die darüber liegenden Etagen waren ausgestattet mit Balkonen.
In der obersten Etage waren drei Penthouse-Wohnungen. Jene Luxuswohnungen, die für Normalsterbliche unbezahlbar waren.

Malcom betrachtete die Klingelschilder. Nirgendwo stand ein Name, nur Appartementnummern, ebenso an den Briefkästen.
Seltsam. Machte die Anonymität der Großstadt jetzt schon in den Wohnanlagen einen Vorstoß?

Malcom fotografierte alles akribisch. Im Hausflur fand er einen Hinweis auf einen Hausmeisterservice, offenbar aber wohnte dieser Hausmeister nicht in diesem Gebäude, das Büro hatte nur sporadisch geöffnet.

Will und Malcom betraten den Aufzug. Eine sanfte Musik begleitete sie nach oben, eine angenehme Stimme erklärte ihnen, an welcher Etage sie gerade vorbeifuhren. Die sanfte Stimme wies darauf hin, im vierten Stock angekommen zu sein.

Sie traten aus dem Aufzug aus und verharrten einen Moment. Malcom und Will wollten hören, ob sich Türen neugieriger Nachbarn öffneten. Es blieb ruhig.

Malcom zog seinen Schlüssel hervor und ritzte das Siegel auf. Bevor er aufschloss, zogen sich beide Einmalhandschuhe über.
Will und er traten ein und schlossen sofort die Eingangstür wieder. Will betätigte den Lichtschalter, obwohl das um diese Uhrzeit völlig unnötig war.

Der Hausflur war langgezogen und mit drei Metern ausgesprochen breit. Auf der rechten Seite stand eine antike Kommode, auf ihr eine Vase und ein tragbares Telefon. Malcom nahm das Telefon vorsichtig in die Hand. Die letzten zehn Anrufe, ein- und ausgehend, waren abgespeichert. Er fotografierte jede einzelne Nummer vom Display. Es gab ein Telefonverzeichnis. Friseur, Nagelstudio, Fitnessstudio, Stilberatung. Keine privaten Einträge. Kein Hinweis auf eine Arbeitsstelle oder Kollegen. Sehr untypisch.

[85]

Hinter der ersten Tür auf der linken Seite verbarg sich das modern eingerichtete Bad.

„Meine Güte, das Bad ist so groß wie mein Wohnzimmer", staunte Will.

Badewanne, Whirlpool, Dusche, Bidet und zwei Waschbecken. Malcom bemerkte auf der Ablage der Badewanne Ränder, die von zwei Sektgläsern stammen könnten. Die Ablage war in der Höhe angebracht, dass eine in der Badewanne sitzende Person dort bequem ihr Glas abstellen konnte.

Er zog die Fotos aus den Ermittlungsakten und suchte nach dieser Aufnahme. Nichts! Offenbar hat die Spurensicherung die Ränder nicht bemerkt. Malcom machte ein Foto dieser Abdrücke.

Alles war ansonsten blitzsauber, nirgendwo Wasserflecken oder Haare. Er öffnete den Spiegelschrank, fand darin aber keinen Hinweis auf einen männlichen Besucher. Alle Haarbürsten waren verschwunden, sicherlich hatte die Spusi diese beschlagnahmt.
Der Wäschekorb im Bad war leer.

Die nächste Tür links war das Schlafzimmer, ebenfalls sehr geräumig, ausgestattet mit einem Doppelbett und deckenhohen Schränken. Die Betten waren frisch bezogen, auch wenn die Spusi hier eine gewisse

Unordnung hinterlassen hatte, war eindeutig erkennbar, in dieser Bettwäsche hatte noch niemand geschlafen. Will öffnete alle Schränke, fand aber auch hier keinen Hinweis, der auf einen männlichen Mitbewohner schließen ließ.

„Schuhe, Schuhe und nochmals Schuhe! Du liebe Zeit. Was in den Köpfen der Frauen vorgeht, weshalb sie so viele Schuhe brauchen, werde ich wohl in meinem ganzen Leben nicht verstehen!", Will war amüsiert.

An den Türrahmen hing noch die Fingerabdruckfarbe, das Ergebnis einer Zuordnung dieser Abdrücke hatte Malcom in den Akten noch nicht gesehen.
Er machte sich Notizen, er würde nachhaken, wo das Ergebnis blieb.

Vom Flur geradeaus liefen sie in die Küche. Ebenfalls blitzsauber, nichts stand herum. In der Spülmaschine standen einsam zwei Sektgläser, da aber der Spülvorgang abgeschlossen war, waren Abdrücke oder Speichelreste für die Spurensicherung nicht verwertbar. Malcom nahm eines der Gläser und lief damit zum Rand der Badewanne. Er stellte es auf den vorhandenen Fleck. Es passte. Er fotografierte es sorgfältig, so dass erkennbar war, wie gut der Sektkelch auf den Fleck passte. Dann stellte er das Glas zurück in die Spülmaschine.

„Wer betätigt denn eine Spülmaschine für nur zwei Sektgläser?", sagte Mal mehr zu sich selbst.

„Jemand, der keine Abdrücke oder Genmaterial hinterlassen will!", antwortete Will.

In der Waschmaschine fanden sie ebenfalls die frisch gewaschene Bettwäsche vor.
„Das sieht hier eher danach aus, als ob jemand gründlich saubergemacht hat. Also meine Frau würde nie eine Spülmaschine anstellen, in der nur zwei Gläser sind und auch Bettwäsche würde sie niemals abends und schon gar nicht im Negligee wechseln! Malcom, hier hat jemand den Tatort manipuliert."

Wieder machte sich Malcom Notizen. Waren im Fall McGyer auch Sektgläser in der Spülmaschine gewesen, auch gewaschene Wäsche in der Waschmaschine? Er würde auch das prüfen müssen. Irgendetwas hierzu hatte er noch im Kopf. Er war sich sicher, in der Akte McGyer etwas von einer Spül- und Waschmaschine gelesen zu haben.

Malcom blätterte in den Papieren und fand einen Hinweis in Lakows Akte. Er wunderte sich, dass trotz der dilettantischen Ermittlungsarbeit das Laufen einer Waschmaschine bemerkt wurde. Die Waschmaschine hat eine Waschzeitanzeige. Als die ermittelnden Beamten eintrafen, lief die Waschmaschine noch und zeigte vierzehn Minuten Restlaufzeit an. Die Gesamtlaufzeit betrug eine Stunde und fünfzehn Minuten. Die Polizei ging davon aus, dass das Opfer selbst die Maschine bestückt hatte, also um 21.23 Uhr die Waschmaschine eingeschaltet wurde. Demnach lebte das Opfer um 21.23 Uhr noch.

Die Gerichtsmedizin legte unabhängig davon den Todeszeitpunkt zwischen 19.30 Uhr und 21.30 Uhr fest.

Peter betrat erst 21.57 Uhr das Haus, also eine knappe halbe Stunde nach dem festgelegten Zeitpunkt.

Ein Umstand, der kein Gehör fand. Eine halbe Stunde hin oder her, was machte das schon? Peter hatte das Messer in der Hand!

„Ich finde hier weder einen Staubsauger noch einen Wischmop oder gar andere Putztücher", monierte Will. „Hier ist alles blitzsauber, also muss sie doch geputzt haben!"

„Vielleicht hat sie eine Putzfrau."

„Ja, schon möglich, aber eine Putzfrau schleppt doch nicht jedes Mal ihren Staubsauger mit."

„Und wenn es eine Putzkolonne gibt, die hier die Wohnungen reinigt?"

„Das glaube ich nicht. Das ist doch kein Hotel. Und Putzkolonnen kommen vormittags, nicht spät abends."

Durch die Küche gerieten sie in den offenen Wohn-Eß-Bereich. Teure Möbel verteilten sich in dem großen Raum, an dessen Ende der Balkon nach draußen einlud. Zwei Türen führten in den Flur zurück.

„Wir müssen nach Hinweisen suchen. Wir brauchen Papiere und Briefe, Mietvertrag, Eigentumsnachweise, Autopapiere, Bankunterlagen, Rechnungen, Kreditkarten und Gehaltsabrechnungen oder sonstige Dinge, die uns einen Hinweis auf das Leben dieser Caroline geben."

Malcom sah sich um. „Will, schauen Sie sich um. Ziemlich steril alles. Nirgendwo ist irgendetwas Persönliches von der Frau. Keine Fotos von Freunden und Familien, meine ich. An der Wand hängen nur Landschaftsbilder, aber nirgendwo Fotografien."

Malcom überlegte. „Selbst in meinem Männerhaushalt hängen Fotos von Lari und Lena und von meinen Freunden beim Fischen oder Rally fahren."

Auf einem Regal stand eine Spieluhr, sicherlich ein Sammlerstück.

Will und Malcom machten sich an die Arbeit, zogen jede Schublade auf nach der Suche nach mehr Hinweisen auf das Leben dieser Caroline Hunter.

Sie fanden in der Tat Kontoauszüge und Kreditkartenabrechnungen. Ein paar nichtssagende Rechnungen, ein Fotoalbum, Kochbücher und einen Terminkalender.
Der Terminkalender war so gut wie leer, hier und da vereinzelt ein Eintrag für einen Friseurtermin oder andere Beautytermine, keine Verabredungen. An jedem

Donnerstag befand sich ein Kreuz im Kalender, das ganze Jahr über.

Malcom sah kurz auf. Der Todestag war ein Donnerstag. Hatte das Kreuz in diesem Kalender einen Bezug dazu? Kam jeden Donnerstag ihr späterer Mörder zu ihr? Oder hatte sie jeden Donnerstag eine Verabredung mit ihrem Geliebten? Natürlich könnte das Kreuz am Donnerstag auch bedeuten, die Mülltonne herauszustellen, genauso gut wie jede andere Verabredung mit irgendjemandem.

Malcom erinnerte sich nicht, an welchem Wochentag das Opfer im Fall McGyer zu Tode gekommen war, aber er würde es feststellen.

„Es gibt keinen Mietvertrag und vom Konto werden weder Miete noch Hypotheken abgebucht.
Auf den Kreditkartenabrechnungen tauchen Tankbelege auf, demnach hat sie ein Auto.“

Malcom ging in den Flur zu dem Schlüsselkasten, den er im Vorbeigehen gesehen hatte. Tatsächlich hing dort ein Autoschlüssel eines Mercedes.

„Sie fährt einen Mercedes, der muss dann wohl unten auf dem Parkplatz oder in der Tiefgarage stehen. Den Schlüssel nehmen wir mit hinunter, damit wir uns das Auto anschauen können.“

Sie fuhren mit dem Aufzug in die Tiefgarage und fanden auf Anhieb den nagelneuen Mercedes-AMG GT S.

„Mein lieber Herr Gesangverein, das nenne ich Stil", pfiff Will.

Sie öffneten das Fahrzeug. „Hier war die Spusi noch nicht, Will, hier ist keinerlei schwarzes Pulver. Dann werden wir denen später kräftig den Marsch blasen, aber erst einmal schauen wir uns die Kiste an."

Im Handschuhfach waren die Fahrzeugpapiere, ein Ausweis, ausgestellt auf Caroline Hunter, San Franzisco, Kalifornien und ein weiteres Notizbuch mit sehr vielen Rufnummern."

„Na da schau her, was haben wir denn da!", freute sich Will. „Das nehmen wir mit."

„Dann hat es aber vor Gericht keinen Bestand, wenn wir Beweise unterschlagen."

„Malcom, zu gegebener Zeit werden wir das Notizbuch wieder platzieren. Die Behörden haben doch die Spurensicherung abgeschlossen. Uns fällt schon etwas ein, wir unterschlagen es ja nicht, sondern bringen es dann, wenn wir es brauchen, an. Natürlich kann dann auch der Staatsanwalt darin blättern, wir brauchen den Vorsprung Malcom. Wir sagen gar nichts von dem Auto und dass die Spusi es versäumt hat, hier nachzuschauen. Wir hängen den Schlüssel wieder an das Brett und gehen. Die Fingerabdrücke in dem Fahrzeug lasse ich über Crash sichern."

„Will, Sie sind verrückt."

„Da sagen Sie mir nichts Neues, genau das sagt meine Frau auch immer."

Sie fuhren wieder mit dem Aufzug in die vierte Etage und Malcom hängte den Schlüssel wieder an seinen Platz.

„Es ist doch ziemlich lebensfremd, wenn weder ein Handy noch ein Computer oder Laptop gefunden werden, oder? Sie hat hier einen Router, also hatte sie auch einen Computer. Wo würden Sie so etwas verstecken, Will?"

„Die Frage ist, ob ich in meiner eigenen Wohnung, wenn ich alleine bin, irgendetwas überhaupt verstecken muss. Ich denke eher, der wahre Mörder hat Handy und PC einfach mitgenommen. Crash wird herausfinden, ob Caroline Handy und PC besaß, vielleicht hat sie ihre Daten in einer Cloud hochgeladen, dann findet er die Daten auch ohne ihren PC."

Malcom sah Will erstaunt an. „Respekt Herr Vorsitzender a. D., bekommen Sie Nachhilfe von Crash?"

Will grinste schief und kniff Malcom ein Auge zu.

„Ich glaube, hier gibt es erst einmal für uns nichts mehr zu tun. Lassen Sie uns verschwinden und das auswerten, was wir haben." Malcom brachte das Siegel wieder an.

[93]

16.

„Maaalllll!" Larissa kam Malcom entgegengesprungen, als er die Haustür aufschloss.

„Komm schnell, Mama hat was ganz Leckeres gekocht. Und ich habe den Tisch gedeckt, komm gucken!"
Sie zog Malcom ins Esszimmer.

„Oh Lari, das hast Du wirklich sehr sehr schön gemacht, sogar schöne Kerzen brennen."

„Hallo Malcom, wie war Dein Tag?", Lena begrüßte ihn mit einem Kuss.

„Anstrengend, aber ergiebig. Was gibt es denn Feines?"

„Komm, setze Dich und lasse Dich überraschen!"

Larissa plapperte während des gesamten Essens über ihre Schule, ihre neue Freundinnen, über das schicke Kleid in dem Geschäft und schimpfte über Becky.

Lenas Ermahnungen, sie möge doch während des Essens nicht reden, hörte sie zwar, hielt sich aber nur einige Sekunden daran. Malcom war amüsiert, offenbar hatte sie sich alle Geschichten für ihn aufgehoben.

Erst als Malcom versprach, Lari morgen in die Schule zu fahren und zu warten, bis diese gemeine Becky sie ganz bestimmt gesehen habe, damit Becky ihr endlich glaubte, sie habe sehr wohl einen Papa, klang der Redeschwall ab, kam aber nicht ganz zum Erliegen.

Als Lari im Bett war, sagte Lena: „Es tut mir leid Malcom, sie kann ganz schön anstrengend sein. Ich möchte nicht, dass Du Dich durch uns gestört fühlst."

„Lena, wie kommst Du denn wieder auf so etwas. Es amüsiert mich und tut mir gut, wirklich. Erzähle mir von Deinem Tag, was habt Ihr so getrieben?"

17.

Becky kam um die Ecke. Lari stieg in genau diesem Moment aus dem Auto aus, sie hatte Malcom beordert, ebenfalls auszusteigen und sie zum Abschied in den Arm zu nehmen. Lari quittierte es mit einem lauten „Tschüss Papa, bis später!"

Dann stolzierte sie hoch erhobenen Hauptes an Becky vorbei, ohne sie eines Blickes zu würdigen.

„Weiber", lachte Malcom vor sich hin.

Crash sah müde aus, das fiel Malcom sofort auf, als er ins Büro kam und ihn mit einem Schulterklopfen vor seinem Computer begrüßte. Lilli hatte bereits Kaffee gekocht und Will und Arthur saßen vor den Unterlagen.

„Caroline Hunter hatte selbstverständlich ein Handy, ich bekomme gerade die Daten der diesjährigen Anrufliste. Eingang und Ausgang. Das Handy ist allerdings Prepaid, deshalb habt Ihr keine Handyrechnungen gefunden. Vermutlich hatte sie auch einen Computer besessen, ich bin noch nicht durch alle Clouds.

Die Telefonnummern aus dem Notizbuch habe ich ebenfalls bereits eingegeben, mein System sucht nun die dazugehörigen Namen."

„Sehr gut, Crash, sehr gut."

„Leider sind meine Ermittlungen, was die Familie angeht recht spärlich. Carolines Vater ist seit sechs Jahren tot.

Ihre Mutter lebt in der Psychiatrie und ist laut Auskunft der Pflegeanstalt nicht in der Lage, ihre Umwelt wahrzunehmen. Caroline hat noch eine Schwester, verheiratet in Australien und einen Bruder, der aber seit zehn Jahren im Knast sitzt. Sie ging in Sacramento zur Schule und ist später als Krankenschwester im Memorial tätig gewesen. Vor zwei Jahren zog sie nach Texas, von da an gibt es keine Vita mehr von ihr.

Freunde haben wir keine ausfindig gemacht, aber ich habe das Jahrbuch der High-School angefordert, vielleicht stoßen wir dann auf Menschen, die von ihr erzählen können."

Arthur hatte sich das Gebäude und die Umgebung vorgenommen. „Malcom, wir sollten uns den Tatort in Laredo auch einmal anschauen. Ich glaube, ich bin hier auf etwas gestoßen, was sicherlich ganz vielen wichtigen Größen sehr unangenehm sein wird, wenn wir es aufdecken."

Arthur blätterte in der Akte McGyer. „Ich habe kein Foto der Anlage von außen. Könntest Du mir dieses schnellstens besorgen?"

Malcom sah ihn erwartungsvoll an. Arthur hob die Hand. „Bitte, Du weißt, ich äußere mich immer erst, wenn die Sache wasserdicht ist. Also übe Dich in Geduld und bringe mir die Fotos. Hier ist die Adresse."

„Und in Google Earth kannst Du das nicht ansehen?"

Arthur lachte: „Doch, aber eigene Fotos und eigene Eindrücke sind aussagekräftiger!"

Malcom kannte Arthur aus seiner Studienzeit. Arthur hatte einige Semester Jura studiert, war dann aber in ein Wirtschaftsstudium gegangen.
Als Malcom seine Kanzlei in Corpus Christi eröffnete, bewarb sich Arthur bei ihm als Rechtsanwaltsgehilfe und bekam den Job.
Einige Zeit später kam Lilli als Unterstützung dazu. Malcom hatte seine Entscheidung nie bereut, Arthur und Lilli ebenfalls nicht.

Will und Malcom machten sich auf den Weg. Als sie auf den Parkplatz der angegebenen Adresse einbogen, blieb ihnen das Gesicht stehen.

„Schau sich das einer an! Das Gebäude ist komplett baugleich mit dem in Corpus. Ich wette, wir finden auch hier keine Namen an den Briefkästen oder an den Klingeln."

Sie sollten Recht behalten.

Will hatte sich die Fotos des ersten Tatorts zurechtgelegt. „Spannend, es gibt keinerlei Fotos von der Außenanlage. Das besagt schlicht und ergreifend, niemand hat in andere Richtungen ermittelt, für die Polizei war der Fall glasklar."

„Will, ich habe ja lange Zeit an meinem Verstand gezweifelt, ich habe immer gesagt, Henry wurde reingelegt. Ich habe das schon als fixe Idee abgetan, nur fürchte ich, es war keine Einbildung, sondern bittere Realität. Mein Gott!"
Malcom verharrte einen Moment. „Vielleicht passt sogar der Schlüssel."

Malcom lief zurück zum Auto und holte den Schlüssel aus dem Handschuhfach. Eigentlich hätte er Burn den Schlüssel schön längst zurückgeben müssen, er hatte es schlichtweg vergessen.
Die Haustür ließ sich in der Tat damit aufschließen. „Das glaube ich jetzt nicht!"

Will blätterte erneut in der Akte McGyer. „Ach Du liebe Zeit! Und ich glaube jetzt nicht, was ich hier sehe! Wissen Sie, in welchem Appartement das Verbrechen hier passiert ist?"

Malcom kannte die Antwort. „4-4-5"

„Lassen Sie uns kurz hochfahren, nur um sicher zu sein, aber ich weiß bereits jetzt, welche Musik wir im Fahrstuhl hören werden."

Sie verließen den Aufzug im vierten Stock. Vorsichtig steckten sie den Schlüssel in die Tür des Appartements 4-4-5. Sollte sie jemand erwischen, würden sie einfach behaupten, sich in der Etage geirrt zu haben. Niemand erwischte sie, der Schüssel passte nicht.

„Bei diesen Schließanlagen kommt man zwar in das Haus, aber nicht in die Wohnung. Wenn jemand diesen Schlüssel verlieren sollte, möchte ich nicht wissen, was es kostet, diese Schließanlagen auszutauschen. Wer weiß, wie viele Anlagen dieser Art es gibt!"

„Das müssen wir herausfinden und vor allem, was es mit diesen Appartements auf sich hat."

Auch die Tiefgarage war ein Spiegel des Anwesens in Corpus Christi.

Auf dem Stellplatz des Appartements 4-4-5 stand kein Fahrzeug.

„Verflixt, wir müssen nochmals in die Tiefgarage der Anlage in Corpus Christi. Wir fotografieren einfach alle Nummernschilder der abgestellten Autos in der Tiefgarage und auf dem Parkplatz, so erfahren wir zumindest etwas über die Bewohner. Und hier machen wir das Gleiche."

Auf dem Weg zum Auto schellte Malcoms Telefon, Burn meckerte herum, weil er den Schlüssel noch nicht zurückbekommen hatte, Malcom versprach, ihm diesen im Laufe des Abends vorbeizubringen.

Will sah sich nochmal um. „Wissen Sie, was mir auffällt? Ich habe hier und auch in Corpus Christi vor und in dem Gebäude noch keine Menschenseele gesehen, kein

Türenklappern, niemand ist uns im Aufzug begegnet, nichts."

Die Männer sahen sich an, stiegen ein und fuhren schweigend zurück nach Corpus Christi.

18.

Becky war an diesem Morgen in der Pause zu Lari gegangen und hatte mit ihr die Bonbons geteilt, die sie in ihrem Schulranzen hatte. Das war der Beginn einer lebenslangen Freundschaft.

Währenddessen las Richter Stabler in den Schriftsätzen der Staatsanwaltschaft im Fall Lakow. Den ersten Teil des Verfahrens hatte die Staatsanwaltschaft und die Polizeibehörde damit beendet, das Ermittlungsverfahren war also von diesen Behörden abgeschlossen worden. Der Täter ermittelt, geständig, überführt.

Beweismaterial befand sich ausreichend in der Akte. Die geplante Anklageschrift war schlüssig und nachvollziehbar. Die Zeugenaussagen ließen keinerlei Fragen offen.

Das vorliegende Beweismaterial würde er in der Verhandlung zulassen. Die Verteidigung wurde inzwischen aufgefordert, Entlastungsmaterial und Entlastungszeugen innerhalb von drei Wochen vorzulegen oder zu benennen.

Es sah nicht gut aus für Lakow. Stabler fürchtete, er würde diesen jungen Mann verurteilen müssen. Das Hindernis Grand Jury wäre ein Kinderspiel.

Er vergewisserte sich, ob er sowohl in dem Anhörungsverfahren vor der Grand Jury, als auch in dem Hauptverfahren den Vorsitz haben konnte und ließ sich das durch den Supreme Court bestätigen. Aufgrund der

Neustrukturierung einiger Gerichtsbezirke wurden auch Aufgaben, die sonst zwei oder drei verschiedene Richter in den einzelnen Phasen der Gerichtsverhandlungen wahrnahmen, zusammengelegt und an einen einzigen Richter übergeben, der dann in den unterschiedlichen Prozessen auch unterschiedliche Positionen wahrnahm.

So würde er im Anhörungsverfahren der Grand Jury lediglich der Schiedsrichter sein, ohne das Recht, den Zeugen zu befragen. Er würde nur darauf achten, dass alle Anwälte sich rechtskonform verhielten. Zusammen mit dem Vorsitzenden der Grand Jury würde er dann auch Einsprüche zulassen oder abweisen können.

Im Hauptverfahren dann hätte er alle Optionen seines Richteramtes.

Stabler setzte bereits jetzt einen Termin für die Geschworenenauswahl in dem Hauptverfahren an und lud in einem Rundschreiben jeden fünfzigsten erwachsenen Bürger der Region Corpus Christi des Bundesstaates Texas ein, ihren verbrieften Pflichten als künftiges Mitglied in einer Trial-Jury im Mordfall der Caroline Hunter, nachzukommen.

Jeder dieser pflichtgetreuen Bürger würde nun einen achtundzwanzig seitigen Fragebogen ausfüllen und inständig hoffen, nicht ausgewählt zu werden. Für einen Geschworenen gibt es keine Ausrede, die Pflicht, der Gerechtigkeit, und damit dem Volke zu dienen, hat oberste Priorität.

Zuvor jedoch würde eine Grand Jury über die Anklageerhebung entscheiden. Vor zwei Jahren waren die Juroren dieser Grand Jury ausgewählt worden und traten in Richter Stablers Bezirk mindestens zweimal in der Woche zusammen.

Diese Jurymitglieder, dreiundzwanzig an der Zahl und willkürlich in dem Bezirk ausgewählt, würden nicht auf Unvoreingenommenheit überprüft werden. Ihre einzige Aufgabe würde darin bestehen, in einem Vorverfahren festzustellen, ob der Staat Texas gegen den mutmaßlichen Mörder Peter Lakow Anklage erheben darf. Dreiundzwanzig Hüter des vierten Zusatzartikels der Verfassung, dreiundzwanzig Stimmen, die die Weichen stellen für ein Leben in Freiheit oder Gefangenschaft.

Die vorliegenden Beweise würde die Jury sichten, würde sich Zeugenaussagen anhören, vielleicht auch die Einlassung des Angeklagten anhören, Abläufe hinterfragen, um dann zu entscheiden, ob für die Erhebung der Anklageschrift die ausreichende Grundlage geschaffen würde.

Die Beweislast lag bei Burn, nicht bei Bloons. Dieser musste in diesem Verfahren den Verdächtigen nicht verteidigen, sondern lediglich die Beweise anzweifeln, um somit die Grand Jury genug zu verunsichern oder gar zu überzeugen, dass eine Anklage nicht rechtmäßig wäre.
Stabler rechnete Bloons keinerlei Chancen aus, aber so waren nun mal die Vorgaben.

[104]

Die Termine wurde den Kanzleien Burn und Bloons mitgeteilt.

Richter Stabler wischte sich mit einem Taschentuch durch das Gesicht.
Er würde jetzt nach Hause fahren und zusammen mit seiner exzentrischen Gattin an einer dieser langweiligen Charety-Veranstaltungen teilnehmen.
Den ganzen Abend würde er einen Cocktail nach dem anderen schlürfen und dabei sein Sonntagsgesicht aufsetzen. Einige Möchtegern-Prominente würden ihn den ganzen Abend belagern und Lobeshymnen auf seine Ehefrau singen, in der Hoffnung, sich dadurch einen Vorteil zu verschaffen.
Seine Gattin würde den ganzen Abend bis über beide Ohren strahlen - in ihrem teuren mit Brillanten besetzten Abendkleid - und sich bei jeder sich bietenden Gelegenheit in den Mittelpunkt drängen. Sie würde von einem Gast zum anderen umherflattern, wie ein aufgescheuchter Schmetterling.
Nein, Schmetterling passte nicht zu ihr, eher wie ein aufgescheuchtes Huhn. „Gaaaack-gaaack", entfuhr es ihm.

Er hasste diese Veranstaltungen und er hasste Wilma. Wenn er nur einen Weg fände, aus dieser Ehe herauszukommen, ohne das viele Geld zu verlieren, was seine Angetraute besaß. Misses Stabler war die einzige Erbin eines milliardenschweren Imperiums und zu seinem Bedauern kerngesund.

Das Vermögen hatte sich Wilmas Vater im Schweiße seines Angesichts aufgebaut. Nun war der Vater verstorben und seine Gattin Herrin über das Vermögen. Stabler war froh, mit dem Unternehmen nichts zu tun zu haben, sicherlich hätte er sich bereits das Leben genommen, wenn er sie auch noch den ganzen Tag um sich herum hätte.

Zu etwa der gleichen Zeit herrschte in der Kanzlei Bloons reges Treiben.

Lilli sah kurz von ihrer Akte auf. „Peter hat gesagt, während des Verhörs sei ein Tonband gelaufen und er war sich nicht sicher, ob Kameraaufnahmen von dem Verhör existieren. Wo sind diese Aufnahmen? In der Akte kann ich nicht erkennen, ob diese als Beweismittel mit aufgeführt sind."

„Das ist auch nicht unbedingt notwendig, es liegt ja ein Protokoll vor", argumentierte Arthur.

„Schon, aber in unserem Fall könnte das Verhör und das Zustandekommen dieses Protokolls doch von enormer Wichtigkeit sein. Können wir die Aufzeichnungen beschlagnahmen?"

Crash lachte. „Das glaubst Du doch wohl selber nicht! Die Polizeibehörde wird uns wohl kaum diese windigen Aufzeichnungen zur Verfügung stellen, sie werden behaupten, keine Aufzeichnungen gemacht zu haben."

Lilli blieb hartnäckig. „Das wäre dann aber Unterschlagung von Beweismitteln. Wir könnten es richterlich anordnen lassen."

„Das würde nichts nützen, wenn sie behaupten, es gäbe keine Aufzeichnungen."

„Crash, wir sollten es trotzdem versuchen!"

„Wir wecken da schlafende Hunde, Lilli. Noch sind die Aufzeichnungen vielleicht sicher, solang sich niemand dafür interessiert, aber sobald jemand Interesse daran zeigt, wird der Sheriff schon dafür sorgen, diese nicht öffentlich zu machen. Und sein Deputy wird behaupten, er könne nicht mit Bestimmtheit sagen, ob die Aufzeichnungsgeräte aktiv waren."

„Das ist doch die Höhe!"

„So läuft das aber, jeder will fein raus sein. Was glaubst Du, was in der Behörde los ist, wenn rauskommt, wie viele der Geständnisse manipuliert worden sind!", merkte Arthur an.

„Gebe mir ein paar Minuten, mir fällt sicher ein, wie wir an die Aufzeichnungen kommen. Möglicherweise werden die Aufzeichnungen zumindest der Kamera gleich digitalisiert und abgelegt."

„Crash, Du willst Dich doch nicht in den Polizeicomputer einhacken?"

„Einhacken ist so ein scheußliches Wort, Lilli. Sagen wir einfach, ich versuche auf nicht ganz legalem Wege Daten abzugleichen, um sie vor Verlust zu schützen. Wenn mir das gelingt, stellen wir einen offiziellen Antrag auf Herausgabe der Daten. Wenn sie dann behaupten, keine Aufzeichnungen zu haben, können wir immer noch schauen, was wir tun. Vielleicht spielt dann ein anonymer besorgter Bürger der obergeordneten Behörde diese Daten zu. Und bevor deren Stühle wackeln, werde sie dann schon reagieren. Aber so weit sind wir noch nicht, ich muss erst einmal auf diese Datenbank kommen."

„Hey Leute, Moment mal. Wir begehen hier gerade eine Straftat", Malcom mischte sich ein.

„Malcom, die Straftat begeht die Behörde", konterte Crash.

Will, der sich bislang zurückgehalten hatte, nahm Malcom zur Seite. „Malcom, wir müssen stark annehmen, es hier mit erheblichen Manipulationen zu tun zu haben, angefangen in der Wohnung bis hin zum Verhör! Irgendetwas an diesen beiden Fällen ist nicht ganz koscher und wir werden mit allen Mitteln, die die oberflächliche Ermittlung zu bieten hat, daran gehindert, die Wahrheit ans Licht zu bringen. Lassen Sie Crash es versuchen. Wenn Aufzeichnungen vorhanden sind, stellen wir einen legalen Antrag auf Aushändigung. Es wird niemand von dem gehackten Computer erfahren.

Sollten wir die Daten dann legal bekommen, ist alles gut, wenn nicht, wissen wir zumindest, woher der Wind weht. Inwiefern wir diese Information verwerten können, sei doch zunächst einmal dahingestellt. Durch jeden einzelnen Hinweis kommen wir der Sache näher, wer weiß, wohin uns der Fall noch führt."

„Will, bei aller Liebe, aber wenn sie uns erwischen, wandern wir in den Knast!"

„Sie müssen mehr Vertrauen haben, Malcom! Mehr Vertrauen zu Ihrem Team! Alles was hier in diesen Wänden geschieht, bleibt hier. Niemand will Peter oder Henry oder gar Ihnen schaden. Im Gegenteil, wir haben die verdammte Pflicht, unsere Mandanten zu schützen vor der Willkür des Staates und vor allem vor seinen Staatsdienern.
Malcom, es will jemand mit Teufelsgewalt verhindern, den richtigen Täter zu überführen. Wir können niemandem sonst vertrauen, weder der Polizei, weder der Staatsanwaltschaft, noch sonst wem."

Malcom hob beide Hände und gab sich geschlagen. Crash machte sich an die Arbeit.

„Ich habe nochmals mit dem Inhaber der Installationsfirma gesprochen. Er hat mir bestätigt, dass der abendliche Anruf von einer Frau kam, er ist sich ganz sicher, über jeden Zweifel erhaben. Er hat aber mit keiner Silbe der Anruferin gegenüber erwähnt, welche

Behinderung sein Monteur, den er schicken wollte, habe." Lilli sah in die Runde.

„Ich bin mir sicher, die Anruferin war nicht das Opfer selbst, allerdings habe ich hierfür noch keine Erklärung", entgegnete Mal. „Peter hat mir ebenfalls erzählt, eine Kundin hätte den Nachtdienst gerufen, da stimmt doch etwas vorne und hinten nicht."

„Sag ich doch!" Will war aufgesprungen. „Die Haustür war zudem auch geöffnet, wie Peter bestätigte. Das alles sieht mir nach einer granatenmäßigen Manipulation aus! Peter sollte in die Falle rennen. Genau wie damals McGyer."

„Quod erat demonstrandum."

„Das werden wir beweisen Malcom, ganz sicher!"

Malcom überlegte. „Ich meine, auch der Inhaber der Sanitärfirma im Fall McGyer hat damals von einer Anruferin gesprochen. Wir müssen umdenken. Vielleicht war es nicht nur *ein* Mörder, sondern *zwei*, ich meine ein Mann und eine Frau!"

„Oder nur eine Frau?"

„Eher unwahrscheinlich, aber es gibt ja nichts, was es nicht gibt."

Inzwischen hatte Arthur herausgefunden, was es mit den beiden Objekten in Laredo und Corpus Christi auf sich hatte. „Das schlägt dem Fass den Boden aus, Ihr werdet es nicht glauben! Ich muss noch ein paar Telefonate führen, dann lasse ich Euch an meinem Wissen teilhaben."

Typisch Arthur, gackern, aber nicht legen.

„Wann werden wir dem Gericht kundtun, dass Peter gehörlos ist?", fragte Lilli.

„Ich denke, nachdem der Staatsanwalt sich ins Zeug gelegt hat und die ermittelnden Beamten aufruft. Ab da bricht das Kartenhaus der Staatsanwaltschaft zusammen."

„Dein Wort in Gottes Gehörgang, Mal."

„Ich schlage vor, wir machen für heute Feierabend und gehen ins Wochenende. Wir alle sollten uns etwas ausruhen und neue Kraft schöpfen. Die nächsten Wochen werden noch anstrengend genug werden.

19.

Joe war um seinen Freund Peter besorgt, es ging ihm nicht gut, Peter war blass und apathisch und wirkte erschöpft. Der Besuch im Jale war für Joe als Polizeibeamter zwar nicht neu, aber der Anlass beunruhigte ihn.

Joe machte sich große Vorwürfe. An dem besagten Abend wollte er gemeinsam mit Peter zum Footballspiel, aber Joe hatte absagen müssen, weil seine Mutter unvorhergesehen ins Krankenhaus musste und seine betagte Großmutter, pflegebedürftig und bettlägerig, ansonsten alleine gewesen wäre.

Selbst wenn bei dem Footballspiel das Bereitschaftstelefon geklingelt hätte, wäre Joe selbstverständlich mit Peter zusammen zu dem Kunden gefahren und hätte ihm geholfen, damit es schneller ginge. Wenn er dabei gewesen wäre, wäre Peter überhaupt nicht in diese Lage geraten.

Peter war Joes bester Freund, sie lebten in unmittelbarer Nachbarschaft schon von Kindesbeinen an, und obwohl Joe auf eine andere Schule wie Peter ging, waren sie dicke Freunde. Joe hatte sogar die Gebärdensprache gelernt.

Niemals würde Peter einem Menschen das antun, das stand für Joe außer Frage. Niemals!

Joe arbeitete auf dem Polizeirevier, auf dem Peter gezerrt und verhört wurde. Er war fassungslos, als er von dem angeblichen Geständnis hörte. Seinen Vorgesetzten gegenüber verhielt er sich neutral, aber er war fest entschlossen, dieses Mal den Sheriff mit seinen zweifelhaften Methoden nicht durchkommen zu lassen. Zu lange schon hatte er zugesehen, wie der Sheriff, nur um einen Fall schnell vom Tisch zu bekommen, mit den Klienten umsprang.

Niemand im Revier getraute sich etwas zu sagen oder gar eine Kritik anzubringen. Das wäre nicht gut ausgegangen, der Sheriff war auf seinem Revier der unangefochtene König, alle anderen hatten zu parieren. Besonders übel sprang Sheriff Webber mit seinen Deputy James House herum. Der arme Kerl hatte richtig Angst vor dem Tyrannen.

Peter hatte ihm erzählt, wie dieses Geständnis zustande kam. Joe würde sofort bei Dienstantritt prüfen, ob es Aufzeichnungen von diesem Tag gab. Er würde sie in jedem Fall sichern und unter Verschluss halten, für den Fall, dass Peters Anwalt diese benötigen würde.
Joe entschloss sich, diese Aufzeichnungen auch anzusehen und gegebenenfalls Malcom einen entscheidenden Tipp zu geben. Zum Teufel mit Webber, der das Recht mit Füßen trat. Joes Auffassung von Recht und Ordnung war eine völlig andere, als die von seinem Vorgesetzten.

Webber war wie immer schlecht gelaunt, nur das bevorstehende Wochenende, an dem er dienstfrei hatte, hielt ihn noch einigermaßen davon ab, nicht herumzubrüllen.

Deputy House hatte schon wieder alles falsch gemacht und bekam die ganze Ladung Übellaunigkeit geballt ab.

Joe begleitete Webber nicht zum Lunch unter dem Vorwand, noch Berichte schreiben zu müssen. House verschwand ebenfalls und Joe hatte nun Gelegenheit, nach den Aufzeichnungen zu suchen. Nach ein paar Minuten wurde er fündig. Die Aufzeichnung war fein säuberlich abgespeichert unter dem Datensatz 20180419_2305-20180420_0510_VID. Er zog sich dieses Video auf einen Stick und schloss die Datei wieder. Den Stick steckte er ein. Er würde sich das Video zuhause auf seinem Laptop anschauen.

Dann suchte er nach dem Band des Aufzeichnungsgerätes. Das vorhandene Band war nicht beschriftet. Er betätigte den Wiedergabeknopf und hörte die dröhnende Stimme Webbers, als er verkündete, am 19. April 2018 um 23.15 Uhr mit der Vernehmung des unter Mordverdacht stehenden Peter Lakow zu beginnen.
Joe überspielte auch diese Aufnahme auf seinen Stick und legte das Aufzeichnungsgerät zurück an seinen Platz.

Joe wusste nicht, ob er etwas Verbotenes tat, oder nicht. Es war ihm auch egal.

Er schrieb an seinen Berichten, als das Telefon klingelte. „Patzer hier!"

Joe stöhnte. Auch das noch! Dieser Spinner rief mindestens einmal in der Woche an, um all die Autofahrer anzuzeigen, die zu schnell an seinem Haus vorbeigefahren waren. Jedes Mal tat Joe so, als würde er die Kennzeichen der Verkehrssünder notieren, damit dieser Patzer beruhigt war. In der Vergangenheit hatten sie mehrfach versucht, diesem übereifrigen Bürger zu erklären, er möge doch bitte seine Erkenntnisse für sich behalten, es fruchtete nicht.

„Also ich sag' Ihnen eins, wenn das Theater nicht aufhört, wende ich mich an den Polizeipräsidenten", Patzer war wie immer außer sich.

Er zog sich die Akte Mister Antonius Patzer, dann endlich reagierte er. Patzer wohnte in Portland, in unmittelbarer Nähe, vielleicht zehn Autominuten vom Sunset Lake Park entfernt, dort, wo der Mord geschah. Wer zum Lake wollte, musste unweigerlich an seinem Haus vorbei, über den Bay View Boulevard.

Patzer war einer der vereinsamten Gesellen, die sich über Gott und die Welt aufregten, regelmäßig mit Nachbarn Streit bekamen und tagtäglich nichts anderes taten, als Leute zu beobachten. Er lebte in der ständigen Hoffnung, ihnen einen Verstoß nachweisen zu können.

Mister Patzers Anwesen glich einer Festung, hohe Zäune, überall Kameras.

So sehr sich auch alle über Antonius Patzer aufregten, so sehr könnte sich dieser Mann mit seinem Übereifer jetzt als hilfreich erweisen. In Joes Kopf begannen sich alle Räder zu drehen.

„Mr. Patzer", begann Joe vorsichtig, „wenn ich richtig informiert bin, zeichnen Sie mit Ihren Kameras alle Verstöße auf, nicht wahr?"

„Das ist nicht verboten", knurrte er, „ich schütze nur mich und mein Anwesen!"

„Mr. Patzer, nein, Sie machen das ganz richtig. Heutzutage weiß man ja nie…"

Patzer stutzte und wurde umgänglicher.

„Sind sie zufällig noch im Besitz der Aufzeichnungen im Zeitraum vom achtzehnten bis zum zweiundzwanzigsten April diesen Jahres?"

„Warum sollen Sie das wissen?", fragte er misstrauisch.

„Wir sind da einem Rowdy auf den Fersen, können aber nichts beweisen, ohne Filmmaterial."

„Aha. Und Sie glauben, ich habe diesen Typen auf meiner Kamera?"

„Unter Umständen, wenn Sie die Aufnahmen nicht gelöscht oder überspielt haben..."

„Bei mir kommt nichts weg. Ich habe alles sauber nach Datum und Uhrzeit sortiert. Jeder Tag, seit zwanzig Jahren!"

Joe verschlug es die Sprache. Wenn das stimmte, dann war auf diesen Bändern vielleicht der wirkliche Mörder zu sehen. Zumindest war es einen Versuch wert, auch wenn die Sichtung der Bänder alles andere als ein angenehmer Zeitvertreib sein würde!

„Soll ich Ihnen die Bänder vorbeibringen?"

Das hätte gerade noch gefehlt! Wenn House oder Webber von der Sache Wind bekämen, wäre diese Quelle definitiv gestorben!

„Oh, Mr. Patzer, das ist nicht nötig, ich bin nachher sowieso in der Gegend, dann würde ich gerne bei Ihnen vorbeischauen. Wir könnten uns in aller Ruhe unterhalten. Hier auf dem Revier ist immer so viel los und wir haben nicht die nötige Ruhe."

„Sie haben Recht. Ich bin zu Hause. Sie müssen an der Seitentür klingeln. Zwei Mal, sonst mache ich nicht auf."

Joe schwitzte. Er saß in der Zwickmühle. Er ermittelte in einer abgeschlossenen Sache auf eigene Faust. Wenn das herauskäme, gab es ein Disziplinarverfahren und sicherlich eine Versetzung. Von dem Donnerwetter, das Webber dann veranstalten würde, ganz zu schweigen! Was würde dann aus seiner Mutter und Großmutter werden, wenn sie ihn an die mexikanische Grenze versetzen würden?

Webber schlappte herein. „Ich gehe jetzt nach Hause. Ich habe für heute Abend eine Einladung mit meiner Frau zu seiner Wohltätigkeitsveranstaltung. Nur feine Leute.
Gucken Sie, damit House noch etwas zu tun hat und rufen Sie mich nicht an! Ich habe mein freies Wochenende!"

Damit verschwand er.

Als House wieder zurückkehrte erklärte er, sein Arzt habe ihn jetzt krankgeschrieben, mindestens zwei Wochen lang sei nicht mit ihm zu rechnen.

Im Büro war jetzt nur noch die Telefonzentrale besetzt. Joe erklärte der Dame an der Zentrale, er müsse zu einem Einsatz am anderen Ende der Stadt. Wenn etwas sei, solle sie ihn auf seinem Mobilnetz anrufen. Dann fuhr Joe zum Lake.

Tatsächlich öffnete Antonius Patzer nach dem vereinbarten Klingelzeichen an der Seitentür.

[118]

Joe hatte Mister Patzer noch nie gesehen und war über die gepflegte Erscheinung dieses alten Herrn sehr überrascht. Patzer war früher Lehrer, aber nach dem Tod seiner Frau würde lebte er hier einsam und von der Außenwelt abgeschottet. Da seine Ehe kinderlos geblieben war, bekam er so gut wie keinen Besuch, nur seine Schwester schaute ab und an mal nach ihm. Aber diese Besuche waren selten. Seine Schwester wohnte in Inez, gute neunzig Autominuten entfernt.

Mister Patzer zeigte Joe sein Haus. Wenn Joe ein Chaos erwartet hatte, wurde er mit akribischer Sauberkeit und Ordnung überrascht. Jedes Detail stand an seinem vorgesehenen Platz. In den Bücherregalen waren die Bücher nicht nur akkurat gerade aufgestellt, sondern nach Autor auch noch alphabetisch geordnet. In einem weiteren Raum, den Patzer sein „Archiv" nannte, bewahrte er die Aufzeichnungen der letzten zwanzig Jahre auf. Mit einem Handgriff reichte er Joe drei CDs.

„Sehen Sie hier, die Beschriftungen! 18. April 15.15 Uhr auf der ersten CD und auf der dritten CD endet die Aufzeichnung am 23. April um 01.23 Uhr."

Joe war augenmerklich überrascht. Er hielt eine pedantische Aufzeichnung des aktiven Straßenverkehrs in seinen Händen, der sich unweigerlich an Mister Patzers Haus vorbeiwagte.

„Bekomme ich eine Quittung?"

„Selbstverständlich, Sir. Es muss ja alles seine Ordnung haben."

„Die Kameras zeichnen nur Bewegungen auf, also ich meine, wenn eine Stunde kein Auto kommt, dann zeichnet sie auch nichts auf!"
Joe nickte.

„Versprechen Sie mir, mich zu informieren, wenn Sie einen Erfolg erzielt haben?"

„Natürlich."

Plötzlich bekam Joe doch Angst. Patzer rief regelmäßig auf dem Revier an. Was, wenn er Webber erzählen würde, er hätte seinem Beamten Aufzeichnungen ausgehändigt? Sollte er ihn bitten Stillschweigen zu bewahren? Ging dann der Schuss nach hinten los?

Joe entschied sich, nichts zu ihm zu sagen.

„Werde ich als Zeuge vernommen?", platzte Antonius Patzer in Joes Gedanken.

Joe überlegte. „Das ist gut möglich." Ihm kam der Geistesblitz. „Ich habe am Montag ein Gespräch mit einem Anwalt, der wird sich bei Ihnen melden und alles weitere abstimmen. Bis dahin sollten Sie mit niemandem darüber reden."

„Verstehe, verstehe. Sie trauen niemandem! Ist wohl eine ganz heiße Sache, was?"

„Das ist das einzige, was ich Ihnen in diesem Fall versichern kann. Ja, Mr. Patzer, ich glaube es ist eine ganz heiße Sache."

Nachdem sich Joe von diesem sonderbaren Mister Patzer verabschiedet hatte, raste er zurück auf das Revier. Die Telefonistin räumte gerade zusammen und machte sich für den Feierabend bereit.

Joe wählte die Nummer der Kanzlei Bloons und erreichte Lilli gerade noch. Diese hatte schon ihren Mantel übergezogen und wollte gerade die Kanzlei verlassen.

Joe erwähnte nur, er brauche dringend am Montagvormittag einen Termin bei Mr. Bloons. Lilli notierte den Termin um neun Uhr, schaltete den Anrufbeantworter ein und ging ins Wochenende.

20.

Richter Stabler entdeckte Webber am Buffet, wie dieser sich seinen Teller vollpackte. Er hoffte, inständig, dieser Fettsack möge ihn nicht den gesamten Abend vollquatschen. Die Alternativen waren allerdings nicht viel besser.

Wilma, seine Frau, unterhielt sich mit zwei ausgemergelten Figuren. Hoffentlich käme sie nicht auf die Idee, ihn mit den Damen bekannt zu machen. Er sah sich um.

George sah, wie Webber auf ihn zusteuerte, der einzige Fluchtweg war die Terrasse, Zeit, um eine Zigarette zu rauchen.
Er starrte in den Nachthimmel. „Mit dem nächsten Mörder, der vor mir steht, mache ich einen Deal, Freispruch gegen den Mord an meiner Frau!", überlegte er sich. „Bremsen durchschneiden, von der Klippe stürzen. Ja, ich könnte doch mal wieder mit ihr verreisen. Irgendwo in den Canyon, dann ein schönes Foto machen, noch ein Schritt zurück, meine Liebe…, oder auf einer Kreuzfahrt könnte eine hohe Welle sie über Bord spülen, plumps… Schatz, ist das Wasser nicht etwas zu kalt zum Schwimmen?"
Stabler schmunzelte bei dem Gedanken vor sich hin.

Bei einer Scheidung ginge er leer aus, bei einem Unfalltod nicht! Seine Stimmung besserte sich angesichts der Vorstellung, seine Frau würde plötzlich und unerwartet von ihm scheiden. Stabler wusste, es würde nichts geschehen, aber Träumen war doch wohl erlaubt!

„George, ach da bist Du, ich suche Dich schon überall!", Wilma hatte ihn entdeckt. „Ich muss Dich unbedingt mit Mrs. Hails bekannt machen, Du glaubst gar nicht, was sie mir erzählt hat. Nun komm schon wieder herein."

George T. Stabler hätte gerne eigene Kinder gehabt, aber seine Frau brachte bereits zwei Söhne mit in die Ehe, sie hatte entschieden, keine weiteren Kinder mehr zu bekommen, damit sie sich ihre Figur nicht vollends ruiniert.

Beide Söhne waren in dem geerbten Unternehmen tätig, lebten aber ansonsten ihr eigenes Leben. Stabler hielt Ausschau nach ihnen, er konnte sie aber nicht entdecken. Er musste dringend mit ihnen reden, so ging das nicht weiter.

Mrs. Hails ging ihm gewaltig auf die Nerven, Webber stand auch schon in den Startlöchern, um ihn zu belagern und Wilma war bereits wieder auf der Suche nach neuen Gesprächspartnern für ihn.

„Morgen gehe ich angeln!", sagte er etwas zu laut, was Mrs. Hails völlig irritierte, sie aber nur einige Sekundenbruchteile davon abhielt, das Gespräch fortzusetzen.

„Will, Will Louis", Stabler entdeckte ihn am Buffet.

[123]

„Entschuldigung Mrs. Hails, aber ich muss unbedingt einen alten Freund begrüßen."

Will drehte sich nach der Stimme um und sah, wie Stabler buchstäblich auf ihn zustürmte. „Will, ich war noch nie so erfreut, Sie zu sehen, retten Sie mich vor Mrs. Hails."

„George, freut mich auch, aber ich fürchte, Mrs. Hails wird darauf bestehen, vorgestellt zu werden. Hüten Sie sich, das zu tun!"

„Kommen Sie, wir verschwinden auf die Terrasse."

Will folgte ihm ein wenig zerknirscht, da er seine Wahl am Buffet noch nicht beendet hatte. Unterwegs schnappte er sich das angebotene Bier und folgte Richter Stabler.

„Was machen Sie in Corpus Christi? Ist Ihnen Dallas zu anstrengend geworden?"

„Ganz und gar nicht, ich genieße meinen Ruhestand in vollen Zügen. Nein, nein, ich habe nur einen alten Freund besucht. Gestern habe ich dann Ihre Gattin getroffen, die mich prompt eingeladen hat, so also bin ich hier."

„Ja, Wilma entkommt niemand."

„Wie sitzt es sich auf meinem Stuhl, werter Kollege?"

„Ganz angenehm, danke der Nachfrage."

„Keine Sorge, ich möchte nicht fachsimpeln, ach, ist das da hinten nicht Sheriff Webber?"

„Nicht hinschauen!"

„Ich fürchte, er hat uns gerade entdeckt und rollt auf uns zu."

Anders als befürchtet, fanden die drei Männer dann doch ein kurzweiliges Gesprächsthema, der Abend gestaltete sich dann angenehmer als erwartet. Sie stellten fest, ein gemeinsames Hobby, das Angeln, zu haben und konnten sich gar nicht genug darüber auslassen.

21.

Larissa war völlig entspannt nach dem Abendessen eingeschlafen, jetzt saßen Lena und Malcom im Wohnzimmer und schmiedeten Pläne für den nächsten Tag.

„Ich muss etwas anderes sehen, an etwas anderes denken, als an den Fall McGyer und Lakow. Wie wäre es mit einem Zoobesuch?"

„In den Zoo? Du meine Güte, da war ich glaube ich schon seit zehn oder zwölf Jahren nicht mehr. Das wäre der Kracher und Lari hätte auch ihren Spaß!"

„Dann sollten wir es machen, ich buche die Tickets für den Hermann Park in Houston, dann überraschen wir die kleine Prinzessin damit morgen nach dem Frühstück!"

Lena schaute sanft zu ihm herüber. „Danke Mal, danke. Du kümmerst Dich so sehr um uns. Ich weiß, Du hast gerade ganz andere Sorgen und trotzdem bist Du für uns da."

„Lena, das bin ich doch gerne und Ihr seid doch auch für mich da. Ihr Zwei tut mir so unendlich gut.
Die nächsten Monate werden noch schwer genug für uns alle, ich fürchte, die Freizeit wird dann richtig zu kurz kommen, deshalb sollten wir die Zeit ausnutzen."

„Larissa ist ganz glücklich mit ihrer neuen Freundin, aber jetzt hat sie wieder ein Problem. Freunde lügt man nicht

[126]

an und sie hat ihre neue Freundin Becky ja belogen, indem sie behauptet hat, Du seist ihr Vater."

„Ach was, da finden wir eine Lösung. Eigentlich bin ich doch auch ihr Vater, zwar nicht ihr genetischer, aber doch immerhin ein bisschen Vater, oder meinst Du nicht auch?"

Lena schaute verlegen auf den Boden.

„Möchtest Du denn ihr Vater sein, ich meine, so wie eben ein Vater ist?"

„Ich dachte, das bin ich doch, Lena. Ich gebe mir wirklich alle Mühe, mich wie ein Vater zu benehmen. Jedenfalls lasse ich mich wie ein Vater von diesem kleinen Mädchen um den Finger wickeln, oder etwa nicht?"

Lena lächelte und nickte.

„Wenn Du nichts dagegen hast, rede ich morgen mit ihr und erkläre ihr, wie gerne ich ihr Vater sein möchte und sie mich auch so nennen darf. Hey Lena, ich war heute Morgen richtig stolz, als sie Papa zu mir sagte."

Lenas Augen füllten sich mit Tränen. „Danke."

„Lena, und wenn wir eine richtige Familie wären, ich meine so ganz richtig?"

„Wie meinst Du das? Eine richtige Familie?"

„Na ja, Mann und Frau und viele Kinder."

Lena sagte nichts, stattdessen füllten sich ihre Augen mit weiteren Tränen.

„Lena, das war glaube ich jetzt ein Heiratsantrag." Er zog aus der Hosentasche eine kleine Schmuckschatulle und stellte sie vor Lena auf den Tisch. „Zugegeben, etwas überraschend und ziemlich unromantisch, aber durchaus ernst gemeint."

Lena nickte vorsichtig, ohne die Schatulle zu öffnen. Dann sah sie ihm fest in die Augen.

„Wie viele?"

„Was wie viele?"

„Na Kinder!"

„Drei, vier, mindestens."

Lena nahm die Schatulle und streifte den Ring über. Er passte. „Dann haben wir das also auch geklärt", sagte sie, bevor sie in seine Arme sank.

Am nächsten Morgen war Larissa bereits um sieben Uhr aufgewacht, Lena hörte sie in der Küche werkeln.

„Lena, was machst denn Du mitten in der Nacht schon in der Küche?"

„Frühstück für uns alle. Ich muss noch Eier und Speck braten, aber die Pfanne kann ich nicht finden."

„Mäuschen, Du kannst doch nicht alleine Eier und Speck braten, Du verbrennst Dich doch an dem Herd, warte doch kurz, ich dusche schnell und dann helfe ich Dir."

„Wenn ich mal groß bin, kriege ich dann auch so einen Ring?"

Lena schaute auf ihren Ring. Lari entging auch nichts.

„Hab ich mit ausgesucht, war ganz schön teuer."

„Du hast es gewusst, mein Schatz?"

Lari zwinkerte ihr zu. „Er hat gesagt, wenn ich ihm helfe, kriege ich auch eine Überraschung heute."

„Aha, daher weht der Wind."

Amüsiert ging Lena in die Dusche, weckte Malcom und bereitete dann zusammen mit Larissa das Frühstück vor.

Nachdem alle am Tisch saßen und der Kaffee eingeschenkt war, schränkte Lari die Arme übereinander und fragte: „Was ist jetzt?"

Malcom tat, als hätte er keine Ahnung, über was Lari sprach.

„Was soll sein? Hmm, die Eier sind vorzüglich."

„Was ist mit meiner Überraschung?"

„Überraschung?" Malcom tat erschrocken. „Warte mal, da war doch was, aber mir will es einfach nicht einfallen."

Laris Augen leuchteten. „Du nimmst mich auf den Arm! Du hast ganz bestimmt für mich eine Überraschung!"

„Ich? Für Dich? Ach, ja, das hatte ich Dir versprochen, jetzt erinnere ich mich!"

Laris Spannung wuchs.

„Hast Du schon einmal sechstausend Tiere aus neunhundert verschiedenen Tierarten auf einen Haufen gesehen, Lari?"

Larissa riss ihre Augen weit auf. „Nööööööö. So viele Tiere gibt es ja gar nicht!"

„Wetten doch?"

„Mama sagt, ich darf nicht wetten. Nein, sechstausend Tiere gibt es nicht. Wir sind doch nicht in Afrika."

Malcom zog einen Schmollmund. „Es gibt sie doch, und zwar in Houston".

Lari wurde misstrauisch.

Dann kam sie drauf „Juhuuuuuuuuuu, wir gehen in eine Zoo, Papa, wir gehen in einen Zoo, juhuuuuuuuuuu."

Sie hatte Papa gesagt, ohne es zu merken. Lena und Malcom sahen sich an.

„Jawohl, meine Dame, es geht in den Zoo. Eiscreme und Pommes habe ich auch schon reserviert."

Lari kam um den Tisch geflitzt, nahm Malcom in den Arm und rannte in ihr Zimmer. „Mama", rief sie, „was soll ich denn anziehen?"

„Es fehlt nur noch sie sagt, ich habe ja nichts anzuziehen!" scherzte Malcom.

Sie verbrachten einen unendlich schönen Tag im Zoo, aßen Eis und Palatschinken mit Sahne und heißen Kirschen, sahen bei der Tierfütterung zu und bewunderten die Affenfamilien. Zum Abschluss gab es die versprochenen Pommes und Lari schlief an diesem Abend schnell ein, nicht ohne mehrere tausend Mal zu versichern, dies sei der schönste Tag in ihrem Leben gewesen.

„Du hast sie sehr glücklich gemacht und mich natürlich auch, Malcom."

„Ich wünsche mir noch ganz viele dieser glücklichen Tage mit Euch und ich habe Angst vor dem, was mich in der nächsten Zeit noch alles erwartet."

„Denke jetzt nicht daran, dafür ist Montag noch Zeit genug. Jetzt ist Wochenende."

Ich sehe Deine Stimme

Teil 2

Der Kampf um Peters Leben

22.

Joe war bereits in der Kanzlei, als Malcom erschien. Malcom nahm ihn gleich mit in sein Büro und ließ sich von Lilli Kaffee und Gebäck bringen.

„Was kann ich für Sie tun, Mr. Vendell?"

Nervös rutschte Joe auf dem Stuhl hin und her. „Mr. Bloons, ich habe mich vielleicht strafbar gemacht. Vielleicht, ich weiß es nicht."

Malcom zog die Augenbrauen hoch.

„Ich bin Sheriff hier im County, also Mr. Webber ist mein Vorgesetzter. Und ich habe, obwohl der Fall abgeschlossen ist, im Nachhinein Beweismaterial gesichert und an mich genommen."

„Joe, von welchem Fall reden Sie?"

„Peter Lakow. Peter ist mein Freund."

Malcom setze sich aufrecht hin. Was ist das für Beweismaterial, belastendes oder entlastendes."

„Sicherlich entlastendes, aber mir fehlen die Mitteln, es auszuwerten. Ich habe die Video- und Tonaufnahmen des Verhörs kopiert und mir Kameraaufzeichnungen eines Zeugen angeeignet."

„Kameraaufzeichnungen eines Zeugen?"

[134]

Joe erzählte nun Malcom in allen Einzelheiten von seinem Besuch bei Peter und der Sicherstellung des Beweismaterials bei Mister Patzer.

Mal Pfiff durch seine Zähne.

„Also grundsätzlich dürfen Sie Beweismaterial nicht an sich nehmen. Wenn Gefahr in Verzug ist, hätten Sie die übergeordnete Behörde informieren müssen. Haben Sie aber nicht! Das reicht zumindest für ein internes Disziplinarverfahren und wenn Sie Pech haben, auch für ein strafrechtliches Verfahren mit Haftandrohung. Soweit einmal die Rechtslage.
Aber noch ist nicht aller Tage Abend. Wir ziehen uns Kopien und Sie bringen das Material schön brav nach Houston. Wir werden gelegentlich offiziell die Vorlage dieser Dateien beantragen, mal schauen wer uns dann versucht, zu boykottieren.“

Mal machte eine Pause.

„Meine Güte Joe, Sie sind ein Held! Wir werden alles tun, um Sie zu schützen!“

Joe blieb nach wie vor ein Nervenbündel.

„Sie haben das Material am Freitag an sich genommen, stimmt`s?“

Joe nickte.

[135]

„Am Wochenende hatten Sie Dienst und heute ist Ihr freier Tag, nicht wahr?"

Joe bestätigte es mit einem vorsichtigen Nicken.

„Perfekt. Ich rufe mein Team zusammen und Will wird Sie nach Houston bringen. Sie liegen absolut im Zeitrahmen, niemand wird Ihnen unterstellen, Sie hätten dieses Material unterschlagen wollen."

Malcom bat das Team in sein Büro, stellte Joe vor und erklärte die neue Situation.

Crash war beleidigt. „Ich hätte es sicher noch geschafft, die Datei zu knacken, aber nun, auch gut so."

„Du hast genug zu tun mit der Feststellung aller Telefonate und Lebensumstände."

Arthur schnappte sich die Videoaufzeichnung und ließ sie im Nebenzimmer parallel laufen. Nachdem er sich Teile des Verhörvideos angeschaut hatten, kehrte er zur Gruppe zurück.

„Eindeutig. Peter hat nur dagesessen wie ein in sich zusammengefallender Sack und hat alles über sich ergehen lassen."

„Hat Webber ihn bedroht?"

„Ja ziemlich, aber er hat es ja nicht verstanden."

„Wir werden uns das Video gemeinsam anschauen und auswerten."

„Die Aufzeichnungen von diesem Patzer sind natürlich viel umfangreicher. Ich denke, wir beschränken uns auf den Tattag, sagen wir, ab mittags zwölf Uhr. Wenn wir nichts finden, arbeiten wir uns weiter zeitlich zurück. Aber es wird dauern. Ein spannendes Fernsehprogramm ist das auch nicht, nur vorbeifahrende Autos in zwei Richtungen. Aber mal schauen."

In diesem Moment stellte sich das erste Mal seit langer Zeit so etwas wie Euphorie ein.

Will begleitete Joe nach Houston zur Oberen Distrikt-Behörde. Sie fragten sich durch, bis sie endlich den richtigen Ansprechpartner gefunden hatten.

Die Erklärung, die Will und Joe dem Beamten lieferten, war überzeugend und er lobte Joe für seine Aufmerksamkeit. Der freundliche Beamte bat um Rückmeldung, sobald diese Dateien von der Staatsanwaltschaft oder von der Verteidigung angefordert würden und für den Fall, wenn der Sheriff oder eine andere Person bei der Überlassung der Daten Probleme machte.

Will konnte weiterhin den Beamten davon überzeugen, noch keinen Kontakt mit Webber aufzunehmen, da Joe eben nur vermutete, die Beweise würden nicht

vorgelegt werden und es sich deshalb so um eine reine Sicherheitsmaßnahme handeln würde.
Der Beamte stimmte zu. Dieser wusste nur zu gut, wie es Joe jetzt ging! Joe hatte einen Kollegen verraten und würde ihn ins Messer laufen lassen.

Joe fiel ein Stein vom Herzen.

„Ich glaube nicht, dass Sie genau wissen, was Sie da getan haben!", meldete sich Will während der Autofahrt zu Wort. Joe erschrak.

„Sie haben glaube ich, gerade Ihrem Freund das Leben gerettet. Und nicht nur das. Wenn das Video dieses Patzers aufschlussreich ist, haben wir vielleicht auch noch einen anderen Fall gelöst.

Als Will zurück in die Kanzlei kam, begann Arthur gerade mit seinen Ausführungen. Er hatte eine PowerPoint-Präsentation ausgearbeitet, um den Zuhörern eine bessere Übersicht zu erlauben.

„Die Gebäude in Laredo und Corpus Christi sind keine normalen Wohnblocks. Die beiden Gebäude gehören zu weiteren zweihundertfünfzig baugleichen Gebäuden weltweit. Eigentümer dieser Gebäude, oder auch dieser Geschäftsidee ist die Firma Worldwide Homesharing AG, ein seriöses Unternehmen, börsennotiert.
Mit den ungefähr fünfundsiebzigtausend Wohnungen ist, wie gesagt, eine Geschäftsidee verknüpft. Zunächst einmal muss jeder Kunde eine Mitgliedschaft erwerben,

diese allein kostet schon ein kleines Vermögen. Die Mitglieder können dann einen Wohnungsanteil mieten, wohlgemerkt, nicht kaufen, für eine Nutzung von maximal sechs Monaten per Anno. Dafür kann der Kunde wie gesagt, sechs Monate lang am Stück oder in entsprechenden Intervallen, weltweit diese möblierten Appartements bewohnen. Zum Beispiel zwei Wochen in Laredo, zwei Wochen in San Marco, drei Monate auf den Bahamas und zwei Monate irgendwo in Europa, bis, wie gesagt, die sechs Monate verbraucht sind.

Er kann auch sechs Monate lang in einem einzigen Appartement bleiben.

Worldwide Homesharing AG wirbt mit Urlaub in gewohnter Umgebung weltweit. Deshalb sehen alle Bocks und alle Wohnungen auch gleich aus, zumindest alle Appartements mit den Nummern 555 oder 123 oder 445 und so weiter, sind jeweils auch von der Einrichtung her, komplett identisch.

Wenn der Kunde nur vier statt sechs Monate innerhalb eines Jahres nutzt, hat er Pech gehabt, er kann die nicht verbrauchten Monate nicht sparen und mit in das nächste Kalenderjahr nehmen.

Um sich aber auf gehobene Klientel zu beschränken, sind die Mietpreise entsprechend. Schlappe sechsunddreißigtausend Dollar kostet dieses halbe Jahr. Wohlgemerkt, die Mitgliedschaftsgebühr wird nochmals neben der Mietpreise gesondert erhoben.“

Arthur machte eine Pause, damit seine Zuhörer die Informationen verinnerlichen konnten.

„Klar", sagte Will, „alles was über sechs Monate liegt, gilt als fester Wohnsitz!"

„Darüber hinaus garantiert Worldwide Homesharing absolute Anonymität. Es ist nicht erlaubt, Namen an die Briefkästen zu kleben. Wer Post erhalten möchte, gibt die Adresse Worldwide Homesharing AG, Straße/Stadt und Appartementnummer an. Die Person, die in dem Appartement wohnt, ist also nur noch eine Nummer. So gewährleistet Homesharing Personen des öffentlichen Lebens Entspannung inkognito.

Das hat dann so manchen Ehemann auf den Plan gerufen, der ganz bequem seine Geliebte dort anonym platzieren kann, oder Geschäftsleute, die geheime Meetings abhalten möchten, also beispielsweise Kartellabsprachen führen, ferner ist es die Gelegenheit, um sich zu verstecken oder abzutauchen, oder etwas zu lagern oder zu verstecken, und so weiter, jedenfalls werden diese Appartements nicht nur zu Urlaubszwecken genutzt."

„Interessant", bemerkte Crash, „ein Sündenpfuhl der Luxusklasse also. Was mache ich dann aber das andere halbe Jahr mit meiner Geliebten? Kaufe ich einen zweiten Anteil?"

„Das geht nicht. Jedes Mitglied bekommt definitiv nur eine Einheit à sechs Monate. Das kontrolliert die Worldwide Homesharing sehr genau.

„Dann muss eben ein Freund herhalten."

„Oder der Ehepartner."

„Arthur, hast Du bei Worldwide Homesharing gefragt, wer die Wohneinheit 4-4-5 zum Tatzeitpunkt gemietet hat?", interessierte sich Lilli?

„Natürlich, aber ich bekomme keine Auskunft. Niemand bekommt eine Auskunft, weil sie es selbst gar nicht wissen. Um dies in Erfahrung zu bringen, müssen sie ganz tief in ihr eigenes System und das würden sie allerhöchstens nur mit richterlicher Anordnung tun. Datenschutz sowie der Erhalt und der Schutz der Anonymität ist die Philosophie dieses Unternehmens."

„Wir finden einen anderen Weg, um an die Daten zu kommen", freute sich Crash.

„Wie müssen wir uns das vorstellen, Arthur? Angenommen, ich möchte jetzt einen Anteil erwerben, dann gehe ich zu Worldwide Homesharing, werde Mitglied und zahle sechsunddreißigtausend Dollar? Dann nutze ich ein halbes Jahr diese Einheit, sagen wir vom 1.1. bis 30.6.. Nach einem halben Jahr springt Lena ein und mietet auf ihren Namen vom 1.7.bis 31.12.? Wenn dann das Jahr um ist, springe ich wieder ein?"

„Das könnte so ähnlich funktionieren, ja", räumte Arthur ein.

„Und wie werde ich dann anonym? Ich muss doch sicher eine Reservierung ausfüllen und die Gebühren begleichen.
Ich meine, ich muss doch die Jahresgebühr von sechsunddreißigtausend Dollar irgendwie bezahlen, ich werfe doch nicht sechsunddreißigtausend Dollar in bar in einem Umschlag in deren Briefkasten und schreibe darauf: Miete 1.1. bis 30.6. Appartement 4-4-5 in Laredo! Worldwide Homesharing hat doch sicherlich meine Rechnungsadresse, oder nicht?"

„Ganz genau weiß ich es auch noch nicht, aber sie haben ein Nummernsystem. Du meldest Dich an und bekommst eine vom System generierte siebenstellige Zufallsnummer, die aber nur Du kennst und das Computersystem. Ab sofort wirst Du nur noch unter dieser Nummer geführt.

Alle Zahlungsaufforderungen ergehen elektronisch, ach ja, man bekommt eine E-Mailadresse, die diese Zufallsnummer enthält und darüber wird fortan korrespondiert. Das ist dann auch wohl der Account für Zahlungen und Reservierungen. Vermutlich muss man auf diesen Account ein hausinternes Konto einrichten und darauf Zahlungen leisten.
Vorausbuchungen können nur bis maximal ein halbes Jahr im Voraus erfolgen.

Nach Bezahlung werden dem Mitglied zwei Schlüssel zur Verfügung gestellt, die im Office des Gebäudes gegen Vorlage der Buchungsnummer abgeholt werden können."

Will war entzückt. „Das ist die ausgefuchsteste Geschäftsidee, von der ich je gehört habe."

Malcom stutzte. „Zwei Schlüssel? Die Beamten haben aber offensichtlich nur einen Schlüssel sichergestellt, und den hat Burn. Es hing außer dem Autoschlüssel auch kein weiterer Schlüssel am Schlüsselbrett, also wer hat den zweiten Schlüssel?"

Großes Schulterzucken, Lilli machte sich Notizen.

„Ja, dennoch! Die ganze Sache ist gründlich durchdacht und durchstrukturiert! Legen wir Dein System zugrunde, Malcom: Es ist der 31.12. und Du weißt, Du willst diese Wohnung einige Jahre am Stück buchen, also reservierst Du am 2.1. bereits für Lena, damit sie am 1.7. einziehen kann und am 2.7. meldest Du dich wieder zum 1.1. an. Das kannst Du so jahrelang treiben, wenn es Dir gelingt eine zweite Person mit ins Boot zu nehmen.

Homesharing sieht nur, Nummer 1234567 ist für sechs Monate in der Adresse eingebucht, also ist dieses Appartement sechs Monate lang belegt. 7654321 mietet die Wohnung das nächste halbe Jahr, also steht dieses Appartement in der Zeit von... bis... nicht zur Verfügung.

Gleichzeitig sagt das System; 1234567 ist für das laufende Jahr nun nicht mehr verfügbar!

Aber, das System hat auch eine sogenannte Merkliste, Du kannst dem System schon zwei Jahre im Voraus sagen, was Du zu dem Zeitpunkt XY buchen möchtest, dann ist bereits am Tag X, dem frühesten Buchungstermin also, um Mitternacht zwischen dem 1. und 2. Juli die Buchung fixiert, um bei dem Beispiel zu bleiben. Damit kannst Du verhindern, dass Du entweder den Verlängerungstermin verpasst und Dir nicht ein anderer Interessent dazwischenfunkt. Alles was auf der Merkliste steht, wird ebenfalls nicht grün ausgewiesen, sondern gilt als voraussichtlich belegt. Raffiniert, nicht wahr, sehr, sehr raffiniert.
Ansonsten läuft es, wie bei normalen Hotelbuchungen, der Kunde, der ein Appartement mieten möchte, bekommt freie Wohneinheiten zu seinem gewünschten Zeitpunkt und Standort grün angezeigt und kann seine Wahl treffen."

Die Gruppe musste diese Informationen jetzt erst einmal sortieren.

„Liebesnest für die High Society", kommentierte Lilli.

„Mein Gott, Lilli. Natürlich! Das ist der Schlüssel. Jemand aus dem öffentlichen Leben mietet ein Appartement und lässt seine Geliebte so lange darin wohnen, bis er genug von ihr hat. Er mietet das Appartement nicht weiter und die Geliebte muss ausziehen. Alles schön anonym." Malcom war fassungslos. Mit einem Schlag taten sich komplett andere Sichtweisen und Ermittlungsansätze auf, plötzlich wurden seine Vermutungen logisch und erklärbar.

„Könnte genauso in unserem Fall gewesen sein, ein gestandener Politiker, berühmter Schauspieler oder Geschäftsmann, wahrscheinlich gut verheiratet, mietet das Appartement 4-4-5. Er hat genug von der Geliebten und entscheidet sich, nicht weiter zu mieten. Es kommt zum Streit, die Geliebte weigert sich auszuziehen oder droht mit Enthüllung und einem Skandal, also muss sie sterben."

„Die Enthüllung seines Namens gäbe an sich schon einen Skandal, und wenn dann auch noch eine tote Frau obendrauf kommt, dann brennt die Hütte. Damit würde die Anonymität und somit das gesamte Geschäftsprinzip wie ein Kartenhaus zusammenbrechen! Der dadurch verursachte Schaden bei Homesharing käme einem Konkurs gleich. Deshalb werden wir auch ohne massiven Druck durch den Rechtsstaat keinerlei Informationen von Worldwide Homesharing bekommen", kommentierte Will.

„Natürlich nicht, und je nachdem, wer alles Kunde der Worldwide Homesharing ist, wird alles daran setzen, damit kein richterlicher Beschluss erwirkt wird."

„Sie meinen, womöglich wird den Staatsanwalt unter Druck gesetzt, das Verfahren vielleicht einzustellen oder, noch besser, der Richter bestochen, diesen Beschluss nicht zu erlassen?"

Will zuckte mit den Schultern. „Es kommt darauf an, welche Person der Öffentlichkeit dahintersteckt!"

„Ich bin mir jetzt aber absolut sicher, dieser öffentliche Mensch ist für die Ermordung der Frauen in Laredo und Corpus Christi unmittelbar verantwortlich. Vielleicht hatte er wirklich von beiden genug, die Damen drohten mit Erpressung und er sah deshalb nur den einzigen Ausweg, sie zum Schweigen zu bringen. Er ruft einen Handwerksdienst, dieser findet die Tote und da beim ersten Mal die Sache so reibungslos geklappt hat, der Handwerker verurteilt wurde, wiederholt er das Spiel in Corpus Christi", gab Malcom zu bedenken.

„Wir brauchen die Kundennummern der entsprechenden Mietzeiten für das Appartement in Laredo und Corpus Christi. Ich wette, die Kundennummern in Laredo sind identisch mit denen in Corpus Christi! Ich schaue, was ich tun kann", Crash schnappte sich die Unterlagen und begann mit der Arbeit."

„Dann mache ich mich wieder über die Autonummern her, ich könnte Hilfe gebrauchen."

Arthur winkte ab. „Ich bin an den Videos. Das Jahrbuch liegt auch noch unberührt da."

„Will und mich müssen die Fragebögen der potentiellen Geschworenen durchsehen."

Lena kam ins Büro, um dem Team Kuchen und Gebäck zu bringen. Alle Augen waren auf sie gerichtet.

„Dich schickt der Himmel", sagte Lilli. Kurze Zeit später saß auch Lena über den Akten.

Will und Malcom sahen die eintausend Fragebögen der Jury-Anwärter durch. „Wir sortieren jetzt zwei Drittel aus, die von vornherein schon nicht in Frage kommen. Das andere Drittel übergeben wir dem Richter. Dann treffen wir uns mit dem Staatsanwalt und sortieren weiter, wer dann übrig bleibt, wird zum Casting geladen. Auf geht`s."

„Wieso wählen wir die Jury bereits jetzt aus, bevor überhaupt feststeht, ob Anklage erhoben werden soll?", fragte Lilli nach.

„Der Chef hat auf eine schnelle Bearbeitung gedrängt, um Peter nicht länger als nötig im Gefängnis zu belassen. Ich denke, nachdem die Grand Jury sich für eine Anklageerhebung entscheidet, wird Stabler ziemlich zeitnah den Haupttermin ansetzen. Außerdem hat Peter diesen Anspruch auf unverzügliche Verhandlung."

„Macht Sinn, die Mühlen der Gerechtigkeit mahlen ja bekanntlich sehr langsam."

Zwei Tage später trafen sich Malcom und Albert Burn im Büro der Staatsanwaltschaft und verglichen die Fragebögen miteinander. In der Tat ergaben sich einige Namensübereinstimmungen, am Ende wurde beschlossen, sechzig Personen einzuladen. Die Liste wurde dem Richter übergeben, der die Einladungen zeitnah vor dem Termin mit der Grand Jury verschicken würde.

„Albert, haben Sie die Ton- und Videoaufzeichnung des Verhörs noch zu den Beweismitteln beantragt?"

Burn stutzte. „Nein, wieso denken Sie, es besteht dafür eine Notwendigkeit?"

Malcom zuckte die Schultern. „Keine Ahnung, aber ich habe ungern böse Überraschungen. Es wäre ja nicht das erste Mal, wenn ein Inhaftierter renitent wird und auf die Beamten losgeht. Oder umgekehrt, wenn ein Beamter den Inhaftierten zur Aussage drängt, könnte das für die Staatsanwaltschaft ein Problem werden. Ich dachte halt, wenn Sie das Band hätten, könnte ich mir den Antrag auf Überlassung sparen."

Er machte eine Pause. Er merkte, wie sich alle Räder im Kopf von Albert drehten. „Hat Peter behauptet, er sei misshandelt worden?"

„Ich kann mich dazu nicht äußern, Albert, das verstehen Sie doch, oder?"

„Wollen Sie einen Deal aushandeln, Malcom?"

„Einen Deal? Dazu ist es wohl doch noch zu früh, Albert. Ich hatte ja noch nicht einmal Zeit, das gesamte Beweismaterial zu sichten."

„Aber Sie werden das Geständnis widerrufen?"

Malcom grinste ihn an. „Albert, Albert, ich sagte doch, ich habe noch nicht alle Beweise gesehen."

„Nun denn, wir sehen uns dann spätestens nächste Woche Mittwoch, wenn wir die Jury wählen."

Malcom verabschiedete sich. Er wusste, was Albert als nächstes tun würde. Er würde sich das Band besorgen, bevor es Malcom tat. Auch Albert hasste unliebsame Überraschungen.
Wenn Webber den Inhaftierten misshandelt hätte, um ein Geständnis aus ihm rauszuholen, dann gute Nacht. Er konnte nicht abstreiten, es Webber zuzutrauen, Webber war ein widerlicher Typ und seine Verhörmethoden waren schon immer als umstritten bekannt.
Keinesfalls wollte Albert Malcom den Triumpf gönnen, dies vor Gericht auszubreiten und ihn wie einen Depp dastehen zu lassen, nur weil er nicht daran gedacht hatte, dieses Band zu sichten.

Er stellte einen Übergabebeschluss aus und rief Webber an.

Webber behauptete prompt, er glaube nicht, dass es Aufzeichnungen gäbe, das Diktiergerät sei ausgeschaltet gewesen und an die Kamera habe er gar nicht gedacht.

Er rief nach Deputy House, der genau diese Aussage bestätigte, nachdem er ihm die Worte buchstäblich in den Mund gelegt hatte.

„Webber, hören Sie, Sie werden jetzt nachsehen, ob dieses Band da ist, ich komme in einer Stunde vorbei, um es zu holen."

„Was soll denn das, Mr. Burn? Wir haben ein unterschriebenes Geständnis."

„Webber, wenn die Vernehmung nicht koscher war, ist es wohl besser, ich sichte das Band vor der Verteidigung, oder denken Sie etwa nicht?"

Webber schickte House und Joe aus dem Büro, dann löschte er das Band. Er würde nach wie vor behaupten, dieses Band gäbe es nicht.

Albert Burn musste mit leeren Händen nach Hause gehen. Er rief Malcom an.

„Hallo Malcom, ich wollte Sie nur darüber informieren, es gibt von der Vernehmung keinerlei Aufzeichnungen. Ich war selbst beim Sheriff und wir haben uns zusammen davon überzeugt."

„Sagen Sie nur, das ist kaum zu glauben!" Malcom lehnte sich in seinem Bürostuhl zurück und grinste breit.

„Wird also schwer für Sie, dem Sheriff Misshandlungen zu unterstellen. Wollen Sie nicht doch einen Deal? Vielleicht könnte Ihr Mandant auf die Jury verzichten, sich schuldig bekennen, und wir verhandeln mit dem Richter über das Strafmaß, Plea Bargaining, kurz und schmerzlos!"

„Albert, Sie sollten mich besser kennen. Tun Sie sich selbst einen Gefallen und suchen Sie das Band."

„Ach hören Sie doch auf mit dem Bluff. Suchen Sie es doch selber!" Albert knallte den Hörer auf die Gabel. Mittlerweile hatte er es kapiert! Malcom hatte ihn vorgeschickt, um herauszufinden, ob es Aufzeichnungen gab und um es im positiven Fall dann zu seinen Zwecken zu verwenden. Die Erkenntnis, weshalb er allerdings ihn für diese Aktion einspannte, erschloss sich ihm nicht."

Malcom berichtete seinem Team von dem verschwundenen Band. Sie würden ihre Kopie zu gegebener Zeit in den Prozess einbringen.
Lilli bekam den Auftrag, das Band offiziell in Houston einen Tag vor Verhandlungsbeginn anzufordern und die Behörde von der Manipulation zu unterrichten. Es würde ungefähr eine Woche dauern, bis diese Behörde dann auf Webber losging, bis dahin hatte Malcom ihn längst bloßgestellt.

Die Tage vor der Juryauswahl waren mit Arbeit gefüllt, hunderte von Kennzeichen mussten den Besitzern zugeordnet werden, Mister Patzers akribische Videoaufzeichnungen waren ermüdend, die meisten Kennzeichen waren trotz aller Bearbeitungstricks nicht sofort zu identifizieren, es strengte an, sie zu entziffern. Lena half, wann immer sie Zeit hatte. Crash war es noch immer nicht gelungen, in die Datenbank von Worldwide Homesharing zu gelangen, das ärgerte ihn maßlos.

„Das Ergebnis der DNA Auswertung ist da", verkündete Lilli. „Das gefundene Sperma ist niemandem Gelisteten in der Datenbank zuzuordnen, aber jetzt kommt`s! Es gab trotzdem einen Treffer. Die DNA, die bei Caroline gefunden wurde, ist identisch mit der, die auch in Laredo bei Helen Wallmer sichergestellt wurde."

„Genau wie wir vermutet haben", Will klatschte in die Hände. „Wer jetzt immer noch glaubt, die beiden Fälle hängen nicht zusammen, der ist entweder total verstrahlt oder ein Ignorant!"

„Ich denke, es ist an der Zeit, Henry McGyer aufzusuchen, ich fürchte aber, er wird mich nicht sehen wollen!" Für einen Augenblick bekam Malcom wieder den Gesichtsausdruck eines Mannes, der unbedingt seinen Kummer in Alkohol ertrinken muss.

„Ich habe gestern noch einmal mit Henrys Mutter gesprochen, sie war bei ihm und hat ihm bereits von unserem Gespräch mit ihr erzählt", Will blickte besorgt

[152]

zu Malcom. „Er will Sie noch immer nicht sehen, also werde ich alleine hinfahren und Lena mitnehmen."

„Lena?", alle blickten Will erstaunt an.

„Ja, sie wird ihm glaubhaft Ihre Geschichte erzählen, Mal, unverblümt, wird von Ihrem Leben erzählen, wie Sie sich kennengelernt haben und auch Larissa mit ins Spiel bringen. Wenn er dann bereit ist, uns zuzuhören, werde ich ihn schon dazu bringen, mit uns zu sprechen. Wir brauchen ihn vielleicht in der Verhandlung."

Lena hatte ein mulmiges Gefühl, als sie das letzte Mal ein Gefängnis betrat, hatte sie ihren Bruder besuchen müssen. Damals, als die Sache mit ihrem Freund Rod eskalierte. Das Gefängnis, in das Jeremy seinerzeit verfrachtet wurde, war wesentlich kleiner gewesen, als die riesige Anlage in Huntsville. Ihr war speiübel, wenn sie daran dachte, in unmittelbarer Nähe von Hochkriminellen zu sein, umgeben von hochkarätigen Gewaltverbrechern, auf die teilweise sogar die Todesstrafe wartete.

Die Sicherheitskontrolle war streng und unangenehm, es wurden Fragen gestellt, weshalb familienfremde Personen den Inhaftierten besuchen wollten, da sie bislang noch nicht auf der Besuchsliste standen. Ein übliches Prozedere im Hochsicherheitsgefängnis. Will redete etwas von alter Freundschaft und neuer Liebe, sie durften passieren.

Sie wurden durch einen langen Korridor geführt, unzählige Male wurden vor ihnen und hinter ihnen Türen auf- und wieder zugeschlossen, bis sie den Besucherraum erreichten.

Lena hatte gehofft, mit Will und Henry alleine zu sein, aber fast alle Tische in dem Raum waren belegt, Inhaftierte mit ihren Angehörigen im Gespräch. Es roch nach Schweiß.

Will führte Lena an einen der noch freien Tische, kurz darauf erschien Henry.
Henry war völlig irritiert, als er Will Louis sah und wollte schon wieder umkehren, als Lena ihn bat, doch Platz zu nehmen.

Henry zischte Richter Will an: „Was wollen Sie denn hier?"

Will sah beschämt auf den Boden und Lena übernahm. Sie stellte sich vor und legte ihre Hand auf die Seine. Sie schaute ihm direkt in die Augen.
Der Wärter erschien und ermahnte Lena sofort, den Angeklagten nicht anzufassen. Beim nächsten Verstoß würde sie unverzüglich ohne eine weitere Aufforderung herausgeführt!

Lena ließ sich nicht aus der Ruhe bringen. Sie stellte sich vor, erzählte von ihrem ehemaligen Freund Rod und dessen Tod. Dann sprach sie über Jeremy und tastete sich vorsichtig an Malcom.

„Was soll der Scheiß, Lady, was wollen Sie von mir?"

„Henry, Sie sollen wissen, Malcom hat nie an Ihre Schuld geglaubt, ebenso wenig Richter Louis. Was glauben Sie, was ich von Ihnen will?
Malcom ist an dem Urteil zugrunde gegangen, er hat nur noch getrunken, war nicht mehr arbeitsfähig, hat seine Zulassung aufs Spiel gesetzt und hat mich und meine Tochter aufs Spiel gesetzt, aber ich habe an ihn geglaubt. Trotz aller Widrigkeiten, keiner war mehr da, nur ich! So fand er zurück ins Leben.
Und nun glaubt Malcom an Sie, Will tut es und das gesamte Team das hinter Malcom steht, tut es auch!"

Lena gelang es, die Fassung zu bewahren und immer noch Henry direkt in die Augen zu schauen. Henry wurde ruhiger, er senkte den Blick.

„Malcom Bloons ist also zerbrochen. Fragen Sie mich, wie es mir geht! Denken Sie, ich bin nicht auch ein gebrochener Mann? Manchmal wünschte ich, ich hätte wirklich einen Mord begangen, dann wäre ich wenigstens zu Recht hier. Aber unschuldig hier zu sein, das ist die reinste Hölle. Das Dumme ist nur, jeder hier drinnen behauptet unschuldig zu sein, deshalb glaubt mir auch niemand wirklich."

„Henry, wir können den begründeten Verdacht, dass Malcom und das Gericht und damit in aller erster Linie auch Sie, reingelegt wurden, beweisen, wir sind guter Hoffnung, Sie hier rauszubekommen."

„So, und diese Erkenntnis dauerte mehr als fünf Jahre?", fragte er pikiert.

Jetzt mischte sich Will ein. „Ja, denn es hat erst fünf Jahre später wieder einen Mord gegeben, gleiches Muster wie in Ihrem Fall.

„Wissen Sie was Scheiße ist?"

Will und Lena schüttelten vorsichtig den Kopf.

„Sie kommen her, erzählen mir, ich hätte gute Chancen hier rauszukommen und dann, wenn Euer neuer Fall in die Hose gegangen ist, heißt es, sorry Henry, wir haben uns geirrt."

Erst jetzt bemerkte Lena das Stottern in Henrys Stimme.

„Henry, ich verstehe Ihre Angst", lenkte Lena wieder ein. „Sie haben Angst vor einer neuen Enttäuschung, Angst, alle Hoffnungen, die jetzt neu aufkommen, erfüllen sich nicht. Wir wären nicht hier, wenn wir Zweifel hätten, Henry. Wir würden Ihnen nie Hoffnungen machen, wenn wir uns nicht so sicher wären."

Will begann nun zu erklären, was das Team inzwischen erarbeitet hatte und welche Strategie verfolgt wird.

Henry nickte stumm. „Ich werde nächste Woche aus dieser Hölle verlegt. Ich komme ins FCE Three Rivers.

Man erzählt sich, es sei ein Paradies gegenüber Huntsville."

„Das ist gut, sehr gut. Dort wird es Ihnen besser gehen. Es wird dort nicht alles so streng gehandhabt, Sie haben da deutlich mehr Bewegungsfreiheit."

Nachdem Henry nichts sagte, bat Lena ihn, durchzuhalten und vor allem Stillschweigen zu bewahren. Sie würden ihn regelmäßig vom Stand des Verfahrens informieren.

„Wenn der Tag gekommen ist Henry, dann spreche ich Sie höchstpersönlich frei. Das lasse ich mir nicht nehmen."

23.

Malcom und Burn müssten sich nun der doch recht komplizierten Geschworenenwahl stellen. Denn jene zwölf nach dem Zufallsprinzip auszusuchenden Bürger, die später über das Schicksal von Peter entscheiden würden, müssten zumindest eine Bedingung erfüllen – Unvoreingenommenheit! Die sechzig Anwärter boten eine bunte Palette aus der Arbeitswelt, Metzger, Bankbeamter, Firmenchef, Hausfrau und Musiker, kamen demnach aus unterschiedlichen sozialen Schichten und ethnischen Gruppen.

Malcom bevorzugte für diese Jury gottestreue und damit moralisch vollkommen wertbewusste Geschworene, Familienmenschen oder betrogene Ehefrauen.

Burn wollte weiße männliche Geschworene aus der gehobenen Einkommensklasse.

Beim diesem Voir dire hatten Burn und Malcom nun die Möglichkeit, Juroren auszusieben, die sie für voreingenommen hielten.

„Geschworener Nummer fünfzehn, Nummer zwanzig und Nummer fünfundvierzig wird abgelehnt", wählte Malcom.

„Die Anklage lehnt Nummer drei, zwölf und sechzig ab."

[158]

Damit blieben vierundfünfzig potentielle Anwärter übrig, die nun einige Fragen über sich ergehen lassen mussten.

„Wurde in Ihrer Familie jemand ermordet?"

Die Antwort lautete: „Ja".

„Was sollte Ihrer Meinung nach mit Mördern geschehen?"

„Mörder sollten hingerichtet werden."

„Sind Sie ein grundsätzlicher Befürworter der Todesstrafe?"

„Ja".

Weitere Fragen und weitere Antworten. Am Ende fiel die Wahl auf fünf weiße Damen, einem farbigen Bankkaufmann und sechs weiteren Herren, darunter ein Pfarrer. Zwei Ersatzgeschworene, ein junger Bäckergeselle und eine ältere Dame mexikanischer Herkunft wurden ebenfalls benannt.

Verteidigung und Anklage waren zufrieden.

Richter Stabler nahm die Wahl wohlwollend zur Kenntnis und tat seine Pflicht, indem er den Geschworenen nun die Regeln und die weitere Vorgehensweise näherbrachte.

[159]

Er nannte ihnen einen weiteren Termin, um sie mit den Einzelheiten des Verbrechens bekannt zu machen, für den Fall, dass die Grand Jury einer Anklageerhebung zustimmen würde. Mehrmals appellierte er eindringlich an die absolute Verschwiegenheitspflicht.

Teil Zwei des Verfahrens war damit erledigt. Der Termin für die Hauptverhandlung würde allen Beteiligten nach der Entscheidung durch die Grand Jury bekanntgegeben werden.

„Sobald die Grand Jury ihre Entscheidung getroffen hat, müssen Sie damit rechnen, meine Damen und Herren Geschworenen, dass wir Sie isolieren werden. Dagegen steht Ihnen keinerlei Rechtsmittel zur Verfügung", wandte sich Richter Stabler noch ein letztes Mal an die Gruppe.
Damit war die Sitzung geschlossen.

„Malcom, ich hatte den Eindruck, als haben Sie Ihre Wahl sehr halbherzig getroffen, ein Zeichen, dass Ihr Mandant nicht zu retten ist?", fragte Burn zynisch.

Malcom lachte nur. Er brauchte diese Geschworenen nicht, diese Jury würde nie über Schuld und Unschuld entscheiden müssen, aber das konnte er keinesfalls Burn erklären.

„Kommen Sie Malcom, seien Sie nicht so stur, ich biete ein schuldig gegen lebenslänglich, anstatt der ansonsten unausweichlichen Todesstrafe."

„Danke Albert, aber momentan sehe ich wirklich keine Notwendigkeit auf eine Vereinbarung."

„Kommen Sie, Malcom, Sie haben nichts in der Hand!"

„Sagen Sie, lesen Sie eigentlich die Akten?"

„Was meinen Sie?"

„Nichts, Albert, nichts."

„Sie wollen doch jetzt nicht über die DNA sprechen? Ich könnte Ihnen eintausend Erklärungen aus dem Stehgreif liefern."

„Finden Sie heraus, wem die DNA gehört, das wäre zumindest eine lohnenswerte Aktion."

„Klar, genauso lohnenswert wie ein Band zu besorgen, das es nicht gibt!"

Malcom blieb stehen und blickte ihn an.

„Burn, Sie werden sich noch wünschen, auf mich gehört zu haben!"

„Ach Mal, Mal, Mal. Sie haben so wenig, wie noch nie. Je weniger Sie haben, je mehr bluffen Sie, ich habe Sie längst durchschaut. Springen Sie über Ihren Schatten und retten Sie Ihrem Mandant das Leben!"

„Ja Albert, genau das tue ich!"

Dann ließ er einen verwirrten Albert Burn stehen.

Burn war sich nicht wirklich sicher, ob Malcom tatsächlich nur hoch pokerte, eigentlich gar nicht seine Art, aber das Band war nach der Aussage von Webber nicht vorhanden.
Wem sollte er nun glauben? Webber, der alles andere als ein seriöser Zeitgenosse war oder dem Säufer Bloons, der die gleichen Akten in der Hand hielt wie er und ihn auf eine Spur locken wollte?
Er entschied sich für Webber. Weshalb sollte Malcom der Staatsanwaltschaft helfen wollen? Schließlich stand er auf der anderen Seite des Verfahrens. Fakt war, so dachte es sich zumindest Burn, Malcom hatte über ihn herausfinden wollen, ob eine mögliche Verteidigung in die Richtung „böser Bulle quält armen Verdächtigen" denkbar wäre. Das ginge nur, wenn es keine Aufnahmen gab. Jetzt konnte er sich Albert wenigstens auf die Strategie der Verteidigung einstellen.

Wie angekündigt kam ein Tag später die Ladung zur Anhörung. Malcom hatte also noch drei Wochen Zeit. Er entschied sich, Peter Lakow nochmals aufzusuchen, um ihm zu erklären, wie die Anhörung vor der Grand Jury ablaufen würde. Der Dolmetscher wartete auf ihn.

Lakow wurde genau angewiesen, wie er sich in der Verhandlung an welcher Stelle zu verhalten habe. Einige Male war er verblüfft und verstand nicht warum, sein

Anwalt eine solche Strategie verfolgte. Malcom erklärte es ihm geduldig. Peter blieb skeptisch, vertraute aber Malcom vollkommen.

24.
Peter mied Gesellschaft, soweit es ihm möglich war. In den Hofgängen saß er zurückgezogen in einer Ecke und las in einem Buch. Niemand kümmerte sich großartig um ihn. Wenigstens ließen die Mithäftlinge ihn in Ruhe, obwohl er oftmals das Gefühl hatte, einige Mitinsassen beobachteten ihn genau, zu genau.

Auch bei Einnahme der Mahlzeiten suchte Peter oft einen Tisch für sich alleine, meistens gelang es ihm.

Heute jedoch war keiner der Tische komplett frei und es blieb Peter nichts anderes übrig, als sich zu zwei Gefangenen an den Tisch zu setzen.

Er nickte ihnen zu, als er Platz nahm. Sofort hörten die beiden mit dem Essen auf, stoppten ganz merklich die Kaubewegungen und musterten ihn. Peter sah in ihren Blicken etwas Bedrohliches.

„Hey, kannst Du nicht vernünftig Mahlzeit wünschen?", pflaumte der Größere der Beiden.

Peter las von seinen Lippen, senkte den Blick und schüttelte den Kopf. Seine beiden Gegenüber sahen sich an. Der Größere kniff die Augen zusammen und erhob sich langsam. Seine Hände hatte er auf den Tisch gestützt und funkelte Peter an.

„Wie meinst Du das?", er baute sich förmlich vor Peter auf, die Gefangenen an den Nebentischen wurden

[164]

inzwischen aufmerksam. Ihre Haltung veränderte sich ebenfalls, sie waren bereit aufzuspringen und Unruhen zu stiften.

Peter sah seinem Gegenüber direkt in die Augen, er wusste, wenn er sich jetzt nicht outete, gäbe es Stress und alle würden auf ihn aufmerksam werden, würden wahrscheinlich über ihn herfallen und ihn windelweich schlagen. Ab dann wäre sein Stand in dem Gefängnis doppelt schwer.

Peter legte seinen Löffel zur Seite, blickte weiterhin in ein grimmiges Gesicht. Dann nahm er beide Hände, legte sie vor seinen Mund und dann hielt er sich die Ohren zu, deutete mit dem Zeigefinger auf sich und danach machte er mit diesem eine Bewegung, die signalisierte, „ich nicht".

Der Große setzte sich wieder und starrte ihn an. Er bewegte nur die Lippen." Willst Du mir gerade weißmachen, Du seiest taubstumm?"

Peter nickte.

„Und warum hast Du dann kein Zeichen auf der Brust oder am Arm?"

Peter zuckte die Schultern. Wie sollte er denn seinem Gegenüber erklären, dass noch niemand hier seine Behinderung bemerkt habe und wie wichtig es war, an dieser Situation auch nichts zu ändern.

Der Kleinere reichte ihm Papier und Bleistift, offensichtlich glaubten sie ihm. Die Nachbartische erhielten ein Zeichen der Entwarnung.

Also schrieb Peter: „Niemand hat das bisher bemerkt und mein Anwalt sagt, es wäre von Vorteil, wenn bis zur Verhandlung niemand davon weiß." Er schob den Zettel herüber.

Der Große schrieb seinen Namen auf den Zettel, der Kleinere tat es ihm gleich. Fred Morgenhan und Sam Joans. Peter schrieb seinen Namen auf.

Fred und Sam wurden neugierig und sie verabredeten sich für den Hofgang in der linken Ecke des Hofes. So gut es eben ging, schilderte Peter, was ihm passiert sei und weshalb es gut sei, wenn noch niemand von seinem Handicap erführe.

Fred pfiff durch die Zähne. Sheriff Webber war auch für ihn ein rotes Tuch gewesen. Er verlangte nach der Adresse von Peters Anwalt, in der Hoffnung, dieser könne noch etwas für ihn tun. Fred saß wegen Mordes in Verbindung mit einer Mitgliedschaft in einer kriminellen Vereinigung. Sam hatte seine Schwiegermutter ertränkt, er machte gar keine Anstalten, etwas an seiner Situation zu verbessern.

Fred und Sam versprachen, Stillschweigen zu bewahren. Peter hatte nun zwei loyale Mitwisser an seiner Seite, die es offenbar verstanden, Schaden von ihm fernzuhalten.

Er konnte ja nicht wissen, wie gesund es war, Fred zum Freund und nicht zum Feind zu haben.

25.

„Wir sind viel zu wenig Leute für das Arbeitspensum. Noch drei Wochen bis die Grand Jury zusammentritt", stellte Arthur fest.

„Ich weiß, ich weiß! Aber nach diesem Termin werden wir nochmals Luft haben, allerdings fürchte ich, dass sowohl Staatsanwaltschaft, Polizei und Richter die Sache beschleunigen wollen und enge Zeitfenster setzen."

„Könne dieser Polizist Joe uns nicht helfen?", schlug Lena vor.

Malcom überlegte kurz „Ich denke, das ist keine gute Idee, wir müssen ein wenig aufpassen, ihn so neutral wie möglich zu halten. Er kann nicht in einem abgeschlossenen Fall ermitteln und darf sich deshalb auch nicht auf die eine oder andere Seite schlagen. Weshalb glaubt Ihr, halte ich ihn aus der Ermittlung der Kennzeichen komplett raus? Es ist eine heiße Kiste, denn Joe ist, wenn wir es richtig betrachten, befangen. Er ist Peters bester Freund."

„Wir müssen ihn aber nochmals zu Mister Patzer schicken!"

Alle starrten Arthur erwartungsvoll an.

„Du sagtest, in Carolines Kalender sei jeden Donnerstag ein Kreuz vermerkt. Vielleicht fährt an jedem Donnerstag an Mister Patzers Haus dasselbe Fahrzeug zu Carolines

Wohnung, das jetzt nach Carolines Tod nun nicht mehr dahin fährt. Folglich brauche ich alle Bänder, die sagen wir einmal, drei Wochen zuvor und drei Wochen danach, die Donnerstage aufgezeichnet haben."

Niemand rührte sich.

Arthur hob die Hände. „Ja klar, das bedeutet noch mehr Filme anschauen und noch mehr Kaffeekonsum, aber wenn wir die Kennzeichen in den Computer eingeben und in einer Liste führen, kommen wir vielleicht schneller und effektiver voran."

„Zudem müssen wir den Kalender, den wir im Auto gefunden haben, mit dem Kalender aus der Wohnung abgleichen, das alles kostet unendlich viel Zeit." Lena ergriff Partei für Arthur.

Malcom stimmte zu. „Fakt ist, Ihr habt unbedingt Recht, allerdings haben wir keine freien Kapazitäten mehr."

„Und wenn Patzer selbst uns hilft? Er macht doch nichts lieber, als seine Videos anzuschauen!", Arthur wagte einen neuen Vorstoß.

„So dumm ist die Idee gar nicht. Der wäre bestimmt Feuer und Flamme!", bemerkte Lilli.

„Das würde aber bedeuten, wir müssten ihn einweihen!"

„Je mehr Leute involviert sind, je mehr sickert durch."
Auch Will war skeptisch.

„Antonius Patzer war Lehrer, ist völlig akribisch und korrekt. Er hat ein überdimensionales, fast krankhaftes Unrechtsbewusstsein und außerdem hat der Mann Langeweile. Ich würde sagen, er wäre uns eine große Unterstützung."

Malcom ging auf und ab. Er sah zu Will, der ebenfalls darüber nachzudenken schien.

„Es geht auf keinen Fall, wir dürfen Joe dort nicht nochmals hinschicken, aber Joe könnte mit Mister Patzer telefonieren und einen Besuch ankündigen", alle Anwesenden konnten förmlich anfassen, was Will dachte.

„Und der Besucher wäre dann ein Richter a.D.?", fragte Malcom.

Will lachte schelmisch. „So von Beamtenkollege zu Beamtenkollegen besteht durchaus die Hoffnung, ihn für uns zu gewinnen."

„Wir müssen ganz genau den Nutzen und die Gefahren abwägen", sagte Lena, „aber wenn er so ist, wie Ihr ihn beschreibt, haben wir eine gute Chance, einen weiteren loyalen Mitarbeiter zu gewinnen. Was kann passieren Malcom, wenn wir uns irren?"

„Gute Frage. Vielleicht ruft er Webber an und plaudert alles aus. Aber was ist dann verloren? Er nimmt uns dadurch nur unseren dramatischen Auftritt vor Gericht. Das Ergebnis wäre dasselbe. Das Verfahren und die Ermittlungen müssen hin wie her neu begonnen werden."

„In dem Fall würde aber Webber alles dran setzen, uns in den Abgrund zu stoßen!", fürchtete Lilli.

„Peter würde das ganze Prozedere nochmals durchmachen müssen, schlussendlich würden sie ihn dann doch anklagen, schlechtesten Falls in einem Indizienprozess. Frei bekommen wir ihn eh in der ersten Runde nicht. Hin wie her, würde sich am Verfahrensablauf nichts ändern!"

„Webber kann es ja mal versuchen, uns zu stoßen, wir haben die Bänder und die Distriktbehörde in Houston hat sie auch", freute sich Will.

„Ich denke nicht, dass Mister Patzer Webber vertraut, ich denke, viel eher lehnt er Wills Besuch ab. Wenn er aber dem Besuch zustimmt, haben wir ihn sicher auf unserer Seite", gab Lena zu bedenken.

„Also gut, versuchen wir es, ich rufe Joe an!"

Zehn Minuten später rief Joe zurück und meldete, Mister Patzer erwarte den Besuch, dieser möge aber zweimal an der Seitentür klingeln, sonst würde er nicht öffnen."

Sofort machte sich Will auf den Weg. Zwei Stunden später kehrte er mit mehreren Kartons und zusammen mit Mister Patzer zurück.

Antonius Patzer hatte vor Aufregung ganz rote Wangen und stellte sich ziemlich steif aber förmlich allen Anwesenden vor. Malcom bat ihn zusammen mit allen anderen in sein Büro, wo Lena und Lilli bereits ein kleines Lunch vorbereitet hatten.

„Mr. Patzer", begann Will, „wir sind Ihnen wirklich über alle Maßen verbunden. Ihre Bereitschaft, uns so spontan zu unterstützen, ist uns eine außerordentlich wertvolle Hilfe.
In groben Zügen habe ich Ihnen ja bereits angedeutet, um was es geht. Mr. Bloons und sein Team versuchen zu verhindern, dass ein Unschuldiger lebenslang hinter Gitter muss, oder schlimmer noch, gar zum Tode verurteilt wird." Er nickte Malcom zu, um anzudeuten, nun sei er an der Reihe.

„Das ist richtig. Aber nicht nur das! Wir haben bereits vor nunmehr fast fünf Jahren den exakt genau gleichen Tatablauf in exakt der baugleichen Wohn- oder besser gesagt, Ferienanlage, verhandelt. Das Ergebnis war die Verurteilung eines in unseren Augen unschuldigen jungen Mannes zu lebenslanger Haft. Damals fand der

Mord in Laredo statt. Jetzt droht unserem Mandanten hier in Corpus Christi das gleiche Schicksal."

Malcom referierte über eine Stunde und informierte somit Mister Patzer über alle Einzelheiten. Dieser saß hochkonzentriert in seinem Sessel und wagte es nicht, sich zu rühren. Er hörte nur zu, stellte keine Fragen, sondern hing gebannt an Malcoms Lippen. Als Malcom geendet hatte, waren Mister Patzers Wangen noch geröteter als bei seiner Ankunft, seine Augen leuchteten vor Aufregung. Noch immer sagte er nichts.

Lena schlug vor, doch erst einmal die Sache für ihren Besucher Patzer sacken zu lassen und sich bei einem Snack zu stärken.

Endlich fand Antonius Patzer seine Worte wieder. „Ich danke Ihnen für Ihr Vertrauen. Ich weiß gar nicht, was ich sagen soll! Selbstverständlich haben Sie meine volle Unterstützung. Ich stehe Ihnen gerne zur Verfügung. Muss ich denn in diesem Prozess als Zeuge aussagen?"

„Sagen wir, ich kann es nicht ausschließen, wahrscheinlich müssen Sie die Bänder als die Ihrigen identifizieren, aber wir müssen Sie, für diesen Fall, geschickt platzieren", überlegte Malcom.

Nach der Stärkung machten sich alle an die Arbeit. Antonius Patzer übernahm die Videos der Donnerstage vor dem Mord. Es stellte sich heraus, dass er zu den Videos bereits einige Kennzeichen herausgeschrieben hatte, was dem gesamten Team einen immensen Vorsprung verschaffte.

Lilli bekam den Auftrag, die Kennzeichen nach Datum und Uhrzeit in eine Liste einzutragen und Fahrzeuge, die wiederholt die Strecke passieren, farbig zu markieren. Crash würde dann die entsprechenden Fahrzeughalter feststellen.

„Einige Fahrzeuge kann ich zuordnen", sagte Mister Patzer. „Ich kenne die Fahrer, denn einige von ihnen wohnen in der Nachbarschaft oder arbeiten im Park. Soll ich diese heraussuchen und markieren?"

„Das wäre fantastisch und würde uns die Auswertung beschleunigen."

Antonius Patzer gab seine Aufzeichnungen an Lilli.

Lena verabschiedete sich, um Larissa und Becky von der Schule abzuholen, Becky würde heute das erste Mal bei Lari übernachten. Malcom hatte versprochen, pünktlich um neunzehn Uhr zum Abendessen zu Hause zu sein, dann wollte er gemeinsam mit Lari das Missverständnis aufklären. Freunde darf man nicht belügen!

25.
Etwas verspätet öffnete Malcom die Wohnungstür und
es schlug ihm sofort ein köstlicher Duft gebratenen
Hähnchens entgegen. Beckys Lieblingsessen, wie sich
herausstellte. Lari tat alles, um ihre Freundin bei Laune
zu halten.

Larissa kam Malcom freudig entgegengesprungen und
stellte Becky vor. Becky war etwas schüchtern, wünschte
aber brav einen guten Abend.
Lena rief zum Essen und Becky langte reichlich zu.

„Meine Mama kocht nie, das macht immer meine Oma",
sagte Becky. „Meine Mama ist nämlich krank und
manchmal kann sie tagelang nicht aufstehen."

Malcom merkte sofort, wie sehr sich Becky danach
sehnte, eine richtige Familie zu haben. Sie wirkte sehr
traurig.

„Oh, das tut mir leid, Becky", sagte Lena. „Das muss sehr
schwer für Dich sein."

Becky nickte. „Ja. Manchmal. Aber wenn mein Papa
mich dann abholt, dann darf ich meistens auf den Ponys
reiten."

Malcom und Lena sahen sich an. Beckys Ärgereien mit
Larissa waren nur von der verzweifelten Hoffnung
getragen, ein anderes Mädchen möge mit ihr das
Schicksal einer zerrütteten Familie teilen. Instinktiv

ahnte sie, ein Opfer gefunden zu haben, und hoffte auf Lari ihren eigenen Frust abladen zu können.

Nachdem aber Larissa einen Papa präsentierte, gewann die Sehnsucht nach einer intakten Familie die Oberhand und sie beschloss, Larissa zur Freundin zu gewinnen.

„Becky, leben Deine Eltern getrennt?"

Langsam nickte Becky und wollte schon weinen, als Larissa ihren Arm um sie legte, um sie zu trösten.

„Becky, mein Papa ist auch nicht mein richtiger Papa, aber schon ein bisschen richtiger Papa, aber eben nicht der Richtige. Verstehst Du?"

Beckys Augen wurden groß, dann schüttelte sie den Kopf. Jetzt war es an Malcom, es aufzuklären, aber Lena kam ihm zuvor.

„Laris richtiger Papa lebt nicht mehr, Becky. Er ist noch vor Larissas Geburt gestorben. Sie kennt nur Malcom als ihren Papa und er kümmert sich um sie, als wäre er ihr Papa."

Becky schaute zu Malcom und nickte dann. „Aber ihr habt Euch lieb, oder? Und Ihr habt auch Lari lieb?"

„Ja, Becky, das haben wir!", sagte Malcom.

„Ich bin sicher, Deine Mama und Dein Papa haben Dich auch sehr lieb, Becky, auch wenn sie nicht zusammen sind, so lieben sie Dich doch."

Becky schüttelte den Kopf. Noch immer hatte Larissa ihren Arm um sie. „Ach Becky, klar haben sie Dich lieb. Die Erwachsenen haben immer so schrecklich viel zu tun und vergessen dann zu sagen, wie lieb sie uns haben, nicht wahr, Mama?"

Lena schaute erstaunt auf Larissa, wollte etwas sagen, ließ es dann aber und nickte nur stumm.

„Was fehlt denn Deiner Mutter, können wir irgendetwas tun?" Malcom ahnte, was mit Beckys Mutter los war.

Becky zuckte nur die Schultern.

„Darf ich Deine Mama mal besuchen?"

Wieder starrten zwei große Augen auf Malcom.

„Kannst Du ihr denn helfen?"

„Vielleicht, ich weiß es nicht, aber ich kann es versuchen."

Lena fand, es wurde Zeit, das Thema zu wechseln. „Wer von Euch noch ein Eis zum Nachtisch möchte, hebt jetzt die Hand.

Vier Hände flogen mit lautem „ICH"- Geschrei in die Höhe.

„Danach geht es aber ab ins Bett, morgen Früh ist wieder Schule."

„Oooch, dürfen wir denn wenigstens noch etwas mit dem Puppenhaus spielen? Nur kurz, bitte Mama!"

„Eine halbe Stunde, aber dann geht wirklich das Licht aus."

Zwei glückliche Mädchen verschwanden in Larissas Zimmer.

„Was hast Du gemeint? Wirst Du wirklich zu Beckys Mutter gehen?"

„Ich denke, sie trinkt oder nimmt Drogen. Vielleicht kann ich sie zu einem Entzug überreden."

Lena lächelte ihn an. „Das arme Kind, ich bin sicher, sie weiß ganz genau was los ist."

Nachdem Malcom die Kinder am nächsten Morgen in der Schule abgeliefert hatte, fuhr er in der Tat zu Beckys Mutter.

Eine alte Dame öffnete die Tür und schaute Malcom skeptisch an. „Guten Tag, Misses Malow, ich bin der Vater von Larissa, darf ich kurz hereinkommen?"

„Hat die Göre was angestellt? Hat sie wieder gestohlen?", ziemlich grimmig musterte sie Malcom.

Malcom war über den barschen Ton entsetzt. Beim Eintritt in die Wohnung spürte er die Kälte, die in diesen Mauern herrschte. Von Harmonie oder einem wohligen Heim keine Spur. Die Möbel waren alt, abgesessen und zusammengewürfelt. Es roch muffelig und die Küche war sehr unordentlich. Auf der Spüle standen mehrere leere Wodkaflaschen.

„Ich kann auf diese Göre nicht länger aufpassen, ich habe genug mit mir und meiner Tochter zu tun. Wie oft habe ich gesagt, das Kind gehört in ein Heim, aber nein, auf mich hört ja niemand."

Malcom schluckte schwer. „Ich wollte eigentlich mit Ihrer Tochter sprechen, wenn es möglich wäre."

„Um diese Zeit? Machen Sie Witze? Vor drei Uhr heute Nachmittag ist die nicht wieder nüchtern. Was wollen Sie hier überhaupt? Wenn Becky was gestohlen hat, soll sie es zurückgeben. Von mir kriegen Sie nichts." Der barsche Ton dieser bösen Frau erschreckte Malcom.

„Nein Misses Malow, Becky hat nichts gestohlen und auch nichts angestellt. Ich würde es aber wirklich lieber mit Ihrer Tochter besprechen."

„Dann müssen Sie eben nochmal kommen. Am besten zwischen drei und vier Uhr, sagte ich ja schon. Da ist sie wieder nüchtern und noch nicht wieder betrunken."
Sie ließ Malcom einfach stehen, drehte ihm den Rücken zu und schlurfte aus dem Zimmer.

Malcom verließ das Haus und atmete tief durch, als er wieder an der frischen Luft war.

Er würde am Nachmittag wiederkommen, diesen einen Versuch würde er noch machen. Inzwischen würde Lilli die Adresse von Beckys Vater herausfinden.

26.
Wilma hatte sich entschieden. Seit der Vernissage gingen ihr die Erzählungen von Misses Hails nicht mehr aus dem Kopf. Wenn etwas unmöglich war, dann das! Ausgeschlossen!
Misses Hails hatte ihren Urlaub in Europa verbracht, war auf einer Städtereise gewesen, sie schwärmte von Paris, Rom, Mailand, Madrid, Kopenhagen, Hamburg, London und Berlin. Und sie, Wilma, hatte in ihrem Leben noch nie europäischen Boden betreten. Ihr muffeliger Ehemann zog Urlaub in den Bergen vor, anstatt sich die Welt anzuschauen. Damit war nun endlich Schluss! Ein für alle Mal!
Wenn das so weiterginge, wäre sie bald außerstande, sich an den gesellschaftlichen Gesprächen zu beteiligen. Alle gingen auf Fernreisen, und sie? Sie latschte in den Bergen herum oder verbrachte öde Stunden an einem langweiligen See mit noch langweiligeren Gästen der langweiligen Hotelanlagen.

Wilma ging in ein Reisebüro und plante zusammen mit einer Reisebüroassistentin die Reise durch Europa von Süd nach Nord.
Sechs Wochen würde sie mit ihrem Mann unterwegs sein, gleich nachdem die Verhandlung, in der er jetzt feststeckte, beendet war. Sie würde heute Abend mit ihm sprechen und den Termin festschreiben.

Was diese Misses Hails konnte, konnte Wilma schon dreimal besser, das wäre doch gelacht! So fieberte sie dem Abend entgegen, um ihren Mann vor vollendete Tatsachen zu stellen.

„George! Na endlich! Ich dachte schon, Du kommst heute gar nicht mehr!"

George verzog das Gesicht, er war nicht einmal zehn Minuten zu spät. Jeden Abend diese Laier, diese unterschwelligen Vorwürfe, diese ständigen Kontrollen. Er hatte diese Frau so satt! Wenn nur das viele Geld nicht wäre!

„Ich habe eine Überraschung für Dich, mein lieber George, Du wirst staunen!"

George kannte diese Art Überraschungen. In den dreißig Ehejahren war es seiner Frau noch nicht gelungen, ihn positiv zu überraschen. Kein einziges Mal war auch nur annähernd etwas dabei, worüber er sich wirklich aus tiefstem Herzen gefreut hätte, nicht einmal im Ansatz. Also wieso sollte es dieses Mal anders sein?

„Eine Überraschung? Für mich? Wilma, Du verblüffst mich immer wieder!", sagte er statt dessen in freudig gekünzeltem Ton.

„Nach dem Essen! Geh´ und wasch Dir die Hände und hänge Deinen Mantel ordentlich auf, hörst Du?"

Beim Essen wurde wenig geredet, was Georges Vermutung bestärkte, geradewegs wieder auf eine Katastrophe zuzusteuern.

„Es ist an der Zeit, an Erholung zu denken, nach dem ganzen Durcheinander!" Dann unterbreitete Wilma detailliert die Überraschung.

„Erholung nennst Du das? Das ist eine sechswöchige Strapaze, ohne Rast und Ruh! Eine Hetze von Italien nach Finnland durch alle Länder Europas."

„Es ist ein gesellschaftliches *Must Have*, mein lieber George, wir blamieren uns bis auf die Knochen, wenn wir kulturell immer hinterherhinken."

„Das ist kein *Must Have*, sondern ein *No Go*. Nur weil Misses Hails von einer Brücke springt, müssen wir doch nicht hinterherspringen!"

Wilma winkte ab, sie ließ seine Einwände nicht gelten.

„In Hamburg gibt es die besten Fischbrötchen der Welt, sagt Misses Hails."

„Misses Hails kann mich mal. Fischbrötchen gibt es auch in Houston."

„Aber den Papst gibt es nur in Rom und nicht in Houston und der Eiffelturm steht in Paris und nicht in Houston und das Hofbräuhaus ist in München und nicht in Houston!"

„Ach Wilma, das kann doch nicht Dein Ernst sein! Nein, ich fahre nicht mit, das ist mein letztes Wort!"

„Oh doch, mein Lieber, Du wirst mitkommen, und wie Du mitkommen wirst! Du hast wie immer keine Wahl!" Wilmas Gesicht wurde zu einer Grimasse. Diesen Blick kannte er nur zu gut.

George war niedergeschlagen. Wilma hatte Recht, er hatte wirklich keine Wahl.

27.

Die nächsten Tage in der Kanzlei unterschieden sich kaum von den letzten Tagen der vergangenen Woche. Papiere lagen überall ausgebreitet, Mitarbeiter rannten von einer Ecke zur anderen, tauschten sich angeregt aus und recherchierten wieder im stillen Kämmerlein. Es schien voran zu gehen, jedenfalls füllten sich die Listen.

Crash war es gelungen, Zugang zur Zulassungsstelle zu bekommen, wie er das geschafft hatte, wollte lieber niemand wissen, jedenfalls spuckte der Computer hunderte von Namen zu den von Mister Patzer notierten ermittelten Kennzeichen aus.

Auch die in der Tiefgarage fotografierten Kennzeichen wurden eingegeben und verbargen doch die eine oder andere Überraschung. Das Fahrzeug eines Senators, eines Klinikleiters, eines hohen Börsenmaklers, bekannte Unternehmer, waren ebenso darunter, wie die einiger über die Stadtgrenze hinaus bekannter Schwerverbrecher. Crash hatte mit seinem Ausdruck Sündenpfuhl wohl nicht ganz falsch gelegen.

„Malcom, Du hast mich gebeten, die Telefonnummer von Beckys Vater zu ermitteln. Er heißt Sebastian Goring und wohnt in der Nähe von Dallas. Soll ich Dich gleich verbinden?

„Ja, mach´ das bitte!"

Tatsächlich erreichte Malcom Sebastian Goring beim ersten Versuch.

„Guten Tag, Mr. Goring. Sie werden mich nicht kennen. Mein Name ist Malcom Bloons und unsere Töchter besuchen die gleiche Schulklasse und haben sich miteinander angefreundet."

„Mr. Bloons, was liegt an, hat Becky etwas angestellt?"

„Oh nein, nein. Das ist nicht der Grund meines Anrufes. Ich möchte mich auch nicht sonderlich einmischen, aber ich sorge mich um Becky."

Malcom berichtete von dem Gespräch mit Becky und auch mit ihrer Großmutter.
Am anderen Ende wurde es sehr still. Offenbar hörte Sebastian aufmerksam zu.

„Meine Frau und ich leben getrennt, wissen Sie? Es war nicht meine Entscheidung zu gehen, es war schlussendlich die Entscheidung ihrer Mutter. Sie ist eine so boshafte Frau und hat meine Frau vollkommen vereinnahmt, sie manipuliert sie geradezu. Dauernd macht sie sie nieder und kratzt an ihrem Selbstwertgefühl, nichts kann irgendwer auf dieser Welt der bösen alten Frau Recht machen.
Meine Frau reagiert darauf, indem sie sich mit Medikamenten vollstopft und Alkohol dazu trinkt. Ich habe sie gebeten, mitzukommen, aber sie hat die Kraft

nicht, sich von ihrer Mutter zu lösen. Ich konnte machen was ich wollte, ich kam nicht an sie heran.

Ich bin dann ausgezogen und derzeit kämpfe ich um das Sorgerecht für Becky. Aber auch hier schafft es diese böse Frau immer wieder, mir Probleme zu machen."

Sebastian war spontan und zunächst sehr offen, was Malcom wunderte. Wahrscheinlich war er froh, sich einmal Gehör verschaffen zu können, egal beim wem!

„Sie hat mich nicht zu Ihrer Frau vorgelassen, ich war nachmittags nochmals da, da behauptete sie, Ihre Frau sei zum Arzt gegangen. Dann hat sie mir die Tür vor der Nase zugemacht und mich gebeten, nicht mehr zu kommen."

„Ist es nur die Sorge tatsächlich um Becky oder versuchen Sie auf diesem Wege neue Mandanten an Land zu ziehen?"

Seltsamerweise schlug die Stimmung plötzlich um, vermutlich hatte Sebastian nebenher Malcom im Internet aufgerufen.

„Mr. Goring, ich bin Strafverteidiger, kein Anwalt für Familienrecht. Mein Anruf ist einhundertprozentig aus Sorge um das kleine Mädchen. Glauben Sie mir, ich weiß, was Alkohol und Drogen anrichten. Ich wollte Ihre Frau überreden, sich helfen zu lassen. Aber ich denke, das war ziemlich naiv von mir."

„Sie können ihr nicht helfen, solange sie in dem Haus ist. Niemand kann das. Ich habe es auch nicht geschafft."

„Denken Sie, Becky hat noch einen Einfluss auf sie?"

„Halten sie Becky da raus. Sie leidet schon genug." Sebastian schluckte schwer.

„Meine Frau hat nur eine Chance, wenn sie hier bei mir auf der Ranch ist. Weg von ihrer Mutter und weit weg von diesem Gruselhaus."

„Wollen Sie denn, dass sie zu Ihnen kommt?"

„Mr. Bloons, ich weiß nicht, welche Interessen Sie wirklich verfolgen, aber ich kann Ihnen versichern, ich bin für meine Familie da und wünschte mir nichts sehnlicher, als meine Frau an meiner Seite zu haben."

„Nun gut, ich versuche weiterhin Kontakt mit Ihrer Frau aufzunehmen. Hat Ihre Schwiegermutter irgendwelche Gewohnheiten, ich meine, geht sie manchmal außer Haus für einige Zeit?"

„Sie geht höchstens einmal zum Einkaufen und das sehr unregelmäßig, was dann maximal dreißig Minuten dauert, ansonsten bewacht sie das Haus wie ein Ritter seine Festung."

„Und Ihre Frau? Geht sie hin und wieder aus? Sie muss sich ja die Medikamente und den Alkohol besorgen!"

[188]

„Freitags geht sie meistens zum Arzt. Auf dem Rückweg wird sie sich wohl mit Medikamenten und Alkohol eindecken."

„Wie heißt der Arzt?"

„Wie der Arzt heißt? Was haben sie vor?"

„Ich werde sie zu dem Arztbesuch begleiten, dann sieht man weiter."

„Es wird Ihnen nicht gelingen. Sie werden nicht an sie herankommen. Vergessen Sie es!"

„Becky zuliebe werde ich es versuchen, darf ich Sie wieder anrufen?"

„Jederzeit Mr. Bloons. Bitte entschuldigen Sie, aber ich kann Ihren Anruf noch immer nicht richtig einschätzen und deuten. Sie sind mir völlig fremd und weshalb sollte ein Fremder versuchen, meiner Frau zu helfen?"

„Weil ich das hinter mir habe, was Ihre Frau hoffentlich vor sich hat, Mr. Goring, weil ich weiß, was auf dem Spiel steht. Und weil auch ich ein kleines Mädchen beinahe verloren habe, deshalb tue ich es."

Sebastian schwieg. Er atmete schwer. „Dr. Holderman, Baxton", sagte er dann und legte einfach auf. Malcom verstand das nur zu gut. Er hatte ihn völlig überrumpelt und sicherlich auch überfordert.

„Lilli, finden Sie heraus, wann Misses Shirley Goring den nächsten Termin bei Dr. Holderman in Baxton hat."

„Lena, bitte überrede doch Lari dazu, auch am kommenden Freitag Becky mit zu uns zu bringen. Ich brauche sie aus der Schusslinie."

„Malcom, Deine Anteilnahme in Ehren, aber geht das jetzt nicht zu weit?"

Malcom sah Lena an. „Ja, ich gehe hier ziemlich weit und ich bin mir gar nicht sicher, ob sich Shirley überhaupt helfen lassen will, aber ich werde es herausfinden."

„Trotzdem hast Du Peters Fall noch im Auge? Ich meine, wir brauchen hier all unsere Energie, Du bist der Hauptakteur und wenn Du nicht fit bist, dann..."

Malcom nahm Lena in den Arm. „Du hast Recht, ich verspreche Dir, schonend mit mir umzugehen. Wirklich!"

Lilli kam mit einem Zettel zurück in Malcoms Büro. „Freitagnachmittag um vierzehn Uhr ist sie bei Dr. Holderman angemeldet!

„Danke Lilli." Malcom würde vor der Praxis auf Shirley warten.

28.

Albert Burn war unruhig. Gab es wirklich keine Bänder? Würde Webber tatsächlich so dreist sein und diese unterschlagen und vernichten?

Deputy House redete Webber nur nach dem Mund und würde niemals eine Aussage Webbers dementieren oder in Frage stellen, solange Webber anwesend war. Wenn es ihm gelänge, einmal mit Deputy House ganz alleine zu sprechen, wüsste er vielleicht mehr, aber Albert hatte keine Idee, wie er an House herankommen sollte.

Er musste zugeben, er hatte Bloons nicht durchschaut. Irgendetwas ging da vor. Sollte er zum Richter gehen? Aber was sollte der schon ausrichten. Einen Beschluss zur Beschlagnahmung nicht vorhandener Bänder ausstellen? Damit würde er sich nicht nur lächerlich bei Stabler machen, sondern auch Webber verärgern, den er unbedingt im Zeugenstand auf seiner Seite haben musste. Also was sollte er tun? Nichts? Auch keine gute Idee.

Verdammt! Wenn aber Bloons die Bänder hätte und sie nicht als Beweis vor der Anhörung einbringen würde? War das möglich? Dann aber liefe doch Bloons Gefahr, diese als Beweismittel auch in der Verhandlung nicht zugelassen zu bekommen. Das Risiko war zu groß.

Er wägte nochmals ab. Angenommen es gäbe ein Band, auf dem Webber Peter Lakow bedroht oder gar misshandelt, hätte dann nicht sofort Bloons laut die Ungerechtigkeit publik gemacht und seinen Klienten aus dem Gefängnis geholt? Burn musste sich eingestehen, in diesem Fall wäre der Beschuldigte sicherlich auf freien Fuß gesetzt worden und eine Grand Jury wäre nicht erforderlich gewesen.

Und wenn auf den Bändern eben keine Bedrohungen oder Misshandlungen von Webber sind? In dem Fall ist doch für die Verteidigung das Band wertlos. Weshalb sollte Malcom dann unbedingt die Einbringung bei Gericht wollen? Weshalb sollte er es dann zurückhalten? Weshalb sollte er es überhaupt zurückhalten? Ein Geständnis liegt vor, mit oder ohne Bandaufzeichnung. Für Burn erschloss sich kein Grund.

Albert kam deshalb zu dem Ergebnis, die Bänder würden sich nicht im Besitz von Bloons befinden. „Suchen Sie die Bänder", hatte er gesagt! Was zum Teufel hat er damit gemeint?

Je länger er darüber nachdachte, desto sicherer war er sich, diese Spur weiter verfolgen zu müssen. Aber wie? Und vor allem, warum? Was steckte hinter dieser Andeutung?

„Verdammter Hurensohn", schimpfte er vor sich hin, schnappte sich den Telefonhörer und ließ sich mit Malcom verbinden.

„Albert, das ist aber eine Überraschung! Was kann ich denn für Sie tun?"

„Malcom, ich will nochmals auf die Bänder zu sprechen kommen. Gibt es diese Bänder, ja oder nein?"

Malcom überlegte kurz, ob er Albert einweihen sollte, er traute ihm nicht, nicht in diesem Stadium. Ihn einzuweihen, dazu war noch Zeit nach dem ersten Verhandlungstag.

„Albert, haben Sie meinen Rat nicht befolgt, die Bänder zu suchen?"

Albert verkniff sich weitere spitze Bemerkungen. „Webber behauptet, es gäbe kein Band und House behauptet das gleiche. Offen gestanden, gebe ich auf die Aussage von House nichts, der hat viel zu viel Angst vor Webber. Ich persönlich kann weder das Vorhandensein noch das Nichtvorhandensein bestätigen, ich traue Webber auch nicht, aber ich kann ihm nicht beweisen, das Band gegebenenfalls vernichtet zu haben."

„Sie haben es schwer, Albert. Ich kann nicht Ihren Job machen, das müssen Sie schon selber tun."

„Jetzt kommen Sie, Malcom. Webber hat Ihren Mandanten nicht misshandelt, Sie hätten ansonsten längst ärztliche Gutachten vorlegen müssen und hätten laut geschrien, die Presse hätte bereits den armen Beschuldigten und den bösen Bullen durch alle Medien gejagt. Und Sie hätten sicherlich vor laufender Kamera mit blinkend weißen Zähnen, steif gebügeltem Hemd und maßgeschneidertem Designeranzug aus der maßlos

[193]

und himmelschreienden Ungerechtigkeit Kapital geschlagen."

„Albert, Sie kennen mich scheinbar nicht. Ich besitze gar keine Designeranzüge."

„Reden wir nun vernünftig, oder wollen Sie mich weiterhin vorführen?"

„Ich will Sie nicht vorführen Burn, ich kann Ihnen nur nicht helfen, nicht in dieser Phase. Nach dem ersten Prozesstag vielleicht. Aber ich gebe Ihnen ein Versprechen. Ich habe nicht vor, Sie öffentlich zu diffamieren oder auflaufen zu lassen. Sicher nicht. Es geht nicht um mich und es geht nicht um Sie! Es geht einzig um meinen Mandanten."

Albert glaubte ihm und war etwas beruhigter. „Also gut. Lassen wir es auf uns zukommen. Ich habe Ihr Wort."

Sowohl Malcom als auch Burn hielten sich an den standesrechtlichen Ehrenkodex, darauf war Verlass.

29.

Inzwischen hatte das Malcoms Team eine übersichtliche Liste der geparkten PKWs in den Tiefgaragen angelegt.

Als viel aufschlussreicher erwies sich aber die Auswertung der Aufzeichnungen durch Antonius Patzer. Insgesamt fuhren an jedem Donnerstag regelmäßig zu fast immer den gleichen Zeiten dreiundfünfzig Fahrzeuge hin und zurück zum Lake, dreizehn weitere Fahrzeuge fuhren zu unterschiedlichen Zeiten jeden Donnerstag am Haus von Mister Patzer vorbei.
Fünfzehn Fahrzeuge nahmen donnerstags den Weg in den Lake auf und kamen sonntags regelmäßig zurück. Das war überschaubar und Crash machte sich an die Halterfeststellungen, obwohl bei vielen Aufzeichnungen sehr wenig Kennzeichen wirklich gut zu erkennen waren. Ohne eine Spezialbearbeitung der Filme, wäre da sicherlich nichts zu machen, aber soweit waren sie noch nicht. Die Feinheiten kämen später, erst einmal das Grobe sortieren.

„Es ist sicherlich keine schlechte Idee, wenn wir dann die Namen der Halter mit dem im Auto gefundenen Notizbuch vergleichen, auch wenn dieses Buch nur Spitznamen enthält, wie zum Beispiel Racer, Car-Fan, Rambo-2 oder Teddybär. Vielleicht können wir durch den richtigen Namen auf den einen oder anderen schließen", regte Lena an. „Wenn wir dann noch zusätzlich die gewählten Nummern auf ihrem Handy abgleichen, dann kommen wir sicherlich der Sache etwas näher."

„Konnten wir inzwischen klären, ob in dem Appartement in Laredo die Spül- und Waschmaschine lief?", fragte Will.

„Ja, aber leider wurde der Inhalt nicht festgestellt. Die Mühe hat sich niemand gemacht, es gibt nur einen unbedeutenden Hinweis, bei Eintreffen der Polizei seien sowohl die Wasch- als auch die Spülmaschine gelaufen, genauso wie ein Radio. Es gibt ein Foto vom Schlafzimmer, wenn man genau hinschaut erkennt man die frisch aufgezogene Bettwäsche an den Bügelfalten."

„Hmmm. Was muss denn noch passieren, damit die ermittelnden Beamten eine Parallele zu den beiden Fällen entdecken?" Lilli ärgerte sich über die schlampige Arbeit.

„Nur mit dem Wochentag haben wir keine Übereinstimmung. In Laredo kam die Bewohnerin des Appartements 4-4-5 an einem Dienstag zu Tode."

Tatsächlich hatte Crash es geschafft, sich in den Homershare-Computer einzuloggen, er kam aber nicht in die gewünschte Tiefe der Datenbank, aber die Ebene, die er erreichte, war zumindest für den ersten Augenblick hilfreich.

Mit einem lauten Getöse eröffnete Crash seine Entdeckung: „Zum Zeitpunkt des Mordes in Laredo wurde das Appartement 4-4-5 an die Nummer 9436571 vermietet. Zuvor war es die 6224876. Auf der Merkliste nach 9436571 kommt dann wieder 6224876.

Und jetzt der Supergau: zum Zeitpunkt des Mordes an unsere Caroline war die Einheit von der Nummer 6224876 belegt. Und ratet mal, wer zuvor und danach diese Einheit reserviert hat!"

„Etwa 9436571, oder wie war die Nummer?", Lilli schlug die Hände vor den Mund.

Das Team schwieg. Sie hatten definitiv einen Skandal und Justizskandal losgetreten, von dessen Ausmaß sie noch keine Ahnung hatten und von dessen Ausgang sie alle eiskalt erwischt werden würden.

„Das ist noch nicht alles. Worldwide Homesharing hat sehr wohl von den Morden gehört und die Nummern abgeglichen. Da aber zum Zeitpunkt beider Morde unterschiedliche Reservierungsnummern vorhanden waren, haben sie die Sache abgetan und nicht weiter nachgegraben."

„Sieh an, sieh an. Da haben wohl die oberen Herren an der Geschäftsleitung auch kalte Füße bekommen."

„Klar doch, sie laufen ja auch Gefahr, hochkarätige Kunden zu verlieren! Wenn so eine Firma erst einmal im Visier der Ermittlungen gerät, dann ist es aus mit der Anonymität. Dann noch ein bisschen Presse dazu und schon haben wir einen Skandal, möglicherweise weltweit."

„Ich versuche jetzt noch auf die Rechnungsseite zu kommen, vielleicht kann ich eine Bankverbindung zu den Nummern 9436571 und 6224876 finden."

„Und dann knackst Du die Bank! Ja Crash, das wäre es!"

„Na, eine Kontonummer abzufischen und zuzuordnen ist ein Kinderspiel, wenn man weiß wo und wie!", Crash war wieder voll in seinem Element.

„Zumindest wird die Angelegenheit immer skandalöser."

„Was machen wir, wenn diese Nummern zu einer so wichtigen Persönlichkeit gehören, dass zum Beispiel die nationale Sicherheit auf dem Spiel steht?", Lilli war mit einem Mal wieder ernst geworden.

Will kniff die Augen zusammen. „Lillis Überlegungen sind durchaus naheliegend. Wir laufen tatsächlich Gefahr, einer Person auf die Füße zu treten, die mit allen Möglichkeiten versucht, die Identität zu vertuschen, um ein anderes Opfer zum Schafott zu führen. Es wäre nicht das erste Mal, denken wir nur damals an den Fall Kennedy. Aber wir wollen uns davon nicht abhalten lassen, die Wahrheit aufzudecken, was dann passiert, müssen wir auf uns zukommen lassen."

„Ja, das genau denke ich auch. Nur weil jemand zu den Reichen und Schönen gehört, hat er noch immer nicht das Recht, alle Gesetze auszuhebeln. Wie heißt es so schön in unserer *Bill of Rights*? *…Achtung vor den Menschenrechten und Grundfreiheiten für alle ohne Unterschied der Rasse, des Geschlechts, der Sprache oder der Religion…*", bestätigte Malcom mit fester und entschlossener Stimme.

Malcom verabschiedete sich zum Lunch und meldete sich für den Nachmittag ab. Auch Lena musste nach Hause, denn sie wollte rechtzeitig Lari und Becky von der Schule abholen.

30.

Malcom wartete in einigen Metern Abstand pünktlich um vierzehn Uhr vor Dr. Holdermanns Praxistür. Er hoffte, Misses Goring auch zu erkennen, denn es herrschte ein reges Kommen und Gehen. Dann aber sah er sie. Eine wirklich hübsche junge Frau steuerte schnurstracks auf die Tür zu. Ihr Haar hing strähnig herab, ansonsten war sie aber sehr gut gekleidet.

„Misses Goring?"

Erschrocken drehte sie sich zu Malcom um.

„Was wollen Sie von mir? Wer sind Sie?" Shirley Goring hatte eine deutliche Fahne.

„Bitte geben Sie mir zehn Minuten, mein Name ist Malcom Bloons, ich bin der Vater von Lari. Lari ist Beckys beste Freundin."

Misses Goring musterte Malcom eine Weile. „Ich wusste gar nicht, dass Becky überhaupt eine Freundin hat, also was wollen Sie? Ich habe keine Zeit, ich habe jetzt einen Termin."

„Ich bitte Sie! Nehmen Sie sich ein paar Minuten."

Sie nagte an ihrer Lippe und sie wurde sichtlich nervöser.

„Hören Sie, ich muss da rein, sonst ist mein Wochenende gelaufen, ich kann jetzt nicht und ich weiß auch nicht, was das hier soll. Also lassen Sie mich in Ruhe!"

„Ihr Wochenende ist längst gelaufen, Misses Goring. So wie jeder andere Tag Ihres Lebens auch gelaufen ist, wenn Sie so weitermachen!"

Wütend machte sie einen Schritt auf Malcom zu. „Was erlauben Sie sich! Was wissen Sie denn!"

„Mehr als Ihnen lieb ist, mehr als Sie ahnen. Misses Goring, ich will Ihnen helfen. Nun lassen Sie es doch zu, wenn schon nicht für sich, dann für Becky und Ihrem Mann zuliebe."

Shirley funkelte Malcom an. „Halten Sie meine Tochter raus! Haben Sie verstanden? Wenn mein Mann Sie schickt, bestellen Sie ihm schöne Grüße, wir sehen uns vor Gericht."

„Ihr Mann schickt mich nicht, ich weiß aber, wie sehr verzweifelt er ist und wie sehr er Sie vermisst."

Sie wurde etwas ruhiger. „Sind Sie einer seiner Freunde? Ich kenne Sie nicht."

„Nein, Misses Goring, ich kenne Ihren Mann gar nicht persönlich, ich wollte Ihnen das doch alles gerne erklären, aber Sie wollen mich nicht anhören!"

Offenbar schien sie zu überlegen, ob sie mit Malcom gehen oder durch die Tür von Dr. Holdermann verschwinden sollte. Sie machte einige Schritte auf die Tür zu. Dann drehte sie sich abrupt um. „Okay, zehn Minuten!"

Malcom hatte lange überlegt, was er ihr sagen würde, jetzt aber, als dieses hübsche Wrack vor ihm stand, hatte er nur noch Mitleid und es fiel ihm schwer, die richtigen Worte zu finden.
Es dauerte ganze zwanzig Minuten, bis er sich gefangen hatte und sicher war, seine Worte erreichten nun auch Shirley. Nach einer Stunde war Shirley in Tränen aufgelöst und nach einer weiteren Stunde saß sie in Malcoms Fahrzeug auf den Weg zur Ranch ihres Mannes.

Shirley blieb tatsächlich und willigte ein, als Malcom sie im Retirement Mirador anmeldete. Ihr Mann Sebastian würde sie am Montag dorthin begleiten.

„Bitte seien Sie eine von Zwölf!", sagte Malcom zum Abschied, sie verstand nicht was er meinte, aber sie würde schon noch dahinterkommen.

Als Malcom gegen zwanzig Uhr nach Hause kam, war er fix und fertig. Dennoch war er zuversichtlich, was Shirley betraf. Sie hatte einen tollen Mann an ihrer Seite. Sicherlich würde auch Becky bald auf die Ranch ziehen können, er würde mit dem zuständigen Familienrichter sprechen, der kleine Dienstweg würde die Familie bald wieder zusammenführen, ganz ohne Großmutter. Bis dahin hoffte er, dass Becky bei ihnen bleiben könnte, ohne nochmals zurück in die Höhle des Löwen zu müssen.

„Papa, wo warst Du denn so lange!", vorwurfsvoll wurde er von Larissa begrüßt. „Beinahe hätten wir ohne Dich angefangen zu essen."

„Ich bin untröstlich, meine Prinzessin, ich verspreche, es kommt nicht wieder vor!"

„Mama hat mal gesagt, vorsichtig, wenn ein Mann Versprechungen macht, den meisten Männern kann eine Frau nicht trauen!"

„Was? Das hat Deine Mama gesagt?"

„Ja, zu Maggy. Das habe ich genau gehört."

„Aha, hat da jemand an der Tür gelauscht?"

Larissa wollte sich nicht ins Bockshorn jagen lassen. „Können wir jetzt essen? Becky hat auch schon Hunger."

Tatsächlich rief Lena nun zum Essen.

Becky und Lari alberten herum, Lena ermahnte die beiden mehrfach. „Jetzt wird anständig gegessen und nicht herumgezappelt." Es half immer nur kurze Zeit.

„Meine Damen, könntet Ihr jetzt bitte anständig sein und Euch so benehmen wie es sich für Prinzessinnen gehört?" Malcoms Worte zeigten Wirkung und Lena war dankbar dafür.

„Wenn dann die Prinzessinnen das Mahl beendet haben, gäbe es auch im Anschluss noch königlichen Pudding, aber nur, wenn sie schön brav aufessen und sich weiterhin gebührend aufführen."

Malcom vermied es, Becky auf ihre Eltern anzusprechen, er hatte Becky nur gesagt, ihre Großmutter habe erlaubt, eine ganze Woche bei Lari verbringen zu dürfen. Das war nicht gelogen, nur wusste die Großmutter dort noch nicht, dass weder Shirley noch Becky je wieder zurückkehren würden.

Malcom half Lara beim Abräumen und gemeinsam richteten sie die Spülmaschine. Malcom erzählte Lena von Shirley. „Es wird gutgehen, Du hast alles richtig gemacht. Aber nun solltest Du ein wenig wieder an Dich denken und ausspannen. Wie wäre es mit einem Spaziergang morgen gleich nach dem Frühstück?"

31.
Der Tag vor der Anhörung bereitete allen Beteiligten ein recht großes Unbehagen.

Besonders Peter war nervös. Er hatte furchtbare Angst, er wollte nach Hause und sein Kreislauf drohte zu versagen.

Malcom las immer wieder die Akten, spielte immer wieder einzelne Szenen durch, die morgen bei Gericht möglich sein könnten.

Burn wollte morgen Webber und House in den Zeugenstand rufen, später dann die Zeugen, die Peter im Haus überwältigt hatten.

Malcom würde Joe danach aufrufen, falls erforderlich würde er den Arbeitgeber von Peter befragen, der sich selbstverständlich in allen Punkten lobend über seinen Mitarbeiter äußern würde und es lächerlich fand, ihn als Mörder vor Gericht zu zerren. Malcom war sich jedoch ziemlich sicher, er käme gar nicht dazu, morgen überhaupt einen einzigen seiner Entlastungszeugen aufzurufen.

Sollte das Gericht Peters Handicap in Frage stellen, so würde er den Hausarzt von Peter noch kurzfristig vorschlagen und einen Gutachter anfordern. Malcom hoffte inständig, das Recht möge auf seiner Seite sein.

Über das gesamt Team hatte sich eine Unruhe gelegt, selbst der ansonsten so ausgeglichene Will wirkte deutlich angespannter als sonst.

Albert Burn konnte sich auf gar nichts konzentrieren, so verließ er bereits nach dem Lunch die Kanzlei und hackte Unkraut in seinem Garten, um sich abzulenken.

Richter Stabler war genervt, Wilma hatte ausgerechnet heute Gäste eingeladen, diese schreckliche Misses Hails und ihren Ehemann. Den ganzen Abend plapperte Misses Hails über Fischbrötchen aus Hamburg und Weißwurst aus München, Crêpes aus Frankreich und Paella aus Spanien. Der Himmel stehe ihm bei. Hoffentlich könne er sich morgen auf die Verhandlung konzentrieren.

32.

Der Zuschauerbereich des Gerichtssaals war bereits bis auf den letzten Platz belegt, als Malcom den Verhandlungssaal betrat. Er hatte erfolgreich die vor dem Gebäude wartende Presse abgehängt, die hinter ihm her hetzte und unangenehme Fragen stellte.

Auf der Besucherempore entdeckte Malcom die Mitglieder seines Teams, verteilt zwischen all den Neugierigen. Er entdeckte auch Will, der sich eine blonde Perücke aufgesetzt und einen scheußlichen Schnurrbart angeklebt hatte.
Er sollte und wollte nicht von Burn und Stabler entdeckt werden. Die Maskerade hielt das Team für notwendig. Wenn Malcom von dieser Verkleidung nichts gewusst hätte, er hätte Will nicht erkannt. Es gehörte zu dem ausgearbeiteten Gesamtkonzept, hoffentlich würde auch alles so geschehen, wie Malcom es geplant hatte.

Er brauchte Zeit, denn trotz aller Bemühungen war ein neuer Tatverdächtiger weit und breit nicht auszumachen. Zeit, um die Videobänder, Fotos und andere Informationen auszuwerten. Zeit, die aber Peter Lakow dafür weiterhin im Gefängnis verbringen müsste.

Malcom wusste, dass Richter Stabler gleich den Zuschauerraum räumen lassen würde. Eine Anhörung vor der Grand Jury ist in Texas nicht öffentlich. Das wussten mit Sicherheit auch die Zuschauer, die jedoch die Dreistigkeit besaßen, wenigstens den Vorspann dieses Geschehens live mitzubekommen. Nach der

Räumung würden sie sich vor den Türen des Saals drängen, zusammen mit den Geiern der Medienvertreter. Von wegen, Schutz und Anonymität für den Verdächtigen.

Burn hatte bereits seine Akten auf seinem Pult ausgebreitet. Bei Malcoms Eintreten war er kurz aufgestanden, um ihn zu begrüßen. Er wirkte ausgeruht und siegessicher, was Malcom amüsiert zur Kenntnis nahm, gleichzeitig hoffte er, ebenso entspannt und siegessicher zu wirken.

Eine stattliche Anzahl von Malcoms Kollegen, die sich ebenfalls einen Platz im Besucherforum ergattert hatten, kamen auf ihn zu, um ihm viel Erfolg zu wünschen, einige von ihnen meinten es durchaus ernst, andere wiederum waren nur gespannt, wie sich der Trinker Malcom Bloons zurück kämpfen würde. Niemand aber beneidete ihn um diesen Fall, mit dem sich kein Verteidiger mit Ruhm bekleckern würde.

Als Peter Lakow in den Sitzungssaal geführt wurde, wurde es auf einen Schlag mucksmäuschenstill, was alle außer Peter, sofort registrierten.

Peter sah heute noch elendiger aus, jeder im Saal konnte regelrecht Peters Angst spüren. Seine Haltung war gebeugt, als würde er eine schwere Last auf seinen Schultern tragen, kurz davor, unter diesem Kreuz zusammenzubrechen.

[208]

Seine orangefarbene Häftlingskleidung unterstrich diese Wahrnehmung. Er konnte wegen der Fußfessel nur kleine Schritte machen, als er auf seinen für ihn vorgesehenen Platz zugesteuert wurde. Peter war leichenblass und atmete schwer.

Einer der begleitenden Polizisten nahm Peter die Hand- und Fußfesseln ab und deute ihm, sich zu setzen.

Vor der Grand Jury ist es durchaus üblich, dem Gefangenen nicht nur die Fußfessel, sondern auch die Handschellen abzunehmen. Darüber hinaus ist es dem Beschuldigten gestattet, in normaler Straßenkleidung zu erscheinen. Die Kleidung, die Peter bei seiner Verhaftung trug, schied aus, da sie zum einen blutbefleckt und zum anderen beschlagnahmt war.
Da Peter keine Angehörigen in der Stadt hatte, konnte ihm niemand aus seiner Wohnung Kleidung bringen. Peters Anwalt und auch Joe hatten sich angeboten, aber schließlich waren sie übereingekommen, Peter in Häftlingskleidung erscheinen zu lassen. Der Medienwirksamkeit wegen. *„Schaut, was der Staat aus einem unbescholtenen wehrlosen Bürger gemacht hat!"*

Malcom gab Peter die Hand, die andere Hand legte er auf Peters Schulter und sah ihm direkt in die Augen. „Es wird alles gutgehen, Peter, vertrauen Sie mir. Die Zuschauer werden gleich gehen!", sagte Malcom ohne Stimme, er bewegte nur seine Lippen. Peter nickte zögerlich.

[209]

So gut es ging, hatte er Peter mit der Vorgehensweise vertraut gemacht, obwohl Peter viele Dinge nicht verstand, auch skeptisch blieb, stimmte er zu.

Malcom hatte sich inzwischen mit einem Gebärdendolmetscher unterhalten, dieser hatte ihm erklärt, die Gebärdensprache könne bei Weitem nicht alle Aus- und Eindrücke klar wiedergeben, so käme es bei den Übersetzungen durchaus zu erheblichen Missverständnissen, da in der Gebärdensprache viele Dinge für den Gehörlosen nicht greifbar, nicht fassbar sind.

So fehlt das wichtige Element auf der linguistischen Ebene, nämlich die Betonung und der Tonfall, was zweifellos die Wichtigkeit der Aussage zum Ausdruck bringt. Schon deshalb wird sich auf der paralinguistischen Ebene keine Beziehung aufbauen lassen, eine Klangfarbe, ein in der Stimme liegender Emotionsausdruck, z. B, schnelles Sprechen oder das Gegenteil, Bedächtigkeit, kann überhaupt nicht dargestellt werden.

Hier befinden wir uns bereits auf der extralinguistischen Ebene, die unsere grundsätzliche Sprechweise darstellt, ein Dialekt, stottern, lispeln oder eine einschläfernde oder quietschende Stimme – also das, was einen Menschen und seine persönliche Stimmeigenschaft ausmacht und nicht selten über Sympathie und Antipathie entscheidet – würde komplett fehlen.

Dies gelte besonders für Gehörlose, die diese Behinderung seit der Geburt hätten.

[210]

Die Vermittlung von Sachverhalten und die damit verbundenen Emotionen in der Akustik lassen sich in der Gebärdensprache nicht umsetzen.

Ebenso brenzlich würde es werden, wenn der Staatsanwalt Fangfragen oder Suggestivfragen oder auch nicht eindeutig zu beantwortenden Fragen stellen würde. Antworten des Angeklagten müssen dann in mehrfacher Weise abgesichert werden. Es darf also nicht verwundern, wenn der Angeklagte auf ein und dieselbe Frage mehrere unterschiedliche Antworten liefert, eben weil er die eine oder andere Frage missdeuten würde.

Wichtige Bestandteile im Gerichtsverfahren werden dem Angeklagten sicherlich nur schwerlich begreifbar gemacht werden können. Die Differenzierung zwischen Wissen und Glauben zum Beispiel, das zentrale Thema in der Beweisaufnahme, das, was über Schuld und Unschuld schlussendlich entscheidet, dürfte ihm schwerlich zu vermitteln sein.

Völlig ausgeschlossen ist auch das Verständlichmachen einer indirekten Rede. Oft auch ist Geschriebenes noch weniger zu begreifen. Allerdings war Peter sehr belesen und bislang hatte sich der Austausch von Schriftstücken als absolut sinnvoll und hilfreich herausgestellt.

Malcom hoffte, Peter würde im Gerichtsverfahren wenig große Verständigungsprobleme haben. Die Feinheiten der Sprache, die es in der Gebärdensprache nicht gab, würde er versuchen, aufzufangen. Malcom würde bei jeder Frage der Staatsanwaltschaft stets auf den Hut sein müssen.

Der Dolmetscher hatte Malcom erklärt, die Gebärdensprache an sich ist wie eine vereinfachte Kommunikationslösung der akustischen Sprache und sei keinesfalls zu einhundert Prozent übersetzungsfähig. Die Gebärdensprache sei darüber hinaus eine vereinfachte Form der akustischen Sprache, ergo ist die Formulierung einfach und kurz. Nur leider würde der Fall alles andere als einfach sein.

Nach diesem Gerichtstag würde er zu Henry McGyer gehen, nach fünf Jahren würde er ihn wiedersehen. Er hatte ihm Hoffnung gemacht, nun wäre es nur fair, ihn auch über den Ermittlungsstand und über die unvorstellbaren Details, die er und sein Team bislang aufgedeckt hatten, zu unterrichten.

Die Grand Jury wurden hereingeführt und nahmen ihre Stühle ein. Diese pflichtgetreuen Gemeindebürger repräsentierten auf seltsam reale Weise den Bevölkerungsdurchschnitt.

Kurz darauf, öffnete sich die Tür des Richterzimmers und der Richter und zwei Beisitzer traten ein.
Alle Personen im Sitzungssaal und auf den Zuschauerrängen erhoben sich.

Der Tanz begann.

33.

Wilma hatte entgegen aller Absprachen die Europareise fest gebucht. Während ihr Mann auf dem Richterstuhl thronte, saß sie im Reisebüro und plante die sechswöchige Tour nochmals durch. Flüge, Hotels, Mietwagen, Besichtigungstermine, all das musste akribisch abgestimmt werden. Die Dame im Reisebüro schlug zudem noch eine Donauschifffahrt von Wien nach Budapest vor, die hervorragend in die Pläne passte.

In drei Monaten würde es losgehen, bis dahin war hoffentlich dieser Prozess zu Ende, wenn nicht, dann müsse George eben eine Verfahrenspause anordnen, basta!

Jetzt musste sie sich aber beeilen, ihre Söhne und sie hatten noch ein wichtiges Meeting mit einem neuen Kunden an diesem Mittag. Sie hoffte, diese Verhandlungen endlich zum Abschluss bringen zu können, sie hatte die Nase voll von den japanischen Dauergrinsern.

Wenigstens konnte sich Wilma nun wieder auf ihre Hauptaufgaben konzentrieren, die letzten Monate waren für sie sehr anstrengend verlaufen.
Sie war oft wütend gewesen, manchmal traurig und hatte oft nächtelang wachgelegen. Ihr Mann hatte ihren Gemütszustand zwar bemerkt, aber sie hatte nichts zu ihm gesagt. Es wäre sowieso sinnlos gewesen. Mit George war nicht zu reden, er tat, was er wollte und jedes Mal brachte er sie damit in Schwierigkeiten. Jedes

Mal musste sie die Sache wieder gerade biegen, George nahm wenig Rücksicht auf ihre gesellschaftliche Stellung.

Schon allein, wie er Misses Hails behandelte, schlug dem Fass den Boden aus.

Diese blöde Angelei würde Wilma nun auch nicht mehr mitmachen, ihr würde schon etwas einfallen, wie sie diese Events künftig verhindern würde. Das wär doch gelacht!

Wilma startete ihren Sportwagen und rauschte zur Firma, in der sie schon sehnsüchtig erwartet wurde.

34.

„Ich glaube ja nicht, was ich sehe!", brüllte Richter Stabler. „Hier und heute findet ein Verfahren vor der Grand Jury statt, eine nichtöffentliche Sitzung. Wer zum Teufel hat Sie hier hereingelassen!"
Er schaute auf die Zuschauerränge und warf den Saaldienern böse Blicke zu.

„Ich fordere Sie auf, sofort den Saal zu verlassen. Alle, die mit diesem Verfahren nichts zu tun haben, gehen jetzt unverzüglich hinaus, und zwar sehr sehr schnell!"

Zögerlich erhoben sich die ersten Zuschauer, als die Saaldiener dann zu ihnen drängten, beeilten sich auch die übrigen Zuschauer, den Saal zu verlassen.

„Das wird Konsequenzen für das Sicherheitspersonal haben, das verspreche ich Ihnen!"

Stabler nahm einen Schluck aus seinem Wasserglas und beruhigte sich wieder. Dann entschuldigte er sich bei dem Verdächtigen für die Störung seiner Privatsphäre und bat ebenfalls die Jury, nun zur Tagesordnung überzugehen.

Nachdem Richter Stabler verkündete, welche Straftat in diesem ehrwürdigen Gericht gegen wen verhandelt würde, die Personalien und den beruflichen Werdegang des Tatverdächtigen verlesen hatte, sprach er zu der Grand Jury: „Eine öffentliche Klage wird in einem

Strafverfahren von der Anklagebehörde erhoben, wenn nach dem durchgeführten und abgeschlossenen Ermittlungsverfahren ein hinreichender Tatverdacht besteht, dass ein Beschuldigter eine strafbare Tat begangen hat.

Wir sind heute hier zusammengekommen, um darüber zu entscheiden, ob gegen Peter Lakow Anklage wegen Mordes erhoben werden kann. Die Jury möge bitte genau abwägen, ob die vorgetragenen Beweise ausreichend für eine Klageerhebung durch die Staatsanwaltschaft sind. Ich selbst werde in dieser Phase der Anhörung nicht eingreifen, sondern nur dafür sorgen, dass alle Rechtsvorschriften eingehalten werden. Die Verteidigung hat nicht das Recht, Anträge, die die Schuldfrage betreffen, zu stellen. Die Verteidigung braucht hier nichts zu beweisen, hat aber das Recht, die Aussagen mit Argumenten anzuzweifeln und gegebenenfalls mit Beweisen zu untermauern. Kreuzverhör ist gestattet. Den Jurymitgliedern ist es gestattet, Fragen zu stellen.

Ich bitte nun, die Anwälte, sich zu identifizieren!"

„Albert Burn, leitender Staatsanwalt."

„Malcom Bloons, Anwalt des Beschuldigten."

Die dreiundzwanzig Geschworenen, die sich extra für diese Verhandlung sauber rausgeputzt hatten, rutschten sich auf ihren Stühlen zurecht. Sie hielten Papier und

Bleistift bereit, um sich Notizen zu machen und um evtl. später auftretende Fragen in der Jury-Runde diskutieren zu können, oder um offene Fragen in der hiesigen Anhörung an den Staatsanwalt zu richten. Während des Grand Jury Verfahrens ist dies in Texas gängige Praxis.

Dann übergab Stabler Burn das Wort.

Burn legte sich richtig ins Zeug, mit lauter kräftiger und klarer Stimme verlas er die Anschuldigungen, die er in einer späteren Anklageschrift näher formulieren würde. Er stand aufrecht da, selbstsicher, kampfbereit und unantastbar. Oft blickte er auf Peter Lakow, dann auf die Grand Jury und dann in den gesamten Saal, um ehrfürchtige und anerkennende Blicke zu erhaschen, offenbar hatte er das Skript auswendig gelernt.
Schon diese Schrift hörte sich an, wie ein bereits gefälltes Urteil, über jeden Zweifel erhaben. Als er endete, dankte er dem hohen Gericht und allen Anwesenden. Dann setze er sich.

Richter Stabler gab ihm noch einige Sekunden seines Triumpfes, dann wandte er sich an Lakow.

„Mister Lakow, bekennen Sie sich zu den Ihnen gemachten Vorwürfen für schuldig?"

Der Angeklagte und Malcom standen auf: „Mein Mandant erklärt sich für nicht schuldig, Euer Ehren!" Sie setzen sich wieder, Richter Stabler nickte.

„Nun, dann beginnen wir mit der Zeugenvernehmung. Die Anklage wird gebeten, den ersten Belastungszeugen aufzurufen."

Burn schrie geradezu: „Ich rufe Sheriff Webber in den Zeugenstand.

Webber wurde hereingerufen, er drehte seinen Hut in den Händen, lief aber trotz seiner Nervosität erhobenen Hauptes auf den Zeugenstuhl zu. Er setzte sich.

„Mr. Bloons, wünschen Sie eine Vereidigung des Zeugen?"

Es ist selbstverständlich, dass die Verteidigung die Zeugen der Anklage unter Eid aussagen lässt, auch in der ersten Anhörung. Diese Frage ist eigentlich nur eine Routinefrage, aber zum Erstaunen aller Beteiligten sagte Malcom: „Die Verteidigung verzichtet zunächst auf die Zeugenvereidigung, behält sich dies aber für einen späteren Zeitpunkt vor."

Burn war kurzfristig aus der Fassung gebracht, er hatte bereits die Bibel in der Hand, auf die der Zeuge hätte schwören sollen, die Wahrheit zu sagen und nichts als die reine Wahrheit, so wahr ihm Gott helfe. Burn legte die Bibel zur Seite und begann mit der Befragung.

„Sheriff Webber, Sie sind der zuständige Sheriff im County?"

„Ja, Sir, seit über fünfunddreißig Jahren bin ich auf der Dienststelle in Corpus Christi tätig und seit gut zwanzig Jahren bin ich der Sheriff dieser Dienststelle."

„Erzählen Sie uns, was an dem Abend des 19. April 2018 in Bezug auf den Mordfall, um den es hier geht, geschehen ist.

„Gegen kurz nach zweiundzwanzig Uhr erhielten wir einen Notruf, eine Frau sei erstochen in der Wohnung vorgefunden worden, der Tatverdächtige sei von Passanten mit dem Messer in der Hand überwältigt und festgehalten worden.

Die Beamten trafen um zweiundzwanzig Uhr vierundzwanzig am Tatort ein.

Ich schickte drei Streifen zu der angegebenen Adresse, ich selbst blieb im Office, um das Verhör vorzubereiten. Ungefähr eine Stunde später brachten die Kollegen den Angeklagten." Weber deutete mit dem Kopf in Richtung Peter.

„Einspruch!", schrie Bloons. „Peter Lakow ist noch nicht angeklagt!"

„Stattgegeben, bitte Mister Webber, betiteln Sie Herrn Lakow bitte als Verdächtigen, nicht als Angeklagten!"

Webber ließ sich nicht aus dem Konzept bringen. „Deputy House und ich begannen dann gegen kurz nach dreiundzwanzig Uhr mit der Vernehmung auf dem Revier."

Burn schien zufrieden. „Hat der Verdächtige die Tat gestanden?"

„Jawohl Sir, nach anfänglichem Zögern und verwirrenden Aussagen, hat der Tatverdächtige gestanden."

Webber wurde größer in seinem Stuhl, um Anerkennung von dem spärlichen Publikum haschend. Schließlich war er derjenige, der das Geständnis beigebracht hatte und das bislang zum Erstaunen aller, nicht widerrufen wurde.

„Vielen Dank, Sheriff Webber, ich habe keine weiteren Fragen."

Burn setze sich.

Stabler übergab den Zeugen an Malcom.

Malcom stand gespielt zögerlich auf.

Er ging langsam auf Webber zu und musterte ihn, als würde er ihn das erst Mal sehen.

„Sheriff Webber, auch wenn ich zunächst auf eine Vereidigung verzichtet habe, so ist Ihnen doch hoffentlich bewusst, dass Sie trotzdem die Wahrheit sagen müssen?"

Webber war verwirrt. „Natürlich, Sir, das weiß ich!"

„Gut. Bitte beschreiben Sie uns den Zustand des Verdächtigen, während des Verhörs. War er renitent, hat er geschrien? Geweint? War er hysterisch oder in sich zusammengesunken? Hatten Sie den Eindruck, er stand unter Drogen oder Alkohol?"

Webber räusperte sich und rutschte sich auf seinem Stuhl etwas gerade. „Na, ja, er verhielt sich ganz normal. Ich hatte nicht den Eindruck, er würde unter Drogen oder Alkoholeinfluss stehen."

„Bitte erklären Sie uns, was Sie unter *normal* verstehen!"

„Er machte keine Schwierigkeiten, wenn Sie das meinen."

„Aha, keine Schwierigkeiten."

„Wirkte er nervös oder ängstlich?"

Webber überlegte kurz. „Etwas nervös vielleicht."

„Wenn sie sich jetzt Peter Lakow anschauen, wie wirkt er momentan auf Sie?"

Webber blickte zu Peter. „Ziemlich normal und ruhig."

Malcom drehte sich um, blickte auf den Verdächtigen und bemerkte: „Normal und ruhig? So hat doch jeder eine andere Wahrnehmung, nicht wahr? Auf mich wirkt er ängstlich, das erkenne ich an seiner Körperhaltung und an seinem Gesichtsausdruck."

Dann wandte er sich wieder an Webber. „Wurde Peter Lakow vor dem Verhör über seine Rechte aufgeklärt?"

„Natürlich!"

„Kann das Ihr Deputy bezeugen?"

Ein etwas säuerliches „Selbstverständlich!" folgte von Webber.

„Hatten Sie den Eindruck, Peter Lakow hatte es verstanden?"

Webber glotzte. „Ja."

Burns Stimme unterbrach Malcom. „Einspruch! Hohes Gericht, was soll das? Der Verteidiger versucht die Befragung wie Kaugummi in die Länge zu ziehen!"

Richter Stabler kniff die Augen zusammen.
„Nun, in dieser Phase hat die Verteidigung das Recht dazu, allerdings erschließt sich dem Gericht nicht, wozu das dienlich sein sollte."

„Euer Ehren, das Gericht wird in Kürze verstehen, weshalb diese Befragung in dieser Form von Nöten ist."

„Ich hoffe es für Sie, Bloons."

Malcom ließ sich nicht beirren und wandte sich wieder an Webber. „Hat der Tatverdächtige nach einem Anwalt verlangt?"

„Nein, zu keiner Zeit."

Malcom ging ein wenig auf und ab, als würde er sich weitere Fragen krampfhaft überlegen.

„Wie haben Sie seine Stimme in Erinnerung, hell, dunkel? Zittrig? Fest?"

Webber schien zu überlegen. „Herrje, wie soll man eine Stimme beschreiben? Nicht hell, nicht dunkel, nicht laut nicht leise, altersgemäß. Vielleicht etwas ängstlich, weil er wohl merkte, es wird ernst für ihn."

„Sheriff Webber, ich muss Sie nochmals erinnern, auch wenn Sie nicht vereidigt sind, so müssen Sie hier die Wahrheit sagen."

Stabler ermahnt Bloons, nachdem auch der Vorsitzende der Jury seine Zustimmung gab. „Herr Verteidiger, Sie wiederholen sich, Mister Webber ist Sheriff hier im County, ich denke, er hat es verstanden, kommen Sie zur Sache!"

„Sie sagten, nach anfänglichem Zögern und verwirrenden Aussagen habe der Angeklagte gestanden. Wollen Sie hierzu noch etwas ergänzen?"

Webber funkelte Malcom wütend an.
„Nein, ich glaube, ich habe mich hier wohl klar und deutlich genug ausgedrückt."

Malcom gönnte ihm einen kurzen Augenblick seines vermeintlichen Triumpfes, zumal Burn dem Sheriff zustimmend zulächelte.

„Haben Sie den Verdächtigen bedroht?"

„Einspruch", schrie Burn.

Stabler aber wies diesen Einspruch ohne eine weitere Diskussion zurück. Der Zeuge musste die Frage beantworten.

„Wie bitte, ich soll ihn bedroht haben? Behauptet er das? Nein, das habe ich nicht!", entschieden wies Webber alle Vorwürfe von sich.

„War Deputy House während des gesamten Verhörs anwesend?"

„Wenn ich mich erinnere, ging er zwei-, dreimal heraus um Kaffee und Wasser für den Angeklagten zu holen."

„Waren sonstige Personen während des Verhörs ganz oder zeitweise anwesend?"

„Nein, wir waren zu Dritt! Der Ange... äh Verdächtige, Deputy House und ich."

„Das kann Deputy House bestätigen."

Webber schüttelte den Kopf: „Was soll das, natürlich kann er das!"

„Haben Sie von dem Verhör Aufzeichnungen in Ton und Bild gemacht?"

Bei dieser Frage rutschte Burn etwas nervös auf dem Stuhl hin und her. Außer Malcom bemerkte es wohl niemand.
Webber wurde sichtlich nervöser. „Nein."

Malcom beobachtete Webbers Körpersprache sehr genau. Er hatte die Frage beantwortet, in dem er seinen Blick nach links richtete. Psychologen erkennen darin eine Lüge. Zeugen, die nach rechts blicken, erinnern sich, sagen die Wahrheit, aber linksblickende Zeugen versuchen etwas zu vertuschen. Dieser Reflex ist nicht beeinflussbar.

„Ist das denn nicht üblich, Aufzeichnungen von Verhören zu machen, ist das nicht auch sogar eine Dienstvorschrift?"

„Sir, hören Sie! An diesem Abend war die Hölle los und der Deputy und ich waren alleine in der Dienststelle, alle anderen Kollegen waren im Einsatz. Ich bin davon ausgegangen, dass die Kamera im Verhörraum eingeschaltet war, deshalb habe ich an das Tonbandgerät nicht gedacht. Die Kamera war aber nicht eingeschaltet."

„Deputy House kann das sicher bestätigen?"

Wieder schrie Burn: „Einspruch, ich sehe keinen Sinn in dieser Befragung."

„Mister Burn, nochmals. In diesem Stadium ist eine derartige Befragung zulässig. Mister Bloons, überlassen wir es doch später Deputy House, was er bestätigen kann und was nicht." Stabler wirkte genervt.

„Mister Webber, ich fange mir eine Ohrfeige ein, wenn ich Sie nochmals darauf hinweise, die Wahrheit sagen zu müssen, deshalb erspare ich mir das. Aber ich frage sie nochmals. Gibt oder gab des Aufzeichnungen von diesem Verhör?"

„Einspruch!", schrie Burn wieder. Der Zeuge hat diese Frage schon beantwortet.

„Meine Herren, bitte! Ich wiederhole mich ungern. Die Frage ist zulässig, dennoch sollten Sie sich, Mister Bloons nicht noch mehr Mühe geben, das Gericht und die Jury zu verärgern."

[226]

„Hohes Gericht. Leider sagt unser Zeuge hier nicht die Wahrheit und ich kann das beweisen! Obwohl ich das nicht an diese Stelle beweisen muss! Ich muss nicht die Unschuld meines Mandanten beweisen, sondern die Staatsanwaltschaft muss dessen Schuld beweisen!
Die Aussage des Sheriffs kann aber die Grand Jury in ihrer Entscheidung maßgeblich beeinflussen und mein Beweisantritt hier und jetzt stellt die Tatsachen, die hier offenbart werden, in ein ganz anderes Licht!"

Webber lief sichtbar die Farbe aus dem Gesicht, ihm brach der Schweiß aus und es blieb ihm nichts anderes übrig, als sich mit einem Taschentuch das Gesicht abzuwischen. Auch Burn blieb der Mund offen stehen.

Malcom lief zu seinem Platz und entnahm seiner Tasche einen Stick und winkte damit herum.

„Hierauf sind Ton- und Bildaufzeichnungen des Verhörs mit dem Festgenommenen. Sheriff Webber hat mit kräftiger Stimme selbst hierauf erklärt: `Beginn der Vernehmung am 19. April 2018 um 23.15 Uhr´."

Burn glotze wie ein abgestochenes Schaf und Webber schwitzte weiter.

„Ich beantrage, dieses Beweisstück zuzulassen, eine vorherige Vorlage war aus folgendem Grund nicht möglich: Die Aufzeichnungen wurden von der Dienststelle des Sheriffs bei der übergeordneten Behörde des Oberen Distrikts zum Zwecke der

Datensicherung hinterlegt und mir heute erst übergeben."

Malcom fuchtelte mit einem Blatt bedeutsam in der Luft herum.

„Hier halte ich ferner die Bestätigung der Behörde in den Händen. Diese Bestätigung beinhaltet auch die eidesstattliche Versicherung der Person, die das Band übergeben hat, und vor allem, dass die Kopien dieser Aufzeichnungen vom Originalton- und Bildträger gezogen wurden!
Ferner beantrage ich, diese Aufzeichnungen hier und jetzt anzusehen!"

Richter Stabler wurde hellhörig. „Bitte zeigen Sie mir und der Grand Jury das Schriftstück. Herr Staatsanwalt, kommen Sie her, dann können Sie es auch sehen.

Malcom übergab es ihm. Stabler würde aufgrund dieses Schreibens nichts anderes übrig bleiben, als das Beweisstück zuzulassen, zumal Burn keinen Einspruch erhob.

„Die Grand Jury wird gebeten, das Beweisstück zu sichten und zu entscheiden, ob es hier verwendet werden soll. Ich bitte um Handzeichen."

Einheitlich wurde die Sichtung und Vorführung verlangt.

„Das Verhör geht über einige Stunden, ist es wirklich nötig, das ganze Band anzusehen?"

„Ich denke, an manchen Stellen können wir es durchaus vorspulen, aber ja, wir werden uns einen großen Teil des Bandes ansehen müssen."

Die Gerichtsdiener wurden gebeten, den im Raum befindlichen Fernseher betriebsbereit zu machen, aber bitte so, ohne die weitere Verhandlung durch übermäßige Geräuschkulisse zu stören."

Malcom ging wieder zu Webber. „Mister Webber? Wollen Sie das richtig stellen?"

Webber sagte nichts. Die Farbe seines Gesichtes hatte in puterrot gewechselt.

„Sie werden erklären müssen, weshalb Sie dem Vertreter der Anklage gegenüber bestritten haben, eine solche Aufzeichnung sei nicht existent. Sie haben damit die Staatsanwaltschaft ins offene Messer laufen lassen, ist Ihnen das klar?
Nun, die Obere Distriktbehörde wird sich umgehend mit Ihnen in Verbindung setzen."

Malcom ging zu Burn, kaum hörbar sagte er zu ihm. „Ich habe es Ihnen doch gesagt, suchen Sie das Band!"

Malcom grinste ihn an, Burn blieb versteinert. Er konnte nichts machen, nur hoffen, keine allzu bösen Überraschungen darauf zu finden.

Ganze zwei Stunden starrten alle Anwesenden wie gebannt auf den Fernseher in der Hoffnung, etwas Spektakuläres würde geschehen. Doch nur die mal laute, mal bedrohlich klingende, mal sanfte und freundliche Stimme von Webber war zu hören. Deputy House sprach nur, wenn er aufgefordert wurde. Webber drohte, Webber spielte den Freund, er schickte mehrfach Deputy House unter einem Vorwand heraus und gerade, als House wieder einmal unterwegs war, sahen die Zuschauer, wie Peter seine Unterschrift unter ein Schreiben setzte, das Webber zuvor auf dem Computer getippt hatte, ganz offensichtlich frei nach Goethe. Webber klopfte Peter daraufhin auf die Schulter und Webber führte Peter hinaus.

Burn war entsetzt, ohne die wahre Katastrophe, die er sich soeben angesehen hatte, zu registrieren.

Malcom erhob sich. Noch immer waren die Zuschauer gebannt. Niemand hatte es bewusst wahrgenommen, was genau sich hier abspielte, also bohrte Malcom nach.

„Wir haben jetzt die wichtigsten Szenen dieses Verhörs gesehen. Wir hörten Sheriff Webber, wir hörten Deputy House. Wir sahen Peter, ein Schreiben, ganz offensichtlich das Geständnis, unterschreiben. Aber hat irgendjemand von Ihnen Peter auch gehört?"

[230]

Burn versteifte sich, Webber blickte verwirrt, sackte aber in sich zusammen, Stabler machte ein ungläubiges Gesicht.

„Hohes Gericht, werter Staatsanwalt Burn, verehrte Damen und Herren der Grand Jury! Kann irgendjemand hier im Saal die Aussage des Sheriffs bekräftigen, mein Mandant habe nach anfänglichem Zögern und verwirrenden Aussagen ein Geständnis abgelegt?"

Noch immer hatte wohl kaum jemand richtig registriert, was an der Aufnahme faul war, aber etwas war nicht koscher, was allen im Gerichtssaal glasklar war.

Malcom genoss die Verwirrtheit der Anwesenden. Er schritt einige Male auf und ab, blieb er Mitten im Saal stehen, dann wandte er sich an sein Publikum. Jetzt gehörte die Bühne ihm!

„Niemand von uns hier hat Peter sprechen hören, niemand hat seine Stimme gehört! Weil noch nie überhaupt irgendjemand seine Stimme gehört hat!"

Malcom drehte sich provokativ zu allen Seiten. „Mein Mandant, Peter Lakow, ist zeit seines Lebens taubstumm. Er hört nichts und kann auch nicht sprechen!"

Im Saal brach eine große Unruhe aus, Richter Stabler wollte gerade mit seinem Hammer auf das Pult hauen, als er sich besann, dennoch bat er höflich um Ruhe und Besonnenheit.

„Sollte jemand der Anwesenden Zweifel daran haben, so kann ich Ihnen versichern, ich kann eine ganze Reihe hochdotierter Ärzte und Gutachter auffahren, die diese Diagnose bestätigen.

Keiner Menschenseele ist die Behinderung bisher aufgefallen, Peter Lakow führt in seinem Ausweis ein HP, für handicapende People! Niemandem, weder die Menschen, die ihn in der Nacht überwältigten, noch den verhaftenden, noch den verhörenden Beamten, noch der Gefängnisleitung hat bisher dieses Handicap registriert.
Peter Lakow hatte demnach nie eine Chance, sich zu verteidigen. Peter ist völlig ungeschützt in den Gefängnismauern, denn sein Handicap hätte vorschriftsmäßig sichtbar auf der Kleidung angebracht werden müssen, so, wie ein Blinder eine Armbinde trägt.

Peter Lakow kann Lippen lesen, aber das funktioniert nur bedingt. Peter Lakow muss seinen Gegenüber ansehen und ihm gerade ins Gesicht sehen können, Mundbewegungen aus der Ferne kann er nur bruchstückhaft erkennen. Wenn Sie Peter Lakow direkt ansprechen, dann sieht er die Stimme!

Fakt ist, dieser Staat hat Peter Lakow bislang all seiner Rechte beraubt! Hier liegt ein knallharter Ermittlungsfehler vor, eine Vernehmung ohne

Hinzuziehung eines Gebärdendolmetschers ist nicht nur unzulässig, sondern auch im höchsten Grade unmöglich!

Ergo, es war bei dem Verhör kein Gebärdendolmetscher anwesend, ergo, auch hier ist kein Gebärdendolmetscher anwesend.
Wie kann denn der hier Beschuldigte ausdrücken, was er unmittelbar erlebt hat oder mittelbar gesehen hat? Er hat nicht einmal die Chance, sich zu rechtfertigen, keine Chance einen Irrtum aufzuklären.
Seine Behinderung erklärt doch auch, weshalb Peter Lakow nicht selbst den Notruf gewählt hat, als er die Tote fand! Er kann ja gar nicht telefonieren!

Ich vermute stark, deshalb, weil der Verhaftete keine Gegenwehr leistete, haben sich alle ermittelnden Beamten auf ihn gestürzt, ohne in weitere, andere Richtungen zu ermitteln.

Um den Rechtsgrundsätzen des rechtlichen Gehörs während der Vernehmung und jetzt auch hier in der mündlichen Verhandlung zumindest annähernd gerecht zu werden, benötigt Peter Lakow einen Gebärdendolmetscher, der Aussage für Aussage, Wort für Wort und Andeutung für Andeutung für den Gehörlösen von Akustik in Gebärdensprache übersetzt, Aussage für Aussage, Wort für Wort, Andeutung für Andeutung!

Mir ist durchaus klar, wie zeitintensiv sich dieser Umstand in diesem Verfahren auswirken wird. In diesem

Verfahren müssen wir uns die notwendige Zeit aber nehmen! Die Gebärdensprache kann nicht alle Ausdrücke, Worte und Emotionen erfassen. Deshalb bedarf es einer klaren Formulierung ohne Hasenfüße, ohne juristische Finessen und Spitzfindigkeiten. Peter Lakow muss die Möglichkeit gegeben werden, seine Sicht der Dinge darzustellen. Es ist unsere Pflicht, entstehende Missverständnisse und Verständigungsprobleme in den Griff zu bekommen."

Malcom machte eine bedeutende Pause, um die Worte sacken zu lassen, er war voll in seinem Element, zeitweise hatten nicht nur die Geschworenen den Eindruck, Malcom halte bereits sein Plädoyer. Ganz bewusst hatte er mehrfach Peter Lakow beim Namen genannt. Es zeigte Wirkung auf alle Anwesenden.

„Deshalb habe ich auch das Geständnis nicht widerrufen, denn ich brauche nichts zu widerrufen, was von Rechtswegen ungültig ist.

Es ist Sache der Staatsanwaltschaft und der ermittelnden Behörden, einen Gebärdendolmetscher zu stellen, um meinem Mandaten die Möglichkeit zu geben, die Vorwürfe, die gegen ihn erhoben werden, zu verstehen, um sich zu den Vorwürfen äußern und verteidigen zu können.

Peter wurde belehrt, das haben wir in dem Video gesehen, aber er hat es nicht verstanden, konnte es nicht verstehen. Er konnte sich nicht verteidigen, er konnte nicht um einen Anwalt bitten. Wir haben die verzweifelten Versuche Peter Lakows auf dem Video gesehen, anfänglich hat er versucht, Mister Webber klar zu machen, dass er nichts hört. Aber der Sheriff hat das Zuhalten des Mundes und der Ohren missverstanden, er dachte, Peter Lakow spiele die drei Affen, nichts hören, nichts sehen, nichts sagen.

Dieses Versäumnis hat sich die Anklage anzulasten! Da auch diese Verhandlung hier und heute keinerlei Gültigkeit hat, habe ich auf Vereidigung des Sheriffs verzichtet, ob Sheriff Webber trotzdem wegen uneidlicher Falschaussage belangt werden kann, ist nicht meine Pflicht, zu ergründen.

Sollten die Staatsanwaltschaft und die ermittelnde Behörde nach wie vor von der Schuld meines Mandanten überzeugt sein, und Anklage erheben wollen, dann ist meinem Mandanten ein Gebärdendolmetscher zur Seite zu stellen, der Wort für Wort alles hier Gesprochene übersetzt.

Ich erwarte daher, aufgrund meiner Ausführungen, dass alle Beweise, die hier angebracht wurden, einer neuerlichen Bewertung unterzogen werden mit der Folge, die Ermittlungen wieder aufzunehmen!

Da wir heute hier und jetzt nicht verhandeln, sondern nur die Frage klären, ob hinreichende Beweise vorliegen, ob gegen Peter Lakow Anklage erhoben werden kann, kann ich zwar keinen Freispruch für meinen Mandanten

beantragen, erwarte aber, dass mein Mandant sofort auf freien Fuß gesetzt wird!
Ich halte die Gründe für eine Klageerhebung nicht ausreichend, schon allein wegen der gravierenden Ermittlungspanne!

Vielen Dank!" Malcom setzte sich. Im Saal traute sich niemand zu atmen.

Stabler war wütend. Wie um alles in der Welt konnte so eine Panne passieren?

„Sheriff Webber, Sie können gehen! Rechnen Sie aber mindestens mit einem Disziplinarverfahren", jagte er missmutig den Ordnungshüter vom Stuhl. Dieser beeilte sich, die Gemäuer zu verlassen.

„Burn, Bloons, ich erwarte Sie beide in meinem Richterzimmer. Die Verhandlung wird bis fünfzehn Uhr unterbrochen."
Stabler schlug mit dem Hammer auf den Tisch und eilte davon.

Fast genauso schnell wie der Richter, verließen die Gerichtsdiener den Saal. Malcom vermutete, sie würden gegen ein paar Dollar mit der Presse einen Plausch halten.

Der repräsentierte Querschnitt der Gesellschaft wurde fast gleichzeig mit dem Verdächtigen hinausgeführt, der mit großen Augen Malcom ansah.

Als Malcom den Daumen hob, gelang es Peter sogar, etwas von seiner Angst abzulegen und lächelte.

Nach und nach leerte sich der Saal, nur Bloons und Burn blieben zurück.

„Eins zu Null für Sie, Malcom, aber es ist noch nicht aller Tage Abend!"

„Nein, es ist noch nicht aller Tage Abend, aber ich bin mir nicht sicher, ob wir am Ende überhaupt wissen wollen, was der Abend bringt!"

35.
Stabler lief ungehalten in seinem Büro auf und ab.
„Meine Herren, haben Sie alle beide einen Knall?"

Burn saß da, wie ein begossener Pudel und Malcom spielte das Unschuldslamm.

„Staatsanwalt Burn, wie um alles in der Welt konnte das passieren? Wie um alles in der Welt haben Sie es versäumt, mit dem Verdächtigen zu reden? Und Sie, Mr. Bloons, was fällt Ihnen ein, uns alle so auflaufen zu lassen?"

Malcom überließ Burn zuerst die Rechtfertigung. „Webber hat mir versichert, es gäbe kein Band! Ich hätte doch nicht gedacht, dass er manipulativ ist!"

„Manipulativ nennen Sie das? Sie, Burn, Sie haben Ihren Job nicht gemacht. Sie haben diese Behörde lächerlich gemacht und mich gleich mit!"

„Es bestand keinerlei Anlass mit dem Angeklagten zu sprechen!"

„Keinerlei Anlass? Was, wenn ihm aufgrund der Behinderung im Gefängnis etwas passiert wäre, weil er eben keinem seiner Genossen Paroli bieten kann! Haben Sie eine ungefähre Vorstellung davon, was dann das Supreme Court mit uns gemacht hätte, an die Presse vermag ich gar nicht zu denken.

Das ist alles so schon schlimm genug, ich will gar nicht wissen, wie morgen das Gericht zerfleischt wird. Sie haben damit der Verteidigung alle Türen geöffnet, denn jetzt wird Ihr Verdächtiger zum Märtyrer, egal ob schuldig oder nicht, er bekommt jetzt alle Sympathien des Volkes, da werden wir uns alle schwer tun, ihn einer gerechten Strafe zuzuführen!

Die Ermittlungen wurden schlampig durchgeführt! Sie haben es schlicht versäumt, sich das Zustandekommen des Vernehmungsprotokolls von House bestätigen zu lassen und Lakow nochmals zu befragen. Aber Sie haben ja keinen Anlass gesehen! Wir können von Glück sagen, dass Webber Lakow nicht auch noch misshandelt hat! Ihr Stuhl wackelt, Burn!"

Malcom wurde etwas größer in seinem Stuhl, wusste aber, auch er würde sein Fett abbekommen.

„Und Sie, Malcom Bloons. Es wäre Ihre verdammte Pflicht gewesen, zumindest das Gericht einzuweihen, Sie hätten im Vorfeld entsprechende Anträge stellen können, aber nein, stattdessen kommen Sie auf die irrwitzige Idee, mit Ihrer filmreifen Theateraufführung dem Ansehen des Gerichts zu schaden!"

„Sir, bitte erlauben Sie, es wäre ein kollegialer Zug gewesen, zugegeben, aber keine Pflicht. Es ist nicht mein Versäumnis und schon gar nicht meine Aufgabe, ermittelnd einzugreifen. Vor der Grand Jury brauche ich nichts zu beweisen, Sir und den einzigen Antrag, den ich in diesem Verfahren stellen darf, ist die Zulassung von Beweismaterial, die Benennung von Zeugen und meinen Mandanten aus dem Gefängnis zu entlassen!

Ich bin auf den Herrn Staatsanwalt zugegangen und habe ihm entsprechende Hinweise bezüglich des Bandes gegeben. Ich bin meinem Mandaten zur Loyalität verpflichtet, schließlich war die Taubheit und Stummheit meines Mandaten keines der best behütetsten Geheimnisse dieser Welt."

Wütend drehte sich Richter Stabler zu ihm um. „Sparen Sie sich Ihren Sarkasmus! Auch Sie haben einen eventuellen Schaden im Gefängnis Ihres Mandaten billigend in Kauf genommen, und damit haben auch Sie eine große Schuld am Rufschaden dieser Behörde!"

Malcom sagte nichts. Ihm kam Horaz in den Sinn: *Glück ist, wenn das Pech die anderen trifft.* Und das passte wie die Faust aufs Auge auf den Sachverhalt dieses Falles. Irgendjemand hatte unsagbares Glück, denn das Pech traf McGyer und Lakow.

„Es gilt jetzt, Schadensbegrenzung zu betreiben und deshalb möchte ich es unter allen Umständen vermeiden, weitere böse Überraschungen in diesem Prozess, der keiner ist, zu erleben!"

Noch immer ging Stabler auf und ab. Genauso schlimm für ihn wie die Demütigung, die ihm und seinem Richterstuhl wiederfuhr, war die Tatsache, dass er bis zum regulären Prozess nunmehr unendlich viel Freizeit hatte, die er unweigerlich mit Wilma verbringen musste. Als wenn nicht schon alles schlimm genug wäre, die Presse würde in allen Einzelheiten die Geschehnisse breittreten.

Wilma würde eins und eins zusammenzählen und schnell darauf kommen.
Der Terminkalender hatte nun Lücken bekommen, die durch die Aufnahme neuer Ermittlungen und Streichung der angesetzten zehn Verhandlungstage entstehen würden. Lücken, die nicht so schnell gestopft werden konnten. Schon allein deshalb hätte er hier an Ort und Stelle Malcom den Hals umdrehen können.

„Ich sage Ihnen jetzt, was wir tun werden, und das ist nicht verhandelbar.
Sie, Mister Burn werden, nachdem Sie den Antrag auf Klageerhebung zurückgenommen haben, beantragen, den Verdächtigen weiterhin in Haft zu belassen, da es schwerwiegende Verdachtsmomente gibt und auch Fluchtgefahr besteht! Schließlich wurde Lakow am Tatort mit einem Messer in der Hand vorgefunden. Sie werden ihm einen fähigen Gebärdendolmetscher zur Seite stellen, und Sie werden darüber hinaus für seine Sicherheit im Gefängnis sorgen. Ferner werden Sie sowohl House als auch Webber von der Zeugenliste nehmen."

Burn nickte zufrieden. Er würde den Antrag auf Klageerhebung natürlich zurückziehen. Denn wenn er das nicht täte und die Grand Jury käme zu dem Entschluss, es dürfe aufgrund der klaren Versäumnisse keine Klage erhoben werden, würde er nie wieder Peter Lakow wegen dieses Verbrechens anklagen dürfen. So besagten es die Statuten der amerikanischen Rechtsprechung.

„Und Sie Mister Bloons, Sie werden dem nicht widersprechen! Sie werden sich mit Ihren weiteren Anträgen zurück halten und auch Ihnen wird nicht gestattet, Webber und House in den Zeugenstand zu rufen. Sie werden nicht einmal den Hauch eines Versuches unternehmen, einen Kautionsantrag zu stellen.
Haben Sie mich verstanden?"

„Ja, Sir. Das habe ich."

„Nachdem Sie Ihren Antrag auf Klageerhebung zurückgezogen haben, Burn, und neue Ermittlungen beantragen, werde ich das Verfahren heute für beendet erklären. Wir fangen ganz von vorne an. Die Ermittlungen werden wieder aufgenommen und wenn Sie fertig sind, Burn, dann können Sie Ihre Anklageschrift verlesen. Es wird keine weitere Grand Jury geben, haben Sie beide mich verstanden? Wir steigen gleich in die Hauptverhandlung ein. Können wir uns hierauf einigen?"

Ohne eine Antwort abzuwarten, fuhr er unbeirrt fort.
„Wir schicken die bereits auserwählten Geschworenen nach Hause und werden uns nach einer neuen Truppe

umsehen müssen. Die Unvoreingenommenheit dieser Geschworenen ist meines Erachtens nach bis in die Grundmauern erschüttert, wenn morgen die gesamte Medienwelt über dieses Schlamassel berichtet.
Auch für die neu zu bestellenden Geschworenen sehe ich ziemlich schwarz, jedenfalls hat Lakow den Mitleidseffekt auf seiner Seite. Sie werden sich also akribisch mit den neuen Bewerbern auseinandersetzen! Noch einmal so eine Schlamperei können wir uns nicht erlauben.

Ich erwarte von Ihnen beiden die Einhaltung aller Spielregeln und einen sauberen Verfahrensabschluss, das ist das Mindeste, was ich erwarte!"

„Sir, wenn Sie erlauben, würde ich doch gerne noch einen Antrag stellen. Wenn der Angeklagte schon in Haft bleiben muss, dann sollten wir ihn aus der Schusslinie nehmen und ihn ins FCE Three Rivers verlegen."

Stabler überlegte einen Moment. „Ja, das ist ein annehmbarer Vorschlag, aber diesen Antrag werden nicht Sie, sondern Mister Burn stellen, damit die Anklage nicht vollkommen das Gesicht verliert.

Es lief alles genau nach Malcoms Plan.

Um Punkt fünfzehn Uhr wurde die Verhandlung fortgesetzt, nach zehn Minuten war der Spuk vorbei, zumindest im Gerichtssaal. Vor der Tür allerdings tobte der Bär.

Lakow würde sofort ins FCE verlegt, er würde lediglich noch seine persönlichen Sachen aus der Haftanstalt San Antonio Jail Bexar County zusammenraffen.

36.
Mit einem Applaus wurde Malcom in der Kanzlei empfangen.

„Es ist noch nicht vorbei, Leute. Es fängt erst an!"

37.

Blut!

Alles war gut vorbereitet, minutiös wochenlang geplant. Es klappte besser, als gedacht. Zu groß waren Wut und Enttäuschung gewesen, diese Lügen, diese Demütigungen ließen gar keine andere Wahl.

Blut, alles voller Blut. Das überraschte Gesicht, als Caroline die Tür öffnete. Offensichtlich hatte sie jemanden anderes erwartet. Das Entsetzen in ihren Augen, als sie das Messer mitten ins Herz traf. Sie konnte nicht einmal mehr schreien. Das war auch gut so. Es war eine Wohltat gewesen, in die gläsernen Augen der Sterbenden zu blicken, ihr zu sagen, weshalb sie jetzt sterben musste, aber dieses Blut war überall.

Dann änderte sich das Gesicht, war völlig verzerrt, löste sich auf, dann kam ein neues zum Vorschein. Helens Gesicht. Die Frau aus Laredo. Auch sie lächelte nicht mehr, auch ihre Augen waren glasig, auch sie kannte den Grund, weshalb sie jetzt in ihrem eigenen Blut lag. Blut! Dieses Blut!

Das Blut ließ sich nicht aufputzen, es wurde mehr und mehr.

Endlich, der Traum vorbei. Irgendwann würde er ganz vorbei sein, in einigen Wochen, so wie beim ersten Mal. Danach würden die Nächte wieder ruhiger.

Das war der Preis dafür, der gerne bezahlt wurde.

[246]

38.

Das Pech hatte George eingeholt, noch bevor er die Zeitung aufgeschlagen hatte. Wilma hatte längst erfahren, welche Szenen sich im Gerichtssaal abgespielt hatten.

Prompt hatte sie ihn in Beschlag genommen. Es warteten eintausend Aufgaben auf ihn, von der nicht eine einzige auch nur annähernd dazu beitrug, Stablers Laune zu erhellen. Es half keine Ausrede, kein Betteln und kein gutes Zureden. Beschlossen war beschlossen!

Als Wilma das Haus verließ, rief George seinen ältesten Stiefsohn an. „Sam, wir müssen miteinander reden, es geht um Deine Mutter. Kannst Du Dir Zeit nehmen? Ich würde Dich nicht bitten, wenn es nicht wirklich wichtig wäre."

Samuel knurrte am anderen Ende, sein Terminkalender war bis zum Rand voll, da war kein Platz für das Geplänkel seiner Eltern.

„Sam, es wird doch möglich sein, dass wir uns eine Stunde ungestört unterhalten können, verdammt nochmal!"

„George, ich habe die Japaner im Haus, Jeffrey ist mit dem Projekt in Malibu komplett überfordert und Mutter mischt hier alles neu auf und will jetzt auch noch nach Europa expandieren. Ich sehe wirklich momentan nicht drüber hinaus. Ich habe weder Zeit zum Essen noch zum Schlafen, geschweige denn irgendwo auch nur fünf

Minuten meiner Zeit abzuzweigen. Es geht momentan nicht. Die Firma...."

George wurde wütend. „Ja, die Firma. Immer die Firma. Immer an erster Stelle die Firma. Ich sage Dir jetzt nur so viel! Wenn Du mir nicht zuhörst, wird es die Firma bald nicht mehr geben. Aber sage dann nicht, ich habe Dich nicht gewarnt!"

Damit beendete George das Gespräch und knallte das Telefon auf die Station. „Dann leck mich doch!"

Eine Weile überlegte Samuel, ob er George nochmals zurückrufen sollte, um ihn zu beruhigen, doch er entschied sich dagegen. Die Bilanzen waren hervorragend, er selbst hatte den Daumen darauf. Ein Verkauf oder eine Übernahme stand auch nicht zur Debatte, die Aktien standen nie besser, es gab also keinen Grund, sich zu beunruhigen.
Hatte etwa George ein juristisches Problem erkannt, worüber die Firma stolpern könnte? Oder dachte er an Scheidung? Selbst wenn George sich zu einer Trennung von Wilma entschließen würde, wäre dies kein großer finanzieller Einschnitt in der Firma.

Wahrscheinlich sollte er seine Mutter von ihrem Plan der Europareise abbringen, was auch ihm nicht gelingen würde. Wenn Mutter sich etwas in den Kopf gesetzt hatte, dann gab es kein zurück.

Außerdem kam die Reise sehr gelegen. Wenn die Firma wirklich nach Europa expandieren wollte, dann waren Besuche dorthin unumgänglich.

Mutter hatte wenigstens den Deal mit den Japanern soweit geregelt, in zwei Tagen würden diese dann endlich wieder in das Flugzeug steigen. Sam würde dann noch ein paar Tage seinem Bruder unter die Arme greifen müssen, danach vielleicht, vielleicht würde er dann Zeit für George haben.

Er sah auf die Uhr, er musste sich beeilen, die Besprechung würde ansonsten ohne ihn beginnen.

Samuel wies seine Sekretärin an, keine Telefonate durchzustellen und hastete zum Aufzug. Im siebten Stock erwartete ihn bereits sein Team.

39.

Lari war nicht zur Schule gegangen, sie war tief traurig. Becky wurde gestern von einer Betreuerin der Jugendbehörde zu ihrem Vater gebracht. Beide Mädchen hatten fürchterlich geweint, erst als Lena beiden versprochen hatte, die nächsten und übernächsten und überübernächsten Ferien miteinander verbringen zu dürfen, hatten sie sich etwas beruhigt. Dennoch hatte Lari wenig geschlafen, ihre Augen waren von dem Weinen ganz gerötet und so entschied sich Lena, Lari bei der Schule ausnahmsweise zu entschuldigen.

Jetzt aber hatte Lena ein Problem. Lari brauchte ihre gesamte Aufmerksamkeit und so konnte sie heute Malcom nicht ins Büro begleiten.

„Sollen wir zwei uns ein leckeres Frühstück machen? Ich habe ganz frische Croissants und Beagles. Dann ein warmer Kakao dazu und vielleicht finde ich auch noch ein paar Müsliriegel, na mein Schatz, wie wär`s?"

Langsam kroch Lari aus ihrem Bett und schmiegte sich an ihre Mutter.

„Du wirst sehen, es wird alles gut."

„Meinst Du, Becky frühstückt jetzt auch?"

„Bestimmt und sie denkt sicherlich genauso an Dich, wie Du an sie!"

[250]

Ein vorsichtiges Nicken.

Malcom hatte Lari geduldig erklärt, was mit Beckys Familie geschehen war. So konnte er sie auch davon überzeugen, wie wichtig es war, Becky zu ihrem Vater zu bringen. Dadurch würden allerdings Lari und Becky von nun an auf unterschiedliche Schulen gehen.

„Lari, nur weil Becky nicht mehr zusammen mit Dir zur Schule geht, bleibt sie doch trotzdem Deine Freundin, ihr könnt Euch doch auch besuchen, sie wohnt nur knappe zwei Stunden von Dir entfernt, also es wird keine Weltreise sein, sie zu besuchen! Und ihr habt WhatsApp, Skype, Facebook und Instagram und was weiß ich sonst alles noch."

Es half nicht viel. Larissa brauchte ihre Trauerzeit.

Nach dem Frühstück fühlte Lari sich tatsächlich viel besser. Inzwischen hatte Becky geschrieben und die Mädchen tauschten sich aus.

„Was machen wir zwei denn jetzt mit dem angebrochenen Tag? Hilfst Du mir im Haushalt?"

„Ooooch nööö. Können wir nicht was anderes machen? Papa hat gesagt, ich darf ihm auch mal im Büro helfen."

„So, hat er?"

„Ja, erst vor ein paar Tagen hat er gesagt, er braucht jede Hilfe, die er kriegen kann."

Lena überlegte kurz. „Okay, dann machen wir hier erst einmal klar Schiff, dann bereiten wir das Essen für heute Abend vor und dann bringen wir einen Kuchen in Malcoms Büro, den wir zwei aber noch schnell backen müssen."

Larissa half fleißig im Haushalt mit, sie räumt ihr Zimmer auf und ordnete die Kissen auf der Couch.

In der Küche half sie Lena dabei, die geschälten Äpfel auf den Kuchenteig zu legen und durfte auch die Streusel darüber streuen.

„Darf ich denn auch im Büro helfen?", wollte Larissa wissen.

„Wir werden für Dich schon eine Aufgabe finden, mein Engelchen."

40.

Webber war nach der Verhandlung in das Office gerast, hatte seine Sachen zusammengepackt und Joe seine Dienstmarke und Dienstwaffe auf den Tisch geknallt. Der Sheriff war sich nicht sicher, ob Joe oder House ihm in den Rücken gefallen war, er vermutete House, denn nur er hat von den Bändern wissen können.

„Ich verzichte auf den Akt der Suspendierung! Ich werde hier nicht öffentlich den Sündenbock machen", schrie er. „Wenn mich jemand sucht, ich bin nicht erreichbar. Ich werde mich vor niemandem rechtfertigen, das können Sie den Klugscheißern vom Oberen Distrikt wortwörtlich ausrichten! Ich nehme Urlaub bis auf weiteres. Danach gehe ich in Rente, Ihr könnt mich doch alle mal!"

Damit stürmte er aus dem Büro.

Bevor Sheriff Webber zur Gerichtsverhandlung aufbrach, hatte er sich im Office ganz schön aufgeblasen.
Joe hoffte, Malcom würde ihn nicht als Verräter eines Kollegen bloß stellen. Malcom hatte ihn beruhigt. Selbst wenn er gezwungen werden würde, Joes Namen preiszugeben, so wäre doch Webber hin wie her vom Dienst freigestellt. Der Sheriff würde sich von diesem Ereignis nicht mehr erholen und in Corpus keinen Fuß mehr auf den Boden bekommen. Deshalb würde er auch strafversetzt werden, davon war mit beinahe einhundertprozentiger Sicherheit auszugehen.

Nach Webbers Ansprache saß Joe noch eine Weile regungslos da. Er musste jetzt den Dienstplan überarbeiten. Er hoffte, House würde von nun an weniger krank werden. Die Obere Distriktbehörde hatte Joe bereits angerufen und ihm die Leitung der Dienststelle übertragen. Sheriff Joe Vendell, das hörte sich gut an, verdammt gut an!

Die Staatsanwaltschaft hatte im Fall Lakow die Ermittlungen wieder aufgenommen, das hieß für Joe, er durfte jetzt ebenfalls wieder ermittelnd tätig werden. Er würde Malcom helfen, die Unschuld Peters zu beweisen. Dennoch würde er so neutral wie möglich die notwendigen Ermittlungen durchführen und penibel darauf achten, sich keine Befangenheit nachsagen zu lassen.

Sicherlich würde in Kürze Burn auf dem Revier auftauchen, um mit ihm das weitere Vorgehen zu besprechen. Vielleicht wäre es ratsam, unter diesen Umständen erst einmal mit Malcom Kontakt aufzunehmen.

Joe bat die Telefonistin, Deputy House anzurufen und ihn zu ermuntern, seinen Krankenstand möglichst schnell zu beenden.

Malcom und Joe verabredeten sich um Lunch, auch er war der Meinung, die Vorgehensweise müsse abgesprochen werden, bevor Burn den Ton angab. Allerdings forderte Malcom Joe auf, Burn jede

Information wahrheitsgemäß zugänglich zu machen, sofern er selbst mit der Nase darauf stoßen würde.

Je nachdem, was Malcom und das Team noch herausfinden würden, war es nicht ratsam, Burn weiterhin zu verärgern.

Malcoms priorisiertes Ziel war es nach wie vor, Peters und Henrys Unschuld zu beweisen, nicht Burn als Narren vorzuführen. Es galt sehr wohl, auch die Staatsanwaltschaft zu überzeugen, nicht nur das Gericht.

41.

Larissa verteilte im Büro den Kuchen und vergaß nicht zu erwähnen, sie selbst sei maßgeblich am Gelingen dieser Köstlichkeit beteiligt gewesen.

Das Team hatte eine Pause verdient, Lilli brachte heißen Tee, Kakao und Kaffee.

„Onkel Patzer, willst Du noch ein Stück von meinem Kuchen?", Lari hatte genau aufgepasst, der Apfelkuchen schmeckte Mister Patzer anscheinend.

Mister Patzer war ganz verlegen, aber nachdem auch Crash und Will noch ein weiteres Stück verlangten, griff auch er nochmals zu.

Selbstgebackener Apfelkuchen, Du meine Güte, wie lange hatte er den schon nicht mehr gegessen. Damals, als seine Frau noch lebte, gab es regelmäßig selbstgebackenen Kuchen. Wehmütig wurde ihm bewusst, wie einsam er in Wirklichkeit war.

Lena und Lari räumten das Geschirr auf, dann machten sich alle wieder an die Arbeit.

„Darf ich zu Onkel Patzer, Mama? Der guckt Fernsehen."

„Wenn Du magst, kannst Du ihm helfen. Er schaut sich aber keinen sehr spannenden Film an, meine Kleine."

„Ich bin nicht klein!", energisch stampfte Lari mit dem Fuß und verschränkte die Arme vor ihrem Körper. Sie schaute ziemlich grimmig.

„Oh, natürlich nicht. Tut mir leid. Nun geh, aber falle ihm bitte nicht auf die Nerven." Lena zwinkerte mit den Augen.

Larissa ging zu Mister Patzer und ließ sich erklären, was er sich da anschaute.

„Du guckt nur Autos an? Den ganzen Tag?", Lari konnte es nicht fassen, sie hatte gehofft, wenigstens *Tom und Jerry* anschauen zu können.

Mister Patzer schmunzelte. „Ja schau her. Das ist der Film vom Tag eines Verbrechens, Donnerstag 19. April. Und hier habe ich die Filme vom 5. und 12. April und vom 26. April, also zwei Wochen vor und eine Woche nach dem Verbrechen. Ich schaue mir diese vier Filme ganz systematisch an. Jeweils eine Stunde. Ich bin jetzt bei 16 Uhr."

„Was bedeutet systametisch?"

Aus seiner beruflichen Vergangenheit als Lehrer wusste er, wie wichtig es war, Kinder ernst zu nehmen. Er hatte Lari völlig überfordert und müsste sich nun wieder auf einen anderen Sprachgebrauch einstellen. Wie lange war das her, wann hatte er zuletzt mit einem Kind zu tun

[257]

gehabt? Patzer rückte seine Brille zurecht und erklärte Lari nochmals, was er meinte.

„Wenn man sorgfältig eine Arbeit machen möchte, muss man sich vorher einen Plan machen, wie genau man vorgehen will. Diesen Plan nennt man System. Und wenn wir Zwei uns an den Plan halten, finden wir auch sicherlich etwas heraus."

„Was sollen wir denn herausfinden?"

„Wir schauen, wer zum Tatzeitpunkt zum Tatort hingefahren sein könnte und ob derjenige schon öfter dahin gefahren ist."

„Aha."

Mister Patzer startete das Band vom 5. April und ließ es bis exakt zum Aufzeichnungszeitpunkt 17 Uhr laufen. Er erhöhte die Geschwindigkeit des Bandes.
Dann startete er das Band vom 12. April und wiederholte den Vorgang mit dem Band von Tattag.

„Spielen die Verfolgungsjagt, Onkel Patzer?"

Verwirrt schaute er Lari an. „Wer?"

„Na, das rote Auto mit dem silbernen Auto!"

„Was meinst Du?"

Jedes Mal fährt das rote Auto hinter dem silbernen Auto her. Alle anderen Autos fahren durcheinander, aber die beiden sind immer hintereinander. Immer Rot hinter Silber, nie Silber hinter Rot."

„Wir schauen uns jetzt den 26. April an und dann schauen wir nach Deiner Entdeckung."

Gebannt schauten beide auf die Aufzeichnung des 26. Aprils. Weder das rote noch das silberne Auto aber waren zu entdecken.

„Larissa, ich glaube, jetzt musst Du mir helfen. Wir starten jetzt nochmals das erste Band und Du sagst „stopp" wenn Du die Fahrzeuge entdeckst, okay?"

Mit fiebrigen Augen verfolgte Larissa die vorbeifahrenden Fahrzeuge, als sie bei Bandzeit 16.32 Uhr laut „stopp" rief. Sie wiederholten das Spiel bei der Aufzeichnung 12. und 19. April.

Mister Patzer kramte zwei weiter Bänder hervor. Aufzeichnungen vom 29. März und vom 3. Mai. Er spulte das erste Band auf 16 Uhr vor, um 16.41 Uhr rief Lari „stopp". Am 03. Mai waren die Fahrzeuge nicht zu entdecken.

„Larissa, ich glaube, Du hast wirklich etwas gefunden, was uns weiterbringt." Antonius Patzer hatte wieder seine roten Wangen. Er war aufgeregt. Sollte das wirklich ein Durchbruch sein? Kinder haben eine besondere Beobachtungsgabe, da sie völlig unvoreingenommen an die Sache herangehen, das wusste er noch aus seinem Berufsleben.

„Magst Du Deinen Papa zu uns herholen? Wir sollten ihm das zeigen."

Larissa raste wie der geölte Blitz in Malcoms Büro. „Papa, Papa, komm schnell, Onkel Patzer muss Dir was zeigen."

Larissas Geschrei hatte alle anderen auch neugierig gemacht und so wurde Mister Patzer von allen Teammitgliedern umringt.

„Unser Fräulein Larissa hat eine Entdeckung gemacht", sagte er bescheiden.

„Aber Onkel Patzer hat auch mitgeholfen", verteidigte Lari ihn.

„Es mag nichts bedeuten, aber wir haben eine zumindest erste Spur, die wir uns näher anschauen sollten", erklärte er. „Wenn die Spur kalt ist, dann ist sie halt kalt, nur ist es im Moment der einzig klare logische Hinweis."

Nacheinander startete Mister Patzer die Bänder und zeigte mit einem Stift auf die beiden hintereinander fahrenden Fahrzeuge. Auch die zwei Wochen nach dem Mord wurden gezeigt, allerdings entdeckten auch die anderen die Fahrzeuge nicht.

Alle schwiegen.

„Mir ist etwas aufgefallen", Lilli meldete sich zu Wort. „Für mich sieht es so aus, als ob der rote Wagen dem silbernen Wagen aus sicherer Entfernung folgt. Er hält einen gewissen Abstand, obwohl er wirklich näher heranrücken könnte. Vielleicht ist das aber auch nur Wunschdenken, weil ich etwas entdecken will!"

„So abwegig ist die Theorie nicht. Wir sollten diese Spur verfolgen und uns die Rückfahrten dieser Fahrzeuge anschauen. Mit viel Glück können wir die Kennzeichen lesen und die Halter feststellen lassen. Das kann Joe dann übernehmen, wenn sich diese Spur lohnt, weiterzuverfolgen." Auch Will wurde mit einem Mal euphorisch.

Malcom klopfte Mister Patzer anerkennend auf die Schulter.

„Gut gemacht, Toni", sagte er.

Das war das erste Mal seit langer Zeit, dass wieder jemand Toni zu ihm sagte. Es freute ihn ungemein. Mit einem Lächeln bedankte er sich für die Anerkennung.

„Ich denke, für heute ist Feierabend, Larissa muss morgen wieder zur Schule, bis wir jetzt daheim sind und gegessen haben, ist Schlafenszeit", gab Lena zu bedenken.

„Gut! Schluss für heute, morgen ist auch noch ein Tag!"
Malcom hatte, wie alle anderen auch, Hoffnung
geschöpft, sowohl Peter als auch Henry helfen zu
können und so war das Abendessen weitaus
ausgelassener als sonst üblich.

„Meine Prinzessin, es ist allerhöchste Eisenbahn, ab ins
Bad, Zähne putzen und dann schnellstens in Ihr
Schlafgemach!"

Lari kicherte, wurde dann aber wieder ernster. „Papa,
wer kocht denn Onkel Patzer das Abendessen? Seine
Frau ist ja tot, hat er gesagt. Ist er etwa ganz alleine?"

Malcom und Lena sahen sich an. Daran hatten sie noch
nie gedacht. Sie alle gingen abends zu ihren Familien,
nur Mister Patzer war mutterseelenallein.

„Weißt Du was Lari, wir fragen ihn morgen, ob er nicht
einmal mit uns zu Abendessen möchte, was hältst Du
davon?"

Lari hob den Daumen hoch. „System aufgegangen!"

Malcom schüttelte den Kopf. System aufgegangen? Wie
kam sie denn nun wieder auf diesen Ausdruck?

42.

Die Verlegung in das FCE Three Rivers verlief unspektakulär. Peter hatte noch Gelegenheit, sich von Fred und Sam zu verabschieden, gegenseitig wünschten sie sich alles Gute. Dann stieg Peter in den Transporter und wurde nach Three Rivers gefahren.

Peter wurde dem Direktor im FCE überstellt, dieser gab ihm zur Begrüßung sogar die Hand. Ein Gebärdendolmetscher war anwesend und übersetzte die Regeln dieser Vollzugsanstalt, die der Direktor vor sich hinmurmelte.

Mittlerweile hatte Peter eine Armbinde erhalten, auf der in großen Lettern „DD" geschrieben stand. Das Zeichen für taubstumm, deaf and dumb.

Seine Zelle war etwas größer, vor allem aber heller als die in San Antonio, eine Heimat war es dennoch nicht für ihn.

Wenigstens hatte er Zugang zur Bücherei, es würde ihm helfen, die Zeit durchzustehen, bis Malcom ihn erlösen würde.

In Windeseile hatte es sich herumgesprochen, wie Malcom den Staatsanwalt vorgeführt hatte, als Peter von der Verhandlung wieder zurück ins Gefängnis gebracht wurde, applaudierten die Insassen solidarisch. Woher die Information noch vor ihm im Gefängnis angekommen war, erschloss sich ihm nicht.

Das Ereignis im Gerichtssaal war auch zu Henry vorgedrungen, der sich jedoch noch immer beharrlich weigerte, ein Gefühl der Hoffnung zuzulassen. Malcom hatte sich angemeldet für einen Besuch, er haderte noch mit sich, ob er seinen Anwalt überhaupt treffen wollte.

Henry beschloss aber, Ausschau nach Peter während des Hofgangs und der Mahlzeiten zu halten, er wollte sich den Mann ansehen, den irgendwer genauso mies hereingelegt hatte, wie ihn selbst.

43.

In Burns Garten war keinerlei Unkraut mehr vorhanden. Er ärgerte sich, weil er jetzt nicht mehr wusste, wohin mit seinem Unmut. Es half nichts. Er konnte sich nicht immer hinter seiner Schaufel verstecken, die Pflicht rief.

Burn hatte keine Ahnung, wo er ansetzen sollte. Nach wie vor war für ihn ohne Zweifel Peter Lakow der einzig in Frage kommende Täter.
Bloons hatte zwar erklärt, sein Mandant bekenne sich für nicht schuldig, aber das durfte er aufgrund der vergangenen Geschehnisse nicht überbewerten.
Er konnte sich drehen und wenden wie er wollte, Peter war quasi auf frischer Tat ertappt worden.

Es war alles nur logisch, weshalb auch die Polizei in keine andere Richtung ermittelt hatte.
Es möchte ja durchaus stimmen, dass Peters Chef ihn zu der Baustelle geschickt hatte, möglich auch, dass die Tat eher eine Affekthandlung Peters war.
Burn war fest von Peters Schuld überzeugt. Albert nahm sich nochmals die Akten vor. Auch wenn er weitere Ermittlungen anstellen würde, er würde auf der Stelle treten.

Ihm blieb nichts anderes übrig, als sich an die Polizeibehörde zu wenden und die zuständigen Beamten mit der Ermittlung hinsichtlich des Mordfalls Caroline Hunter zu beauftragen. Es war reine Zeitverschwendung, was sollte Joe Vendell schon ausrichten! Zum Schluss würden alle Fäden wieder bei Peter zusammenlaufen.

[265]

Am allermeisten scheute er eine Zusammenkunft mit dem Tatverdächtigen. Unweigerlich würde dann auch Bloons anwesend sein.

Bloons, bluffte er? Er wollte noch immer keinen Deal. Burn war sich sicher, Malcom hatte noch einen Trumpf in der Hand. Malcom konnte ja nicht automatisch davon ausgehen, dass gegen Peter die Anklage endgültig fallengelassen würde. Bloons war kein Spieler, der das Leben seines Mandanten verzockte. Er hätte Vergleichsbereitschaft signalisiert.

Allerdings – wenn Bloons den wahren Täter kennen würde, hätte er längst die Katze aus dem Sack gelassen und seinen Mandanten nicht länger schmoren lassen.

„Was habe ich übersehen? Um was geht es Malcom wirklich?"

Albert Burn begann zu schwitzen. Malcom hatte gesagt, er würde ihn nicht vorführen. Wenn einige gewisse Anwälte dieses Countys dies zu ihm gesagt hätten, würde er ihnen keine Sekunde lang glauben, bei Malcom aber war es anders. Malcom war, was die Standesehre betraf, tadellos. Aber, sie standen nun mal auf verschiedenen Seiten. Oder etwa nicht?

Was wollte er, Albert Burn denn? Unbedingt Peter Lakow anklagen? Oder wollte er nicht eher den wahren Täter anklagen? Letzteres würde bedeuten, wie sehr auch er an die Schuld Peters zweifeln würde. Tat er das?

[266]

Nein, ein ganz klares Nein! Tat er nicht, also alles reine Zeitverschwendung. Er drehte sich im Kreis.

Machte es Sinn, sich mit Bloons zu treffen? Nein, noch nicht. Er musste erst die Ermittlungen abwarten, damit er Malcom nochmals ein Angebot machen konnte. „Es kann nur Peter gewesen sein, Malcom Bloons, wir haben in alle Richtungen ermittelt, es gibt jetzt keinen Zweifel mehr. Peter ist der Mörder. Ich biete Ihnen Tötung im Affekt an und fünfundzwanzig Jahre Haft. Das ist ein Top-Deal, Sie sollten zugreifen, ein anderes und besseres Angebot bekommen Sie nicht mehr!"

Burn schüttelte den Kopf. Er gestand sich immerhin ein, wie wenig er ein anderes Ermittlungsergebnis zuließ. Er wählte Joes Nummer und beauftragte ihn offiziell, die Ermittlungen wieder aufzunehmen.

Dann wandte er sich an das Gericht und stellte einen offiziellen Antrag auf Zuführung eines Dolmetschers für Gebärdensprache und wies darauf hin, unbedingt einen hochqualifizierten Dolmetscher zu benennen.
Mehr konnte er momentan für Peter nicht tun.

Burn entschied sich, den Tatort nochmals alleine anzuschauen. Am Tattag waren ihm deutlich zuviele Menschen in der Wohnung gewesen. Albert konnte sich zwar nicht vorstellen, neue Entdeckungen dort zu machen, hielt es aber für angemessen, den notierten Inhalt der Akte mit den tatsächlichen Begebenheiten vor Ort zu vergleichen.

Albert Burn war froh, eine sinnvolle Aufgabe gefunden zu haben.

Er bog auf den Parkplatz ein und öffnete die Haustür, betrat den Aufzug und lauschte der leisen Musik. Eine freundliche Stimme kündigte die Ankunft im vierten Stock an.

Eine kurze Zeit verharrte er im Flur, es war nichts zu hören, kein zu lautes Radio, kein Footballspiel im Fernseher.
Die Wohnungstür war immer noch versiegelt, er schloss sie auf.

„Komisch", dachte er, „bisher hat sich noch kein Vermieter beschwert, weil er die Wohnung noch nicht weitervermieten kann. Oder war es Hunters Eigentumswohnung? Er wusste es nicht. Wieso wusste er das nicht? Er blätterte in den Akten, fand aber nichts.
Erben hatten sich wohl auch noch keine gemeldet? Wieder kein Hinweis. Burn stutze. Er ärgerte sich, weil das Naheliegende nicht dokumentiert war.

Er betrachtete die Fingerabdruckspuren am Türrahmen. Die kriminaltechnische Untersuchung fand mehrere verschiedene Abdrücke unterschiedlicher Personen, die aber außer Carolin niemandem zugeordnet werden konnten.

Er entdeckte einen Autoschlüssel am Schlüsselbrett. Soweit er wusste, war über ein Auto der Toten nichts vermerkt.
Wieder blätterte er nach einem Hinweis in der Akte, wieder fand er nichts.

Albert wurde unruhig. Jetzt war er noch keine fünf Minuten in der Wohnung und ihm waren schon so viele Dinge aufgefallen, die ungeklärt oder nicht dokumentiert waren.

Er betrat das Badezimmer und verglich die Fotos in der Akte. Alles schien in Ordnung zu sein. Er schaute sich noch einmal um und wollte gerade hinausgehen, als ihm die Glasränder am Badewannenrand auffielen. Diese Ränder waren auf keinem der Fotos.

Albert beschlich ein ungutes Gefühl. Offensichtlich hatte das Opfer kurz vor ihrem Tod Besuch und sich mit diesem in der Badewanne vergnügt. Wieder fand er keinen Hinweis darauf, ob jemand sich um den Besucher gekümmert hatte, um ihn vielleicht ausfindig zu machen und zu befragen.
Das durfte doch alles nicht wahr sein!

Er stürmte ins Schlafzimmer, konnte dort aber nichts entdecken, was nicht schon aus der Akte hervorging. Der Fußboden war blitzsauber, nicht ein einziges Staubkörnchen hatten die Ermittler entdeckt.

Schon seltsam. Wer putzt denn seine Wohnung gründlich durch, nachdem er Sex hatte. Plötzlich versteifte sich sein Nacken. Albert fiel der Hinweis auf die Waschmaschine und Spülmaschine ein. Er lief in die Küche um den Inhalt der Spülmaschine zu kontrollieren. Er fand lediglich zwei Sektgläser vor. Dann ging er zur Waschmaschine und inspizierte den Inhalt. Mittlerweile muffelte die immer noch feuchte Bettwäsche recht deutlich.

Hier stimmte etwas ganz offensichtlich nicht. Konnte es tatsächlich sein, wurde hier manipuliert? Wieso sonst wurden alle Spuren des offensichtlichen Gastes vernichtet?

„Meine Frau zieht nach dem Sex nicht jedes Mal die Betten ab", besann sich Albert. „Und eine leere Spülmaschine ließe sie nie im Leben laufen." Burn erinnerte sich an einen Zwist mit seiner Frau, die ihm Verschwendung vorwarf, als er einmal eine halbvolle Spülmaschine einschaltete.

Im Wohnzimmer anbelangt bemerkte er ebenfalls die unpersönliche Einrichtung.

Wer war diese Frau? Eine Prostituierte? Eine einsame Frau? Oder war diese Wohnung nur sporadisch bewohnt, eben nur, um der Liebe und dem Sex zu frönen? Verdammt noch mal, die Akte gab nichts über das Privat- oder Berufsleben der Toten her. Wieso war noch niemand auf die Idee gekommen, von dem Opfer ein Profil zu erstellen, das Umfeld hätte definitiv abgeklopft werden müssen. In Burn wuchsen Unbehagen und gleichzeitig Zorn.

Soweit er sich erinnerte, hatte sich noch kein Verwandter gemeldet, Caroline war inzwischen auf Staatskosten beigesetzt worden.

Albert telefonierte nochmals mit der Spurensicherung. Diese habe nochmals hier zu erscheinen und nochmals alles akribisch unter die Lupe zu nehmen. Alle Papiere seien sicherzustellen und er erwarte, das offenbar vorhandene Fahrzeug unverzüglich einer gründlichen Untersuchung zuzuführen.

Verärgert verließ er das Gebäude und raste zurück in sein Büro. Er wünschte sich seinen Garten herbei, Unkraut und Spitzhacke, das wäre jetzt genau das, was er brauchte!

War Malcom zu dem gleichen Ergebnis gekommen? Versuchte er, einem großen Unbekannten, den es ganz offensichtlich gab, die Schuld in die Schuhe zu schieben?

Albert verfasste einen Kurzbericht und schickte ihn zu Joe, dieser möge die ungeklärten Punkte auf der Liste unverzüglich abarbeiten und ihm berichten.

Burn entschied sich, Stabler vorerst aus allem herauszuhalten. Spekulationen interessierten den Richter sowieso nicht.

Noch heute Vormittag war für Burn die Angelegenheit sonnenklar gewesen, jetzt kamen in ihm die ersten Zweifel auf.

44.

Stabler hatte inzwischen wieder ein Rundschreiben für die nächste Geschworenenrunde vorbereitet, scheute sich aber, diese abzusenden. Er hoffte, die beiden Anwälte würden sich in irgendeiner Form für ein schnelles Verfahren ohne Geschworene einigen konnten und würden einen akzeptablen Deal vereinbaren.

Hoffentlich stolperte Albert nicht über Bloons Sturheit. Aber welche Wahl hatte Bloons schon? Alles sprach gegen seinen Mandanten, daran würden auch weitere Ermittlungen nichts ändern.

Wann immer es ging, stahl George sich in sein Büro, heute aber war es ihm nicht gelungen, Wilma zu entkommen.

„Ich habe schließlich noch andere Fälle zu verhandeln, Wilma. Ferner liegen noch Akten auf meinem Schreibtisch, für die ich bislang keine Zeit hatte."

„Ich will gar nicht wissen, warum Du Dich dauernd in Deinem Büro herumdrückst. Ich kenne Deinen Terminkalender, in dieser Woche hast Du keine Sitzung mehr! Also komme mir jetzt nicht mit liegengebliebenen Akten!"

„Ich muss die Briefe für die Geschworenen herausschicken, damit der Mordprozess vorankommt."

„Du suchst nach Ausreden, um nicht hier sein zu müssen. Meinst Du, ich weiß das nicht? Halte mich nicht für naiv, Du machst einen Fehler, wenn Du mich unterschätzt."

„Wilma bitte! Hör auf! Hör endlich auf! Es muss aufhören, hörst Du?"

„Aufhören? George, ich glaube, Du begreifst nicht, dass Du allein uns in diese Situation hinein katapultiert hast. Du allein bist Schuld. Aufhören? Es wird niemals aufhören, niemals, nie, nie!" Wilma schrie geradezu. Dann fing sie sich wieder.

„Du wirst mich heute zu der Belegschaftssitzung begleiten, und damit basta. Wenn wir demnächst nach Europa reisen wollen, dann gibt es noch einiges vorher zu regeln!"

Von Wollen konnte für George nun wirklich keine Rede sein.
Nach Wilmas Aussage würden sie in drei Monaten die Europareise antreten, genau dann, wenn vermutlich auch die neue Verhandlung angesetzt werden würde. Er musste noch einmal mit Wilma sprechen, nach dieser Belegschaftssitzung.

Es war völlig ausgeschlossen, jemand anderem den Vorsitz dieser Verhandlung zu überlassen, zumal die Zweigstelle dieses Courts nur über einen einzigen aktiven Richter verfügte. Eine Terminierung bis zu seiner

Rückkehr würde unter Umständen die Verteidigung nicht akzeptieren und Verschleppung monieren.

Bis natürlich dann über Malcoms Antrag entschieden wäre, wäre er sicherlich zurück, aber wenn er Pech hatte, würde Malcom eine Eilentscheidung erzwingen und die übergeordnete Behörde würde einen Richter stellen. Und das kam überhaupt nicht in Frage. Das fehlte auch noch!

George fürchtete sich vor dem Gespräch mit Wilma, dieses Mal würde er auf gar keinen Fall nachgeben, Europa war gestrichen.

George langweilte sich unendlich in der anberaumten Belegschaftssitzung. Der Betriebsrat brachte seinen Unmut über Arbeitszeiten und Lohnzahlungen zum Ausdruck, Wilma und Samuel wetterte dagegen, wobei er sich zumindest Samuel große Mühe gab, sachlich und souverän zu bleiben.

Nach zähen drei Stunden einigten sich Betriebsrat und Unternehmen darauf, die Angelegenheiten zu vertagen, wobei Samuel versprach, über ein gerechteres Vergütungsmodell nachzudenken, um dann im nächsten Meeting ein neues Konzept vorzustellen.

„Siehst Du, womit ich mich den ganzen Tag herumschlagen muss? Alle stellen immer nur Forderungen, wollen mehr und noch mehr. Allerdings gibt es für das Mehr dann nicht mehr Leistung. Im

[275]

Gegenteil, je mehr Zugeständnisse ich mache, je unverschämter werden die weiteren Forderungen."

Wilma war genervt. Hoffentlich würde sie sich wieder beruhigen, denn in diesem Zustand getraute sich George nicht einmal mehr zu husten.

„Wollen wir zwei etwas essen gehen? Zu Deinem Lieblingsitaliener vielleicht?" George hoffte damit, Wilma zu besänftigen.

Wilma musterte ihn mit einem skeptischen Blick. Wenn George mit ihr essen gehen wollte, dann war etwas im Busch, und sie konnte sich an fünf Fingern abzählen, um was es ging. Zuhause würde es in einem Riesenkrach ausarten, in der Öffentlichkeit waren beide gezwungen sich zu mäßigen.

„Wir treffen uns in einer Stunde im Lokal. Ich habe zuvor noch etwas zu erledigen, Du siehst ja, was hier los ist."

George hatte neue Hoffnung geschöpft. Er war pünktlich, Wilma wie immer nicht, sie ließ ihn eine geschlagene halbe Stunde warten.

Bis der Ober das Essen servierte, vermieden beide die Themen Europa und Arbeit. Auch während des Essens gelang es beiden, eine ungewöhnlich gelassen Unterhaltung zu führen. Wilma bestellte sich noch einen Nachtisch, George entschied sich für einen Espresso.

„Wilma, ich muss einfach nochmals mit Dir in Ruhe reden."

Wilma setzte sich abrupt aufrecht hin, ging in einer körperlichen Angriffsposition und funkelte ihn an, sagte aber nichts.

George hatte sich eine Strategie zurechtgelegt, die hoffentlich funktionierte.

„Ich habe mich mit der Europareise beschäftigt und ich muss sagen, Du hast Dir wirklich viel Mühe gegeben und wirklich attraktive Orte herausgesucht. Was mich an der Sache aber stört ist die Jahreszeit."

Wilma war überrascht über den plötzlichen Sinneswandel. „Dich stört die Jahreszeit? Das glaube ich jetzt nicht!"

„Doch, ganz bestimmt! Wir reisen im Winter nach Europa, Wilma. Hast Du Dir das Klima im Herbst und Winter dort schon einmal angeschaut? In den meisten Regionen ist es kalt, eiskalt sogar, es regnet und schneit. Es gibt Sturmfluten und Glatteis. Weite Teile Europas liegen in einer dicken weißen Schneedecke, in den südlicheren Regionen wirst du Dich mit fünfzehn Grad zufrieden geben müssen, es gibt ein paar Ausnahmen, aber im Grunde rennen wir mit Wintermantel und Hut bei starkem Schneetreiben und Orkan durch Europa! Wenn Du allerdings Skifahren willst, bist Du im Winter in Österreich oder in der Schweiz total richtig."

Wilma musste zugeben, daran gar nicht gedacht zu haben, auch die Angestellte im Reisebüro hatte sie nicht darauf hingewiesen. Sie rutschte etwas hin und her. „Und? Weiter?"

„Bitte bedenke auch, dass dieses kalte und nasse Wetter uns auch Schnupfen, Husten oder gar eine Grippe bescheren kann. Man liest ja immer wieder in den Zeitungen, wie gerade in diesen Monaten eine Grippewelle geradezu epidemieartig durch Europa zieht. Gerade Du, wo Du so empfindlich bist, willst Dich dem aussetzen?"

Der Gedanke daran ließ Wilma tatsächlich erschaudern. Sie hasste es, fremden Menschen die Hand zu geben und verspürte immer den Drang, sich gleich danach die Hände waschen zu müssen. Allein die Vorstellung an einen niesenden Ober oder einen hustenden Mitreisenden, einer naseputzenden Verkäuferin versetzte sie fast in Panik.

„Nun, ich dachte es wäre doch viel attraktiver, wenn wir die Tulpenblüte in Holland, die Mandelblüte auf Mallorca und die Magnolienblüten in Deutschland im Frühjahr erleben würden, das Fischbrötchen bei ruhiger See und den Eiffelturm ohne Regenschirm genießen könnten."

Da war etwas dran. Zweifelsohne. Wilmas Haltung entspannte sich etwas. George nahm diese Signale sehr wohl wahr.

[278]

„Im Frühjahr können wir uns doch auch etwas mehr Zeit nehmen, vielleicht auf der einen oder anderen Insel etwas verweilen, vielleicht können wir dann aus den sechs Wochen auch acht Wochen machen."

„George, ich gebe zu, das Klima nicht bedacht zu haben, und wahrscheinlich hast Du Recht. Nur, ich kenne Dich! Wenn ich jetzt die Reise auf das Frühjahr umbuche, kommst Du mir im Frühjahr mit wieder einem anderen Fall. Wenn Du ehrlich bist, geht es Dir einzig und allein um diesen dämlichen Mordprozess."

„Ich verspreche Dir, wir reisen im Frühjahr und ich werde keine Ausreden suchen. Wir legen das Datum zusammen fest und ich trage diesen Urlaub offiziell ein."

Noch hatte Wilma nicht zugestimmt. George musste ihr den letzten Stoß versetzen.

„Du hast es natürlich richtig erkannt, es geht auch, aber nicht nur, um den Prozess. Es darf auf keinen Fall einem anderen Richter dieser Fall übertragen werden. So habe ich die Zügel in der Hand und kann den Prozess lenken. Wilma, denk doch einmal nach, welche Folgen das haben könnte!"

Wilma funkelte ihn an. „Das alles hast Du Dir selbst zuzuschreiben."

„Jetzt fang bitte nicht wieder an, Wilma. Ich suche für uns nach einer Lösung. Wir wollen doch beide diese

Reise entspannt genießen können. Unbeschwert und fröhlich, oder etwa nicht?"

Wilma nickte.

„Was glaubst Du, wie sich die Hails totlacht, wenn Du ihr dann Deine Fotos der Reise zeigst und auf jedem der Fotos bist Du eingehüllt wie ein Eskimo mit einem Regenschirm in der Hand, den Du kaum halten kannst, weil der Sturm ihn Dir wegbläst!"

Das war ein schlagendes Argument. Nein, es war das ausschlaggebende Argument! Das ging ja gar nicht! Auf den Bildern würde die Hails dann vor lauter Mäntel und Schals gar nicht die neuen Kleider oder den Schmuck bewundern können, den sie sich in dem jeweiligen Land zulegen würde. Wahrscheinlich würde sie auch noch gezwungen sein, ständig einen Hut oder eine Mütze zu tragen und sich damit ihre Frisur ruinieren! Schirmchen-Drink im Pelzmantel, das kam sicher nicht so gut!

„Ich werde darüber nachdenken!", gab sie zur Antwort.

Das war die Antwort, die er hören wollte. Bereits morgen würde Wilma in das Reisebüro stürmen, die Bedienstete rundlaufen lassen, die es offensichtlich versäumt hatte, sie auf die klimatischen Verhältnisse hinzuweisen. Sie würde die Reise um zwei Wochen verlängern und sicherlich auf den kanarischen Inseln ein anspruchsvolles Hotel heraussuchen, in dem sie die Seele baumeln lassen konnte.

George war unendlich erleichtert. Nun konnte er sich wieder voll auf den Fall konzentrieren, jetzt konnte kommen was und wer wollte!

45.

Mister Patzer hatte es keine Ruhe gelassen, er hatte sich die Bänder mit nach Hause genommen und verbrachte beinahe die ganze Nacht damit, dem roten und silbernen Auto zu folgen. Gegen vier Uhr dreißig schlief er vor dem Fernseher ein und erwachte erst um acht Uhr morgens wieder.

Erschreckt fuhr er hoch. Jetzt würde er nicht pünktlich im Büro erscheinen. Unpünktlichkeit war eines der Laster, die er zutiefst verabscheute. Und jetzt passierte es ihm!

Er beeilte sich im Bad und trank einen Kaffee im Stehen. Sollte er im Büro anrufen und seine Verspätung melden? Er entschied sich dafür.

Lilli nahm das Gespräch entgegen. „Aber Mister Patzer, Sie müssen sich doch nicht entschuldigen. Sie unterstützen uns doch freiwillig, da können wir doch von Ihnen nicht verlangen, dass Sie die Arbeitszeiten einhalten. Sie tun schon genug für uns. Ich denke, ich spreche im Namen des ganzen Teams. Selbstverständlich steht es Ihnen jederzeit frei zu kommen oder zu gehen, wann immer Sie es möchten. Wir sind Ihnen wirklich sehr sehr dankbar für Ihre Unterstützung, machen Sie sich bitte keinen Stress.“

So hatte Mister Patzer es noch gar nicht gesehen.
Er war eine Verpflichtung eingegangen, auch wenn diese pro bono war. Er steckte sich seine Regeln und stellte

dann oftmals fest, wie wenig seine Mitmenschen das Einhalten dieser Regeln einforderten.

Das machte ihn oftmals unzufrieden und eigenbrötlerisch.

Zum ersten Mal wurde ihm bewusst, wie sehr er sich damit unter Druck setzte und wie oft er damit anderen Menschen auf die Nerven ging.

Weshalb hatte er denn diese ganzen Aufzeichnungen? Bislang interessierte sich nie jemand dafür, die Beamten in der Dienststelle hatten sich nie wirklich darum gekümmert, er hatte natürlich gemerkt, wie er immer wieder abgewimmelt wurde. Bis jetzt. Jetzt waren diese Aufzeichnungen wichtig für alle! Urplötzlich!

Die Aufzeichnungen waren wichtig. Und er? Wurde er wirklich gebraucht? Was war nach dem Fall? Wollte er tatsächlich zurück in seine Festung?

Die kleine Larissa hatte sich sehr für ihn interessiert und viele Fragen gestellt. Manchmal hatte sie so sehr ungläubig geschaut.

Schon gestern war ihm klar geworden, wie stark er unter seiner großen Einsamkeit, unter seiner unendlichen Langeweile litt und hieran selbst die Schuld trug.

Er hatte sich nach seiner Pensionierung in sein Haus zurückgezogen, war seiner Frau mit seiner Pedanterie auf die Nerven gegangen und hatte sich nie wirklich um eine Beschäftigung oder ein Hobby nach dem

Berufsleben oder geschweige denn um soziale Kontakte bemüht. Stattdessen hatte er seine Umwelt beobachtet mit dem Ziel, sein eigenes Gefühl von Recht und Ordnung jedem anderen aufzuzwingen. Er stritt lieber, als freundlich zu grüßen. Damit war er beschäftigt. Womit beschäftigte er sich sonst noch? Ihm wollte nichts einfallen.

Gestern hatte Malcom zu ihm *Toni* gesagt. Es gab ihm das Gefühl, dazuzugehören, kein Außenseiter zu sein. Er würde dem Team anbieten, ihn Toni zu nennen.

Antonius Patzer packte seine Aktentasche, verstaute die Bänder darin und fuhr mit einem guten Gefühl in die Kanzlei.

Er begrüßte jeden persönlich und bat, ihn doch künftig Toni zu nennen. Das Team freute sich und bot ihm im Gegenzug an, sie alle ebenfalls bei den Vornamen zu nennen. Jetzt gehörte er dazu!

Antonius richtete seinen Arbeitsplatz wieder ein und kontrollierte noch einmal akribisch die Entdeckungen, die er gemacht hatte. Dann notierte er:

In den Wochen vor dem Mord fuhren jeweils das silberne und rote Auto in wenigen Minuten hintereinander und dennoch regelmäßig zwischen 16.30 Uhr und 16.50 Uhr.

Hinfahrt Park
29.März– silbernes Auto 16.41 Uhr/rotes Auto 16.43 Uhr

05. April- silbernes Auto 16.36 Uhr/rotes Auto 16.39 Uhr
12. April- silbernes Auto 16.48 Uhr/rotes Auto 16.50 Uhr
19. April- silbernes Auto 16.39 Uhr/rotes Auto 16.40 Uhr
26. April-keine Fahrten dieser Fahrzeuge

Nach dem 19. April keine Aufzeichnungen zu der angegebenen Zeit.

Rückkehr Fahrzeuge:

29.März– silbernes Auto 18.55 Uhr/rotes Auto 17.32 Uhr
05. April- silbernes Auto 19.25 Uhr/rotes Auto 17.01 Uhr
12. April- silbernes Auto 18.47 Uhr/rotes Auto 17.15 Uhr
19 .April-silbernes Auto 19.12 Uhr/rotes Auto gar nicht
19. April- silbernes Auto 20.42 Uhr (wieder Richtung Park)
19.April- Peter Lakow 21.48 Uhr
19.April- silbernes Auto 22.12 Uhr silbernes Auto (zurück), erstmals mit 2 Personen besetzt)
19. April- mehrere Streifenwagen 22.15-22.17 Uhr
19. April- Streifenwagen (zurück) 22.40 Uhr.

20. April- rotes Auto zurück 06.45 Uhr.

Toni war noch nicht dazu gekommen, nach den Kennzeichen in seinen Aufzeichnungen zu suchen, das wäre der nächste Schritt. Er überlegte, das Team von dieser Entdeckung in Kenntnis zu setzen, oder sollte er zuerst die Kennzeichen herauszusuchen?

Er entschied sich für die Kennzeichen. Nicht immer waren diese deutlich zu erkennen, es war über weite Strecken mühsam, diese zusammenzufügen. Manchmal erkannte er nur die ersten zwei Buchstaben, dann nur die letzte Zahl, weshalb auch auf seinen bisher geführten Listen Lücken entstanden waren. Bei Dunkelheit war fast gar nichts von den Kennzeichen zu erkennen.

Auch war nicht auszumachen, ob eine männliche oder weibliche Person das Auto fuhr.
In dem silbernen Fahrzeug wurden die zwei Personen am 19. April um 22.12 Uhr im Fahrzeug nur zufällig entdeckt. Es war einzig dem Umstand zu verdanken, da die Insassen hintereinander im Fahrzeug saßen, also der Fahrer vorn und ein Beifahrer auf dem Rücksitz hinter ihm.

Nachdem er alles fein säuberlich notiert hatte, ging er nach der Mittagspause zu Malcom.

„Malcom, bitte entschuldigen Sie die Störung, aber ich habe nun eine genaue Aufzeichnung dieser Fahrzeugbewegungen einschließlich der Kennzeichen erstellt, wollen Sie sich das ansehen?"

Malcom blickte auf. „Selbstverständlich gerne."

Schweigend und mit zusammengekniffenen Augen saß Malcom vor der Aufzeichnung. Nach einer ganzen Weile regte er sich.

[286]

„Interessant, wirklich. Ich bin mir sicher, dies ist eine ganz heiße Spur. Toni, wir sollten das Team zusammen holen und die verschiedenen Interpretationen zusammentragen. Jeder hat vielleicht eine andere Sichtweise oder eine andere Fantasie. Wir treffen uns in einer halben Stunde im Besprechungsraum, vielleicht kann bis dahin Crasher die Fahrzeughalter zu den Kennzeichen herausfinden."

Dann drehte er sich nochmals um: „Ach Toni, ich wollte Sie noch etwas fragen. Hätten Sie Lust am kommenden Samstag mit uns zu Abend zu essen? Sagen wir um achtzehn Uhr?"

Antonius Patzer stand mit offenem Mund einige Sekunden da und Malcom befürchtete schon, er würde absagen.

„Ich weiß gar nicht, was ich sagen soll, danke, sehr gerne."

„Das freut uns, ich hoffe nur, Sie sind gegen Kindergeschnatter immun!" Er kniff Toni ein Auge zu und machte seine Runde durch das Büro.

Malcom brauchte Crasher nicht zweimal zu bitten, die Halterfeststellungen zu tätigen, aber der Computer bei der Zulassungsstelle war ausgeschaltet, Crasher bekam die Information, aufgrund einer Systemwartung sei der Zugriff erst in den nächsten Tag wieder möglich.

Der Besprechungsraum füllte sich, die Neugierde war groß.
Toni bediente den Beamer und stellte seine Aufzeichnungen dem Team zur Verfügung.

Er schlug vor, diese Bilder und Filme von einem besseren Programm überarbeiten zu lassen, um vielleicht die Kennzeichen klarer und die Insassen deutlicher erkennen zu können.

Lange war es still, dann füllte sich der Raum mit Spekulationen.

46.

Henry hatte während des Hofgangs Peter entdeckt. Er saß auf einer Bank und war in ein Buch vertieft. Die Häftlinge ließen ihn in Ruhe, ein Zeichen, wie sehr sie mit ihm solidarisch waren. Der eine oder andere grüßte im Vorbeigehen sogar, was Peter, wann immer er es mitbekam, mit einem Kopfnicken erwiderte. Offensichtlich hatte sich auch bis hinter diese Mauern das Ereignis im Gerichtssaal des ehrenwerten Richters Stabler herumgesprochen.

Hinter vorgehaltener Hand aber war Peter Sams Schützling und dieser Codex hatte sich in dieses Gefängnis übertragen. Für derartige Aktionen gab es keine noch so dicken Mauern, die das hätten verhindern können.

Vorsichtig schritt Henry auf ihn zu und setze sich neben ihn. Sofort waren alle anderen Mitinsassen auf der Hut. Wehe, wenn er ihrem Schützling auch nur ein Haar krümmte, es würde für Henry nicht gut ausgehen.

Fast unmerklich näherten sich die übrigen Häftlinge der Bank, jederzeit bereit, einzugreifen. Henry hob die Hand zum Zeichen, dass er nichts Böses im Schilde führte. Die anderen Hofgänger jedoch blieben nach wie vor wachsam.

Peter bemerkte Henry sofort. Als Henry ihm die Hand gab, nahm Peter sie zögerlich an.

„Ich bin Henry McGyer, wir haben den gleichen Rechtsanwalt!"

Peter nickte.

„Wir haben auch das gleiche Schicksal!"

Peter verstand nicht und fühlte sich bedroht, er konnte die Situation nicht einschätzen. Hilfesuchend wandte er sich um, die Mitinsassen kamen näher.

Henry stand auf. „Moment Leute, bevor ihr hier Stress macht. Ich will keinen Ärger. Ich heiße Henry und Peter und ich haben den gleichen Rechtsanwalt. Das habe ich ihm versucht zu erklären."

Mittlerweile war die Bank umringt und die Aufseher in Alarmbereitschaft.

„Peter und ich sind beide auf die gleiche Art und Weise reingelegt worden. Das versucht unser Anwalt zu beweisen. Nichts anderes wollte ich ihm sagen."

„So, so. Reingelegt worden bist Du. Das bin ich auch."

Die Gruppe brach in Gelächter aus.

Es war sinnlos. Er würde sich hier zum Affen machen und innerhalb kürzester Zeit auf dem Boden liegen.

Henry wandte sich ab und setzte zum Gehen an. Die Gruppe hinderte ihn daran.

Peter, der nicht verstand weshalb jetzt alle auf Henry losgehen wollten, stand auf, nahm Henry bei der Schulter und drückte ihn auf die Bank zurück. Er wandte sein Gesicht direkt zu ihm. Die Gruppe verharrte neugierig in abwartender Haltung.
Henry begriff. Er erzählte Peter seine Geschichte. Das eine oder andere Mal musste Peter ihn antippen und andeuten, er möge seine Lippen deutlicher formen.

Peter Lakow war beunruhigt. Er hoffte so sehr auf eine Entlassung, aber wenn er Henrys Geschichte hörte, zweifelte er mit einem Male daran. Alles war genauso wie bei Henry, fast identisch.

„Jetzt hat Malcom aber irgendetwas herausgefunden, was auch mir helfen soll. Offensichtlich sind wir beide in ein und dieselbe Falle gelaufen."

Peter verstand. Wenn er frei käme, so würde es auf Freiheit für Henry bedeuten. Wenn Malcom aber nichts hatte, dann würde sich Henrys Schicksal wiederholen.

Ein Beamter kam auf die Gruppe zu und trieb sie auseinander. Alle Häftlinge hatten gebannt Henrys Geschichte zugehört und glaubten Henry sogar.

Der Hofgang wurde beendet, Henry hatte ihn unbeschadet überstanden. Inzwischen war er für ein

Gespräch mit Malcom bereit, seine Mutter drängte, nein flehte ihn an, Malcom zuzuhören.

47.

Burn unterrichtete Malcom telefonisch über die Wiederaufnahme der Ermittlungen.

„Albert, es freut mich zu hören. Ich hoffe, Ihre Ermittlungen gehen auch in die richtige Richtung!"

„Lassen wir uns überraschen, Malcom, aber nach wie vor gibt es wenig Anhaltspunkte, die Ihren Mandanten entlasten."

„Wenn Sie richtig danach suchen würden, würden Sie welche finden!", konterte Malcom verärgert.

Burn schluckte. Seit er in der Wohnung der Toten war, war er sich keineswegs mehr so sicher, dass die Sache reibungslos über die Bühne lief."

„Ich wollte Ihnen noch etwas sagen, auch wenn Sie mir ständig vorhalten, meinen Job nicht zu machen. Sie können jederzeit nach wie vor einen Deal mit mir aushandeln, Malcom. Wir können uns auf zum Beispiel Tötung im Affekt und einer entsprechenden Freiheitsstrafe einigen, ganz ohne Geschworene, nur Sie, Stabler und ich."

„Burn, haben Sie es denn noch nicht verstanden? Es gibt keine Option auf einen Deal. Mein Mandant ist unschuldig!"

„Jetzt lehnen Sie sich doch nicht so weit aus dem Fenster! Alle Beweise sprechen gegen ihn!"

„Ihre Beweise vielleicht, ja."

„Malcom Bloons, ich warne Sie. Die Ermittlungen wurden wieder aufgenommen. Das bedeutet, auch Sie sind verpflichtet, alle Beweise, die für oder gegen die Schuld Ihres Mandanten sprechen, offenzulegen."

„Ist schon klar."

„Herrgott Bloons, jetzt lassen Sie sich doch helfen. Wenn es etwas gibt, was auf einen anderen Täter hinweist und Sie haben Kenntnis davon, dann müssen Sie es sagen."

„Ich halte keine Ergebnisse zurück, Burn, wenn Sie das meinen!"

Burn hasste dieses Wortgeplänkel. Er war sich sicher, Malcom war hinter irgendetwas gekommen und strickte an einer Beweiskette. Offensichtlich fehlte ihm aber noch immer ein Verdächtiger.

Er konnte es Malcom nicht verübeln, er würde es sicherlich genauso machen, wenn er auf der anderen Seite stehen würde.

Die Wohnungsbesichtigung ging Albert nicht mehr aus dem Kopf, das ungute Gefühl war geblieben. Albert täuschte sich selten. Das hier war alles zu einfach. Viel zu einfach, dennoch nicht unmöglich!

„Aber Sie ermitteln auf eigene Faust?"

Malcom schwieg.

„Ihr Schweigen verstehe ich als ein klares Ja!"

„Albert, ich würde Ihnen wirklich gerne mehr sagen, aber momentan ist es nicht möglich. Noch nicht."

„Sie immer mit Ihrem `noch nicht´. Was hindert Sie daran, Ihre Erkenntnisse mit mir zu teilen? Das kann doch alles nur bedeuten, Ihr Mandant sitzt bis zum Hals im Dreck."

„Momentan sitzt mein Mandant unschuldig im Gefängnis. Er soll als Sündenbock für eine Tat verurteilt werden, die er nicht begangen hat."

„Glauben Sie es oder wissen Sie es?", Burn forderte Malcom heraus.

Malcom schwieg wieder eine Weile. Er war sich dessen bewusst, wie sehr Albert versuchte, ihn zu provozieren, um an Informationen zu kommen. „Ich weiß es, Albert!"

Jetzt stutzte Burn. Er weiß es, kann es aber nicht beweisen! Das ist der Punkt!

Es gibt Ungereimtheiten, die Malcom sicherlich ebenfalls in der Wohnung entdeckt hatte, auf die er sich genauso wenig wie er selbst einen Reim darauf machen kann, vielleicht war er schon einige Schritte weiter, aber es fehlten ihm die Beweise, ganz logisch. Wenn Malcom es nicht beweisen könnte, würde Peter im Gefängnis bleiben. So einfach war das.

„Malcom, mir liegt es fern, einen Unschuldigen vor Gericht zu zerren, ich will, wenn ich Anklage erhebe, auch davon überzeugt sein, den richtigen Täter erwischt zu haben. Das wissen Sie!"

Ja, das wusste Malcom.

„Sie haben mir damals den Hinweis mit dem Band gegeben, ich gestehe, viel zu oberflächlich mit der Information umgegangen zu sein, das war alles andere als souverän, das gebe ich zu.
Malcom, nochmals, wir haben einen Täter mit einem Messer in der Hand am Tatort festgenommen!"

„Falsch Albert, sie haben einen Mann mit einem Messer in der Hand am Tatort festgenommen, aber nicht den Täter."

„Es ist sinnlos, sich mit Ihnen zu unterhalten, mein Angebot steht, überlegen Sie es sich."

Burn wollte gerade den Hörer auf die Gabel knallen, als er nochmals Mal sprechen hörte.

[296]

„Darf ich Ihnen abschließend noch eine Information geben, die Sie dann bitte nicht so oberflächlich behandeln sollten?"

Burn war verärgert, weil Bloons ihn mit seinen eigenen Worten packte. „Nur zu!"

„Sie kennen den Tatort in Corpus Christi? Haben Sie sich ihn angeschaut?"

„Ja, natürlich habe ich das."

Haben Sie sich seinerzeit, als Sie noch unter Stabler gearbeitet haben, den Tatort Turkeylane in Laredo angeschaut?"

„Laredo? Sie meinen damals die Sache mit McGyer?"

„Ja, Sie treffen es auf den Punkt. Das Opfer war eine gewisse Helen Wallmer. Anfang dreißig, blonde lange Haare. Und? Haben Sie?"

„Nein, dazu bestand kein Anlass, das hat seinerzeit der ermittelnde Staatsanwalt Stabler übernommen."

„Dann sollten Sie es schnellstens nachholen!"

„Sie meinen, wegen der langen blonden Haare, Sie meinen, weil auch das Opfer hier in Corpus lange blonde Haare hatte? Wissen Sie, wie viele Frauen Anfang bis

Mitte dreißig lange blonde Haare haben? Malcom, ich bitte Sie!"

Burn war verwirrt. Was hatte denn der alte Fall jetzt mit Peter Lakow zu tun? Damals war die Sache eindeutig, der Täter wurde gestellt, überführt und verurteilt. Auch wenn ihm damals Henry McGyer leid tat, so war dieser Mann eindeutig ein Mörder. Er konnte froh sein, nicht zum Tode verurteilt geworden zu sein!

„Wollen Sie mir das näher erklären!", obwohl Albert die Antwort kannte, stellte er diese Frage.

„Nein, wenn Sie da waren, werden Sie es schon verstehen. Und wenn Sie verstanden haben, bin ich gerne bereit, meine Erkenntnisse mit Ihnen zu teilen. Schönen Tag noch!"

„Das ist doch lächerlich", schrie Burn in den Hörer, obwohl Malcom ihn schon nicht mehr hören konnte.

„Das ist doch lächerlich", sagte er noch einmal im gemäßigten Ton zu sich selber. Wiederum war sich Albert nicht sicher, vorgeführt zu werden. Oder doch nicht? Oder doch? Oder doch nicht?

„Was zum Teufel, geht da vor?"

Burn stürmte ins Archiv und suchte nach der Akte McGyer. Wo war diese verdammt Akte. Alles Fluchen half nichts, er konnte sie nicht finden. Er wandte sich an den Archivar.

Dieser blätterte umständlich in dem Verzeichnis und wurde fündig.

„Die Akte ist nicht im Archiv, sie muss noch bei den laufenden Fällen sein, sehen Sie hier, sie wurde nie hier eingetragen, weil sie nicht zur Ablage übergeben wurde. Bei mir werden Sie also die Akte nicht finden!"

„Das gibt es doch gar nicht, kann es sein, dass Sie vergessen haben, die Übergabe dieser Akte zu notieren?"

Der Archivar war pikiert. „Nein, das kann nicht sein! Und wenn Sie meinen, ich habe hier noch einen Stapel nicht eingetragener Akten herumliegen, so täuschen Sie sich. Hier hat alles seine Ordnung."

Burn wollte den alten Mann nicht verärgern und entschuldigte sich.

„Welche Möglichkeit gibt es denn noch. Wenn eine Akte erledigt ist und dann nicht im Archiv ankommt. Werden diese Akten irgendwo zwischengelagert?

„Zwischengelagert? Nein. Entweder sie sind aktuell, dann sind sie bei den Sachbearbeitern, oder sie sind erledigt, dann kommen sie auf dem direkten Weg zu mir. Schließlich beinhaltet oft eine Akte auch Asservaten, die mit aufgenommen werden müssen, damit die Asservatenkammer sie auch findet! Da kann ich mir keine Schlamperei erlauben! Denn nur Akten, die hier zu mir gelangen, können auch zu einem späteren Zeitpunkt digitalisiert werden!"

Albert bedankte sich und ging geradewegs zur Asservatenkammer.
Die zuständige Dame erklärte ihm, ohne Akteneintrag gäbe es keine Asservaten, wenn er nicht genau die Asservatennummer wüsste, wäre eine Suche nach irgendwas völlig aussichtslos. Sie könne schließlich nicht alle Verzeichnisse nachsehen, ob ein Fall McGyer Asservaten einlagerte oder nicht.

Zurück in seinem Büro starte er aus dem Fenster.
Stabler war seinerzeit der sachbearbeitende Staatsanwalt. Es gab damals noch ein Bearbeitungsverzeichnis, ein Prozessregister, in dem akribisch die Art des Verfahrens, der Name des Angeklagten, der Name des Opfers, das Datum des Tattages und das Aktenzeichen sowie der Tatort notiert wurden. Anhängend an dieses Verzeichnis war eine Liste der sichergestellten und archivarisch aufbewahrten Beweismittel. Zudem gab es ein Datum, wann die Akte angelegt wurde und wann sie an wen weitergegeben oder abgeschlossen wurde.
Burn wusste noch aus der Zeit seiner Zusammenarbeit mit Stabler, wie umständlich dieses Prozessregister händisch geführt wurde, denn er selbst war für die

Einträge verantwortlich. Aber wo um alles in der Welt sollte er jetzt das Verzeichnis suchen?

„Digitalisierung! Wir digitalisieren doch alles hier in dem Laden, warum nicht auch das Verzeichnis oder warum nicht auch die eine oder andere Akte?"

Burn machte sich an die Arbeit und fand in der Tat das digitalisierte Prozessverzeichnis. Wie schwerfällig doch alles damals war, er wunderte sich, wie er überhaupt damit klargekommen war, er der überzeugte Computerfreak!

Akte McGyer, da war der Hinweis im Verzeichnis. Der Staat gegen McGyer wegen Mordes an Helen Wallmer. Sachbearbeiter: Albert Burn.

„Albert Burn? Ich? Das stimmt doch gar nicht. Das würde ja automatisch bedeuten, ich bin für den Verbleib der Akte verantwortlich!"

Da stand aber ganz deutlich, Übergabe an das Archiv veranlasst. AB, Albert Burn, nicht GS, George Stabler. Ganz offensichtlich war die Akte auf dem Weg von seinem Büro zum Archiv verloren gegangen.
Burn runzelte die Stirn. Er hätte schwören können, diesen Eintrag nicht vorgenommen zu haben. Nur stand es dort nun schwarz auf weiß.

Das machte aber nichts, es gab ja noch die Gerichtsakte McGyer, also würde er sich die besorgen. Er hoffte, sich die Akte ohne Stablers Wissen organisieren zu können, er wollte in jedem Fall vermeiden, sich lächerlich zu machen.

Sein Mittagessen nahm Stabler regelmäßig außerhalb des Gerichtsgebäudes ein, und so nutzte Burn die Gelegenheit, das dortige Archiv zu durchsuchen. Wieder nichts.

Dieses Mal bekräftigte jedoch der Archivar, die Akte sei eingetragen und unter der Nummer M56431 angelegt. Nur war sie nicht an ihrem vorgesehenen Platz!

„Wenn jemand eine Akte aus dem Archiv benötigt, wird sie dann wieder ausgetragen?", wollte Burn wissen.

Der Archivar deutete auf eine leere Spalte. Hier muss derjenige sich eintragen, wenn er die Akte holt und wieder austragen, wenn er sie bringt. Aber Sie wissen ja, wie das ist, die Leute haben keine Zeit mehr, schnappen sich die Akte und rufen im Herausgehen, sie würden die Akte morgen wiederbringen. Aus morgen wird übermorgen oder nächste Woche! Wie soll ich da vernünftig arbeiten können?"

Burn war fassungslos. Malcom fiel ihm ein. Er könnte ihn ja wohl kaum bitten, die Anwaltsakte mit all den vertraulichen Einträgen, auszuleihen.

Dann musste es eben ohne Akte gehen, aber machte es Sinn? Warum um alles in der Welt war ausgerechnet die Akte McGyer nicht auffindbar?

Burn konnte sich den Weg sparen, wenn er nicht wenigstens die grundsätzlichen Informationen der Akte entnehmen konnte, also blieb ihm nichts anderes übrig, als Malcom erneut zu kontaktieren.

„Malcom, es ist mir etwas unangenehm Sie bitten zu müssen, aber es lässt sich gerade nicht ändern."
Malcom war gespannt.

„Sie wissen, unsere Archive werden gerade digitalisiert und deshalb sind nicht alle Akten an ihrem Platz. Würde es Ihnen etwas ausmachen, mir Ihre Akte McGyer kurzfristig auszuleihen, selbstverständlich ohne die vertraulichen Daten und Dokumente Ihres Mandanten?"

„Ach, Sie haben also auch schon das Fehlen dieser Akte in den Archiven der Staatsanwaltschaft und bei Gericht festgestellt? Selbstverständlich, ich helfe Ihnen gerne aus, meine Sekretärin wird für Sie die Akte zusammenstellen. In einer Stunde können Sie sie bei mir abholen. Ich selbst werde leider nicht persönlich da sein, ich fahre meinen Mandanten besuchen!"

Vom Fehlen der Akte hatte Will Malcom bereits beim ersten Gespräch unterrichtet. Die Akten blieben auch weiterhin verschwunden. Will hatte sie nochmals intensiv gesucht, sowohl im Archiv der Staatsanwaltschaft, also auch im Archiv des Gerichtes, um vor der Fahrt nach Laredo weitere Informationen aus den archivierten Akten zu erhalten.

48.

Trotz des gelockerten Maßnahmevollzugs waren die Kontrollen am Eingang des FCE Three Rivers nicht minder umfangreich, als die in Houston oder San Antonio.

Malcom verlangte zuerst nach Peter.
Dieser erschien kurze Zeit später zusammen mit einem Dolmetscher im Besprechungsraum. Der Dolmetscher gab sich zwar alle Mühe, die Akustik in Gebärden und Gebärden in Akustik zu übersetzen, Malcom stellte aber ein erhebliches Desinteresse fest.

Der Dolmetscher erklärte ihm, er sei nur vorübergehend zuständig, bis die erfahrene Kollegin aus dem Urlaub zurück sei.

In allen Einzelheiten und mit viel Geduld erklärte er Peter über seinen Dolmetscher, was er und sein Team entdeckt hatten.

Die brennende Frage, die Peter auf der Seele lag, wie lange er denn noch eingesperrt wäre, konnte Malcom ihm nicht beantworten. Peter tat ihm leid.

Peter verabschiedete sich, dann ließ er über den Dolmetscher ausrichten, er habe Henry McGyer bereits kennen gelernt und kenne auch seine Geschichte.

Malcom war nicht verwundert.

Es dauerte eine gute halbe Stunde, bis Malcom Henry sprechen konnte.

Malcom hatte ihn seit der Verurteilung nicht mehr gesehen und war erschrocken über das Erscheinungsbild. Henry hatte deutlich abgenommen, seine Hände waren knöchern, sein Gesicht eingefallen und seine Augen ausdruckslos. Sein Haar war bereits ergraut.
Die Erscheinung hier hatte mit dem vitalen jungen Mann vor fünf Jahren nichts mehr gemein. Henry mochte nun knapp an die vierzig sein, er wirkte aber deutlich älter.

„Henry, ich kann nicht sagen, schön, Sie zu sehen, aber ich freue mich, mit Ihnen sprechen zu dürfen."

Der verbitterte Mann schaute Malcom an. „Sie haben mir ja Ihre Frau vorgeschickt. Zugegeben, ich wollte Sie nicht sehen und ich habe auch nicht Ihrer Frau und schon gar nicht dem Richter Louis getraut, aber als ich Peter kennengelernt habe, habe ich gedacht, ich höre mir das mal an, was Sie zu sagen haben."

„Sie wissen, ich habe nie und zu keinem Zeitpunkt an Ihre Unschuld gezweifelt und ich bin nach wie vor der Meinung, ich habe mir nichts vorzuwerfen. Das mögen Sie jetzt anders sehen, aber glauben Sie mir, auch wenn Sie es nicht hören wollen, ich habe die ganzen Jahre mit Ihnen gelitten. Es gab nichts, aber auch gar nichts, worauf ich hätte aufbauen können, es gab keine Chance, das Verfahren neu aufzurollen."

[305]

Mit hochgezogenen Mundwinkeln blickte Henry ins Nichts.

„Jetzt aber hat sich die Situation geändert, wir haben endlich etwas Handfestes, wir können zumindest erhebliche Zweifel an Ihrer Schuld geltend machen!"

Henry setzte sich aufrecht hin. „Erhebliche Zweifel? Was soll der Scheiß! Ich will keine erheblichen Zweifel, ich will hier raus, weil ich unschuldig bin. Erhebliche Zweifel, ich will freigesprochen werden aus erwiesener Unschuld, nicht weil erhebliche Zweifel bestehen!"

„Ich kann Sie gut verstehen, aber immerhin ist das mehr als das, was wir bisher hatten."

„Wenn das alles ist, was Sie haben, dann haben Sie nichts!" Henry war aufgesprungen, setze sich dann aber wieder.

„Henry, wir haben neue Spuren. Die DNA zum Beispiel ist in Ihrem Fall identisch mit der im Fall Peter Lakow.
Der Tathergang ist der gleiche. Beide Frauen wurden erstochen, mit der linken Hand. Beide Frauen hatten zuvor Sex, beim Eintreffen der Polizei waren jeweils die Spülmaschine und die Waschmaschine eingeschaltet. Beide Frauen wohnten in einem Wohnkomplex, deren Eigentümer eine Worldwide Homesharing AG ist, beide Frauen starben in einem Appartement mit der Nummer 4-4-5."

„Na toll, dann rennt einer rum und killt alle Frauen, die in einem Apartment mit der Nummer 4-4-5 wohnen. Dann finden Sie den Typ, aber möglichst schnell, denn ich will endlich hier raus."

„Henry, wir sind dran, wir arbeiten mit Hochdruck und wir haben eine erste Spur, die wir aber noch auswerten müssen."

„Noch eine Spur. Whow. Hören Sie, hier drin ist es alles andere als spaßig. Ich habe mir tausende Male ausgedacht, was ich mit dem mache, dem ich das zu verdanken habe. Was ich mit dem mache, für den ich hier sitze und für den ich hier mein Leben lasse! Ich kann Ihnen versichern, derjenige hat es eintausend Mal nicht überlebt!"

Henry war nach wie vor unnahbar, er nahm keine Notiz von den Fortschritten, die Malcom und sein Team gemacht hatten, es interessierte Henry nicht. Natürlich war in ihm Hoffnung aufgekeimt, das Gefängnis verlassen zu dürfen, aber er wollte als freier Mann das Gefängnis verlassen, als gerichtlich festgestellter Unschuldiger, halbe Sachen waren für ihn nicht akzeptabel.

Vielleicht war es auch nur der Mut der Verzweiflung, die ihn antrieb, Malcom unter Druck zu setzen. Malcom war sich sicher, wenn das Gericht ihn wegen erheblicher Zweifel am Begehen der Tat freisetzen würde, würde Henry nicht darauf bestehen, wieder in seine Zelle zurück gebracht zu werden, er würde die Freiheit annehmen.

Henrys Verbitterung saß tief, Malcom hatte nicht erwartet, mit offenen Armen empfangen zu werden.

Malcom verstand Henrys Wut nur zu genau, er war unschuldig eingesperrt worden, und jetzt wollte niemand zugeben, sich geirrt zu haben. Für Henry würde ein Freispruch aufgrund erheblicher Zweifel allerdings bedeuten, weiterhin gesellschaftlich gebrandmarkt zu sein. War er dann wirklich frei? Er würde keinen Fuß auf den Boden bekommen, keinen Job, keine Freunde. Wenn jemand es verdiente rehabilitiert zu werden, dann war es Henry.

Glück ist, wenn das Pech die anderen trifft.

„Ich werde tun, was ich kann. Sie haben auch Wills Wort, er selbst wird den Freispruch aussprechen. Henry, wir sind guter Dinge, nein felsenfest davon überzeugt davon, Sie hier herauszubekommen. Der wahre Mörder hat das alles ganz minutiös eingefädelt, in beiden Fällen hat er dafür gesorgt, dass einen anderen an seiner statt verhaftet und verurteilt wurde."

„Können Sie das beweisen? Können Sie wirklich einen anderen Täter präsentieren?"

Malcom schluckte. Mit viel Glück hatten sie einen Verdächtigen, mit viel Glück. Aber um aus dem Verdächtigen noch einen Angeklagten machen zu können, fehlten noch entscheidende Details.

[308]

„Ich hoffe, wir haben etwas gefunden. Wir brauchen noch etwas Zeit, um dahinter zu kommen, was wir da gefunden haben."

Henry wurde neugierig, Malcom kramte in seinen Unterlagen und legte die Aufzeichnungen von Toni auf den Tisch. Er erklärte ihm die These, die das Team inzwischen für die logischste aller Erklärungen hielt.

„Wir vermuten, mit dem roten Auto folgt eine gehörnte Ehefrau ihrem Mann in dem silbernen Auto und sie stellt fest, wo und mit wem ihr Gatte seine Freizeit verbringt. Sie fährt ihm regelmäßig nach und bringt heraus, wer die Dame ist. Sie überprüft es wochenlang. Dann eines Tages hält sie es nicht mehr aus und überrascht die beiden in flagranti. Es kommt zum Handgemenge, wobei die Nebenbuhlerin stirbt. Die beiden geraten in Panik, reinigen die Wohnung und kommen auf die Idee, einen Handwerker anzurufen, der prompt erscheint. Sie lassen ich herein, der Handwerker findet die Tote, wird überrumpelt und verhaftet, während das Paar mit einem Auto nach Hause rauscht."

Henry schaute erstaunt.

„Das war bei Peter, nicht wahr? Und in meinem Fall, wie war es da?"

„Vermutlich ähnlich."

„Aber in meinem Fall haben Sie keine Aufzeichnungen?"

[309]

„Nein, aber die DNA des Mannes, der bei den beiden Opfern war, ist identisch. Die Vorgehensweise ist identisch. Hinzu kommt die Geschichte mit der Worldwide Homesharing AG. Wir können inzwischen beweisen, dass während der beiden Morde ein und dieselbe Person das Appartement angemietet hat."

Henrys Gesichtszüge hellten sich geradezu auf.

„Wir haben Worldwide Homesharing AG etwas genauer unter die Lupe genommen, eine grandiose Geschäftsidee die dazu führte, hochgestellten und öffentlichen Persönlichkeiten ein Liebesnest inkognito zu erschaffen, Kriminelle können ihre Deals ungestört durchführen und Unternehmen und Organisationen treffen ungestört Kartellabsprachen. Alles ist anonym, das ist der Leitfaden und die Philosophie des Unternehmens."

Malcom erklärte Henry noch die ursprüngliche Geschäftsidee der Worldwide Homesharing, schilderte, wie eine Mitgliedschaft möglich würde und welche Bedingungen daran geknüpft waren.

Henry konnte es nicht fassen. „Klar, was bei mir erfolgreich geklappt hat, hat dann auch bei Peter hervorragend funktioniert. Wer weiß, wie oft das Killerpärchen schon mordend unterwegs war, wer weiß, wie viele unschuldige Männer sie schon hinter Gitter gebracht haben." Henry haute mit der flachen Hand auf den Tisch.

Malcom starte ihn an. Heiliger Strohsack, es war gar nicht so abwegig, was Henry da von sich gab.

Malcom versprach Henry, ihn auf dem Laufenden zu halten, warnte ihn aber ausdrücklich, sein soeben erfahrenes Wissen mit jemandem zu teilen, außer mit Peter.

Malcom konnte sich sicher sein, solche brandheißen Informationen wurden nicht rumgetratscht, nicht wenn es um das eigene Leben ging.

50.

Albert Burn schwitzte Blut und Wasser, als er sich in die Akte McGyer vertiefte. Zuerst hatte er gedacht Malcoms Sekretärin habe ihm die Akte von Peter kopiert, zu ähnlich waren Tatablauf und Indizien.

Burn machte sich auf den Weg nach Laredo. Wenn alles zügig voran ginge, würde er gute zweieinhalb Stunden benötigen. Zweieinhalb Stunden hin und zweieinhalb Stunden zurück. Hoffentlich würde sich die Fahrt lohnen!

Die Sonne knallte auf sein Autodach, die Klimaanlage ächzte und sein Hemd war schon nach den ersten Kilometern durchgeschwitzt. Er fluchte, denn der Verkehr auf der Route 59 verdichtete sich.
So eine blöde Idee an einem Freitagnachmittag nach Laredo zu fahren! Freitags, wenn alle unterwegs sind, in allen Richtungen. Freitags, wenn die Geschäfte überfüllt sind, Hausfrauen ihre Pickups vollstopfen mit ihren Einkäufen und Familien in das Wochenende starten. Dazu kamen dann noch die Trucks, die zusätzlich die Straße verstopften.

Nach ärgerlichen drei Stunden erreichte er den Parkplatz der angegebenen Adresse. Schon bei der Einfahrt glaubte er, seinen Augen nicht zu trauen. „Das gibt es doch gar nicht, wenn ich nicht vorher das Stadtschild Laredo gesehen hätte, würde ich Stein und Bein schwören, ich wäre in Corpus Christi! Was zum Teufel ist hier los?"

Burn stieg aus und stürmte auf das Gebäude zu. Er wackelte an der Eingangstür, die natürlich verschlossen war. Er betätigte einige Klingeln, niemand öffnete. Er sah sich um. Auf dem Parkplatz standen vereinzelte Autos. Er wollte nochmals klingeln, als er stutzte. Erst jetzt fiel ihm die Klingelanlage auf. Keine Namen. War das in Corpus Christi auch so? Er hatte nicht darauf geachtet.

Er trat einen Schritt zurück und betrachtete das Gebäude. Eine anonyme Wohnanlage?

Er lief an dem Gebäude vorbei und entdeckte seitlich ein Hausmeisterbüro. Es war nicht besetzt, natürlich nicht! Freitags geschlossen. Es gab eine Telefonnummer, die allerdings nur in dringenden Fällen außerhalb der Öffnungszeiten kontaktiert werden sollte.

In welchem Appartement geschah der Mord, er ging zurück zum Auto, um nachzuschauen. Vor lauter Verwunderung hatte er die Akte im Auto liegengelassen, die er sich jetzt schnappte. 4-4-5, also vierter Stock. Wiederum stutzte Burn. 4-4-5? War das nicht auch die Nummer des Appartements in Corpus Christi?

Er kramte in seinem Handschuhfach und fand den Schlüssel der Anlage in Corpus Christi. Eigentlich hätte er diesen bereits wieder zu den Asservaten geben sollen, verflixt, in letzter Zeit vergaß es viele Dinge, er nahm sich vor, seine Schusseligkeit in den Griff zu bekommen.

Ob der Schlüssel auch wohl in diese Anlage passte? Ein Versuch wäre es wert, wenn er eh schon da war.

Albert steuerte wieder auf die Haustür zu, steckte den Schlüssel in die Haustür und trat tatsächlich ein.

Mit dem Aufzug fuhr er in den vierten Stock und stand nun vor dem Appartement 4-4-5.

Was sollte er jetzt tun?

Er entschied sich zu klingeln. Wenn niemand öffnen würde, würde er den Schlüssel probieren.

Er wartete eine geraume Zeit, aber gerade, als er den Schlüssel in das Schlüsselloch stecken wollte, wurde die Tür vorsichtig einen spaltbreit geöffnet.

Ein ziemlich grimmiger Hüne stand vor Burn. „Was wollen Sie?"

Burn war völlig überrascht, er hatte nicht damit gerechnet, jemanden anzutreffen. „Bitte entschuldigen Sie die Störung, ich bin Staatsanwalt Burn und ermittle in einem Mordfall. Darf ich kurz eintreten?"

Die Tür wurde weiter geöffnet, Burn wurde hereingebeten.

„Ich werde Sie nicht lange aufhalten, ich muss nur kurz einen Eindruck von der Aufteilung der Räumlichkeiten dieser Wohnung erhalten."

Der Hüne ließ ihn gewähren und Burn beeilte sich, einen schnellen Blick in die Zimmer zu werfen.

Die Aufteilung, ja sogar die Einrichtung glich bis ins kleinste Detail der Wohnung in Corpus Christi, nur dass diese hier ziemlich unaufgeräumt war. Bierflaschen bedeckten den Küchentisch, Wäsche lag überall herum.

Als Burn fertig war, beeilte er sich wieder, in den Flur zu kommen, bevor er sich jedoch verabschiedete, erbat er die Erlaubnis, den Schlüssel, den er bei sich trug zu probieren. Auch hiergegen hatte der Hüne keinen Einwand. Der Schlüssel passte nicht, Albert verabschiedete sich und fuhr wieder nach unten.

Nachdenklich blieb er noch eine Weile stehen, dann riss er die Haustür auf, sprang in sein Fahrzeug und trat die Rückfahrt an.
Die Straßen waren noch immer verstopft, seine Frau würde mit dem Abendessen auf ihn warten.

Albert war dankbar eine Frau an seiner Seite zu haben, die für alles Verständnis hatte, nie herumnörgelte wenn er später kam und ansonsten ihn auch in Ruhe ließ, wenn er Ruhe benötigte.

Montag würde er mit Malcom reden müssen. Malcom war ihm wieder mindestens einen Schritt voraus, wenn nicht gar zwei.

Sollte er auch Joe anrufen? Er entschied sich dafür abzuwarten, bis er mit Malcom gesprochen hatte, denn dann konnte er mit den gebündelten Informationen Joe zur Rede stellen, wieso die ermittelnden Beamten auf den Akten schliefen.

Burn konnte ja nicht ahnen, wie sehr auch Joe ihm mehrere Schritte voraus war, denn er erhielt jeden Tag ein Update des Teams Bloons.

51.
Samstagabend Punkt achtzehn Uhr läutete Toni bei
Malcom und Lena. Larissa flitzte zur Tür und zog Mister
Patzer an der Hand in die Wohnung.

„Onkel Patzer, ich freu mich so. Ich habe auch geholfen
beim Kochen. Den Nachtisch habe ich fast ganz alleine
gemacht."

„Lari, bitte, nun lasse unseren Gast doch erst einmal
eintreten", Lena kam lächelnd auf Toni zu und gab ihm
die Hand. „Sie müssen entschuldigen, aber Lari ist heute
besonders aufgedreht!"

„Ach, lassen Sie nur, das sind doch Kinder." Toni
überreichte Lena umständlich den mitgebrachten
Blumenstrauß.

„Das war ganz sicher nicht nötig, Toni. Und das sage ich
nicht nur, weil man das immer sagt. Sie tun so viel für
uns, opfern Ihre gesamte Freizeit und möchten keinen
Cent dafür. Da ist es doch das Mindeste, Sie einmal zu
uns einzuladen."

Malcom kam aus dem Bad, auch er begrüßte Toni
herzlich. „Kommen Sie, lassen wir die Frauen besser
wieder allein. Wenn Lena und Lari kochen, müssen wir
ihnen aus dem Weg gehen. Die Küche und das
Esszimmer sind dann Sperrzone!"

Er führte Toni ins Wohnzimmer und bot ihm einen Drink an. Er selbst hatte sich ein Glas Wasser genommen. „Sie stoßen nicht mit mir an?", wunderte sich Toni.

Malcom lachte verlegen. „Ich will offen sein, Toni. Ich hatte bis vor kurzem ein Alkoholproblem. Und dieses Problem wird man nie wieder los!"

„Ich bitte vielmals um Entschuldigung, das habe ich nicht gewusst." Toni war es unendlich peinlich, ins Fettnäpfchen getreten zu sein.

„Aber ich bitte Sie, Sie brauchen sich doch nicht zu entschuldigen. Woher hätten Sie es denn wissen sollen? Ich gehe ganz offen mit diesem Problem um, ich bin sehr stolz auf mich selber, weil ich diesem Dämon entkommen bin."

Malcom erzählte Toni von seiner Therapie und auch unverblümt, weshalb er sich zu einer stationären Einweisung entschied. Dann erzählte er ihm weiter, was ihn in die Abhängigkeit trieb. Er erzählte wie er Lena kennengelernt hatte und wie sehr ihm auch Lari ans Herz gewachsen waren.

„Mich ehrt Ihre Offenheit und ich bewundere die Menschen, die sich aus diesem Teufelskreis befreien können."

Lari kam hereingestürmt. „Onkel Patzer, Papa, das Essen ist fertig, Ihr müsst sofort kommen!"

[318]

Lena und Lari hatten sich viel Mühe gegeben, der Tisch war einladend gedeckt und das Essen war ein Gedicht. Lari benahm sich vorbildlich und plapperte nicht ständig dazwischen. Erst als der Nachtisch serviert wurde, war sie nicht mehr zu bremsen.

„Den Nachtisch habe ich schon einmal mit Becky gemacht. Schmeckt lecker! Becky ist nämlich meine beste Freundin. Aber jetzt ist sie weggezogen. Aber in den Ferien darf ich zu ihr. Sie wohnt auf einer richtigen Ranch mit richtigen Kühen und Pferden. Einen Hund hat sie auch. Der heißt Wolle. Ist das nicht lustig?"

„Gefällt es Dir denn in der Schule, Larissa?"

„Jetzt nicht mehr, weil Becky nicht mehr da ist!", schmollte sie.

„Wo wohnt Becky denn jetzt?", interessierte sich Toni Patzer.

„Das ist ganz schön weit weg, Inez glaube ich, heißt das, da war ich noch nie!"

„Oh, ich kenne Inez, meine verstorbene Frau ist dort geboren und meine Schwester wohnt auch dort!"

„Echt? Ist es da schön?"

„Es ist überall auf der Welt schön, mir gefällt es dort, es ist sehr ländlich, weite Felder, viel Ruhe, aber es gibt auch einen ganz netten Stadtkern."

Larissas Augen leuchteten. „Becky hat gesagt, in ihrer Klasse sind nur zehn Kinder. Bei mir in der Klasse sind fünfundzwanzig und in meiner Nebenklasse sind auch so viele."

„Kleine Klassen sind wirklich gut zu unterrichten, es wird Becky gefallen."

„Nö, tut es gar nicht, weil Bob sie immer ärgert. Hast Du auch eine kleine Klasse unterrichtet, Onkel Patzer?"

„Leider nein, ich hatte auch nicht die unteren Klassen zu unterrichten, ich war in den oberen Jahrgängen der High-School eingesetzt, später war ich dann Dekan. Aber meine Frau, die hat die ersten Klassen unterrichtet und das mit ganzem Herzblut!" Wehmütig dachte er an seine Amtszeit zurück.

„Wenn Du jetzt nicht mehr zur Schule gehst, Onkel Toni, was machst Du denn dann jetzt den ganzen Tag. Ist Dir nicht langweilig, so alleine? Hast Du auch einen Hund?"

„Lari, es ist genug, Du fragst unserem Gast ja Löcher in den Bauch", ermahnt Malcom sie.

„Lassen Sie nur, sie hat ja Recht, ich langweile mich wirklich sehr, weshalb ich wohl auch dieses seltsame

Hobby betreibe. Ich wollte Ihnen sowieso noch etwas sagen." Toni wurde verlegen und suchte nach den richtigen Worten.

„Ich bin Ihnen zu großem Dank verpflichtet, dass ich in Ihrem Team an einem so interessanten Fall mitarbeiten darf. Viel zu lange habe ich mein Haus zu meinem eigenen Gefängnis gemacht. Ich glaube, ich hatte aufgehört zu leben. Das ist mir in den letzten Tagen erst wieder richtig bewusst geworden. Auch wenn man alleine ist, muss man sich nicht verkriechen. Ich glaube, ich fahre in Kürze wieder nach Inez, dort habe ich noch meine Familie und ein paar alte Freunde, die ich schändlich vernachlässigt habe in den letzten Jahren."

„Darf ich da mit?", für Lari war es vollkommen klar.

„Larissa, bitte bedränge doch Toni nicht so."

„Unter einer Bedingung", lenkte Toni ein, „Becky und Du, Ihr müsst mir dann wieder so einen leckeren Nachtisch machen!"

Natürlich war Larissa einverstanden.

Malcom und Toni begaben sich wieder ins Wohnzimmer, Larissa und Lena räumten den Esstisch ab und spülten das Geschirr. Später setzte sich Lena zu den Männern, entgegen alle Erwartungen ging ihnen der Gesprächsstoff nicht aus. Mit keiner Silbe sprachen sie über den Fall, der sie die Woche über mit all ihren Kräften beschäftigte.

Um kurz vor Mitternacht brach Antonius Patzer auf, er bedankte sich herzlich für das Essen, das die Familie ihm bereitet hatte. Schon lange hätte er keinen so schönen Abend mehr verbracht. Das war keine Floskel.

Lari war auf der Couch eingeschlafen. „Sagen Sie der jungen Dame einen schönen Gruß von mir, der Deal gilt."

52.

Crasher fluchte. Er saß trotz des sonnigen Wochenendes vor seinem Laptop. Seine Frau und seine Kinder nörgelten schon, sie wollten unbedingt ins Schwimmbad und anschließend ins Deli`s.

„Ohne mich! Leute, ich kann jetzt hier nicht weg!", hatte er mehrfach argumentiert.

„Irgendwann wollen Deine Kinder auch ihren Vater wiederhaben und ich meinen Mann, also übertreibe es nicht!", sagte Lucie beim Hinausgehen. „Dieses Wochenende akzeptieren wir es noch einmal, aber nächste Woche bist Du dabei, verstanden?"

Ohne aufzublicken brummelte Crasher etwas Unverständliches vor sich hin, widmete sich aber Sekunden später wieder voll seinem Laptop.

„Ich krieg´ Dich, von wegen Systemwartung."

Crasher tippte wie wild auf seinem PC, ließ einige Programme parallel laufen und nach einer guten Stunde hatte er es tatsächlich geschafft. Die Datenbank der Zulassungsstelle öffnete ihm die Türen. Über Umwege hatte er sich Zutritt verschafft, ohne Spuren zu hinterlassen. Niemand würde die Suche nach einigen Kennzeichen bemerken.

„Wer sagt`s denn. Voilà!"

Leider waren weder die Beschriftungen auf dem Kennzeichen des roten Autos noch des silbernen Fahrzeugs deutlich zu entziffern gewesen, es lagen ihm mehrere Varianten vor. Er war gespannt, wohin die Reise ging.

Er gab alle Varianten ein und startete die Suche. Das würde jetzt dauern, Zeit für ein kühles Bier.

Als er sich nach zwei Stunden das Ergebnis abrief, hatte das System zu fast allen Varianten ein Fahrzeug gefunden. Es würde ein Kinderspiel für ihn sein, festzustellen, welche Farbe und welcher Marke das dazugehörige Fahrzeug hätte.
Aber so weit brauchte er gar nicht mehr zu gehen. Diese Arbeit konnte er sich sparen, denn sowohl zu dem roten als auch zu dem silbernen Fahrzeug gab es einen übereinstimmenden Namen, denn beide Fahrzeuge waren auf ein und dieselbe Person zugelassen.

Crasher las immer wieder den Namen. „Ach Du Scheiße!"

Er lehnte sich in seinem Sessel zurück und schränkte die Arme hinter dem Kopf! Er musste nachdenken. Was hatte das jetzt zu bedeuten?

Sollte er Malcom anrufen? „Nein, heute ist Sonntag. Es reicht, wenn er morgen von dieser noch nicht einzuschätzenden Katastrophe erfährt."

Gerne hätte er jetzt weiterrecherchiert, aber an der Tür hörte er, wie der Schlüssel umgedreht wurde und Lucie mit den Kindern zurückkam.

Vielleicht könnte er heute Nacht weiter suchen. Mit dem Namen war es jetzt ein Kinderspiel, Bankdaten zu knacken. Wenn doch jetzt auch noch die Nummern 9436571 und 6224876 zugeordnet werden konnten, sie gar auf den Kontoauszügen erschien, dann gute Nacht!

„Heiliger Strohsack! Das wäre der Hammer!"

53.
Blut! Wieder überall Blut.

Zwei Frauengesichter, Blutlachen, Waschmaschine. Sie drehte sich immer schneller, gleich würde die Wäsche herausfliegen und im Blut landen!

Sie hatten seine DNA, na und? Trottel, selbst schuld, wozu gibt es Kondome. Die DNA war wertlos, es gab keinen Eintrag in der Datenbank. Er war ein Niemand! Unsichtbar!

Sektgläser und Kondome flogen durch den Raum und landeten im Blut. Sekt vermischte sich mit dem Blut!

Blut! Dieses Blut kroch durch die Wohnungstür in den Flur, färbte die Treppe.

Kopfschmerzen, ich habe Kopfschmerzen. Fürchterliche Kopfschmerzen!

Der Traum war vorbei, der Kopfschmerz nicht.

54.

Lilli und Arthur verbrachten oft ihre Wochenenden miteinander, sie wohnten zwar noch getrennt, planten aber, alsbald ihre Wohnungen zusammenzulegen.

Am Samstag hatten sie sich ausgeruht, waren ans Meer gefahren und hatten abends unter freiem Himmel ihre Pizza und ihren Wein genossen.

Sonntags widmeten sie sich der offenen Punkte auf Lillis Liste.

„Der zweite Schlüssel ist nicht aufgetaucht. Vermutlich hat sie ihrem Freund einen Schlüssel gegeben."

„Das denke ich auch, das ist jedenfalls eine naheliegende Erklärung. Wahrscheinlich ist dieser Freund derjenige, der das Appartement gemietet hat und vermutlich ist er auch verheiratet und steht in der Öffentlichkeit."

Auch Carolines PC war nie aufgetaucht, weder ein Laptop noch ein Handy konnte sichergestellt werden. Es gab zwar Handyrechnungen und auch dazugehörige Einzelverbindungsnachweise, allerdings waren aus diesen Daten keine Rückschlüsse zu ziehen. Friseur, Kosmetikstudio, Fitnessstudio.

Lilli hatte alle Nummern angerufen, niemand kannte Caroline näher. Sie wurde als freundlich und zurückhaltend beschrieben, mehr konnte niemand über sie sagen.

Das Jahrbuch war da schon aufschlussreicher. Einige Kommilitonen erinnerten sich an Caroline.

Die Männer beschrieben sie als anziehend, sexy, klug. Frauen hingegen nannten sie ein eingebildetes Flittchen. Nein, sie war nicht beliebt, hatte keine festen Freunde und trieb sich herum. Sie bevorzugte ältere Männer mit Geld. Sie wollte hoch hinaus, redete immer davon, zur High Society gehören zu wollen. Caroline wurde ausgelacht, denn sie kam aus ärmlichen Verhältnissen, was sie jedoch nicht daran hinderte, sich an jeden heranzumachen, der sie mit Geld lockte.

Offensichtlich schaffte sie wohl einen gesellschaftlichen Aufstieg, was neidvoll von ihren Mitschülerinnen zur Kenntnis genommen wurde. Sie kleidete sich teuer, war stets gut frisiert und geschminkt und fuhr auch teure Autos.

Sie sei als Krankenschwester an mehreren Krankenhäusern gewesen, hätte sich dort an die Ärzte und reiche Patienten herangemacht und dann sei sie irgendwann wie vom Erdboden verschwunden.

Nein, vermissen würde sie niemand.

Carolines Bruder weigerte sich, mit Arthur zu reden, ließ aber ausrichten, wenn noch Kohle da sei, möge diese doch an ihn übergeben werden, so wie alles andere auch, was in Geld umgewandelt werden könne.

Das Pflegepersonal, in dem Carolines Mutter untergebracht war, bestätigte, Frau Hunter sei in keinster Weise ansprechbar und lebe in ihrer eigenen

Welt. Da die Kosten des Pflegeheims gedeckt seien, hielt sich das Interesse in Grenzen, sich an der Suche nach potentiellen Erben zu beteiligen. Es blieb also weiterhin unklar, wer nun das Erbe antreten würde.

„Hm, kein sehr schmeichelhaftes Bild, was uns da von Caroline vorliegt."

„Nein, sicher nicht. Nur ist es nicht verboten, ein armes Leben gegen ein gutes Leben zu tauschen."

„Trotzdem, Arthur. So sehr ich auch gerne den Wunsch von Caroline verstehen möchte, aber sie geht ganz offensichtlich über Leichen. Ihr ist es egal, ob der Mann verheiratet ist oder eine Familie hat, Hauptsache die Kohle stimmt."

„Vielleicht hat sie ihre Liebhaber erpresst, ich meine, eine Krankenschwester verdient nun einmal kein Vermögen und trotzdem hatte Caroline einen entsprechenden Lebensstandard."

„Darauf verwette ich meine Großmutter. Vermutlich machte irgendwann jeder Liebhaber den Geldbeutel zu. Von da an verlor auch Caroline das Interesse an dem Liebhaber, aber nicht an seinem Geld. Da liegt es nahe, wenn sie ihn unter Druck gesetzt hat. Der eine oder andere hat sicherlich gezahlt, der eine mehr, der andere weniger."

„So wird es sicher gewesen sein. Sie lebte damals in Kalifornien, ein eh sehr teures Pflaster, auf ehrliche Art und Weise hat sie aber ihren Lebensstandard nicht aufrechterhalten können", überlegte Arthur.

„Ich frage mich nur, weshalb sie aus dem sonnigen Kalifornien nach Texas gezogen ist."

„Vielleicht hat sie sich einen Ölmulti angelacht, wer weiß. Oder die andere Möglichkeit wäre, ihr wurde in Kalifornien der Boden unter den Füßen zu heiß."

„Mir kommt da noch ein anderer Gedanke, Arthur. Angenommen, sie hat hier einen verheirateten Mann kennen gelernt, der ihr das Appartement bezahlt hat. Angenommen, dieser Mann ist dahinter gekommen, dass Caroline noch mehr Liebschaften hatte, was ja durchaus denkbar wäre. Könnte darin nicht ein Motiv liegen?"

Arthur nickte zufrieden. „Das war auch mein Gedanke. Dazu müssen wir aber herausfinden, wer das Appartement gemietet hat."

„Nur komisch ist die Duplizität der Tat. Meinst Du diese Helen Wallmer war aus dem gleichen Holz geschnitzt, wie Caroline?"

„Meistens fällt man immer wieder auf die gleichen Typen rein, mag sein, vielleicht war Helens Vita ähnlich, aber ich meine mich zu erinnern, die Eltern im Gerichtssaal gesehen zu haben."

„Stimmt, Du hast Recht. Die Eltern betrieben ein Architekturbüro. Helen war ihre einzige Tochter, die ebenfalls ein Architekturstudium abgeschlossen hatte, aber nicht in dem Unternehmen der Eltern arbeitete. Jetzt fällt es mir wieder ein! Sie arbeitete in Laredo und Dallas an mehreren Bauprojekten." Lilli verharrte einen Moment.
„Was aber nicht heißt, dass nicht auch sie zugänglich für Männer mit Brieftaschen war."

„Warte mal, warte mal, Lilli. Bauprojekt Laredo! Bauprojekt Dallas. Mir kommt da ein Gedanke."

Arthur startete seinen Laptop und gab einige Daten in die Suchmaschine ein.

„Bingo, na, wenn das mal kein Zufall ist! Worldwide Homesharing hat ebenfalls in Dallas einen Appartementkomplex. Was, wenn Helen an den Bauprojekten der Worldwide Homesharing beteiligt war und dadurch ihren Liebhaber kennengelernt hat?", überlegte er.

Lilli stimmte zu. „Denkbar, ja ganz bestimmt!"

„Durch Helen kennt er die Struktur des Unternehmens, weshalb er auch sich später dann in Corpus Christi ein identisches Appartement angemietet hat. Jedenfalls

[331]

wäre dies eine einleuchtende Verbindung zwischen Laredo und Corpus."

„Können wir das irgendwie feststellen? Ich meine, ob Helen eine der bauleitenden Architektinnen war?"

„Ja, ganz leicht, alle Pläne sind im Bautenstandsregister hinterlegt, sicherlich mittlerweile digitalisiert und via Computer abrufbar."

Arthur machte sich an die Arbeit und wurde fündig. „Tatsächlich, Lilli. Sie ist eine von neun verantwortlichen Architekten, die die Idee der Worldwide Homesharing auf das Reißbrett gebracht haben."

Lilli staunte nicht schlecht. „Die Gebäude sehen sehr neuwertig aus, wie lange stehen sie denn schon?"

„Vor zehn Jahren wurde mit dem Bau der ersten Appartementblocks nicht nur in mehreren amerikanischen Bundesstaaten fast zeitgleich begonnen, sondern auch an mehreren europäischen und südamerikanischen Standorten. Die Bezugsfertigkeit wurde vor gut sieben Jahren dann verkündet."

„Wenn ein Gebäude, ein Hotel, ein Komplex oder was weiß ich eröffnet wird, dann gibt es doch meistens irgendwelche Partys, auf der sich die wichtigsten Leute treffen, finanzkräftige Sponsoren und stinkreiche Unternehmer, das *Who is Who* eben. Dort wird auch die Presse eingeladen und jeder, der wichtig genug ist, lässt sich ablichten. Vielleicht haben wir Glück und es gibt Fotos dieser Events."

„Du meinst, wir finden auf diesen Fotos Hinweise auf einen Liebhaber? Ich bin mir aber gar nicht sicher, ob es überhaupt eine Veranstaltung gegeben hat, denn Worldwide Homesharing garantiert Anonymität."

„Anonym hin, anonym her, wenn ein Event wichtig genug ist, sind auch wichtige Leute da. Irgendwie muss die Idee ja auch an den Mann gebracht werden! Webetrommeln rühren ist immer eine Notwendigkeit."

Arthur fand, es war an Lillis Überlegungen durchaus etwas dran und stöberte Zeitungsarchive durch.

„Tatsächlich! Es gab zu jeder Eröffnung der Anlagen Einweihungspartys mit hochkarätigen Persönlichkeiten! Ich drucke die Fotos aus und wir nehmen sie dann morgen mit ins Büro. Vielleicht können wir den einen oder anderen Gast mit unserer Fahrzeugliste abgleichen und damit den Kreis der Verdächtigen einschränken."

„Jeder Tag bringt uns ein Stückchen weiter. Hoffentlich verirren wir uns nicht auf dem Weg zur Freiheit für Henry und Peter."

Mala Niem

Ich sehe Deine Stimme

Teil 3
Der Kampf David gegen Goliath

55.

Malcom Bloons war an diesem Montag ungewöhnlich früh aufgestanden und schloss bereits um sieben Uhr seine Bürotür auf.

Wenn er erwartet hatte, der Erste zu sein, so hatte er sich getäuscht. Crasher saß bereits wieder an seinem PC und Will sah sich mit Arthur und Lilli einige Fotos an.

Fünf Minuten nach ihm erschien auch Toni.

„Konntet Ihr alle nicht schlafen?", Malcom freute sich über das außerordentliche Engagement seiner Mitarbeiter.

„Malcom, ich glaube, ich habe etwas entdeckt. Das ist aber so Unglaublich, dass es einfach nicht sein kann. Auf der anderen Seite so logisch, dass es einfach nicht anders sein kann." Crasher sah Malcom mit ernster Miene an.

Lilli kam auf ihn zu. „Hier sind einige Fotos, kannst Du Deine Theorie damit unterstreichen?"

„Wenn Du zu den Gesichtern auch Namen hast?"

„Drehe die Fotos einfach um, Will hat einige Personen identifiziert und ihre Namen hinten auf die Fotos geschrieben."

Lilli erzählte dem Team von ihren sonntäglichen Ermittlungsergebnissen.

[335]

Crasher musterte die Fotos sorgfältig, sein Gesichtsausdruck blieb unergründlich, aber ernster als sonst.

Er nahm einen Stift und kreiste eine Person ein, die ganz auffällig mit einem Sektglas in der linken Hand einem anderen Gast zuprostete. Die Armbanduhr befand sich an der rechten Hand. Ein Indiz, dass diese Person mit an Sicherheit grenzender Wahrscheinlichkeit Linkshänder ist.

„Malcom", sagte er, „ich glaube, wir haben soeben beide Fälle gelöst."

Das Team rückte näher an Crasher. „Wenn das wahr ist Malcom, wenn das hier wirklich stimmt, dann haben wir hier einen Skandal aufgedeckt, der Seinesgleichen sucht."

In dem keinen Büro war keinerlei Euphorie oder Freude zu spüren, eher die Angst, jetzt in etwas zu treten, was zeitlebens am Schuh hängen blieb und stinken würde. Gänsehaut durchzog nicht nur Lilli.

„Gehen wir in den Besprechungsraum und sortieren unsere Erkenntnisse. Wenn wir alle zu dem gleichen Ergebnis kommen wie Crasher, dann müssen wir uns sofort eine Strategie überlegen."

Sie kamen alle zu dem gleichen Ergebnis, die Beweislage war erdrückend. Jeder reagierte auf eine andere Art.

Arthur vergrub das Gesicht in beide Hände und schüttelte fortwährend den Kopf.

Richter Will Louis a.D. lief in dem Raum auf und ab. Toni Patzer saß nur ganz ruhig da und starrte vor sich hin. Lilli hingegen schimpfte vor sich hin und verfluchte den Täter.

Malcom stand am Fenster, die Hände auf den Rücken ineinander verhakt und starrte hinaus.

Die Luft war zum Schneiden dick, das spürte Lena sofort, als sie eine Stunde später das Team im Besprechungszimmer antraf.

„Er hat die ganze Zeit mit uns gespielt, Lena! Wir waren seine Statisten in einem schlechten Theaterstück!" Malcom hatte Tränen in den Augen und rang nach Fassung.

Die Gruppe setzte Lena ins Bild, die ungläubig und mit offenem Mund von einem zum anderen starrte.

„Was nun? Malcom? Was geschieht jetzt?

Toni räusperte sich und richtete sich an die Gruppe. „Bitte entschuldigt meine Einmischung. Wir sollten uns nun daran machen, die von uns erworbenen Erkenntnisse in eine Präsentation zusammen zu fassen. Ich denke, Malcom muss den Sachverhalt plausibel und chronologisch darstellen. Die einzelnen Bruchstücke müssen zusammengefügt werden zu einem Ganzen.

Dann können wir uns das Ergebnis nochmals anschauen und nochmals prüfen, ob unsere Erkenntnisse schlüssig genug sind!"

Will stimmt dem unbedingt zu. „Toni, das ist eine hervorragende Idee, es wird uns alle aus der Schockstarre holen."

„Wir brauchen einen DNA-Abgleich", merkte Arthur an.

„Den besorge ich", verkündete Will. „Ich bin eh zum Mittagessen verabredet."

Malcom nickte nur, das Team machte sich wieder an die Arbeit und in der Tat wurde bereits nach kurzer Zeit aus der Starre eine Euphorie.

Lena ging auf Malcom zu und nahm ihn in den Arm.

„Es ist noch nicht vorbei Lena, noch lange nicht. Aber ich verspreche Dir, ich werde nicht aufgeben und ich werde meine Rachegedanken so gut es geht unterdrücken. Der Gerechtigkeit zu Liebe.
Wir sollten Joe anrufen und ihn herbitten. Lena, wirst Du das übernehmen?"

„Ich habe ein Frühstück mitgebracht, vielleicht sollten wir uns alle erst ein wenig stärken."

Nach dem Frühstück hatte sich auch Malcom einigermaßen gefangen und bastelte bereits an einer Strategie, als das Telefon klingelte.
Lilli meldete Burn und Malcom nahm das Gespräch an.

„Guten Morgen, Malcom. Ich hoffe, Sie hatten ein ausgeruhtes Wochenende."

„Danke Albert, ja das hatte ich wirklich. Wo drückt denn der Schuh?"

„Wissen Sie, es fällt mir wirklich nicht leicht es Ihnen zu sagen, aber es gibt in der Tat viele offene Fragen, einige Ermittlungsfehler und sicherlich auch Schlampereien, dennoch werden am Schluss alle Fäden wieder zusammenlaufen und sich um Ihren Angeklagten wickeln!"
Es klang nicht überzeugend, das wusste Albert. Er hoffte, Malcom würde anbeißen.

„Wie gefällt Ihnen Laredo?"

„Sagen wir, aufschlussreich, aber nicht umwerfend."

„Albert, ich bitte Sie um eine offen und ehrliche Antwort."

„Nur zu!"

„Haben Sie Zweifel? Zweifeln Sie an Peter Lakows Schuld?"

Am anderen Ende war es eine ganze Weile still.

Malcom wollte schon laut „Hallo, sind Sie noch da?" in den Hörer rufen, als er hörte, wie sich Albert räusperte.

„Ganz ehrlich? Ja! Ich bin unsicherer als vor der Verhandlung."

Haben Sie Zweifel an Henry McGyers Schuld?"
Wieder eine lange Pause.

„Malcom, ich kann es nicht beantworten. Ich weigere mich, mir dies einzugestehen."

Burn war kleinlaut geworden. Hier ging es nicht mehr darum, wer den Prozess gewinnt, hier ging es um Gerechtigkeit.

„Ich habe Jura studiert, weil mich das Recht und die Verfassung unserer Vereinigten Staaten faszinierten. Ich wollte ein Teil, ja ein fester Bestandteil dieses Rechts sein. Ich wollte für Gerechtigkeit einstehen und dafür kämpfen, Gleichbehandlung, Freiheit, Menschenrechte, Behördenwillkür. Beinahe hätten mich meine Prinzipien umgebracht! Und jetzt wird dieses Recht missbraucht und benutzt, ausgenutzt und zerschmettert wie eine Glasscheibe."

Burn hörte sehr wohl den verbitterten Unterton in Malcoms Stimme.

„Ich denke, es ist das Wunschdenken eines jeden Jurastudenten. Die Realität ist bitter, dennoch glaube ich an die Richtlinien der Standesehre und der moralischen Verpflichtung, die unser Handeln mit ich bringt. Wenn ich nicht mehr an die Gerechtigkeit glauben kann, kann ich meinen Job aufgeben!"

„Nicht jeder Angeklagte ist schuldig, nicht jeder Mandant ist unschuldig, Albert. Wir müssen nur davon überzeugt sein, das Richtige zu tun, dürfen uns nicht manipulieren oder gar korrumpieren lassen. Es kommt doch nicht darauf an, wer gewinnt. Es kommt darauf an, Gerechtigkeit siegen zu lassen, egal auf wessen Seite das Recht nun stehen mag!"

„Wollen Sie mir jetzt andeuten, Ihr Mandant sei doch schuldig?"

„Nein Albert, ganz und gar nicht. Ich will nur andeuten, dass wir die Marionetten in einem bösen, ganz bösen Spiel sind!"

„Sorry Malcom, aber ich kann Ihnen nicht folgen.", dennoch dachte Burn sofort an die verschwundene Akte, die er angeblich höchstpersönlich verschlampt hatte.

„Was ist Ihr Lebensziel, Burn? Ihr ganz persönliches finales berufliches und privates Lebensziel?"

„Mein Lebensziel? Nun gut, ich habe hier in Corpus ein nettes Haus gebaut, eine liebe Gattin und drei liebreizende Kinder, also werde ich wohl auf privater Ebene hier meine Zelte aufgeschlagen lassen. Beruflich, na ja, jetzt machen Sie mich verlegen, Sie wissen, ich wäre gerne irgendwann einmal Richter."

„Ich würde es Ihnen wünschen, Albert. Wirklich."

„Malcom, ich habe natürlich Joe beauftragt, die Ermittlungen wieder aufzunehmen. Ich könnte ruhiger schlafen, wenn so oder so ein zweifelsfreies Ergebnis vorliegen würde."

„Albert, es liegt ein zweifelfreies Ergebnis vor. So zweifelsfrei, dass ich noch immer um Fassung ringen muss, es noch immer nicht glauben kann!" Malcoms Ton war ungewöhnlich ernst und leise.

Burn stutzte. Also doch! Malcom würde gleich einknicken und ihn um einen Deal anflehen.

„Wir haben hier unser eigenes Ermittlungsteam, Burn. Ich dachte, das sollten Sie wissen. Auch Richter a. D. Will Louis gehört diesem Team an. Wir können nun zweifelsfrei nachweisen, dass weder Henry noch Peter ein Mörder ist. Wir können rekonstruieren, was genau an dem Abend des 19. April 2018 geschah."

Albert Burn verharrte einen kurzen Moment. Er begann zu Schwitzen. „Moment mal, Sie ermitteln auf eigene Faust und Will ist mit von der Partie? Sie wissen aber schon, dass Sie die Ergebnisse offen legen müssen?"

[342]

„Albert, genau das ist ja das Problem. Das kann ich nicht! Nicht ohne Ihre Hilfe!"

„Nicht ohne meine Hilfe? Was in drei Teufels Namen hat das zu bedeuten? Schon vergessen, ich stehe auf der anderen Seite!"

„Dann sollten Sie sich überlegen, ob Sie sich auf die Seite der Gerechtigkeit schlagen wollen, Burn! Dann könnten Sie wieder ruhiger schlafen."

Burn konnte dieses Gespräch nicht einordnen, wohin führte ihn Malcom?
Mit jedem anderen Anwalt hätte Burn das Gespräch an dieser Stelle beendet. Offenbar hatte Malcom einen anderen Verdächtigen aus dem Hut gezaubert. Die Unterschlagung von Beweismaterial stand unter Strafe, das war auch Malcom bekannt. Hierauf brauchte Albert auch sicherlich nicht herumreiten. Diese Geheimniskrämerei ärgerte ihn, wieso sagte Malcom nicht ganz einfach, wen er verdächtigte, dann könnte der Staat der Spur nachgehen und je nach Ergebnis die bisherige Anklage aufgeben oder bestehen lassen. Hatte er wirklich gesagt, er könne den Tattag rekonstruieren?

Malcom musste einen guten Grund für diese ungewöhnliche Vorgehensweise haben. Wenn er nicht mit ihm kooperieren würde, würde er vielleicht im Gerichtssaal dastehen wie ein abgestochenes Schaf.

[343]

Allerdings hatte Malcom ihm fest versprochen, ihn nicht vorzuführen wie einen kleinen Schuljungen.

„Malcom, ich kann Ihnen leider nicht folgen. Ich werde Sheriff Vendell zu Ihnen schicken, vielleicht teilen Sie mit ihm Ihre Erkenntnisse!"

„Albert, Joe wird heute Nachmittag um fünfzehn Uhr in meiner Kanzlei erscheinen! Ist Ihnen denn noch immer nicht in den Sinn gekommen, wer Webber auflaufen lassen hat? Und warum?
Ich werde selbstverständlich alle Erkenntnisse mit ihm teilen. Und ich würde auch gerne mit Ihnen meine Erkenntnisse teilen. Aber nicht hier am Telefon. Kommen Sie auch um fünfzehn Uhr dazu! Bitte!"

„Ich bin ziemlich sprachlos, Malcom Bloons."

„Sie werden noch viel sprachloser sein, wenn ich Ihnen die Fakten eröffne."

„Irgendwie werde ich das Gefühl nicht los, einem Bluff aufzusitzen!"

„Das sind Sie schon, Burn! Genau wie ich! Wir beide sind einem riesen Bluff aufgesessen! Albert, ich versichere Ihnen, die Sache ist dermaßen prekär, wie Sie es sich in Ihren kühnsten Träumen nicht ausmalen können."

„Gut, ich werde kommen. Aber keine Spielchen!"

[344]

„Zum Spielen ist mir nicht zumute, das können Sie mir glauben. Und noch etwas Burn. Behalten Sie es für sich, bis Sie bei mir waren."

Albert Burn versprach es. Er hatte ein mulmiges Gefühl. Albert ärgerte sich nach wie vor über die schlampige Arbeit Webbers, der ihn nun in diese Lage brachte. Nichts wusste er, gar nichts. Er zog seinen Hut vor Malcom, der ganz offensichtlich der bessere Ermittler war.

Noch viel ominöser aber war die Rolle von Will Louis in diesem Fall. Wieso ermittelt ein Richter a.D., der damals Henry ins Gefängnis brachte, zusammen mit der Verteidigung?
Wieso traute niemand ihm oder der Polizei? War etwa Webber die Schlüsselfigur?
Für einen kurzen Moment stellte er sich Webber als Mörder vor, schüttelte dann aber den Kopf.
„Nein, Webber hatte nichts mit dem Fall in Laredo zu tun und wäre auch nicht clever genug, solche Aktionen zu inszenieren."

Burn verließ sein Büro und ging zur Mittagspause nach Hause in seinen Garten.

56.

Wilma ärgerte sich. Ihr Mann hatte sich aus dem Haus geschlichen, ihr einen Zettel hinterlassen und einen Strauß Blumen auf den Tisch gestellt. Misstrauisch begutachtete sie den Strauß. Wenigstens hatte er sich nicht lumpen lassen. Ihre Stimmung erhellte sich dadurch aber nicht.

Gerade heute, wo sie zusammen mit Samuel bei der Bank verabredet war, um eine Expansion in Europa zu besprechen, hatte er sich zu diesem langweiligen See mit seiner lächerlichen Angel verdrückt.

Nun gut, dann eben nicht! Sie hätte seine juristische Unterstützung gebraucht, bevor sie den Vertrag mit der Bank verhandelt. Auf George war kein Verlass, in keiner Beziehung.

Wilma schaute auf die Uhr, Samuel war mal wieder zu spät, wie so oft in letzter Zeit, seit er vor einem Jahr Vater geworden ist, hatte er offensichtliche Probleme, die Familie und die Firma unter einen Hut zu bringen. Sie würde ein ernstes Wort mit ihm reden müssen.

Jeffrey war ebenso überfordert, wenigstens tat sich nun etwas in dem Malibu-Projekt. Nur noch ein paar kleine Hürden, dann wäre auch das geschafft.
In Kürze wäre Jeffrey dann jedenfalls wieder zurück und könnte Samuel einiges abnehmen. Jeffrey hatte keine eigene Familie, immer wechselnde Beziehungen, keine Beziehung überdauerte das Jahr. Schade eigentlich.

[346]

Wilma rümpfte die Nase. Was hatte sie dem lieben Gott getan? Warum wurde sie mit drei Männern bestraft, die nichts auf die Reihe brachten? Wenn sie nicht einige Male schon massiv eingeschritten wäre, hätten die drei Männer alles gegen die Wand gefahren.

Besonders Jeremy war das Sorgenkind Nummer eins. Seine Weibergeschichten und seine Besuche in zwielichtigen Etablissements würden ihm über kurz oder lang noch richtige Scherereien bereiten. Erst kürzlich hatte Wilma ihm einen größeren Betrag zur Verfügung gestellt, damit er eine Unregelmäßigkeit mit einer etwas zu jungen Dame wieder in geordnete Bahnen bringen konnte.

Wilma wurde durch das Läuten an der Tür aus ihren Gedanken gerissen. Sie schnappte sich ihren Mantel und ihre Handtasche und stieg zu Samuel ins Auto. Ein anstrengender Tag lag vor ihr und ihr Mann entspannte am See!

57.

Peter Lakow wurde in den Besprechungsraum gerufen, seine ihm zugeteilte Dolmetscherin hatte um ein Gespräch gebeten.

Ihre Aufgabe war es, Kontakt mit dem Angeklagten aufzunehmen, um festzustellen, inwieweit sie sich untereinander so exakt wie möglich unterhalten könnten, ob es in der Kommunikation zu Missverständnisse kommen konnte und wenn ja, wodurch, oder ob gar andere Verständigungsprobleme auftreten würden. Oftmals benötigte der Sprach- und Gehörlose Unterstützung durch Lippenbewegungen. Emotionale Situationen erforderten besondere Aufmerksamkeit, denn sehr oft werden dadurch die Erklärungen miss- oder gar unverständlich.

Mit aufgeschlagener Akte saß sie an dem schlichten Holztisch, die Hände über der Akte gefaltet. Als Peter eintrat, stand sie auf, ging auf ihn zu und streckte ihm ihre Hand zur Begrüßung entgegen. Peter nahm diese zögerlich. Ihr Anblick verwirrte ihn.

Mireille Mitchel bat ihn, doch Platz zu nehmen. In Gebärdensprache stellte sie sich vor.

„Mein Name ist Mireille Mitchel, ich bin neunundzwanzig Jahre alt und bin gebürtig aus Corpus Christi. Ich habe eine Ausbildung als Gebärdendolmetscherin und ich habe an der Universität Houston einen Lehrstuhl für Gebärdendolmetscher und

Kriminal-Psychologie. Ich bin mit Ihrer Akte vertraut. Ich bin hier, um Sie kennenzulernen."

Ihre ansonsten vorhandene Souveränität begann zu bröckeln. Sie musste ihn unentwegt anschauen, seine Augen faszinierten sie. Sie rutschte ein wenig nervös auf den Stuhl hin und her. „Reiße Dich zusammen, Miri", sagte sie zu sich selbst. „Sei nicht albern!"

Peter strahlte sie an. Was um Himmels Willen ist denn in ihn gefahren! Er saß im Gefängnis und ihm fiel nichts Besseres ein, als die Frau ihm gegenüber anzulächeln. Dann fasste er sich, zumindest für einen Augenblick. Er senkte seine Augen und stellte sich seinerseits vor.

Mireille schien sich auch etwas gefangen zu haben und fragte detailliert nach. Zuerst forderte sie Peters Vita ein, dann lenkte sie das Gespräch auf den Tattag.

Peter beantwortete alle Fragen. Als er über das Auffinden des Opfers sprach, wurde er von seinen Emotionen überrollt. Nur mit Mühe konnte er seine Tränen unterdrücken.

„Die Haustür stand offen, ich habe gedacht, sie hat mich erwartet. Ich bin mit dem Aufzug in den vierten Stock gefahren und habe an der Wohnungstür geklingelt. Die Wohnungstür stand ebenfalls einen spaltbreit offen. Ich trat ein, weil niemand zur Tür kam. Ich habe vermutet, der Chef habe der Kundin erklärt, dass ich gehörlos bin. Da lag sie. Im Flur. Mit einem Messer in der Brust. Ich habe meine Tasche fallen gelassen und bin zu der Frau hingelaufen. Ich habe mich neben sie gekniet. Ich hoffte, sie würde noch leben. Als Reflex habe ich das Messer aus der Brust gezogen. Dann kamen Männer und haben mich überwältigt. Die Polizei kam und hat mich verhaftet. Nun soll ich als Mörder angeklagt werden."

Mireille war erschüttert, obwohl sie den Sachverhalt bereits aus der Akte kannte. Es zu lesen war eine Sache, es aus erster Hand erzählt zu bekommen, war eine ganz andere emotionale Ebene. Mireille war als neutrale Gebärdendolmetscherin von der Staatsanwaltschaft vorgeschlagen und vom Gericht als eine solche in dem Strafverfahren gegen Lakow beauftragt worden.
Sie war Profi, mehrfach hatte sie in den verschiedensten Verfahren Zeugen oder Angeklagte gedolmetscht. Aber nun benahm sie sich wie eine Anfängerin. Sie war keinesfalls mehr neutral.

Ihre Sympathie dem Angeklagten gegenüber, konnte sie kaum verbergen. Sicherlich würden diese Signale auch längst bei Peter angekommen sein. Diese Erkenntnis berührte Mireille peinlichst. Tiefes Durchatmen half ihr jedenfalls auch nicht.
Wie um alles in der Welt würde sie sich in Gerichtsverhandlung verhalten, die über mehrere Wochen ging? Jeder Depp würde sofort merken, was los ist. Sie erschrak über sich selbst. Die Erkenntnis über ihre eigene fehlende Professionalität trieb ihr die Scharmröte ins Gesicht.

Peter ging es nicht viel anders. Nervös spielte er am Saum seines linken Ärmels.

Lange saßen beide nur so da. Dann entschloss sich Peter, die Peinlichkeit zu beenden. „Ich denke, es ist besser, ich gehe wieder in meine Zelle, wenn Sie keine anderen Fragen mehr haben!"

Mireille schaute ihn an, lächelte ihn nochmals an und klingelte nach dem Wachpersonal.

Auf dem schnellsten Weg verließ sie das Gefängnis, stieg in ihr Auto und rauschte davon. Sie war ziemlich unkonzentriert und wäre beinahe auf ihren Vordermann aufgefahren.
Völlig verwirrt über das Auftreten dieser plötzlichen Gefühle, aber verliebt wie ein Teenager beim ersten Mal, erreichte sie beflügelt ihre Wohnung.
„Das glaube ich jetzt nicht! Was mache ich da? Ist das jetzt Liebe auf den ersten Blick? So ein Quatsch, Miri. Das gibt es ja gar nicht, also nochmals, reiße Dich zusammen!"

Es half alles nichts, kein Tee, kein Eisbecher, kein Sport. Ihre Gedanken schwirrten um Peter bei Tag und raubten ihr in der Nacht den Schlaf. Es hatte sie erwischt! Die volle Härte, das volle Programm, einschließlich der flatternden Schmetterlinge in ihrem Bauch.

Peter wollte seine Gefühle nicht zulassen, zu absurd fand er den Gedanken daran, dass diese hübsche und kluge junge Frau sich in ihn, einen einfachen Handwerker, der zudem noch im Knast saß, verliebt hatte. Geradezu lächerlich! Sie hatte sicherlich nur Mitleid mit ihm und er deutete es falsch. „Mitleid! Ja, nur Mitleid, Peter. Bilde Dir nichts ein."

Er glaubte selbst nicht an das, was er sich da einzureden versuchte. Mireille ging ihm nicht mehr aus dem Kopf und sie gab ihm die nötige Kraft, um die Tage im Gefängnis zu überstehen.

58.

„Treten Sie ein, Herr Staatsanwalt, Sie werden schon erwartet. Der Sheriff ist auch gerade eben gekommen." Lilli führte Burn in den Besprechungsraum.

Die Anwesenden begrüßten Albert Burn, er nahm direkt neben Malcom Platz. Kaffee und Wasser wurden serviert. Anhand der ernsten Mienen und der Wortkargheit Malcoms wusste Burn sofort, er war nicht im Casino, hier fand kein Spiel statt, er würde nicht hereingelegt werden.

Joe saß aufrecht in seinem Sessel. Er hatte noch keine Ahnung, was das Team ihm gleich präsentieren würde, aber auch er spürte die Anspannung.

Arthur startete die Präsentation, die das Team noch am Vormittag gemeinsam fertiggestellt hatte. Burn und Joe hielten den Atem an.

Die Luft war zum Schneiden dick, als Arthur den Tatablauf minutiös rekonstruierte und am Ende den Täter präsentierte.

Joe und vor allem Burn saßen da mit offenen Mündern, ungläubig schauend von einem zum anderen und unfähig, sich zu bewegen. Kalter Schweiß lief ihnen über den Rücken. Auch sie bekamen Gänsehaut.

Joe fing sich als erster. „Mir wird schlecht, ich brauche frische Luft!" Er stand auf und ging hinaus in den Garten.

Auch Albert war seine Krawatte zu eng geworden und versuchte den Kragen zu lockern. Er war leichenblass, Schweiß rann ihm über seine Schläfen.

„Um eines vorwegzunehmen", merkte Will an. „Ich habe heute Mittag eine Verabredung mit dem Liebhaber der Toten gehabt, dabei ist mir doch sein Wasserglas in die Tasche gefallen. Nur falls Sie Einwände hinsichtlich der Beweisbekräftigung haben. Das Glas ist im Labor und wird mit den DNA-Spuren, die an beiden Opfern gefunden wurden, abgeglichen. Das dauert noch etwas, aber ich denke, das Ergebnis wird uns alle nicht mehr überraschen."

Burn hatte noch immer seine Worte nicht wiedergefunden und immer noch zerrte er an seinem Hemdkragen.

„Albert, halten Sie unsere Ermittlungen für schlüssig, sind Sie überzeugt?"

Langsam bekam Burns Gesicht wieder eine normale Farbe. Er funkelte Malcom wütend an. „Wir sind reingelegt worden, Malcom. Reingelegt, einfach plump reingelegt worden." Dann sprang er unvermittelt auf und haute mit der flachen Hand auf den Tisch.
„Wir müssen sofort zu Stabler!"

„Nein", besänftigte ihn Malcom mit einem schelmischen Grinsen. „Genau das werden wir nicht tun!"

„Aber…", Malcom hob die Hand und ließ Burn nicht ausreden.

„Oh nein, wir werden nicht zu Stabler gehen, wir werden dieses Spiel weiterspielen, nur werden wir jetzt nicht mehr die Marionetten sein, sondern die Marionettenspieler. Wir brauchen Stabler noch. Aber wir zwei, Albert, wir müssen das Drehbuch nun neu schreiben, zusammen schreiben. Sind Sie dazu bereit?"

Burn kniff die Augen zusammen. „Was haben Sie vor Bloons?"

„So ganz genau weiß ich es auch noch nicht, aber ich schwöre Ihnen, es wird der interessanteste Prozess, den der Distrikt bisher erlebt hat."

Burn dachte kurz nach. „Malcom, diese Lorbeeren haben Sie sich verdient!"

„Nein Burn, Sie denken immer noch, ich will als glänzender Sieger aus dem Verfahren Kapital schlagen. Sie als begossenen Pudel vorführen! Sie liegen da ganz falsch!
Alles was ich will ist die Freiheit für Henry und Peter und Sühne dieses unglaublichen Unrechts. Ich habe keine Ambitionen, der meistbeschäftigte Strafverteidiger von Texas zu sein. Ich habe keinerlei Starallüren.

Aber Sie Burn, Sie haben noch eine Karriere vor sich. Sie haben Wünsche, auch berufliche. Und deshalb werden wir uns die Lorbeeren redlich teilen. Wir ziehen das zusammen durch. Staatsanwaltschaft, Polizei und Anwalt in einem Team gegen das Unrecht."

„Eine Verfahrensabsprache?"

„Nennen Sie es wie Sie wollen, ich nenne es Anwendung geltenden Rechts!"

Lena brachte belegte Brötchen und Kuchen und schenkte frischen Kaffee ein.

„Wie um alles in der Welt haben Sie es geschafft, den Richter a.D. für Ihre Zwecke zu gewinnen?", Burn konnte sich noch immer nicht erklären, wie es Malcom gelungen war, dieses starke Team aufzubauen."

„Oh, nicht ich habe Will überredet! Es war Will, der zu mir kam und mich nötigte, mich als Pflichtverteidiger für Peter zu melden. Will war es auch, der Arthur, Crash und Lilli bereits zurück akquiriert hatte. Später kam dann Joe auf uns zu und Joe hat uns Toni Patzer empfohlen. Lena hat sich dann auch noch bereit erklärt, zu unterstützen."

Die Teammitglieder versammelten breit lächelnd sich um Malcom.

„Den entscheidenden Impuls aber hat uns ein kleines Mädchen Dank ihrer kindlichen Auffassungs- und Beobachtungsgabe geliefert, ansonsten würden wir

wohl noch immer vorbeifahrende Autos anschauen."
Toni wollte Larissa am Erfolg teilhaben lassen.

Burn war erstaunt. „Wie lange wissen Sie es schon, ich
meine, wie lange kennen Sie den wahren Täter bereits?"

„Sie werden es nicht glauben, aber wir haben es erst
heute in der Früh zusammengefügt. Deshalb haben wir
auch noch keinen konkreten Schlachtplan."

„Und alle Informationen sind auf legalem Weg beschafft
worden?"

„Wir werden legal machen, was noch nicht so ganz legal
abgewickelt wurde. Wir stellen offizielle Anfragen an die
KFZ Stelle, an die Bank und so weiter. Alles so, wie es
sein muss."

„Und die Beobachtung und das Aufzeichnen des
Straßenverkehrs, was machen wir damit?"

„Ich habe das geprüft. Joe hat bestätigt, dass in der Nähe
des Lakes des Öfteren Fahrzeuge gestohlen oder
beschädigt wurden. Darüber hinaus ist die Zahl der
Einbrüche im letzten Jahr gestiegen. Jeder Bürger hat
das Recht, sein Eigentum zu schützen.
Wer unsicher ist, ob er entsprechende Kameras
anbringen darf, kann sich an die örtliche Polizeibehörden
wenden. Das hat Mister Patzer regelmäßig getan, er
stand in stetem Kontakt mit Webber und Vendell. Joe
kann es bestätigen, das öffentliche Interesse zur

Aufklärung oder Vermeidung einer Straftat ist in diesem Fall höher als das Recht des Einzelnen auf Anonymität. Im Übrigen ist sichtbar für jedermann ein Hinweis am Grundstück angebracht, der auf eine Kamera hinweist. Auf Verlangen hat die Polizei die Bänder ausgehändigt bekommen, also alles rechtens."

„Aha, das haben Sie sich fein ausgedacht. Aber ja! Ja, das sehe ich genauso."

Malcom klopfte Burn auf die Schulter. „Na bitte, jetzt verstehen wir uns!"

Strafverteidiger und Staatsanwalt stimmten einige Termine für die nächsten Tage ab, um die Verhandlung gemeinsam vorzubereiten.

Trotz der aufgelockerten Stimmung waren alle Beteiligten noch zutiefst über die Entdeckungen der letzten Stunden schockiert.

59.

Das erwartete Donnerwetter war ausgeblieben, Wilma verlor kein Wort darüber, wie sehr sie sich über sein Verschwinden geärgert hatte. Die Blumen standen arrangiert auf dem Esstisch. George hatte schon befürchtet, Wilma würde diese in den Müll werfen. Aber nichts dergleichen war geschehen, Wilma hatte ausgesprochen gute Laune.

„Lever ist ganz euphorisch hinsichtlich der Expansion nach Europa und prüft, ob seine Bank nicht eine eigene Beteiligung durch eine neu zu gründende Beteiligungsgesellschaft anstreben kann."

„Lever, ja das sieht ihm ähnlich, wenn er Geld wittert, hat er gleich die Nase vorn!"

„Der Markt explodiert förmlich, es wäre sträflicher Leichtsinn, nicht zu handeln!"

„Ich bin sicher, Ihr tut das Richtige, wie immer!"

Wilma reichte George einen Cognac und nahm sich selbst auch einen.

„Wie geht es in dem Prozess voran?"

„Ich warte auf das Ergebnis der neuen Ermittlungen, ich hoffe Burn wird schleunigst damit durchkommen."

[359]

„Werden sich die Parteien einig oder wirst Du Dich tatsächlich mit den Geschworenen rumschlagen müssen?"

„Bloons ist stur wie ein Esel, ich denke nicht, dass er sich auf Plea Bargaining einlässt. Das würde allerdings allen helfen."

„Vielleicht kannst Du einmal mit ihm sprechen und ihn zur Vernunft bringen. Das beschleunigte Verfahren könnte seinem Mandanten das Leben retten", überlegte Wilma.

„Ich sagte doch, Bloons ist stur wie ein Esel. Burn hat ihm bereits mehrere Deals angeboten, ich werden den Teufel tun und mich da einmischen!"

„Albert Burn ist auch nicht gerade der Mann, der sich überall durchsetzen kann. Wenn ich schon sehe, was seine Frau immer einkauft und wie schrecklich gewöhnlich sie sich kleidet!"

George runzelte die Stirn. Er fand Stella Burn ausgesprochen attraktiv, gut gekleidet und niveauvoll. Mehr als einmal hatte er sich schon gefragt, was so eine hübsche Frau in die Arme eines so durchschnittlichen Mannes trieb. Er hütete sich jedoch, derartiges gegenüber Wilma zu erwähnen.

„Malcom wird schon noch zu Verstand kommen, meine Liebe. Was sollte er auch sonst tun bei der Beweislage."

„Wirst Du ihn zum Tode verurteilen?" Wilma hatte eine bedrohliche Haltung angenommen.

Merklich nervös rutschte George in seinem Sessel. „Wilma, ich hoffe, es wird nicht dazu kommen und ich kann entscheiden wie Will Louis damals."

„Will, auch so ein Weichei! Weshalb sind alle Männer um mich herum nur so inkonsequent?"

George wollte das leidliche Thema beenden. Am Tag der Urteilsverkündung war noch Zeit genug, sich mit dem Thema auseinander zu setzen, vorher mochte er gar nicht daran zu denken.

60.

Albert, Will und Malcom waren schon ein erhebliches Stück vorangekommen, der Schlachtplan stand, jetzt mussten nur noch Präzedenzfälle zu einigen Vorgehensweisen herausgesucht und unter die Lupe genommen werden. Dann konnten Sie das Drehbuch schreiben!

Die beabsichtigten Anträge der Verteidigung wurden auf Rechtmäßigkeit geprüft. Auch die Frage, ob bei dem bekannten Tatbestand überhaupt die Durchführung einer Verhandlung gegen Lakow noch zulässig war, klärte das Team und kramte dazu mehrere vergangene und dokumentierte Verfahren aus den Archiven.

„Ich gebe Stabler Bescheid, er kann schon mal die Einladungen für die Geschworenen herausschicken." Burn blätterte in den Unterlagen. „Meine Herren, ich erkläre hiermit die Ermittlungen für abgeschlossen!"

Er wählte Stablers Nummer von seinem Handy.

„Guten Tag, Herr Vorsitzender. Ich möchte Sie vom Abschluss der Ermittlungen in Kenntnis setzen. Ich halte meine Anklage aufrecht."

„Albert, ich grüße Sie. Das wäre ja einigermaßen schnell gegangen. Offen gestanden, habe ich auch nichts anderes erwartet als die Aufrechterhaltung der Anklage!"

„Die Gegenseite ist nach wie vor nicht verhandlungsbereit. Da kein gültiges Geständnis vorliegt, können wir also auch das Erkenntnisverfahren nicht abkürzen oder schließen. Ich bitte Sie deshalb, die Geschworenen-Jury einzuladen!"

„Ja, das werde ich dann wohl tun müssen. Besteht wirklich keine Aussicht auf ein Plea Bargaining?"

„Nein, chancenlos. Malcom lässt in dieser Hinsicht nicht mit sich reden."

„Nun gut, wir werden sehen. Er wird schon noch auf Sie zukommen. Ich kann Ihnen bereits jetzt zusichern, dass ich in jeder Phase der Verhandlung bereit bin, PB zuzulassen."

„Danke Richter. Ich wünsche Ihnen einen schönen Tag. Auf Wiederhören."

„Bis bald, Ihnen auch eine gute Zeit, Albert. Grüßen Sie Ihre Gattin."

„Also gut, dann sehen wir uns vor Gericht beim Casting der Geschworenen."

61.

Larissa war in der letzten Zeit etwas zu kurz gekommen, deshalb hatten sich Lena und Malcom an diesem Wochenende entschlossen, nach Inez zu fahren, um Becky zu besuchen. Larissa hatten sie lediglich gesagt, sie würden ein Picknick machen an einem See mit einem tollen Spielplatz.

Sie waren schon eine Weile unterwegs als Lari hinten im Auto anfing zu jubeln. „Mama, juhu, wir fahren nach Inez zu Becky. Juhu, juhu, juhu!"

„Wie kommst Du darauf, mein Schatz?"

„Mama!", Larissas Entrüstung war grenzenlos, „Ich gehe schon zur Schule, schon vergessen? Und in der Schule lerne ich auch lesen. Auf den Straßenschildern steht überall *Inez*."

Malcom und Lena sahen sich amüsiert an. Dem kleinen Biest blieb auch wirklich nichts verborgen.

„Überraschung!", riefen sie.

„Weiß Becky, dass wir sie besuchen kommen?"

„Ja natürlich, ich habe mit ihrem Vater gesprochen", meldete sich Malcom zu Wort.

„Juhu, juhu! Darf ich dann auch bei Becky schlafen?"

„Ich denke schon, wenn Beckys Vater es erlaubt!"

„Vielleicht darf ich im Stall bei den Pferden schlafen! Das wäre ganz schön lustig!"

Malcom und Lena schüttelten nur lachend den Kopf.

„Und Ihr, wo wollt Ihr dann schlafen?"

„Wir haben ein kleines Ferienhaus ganz in der Nähe von Beckys Farm für dieses Wochenende gemietet."

„Juhu, Juhu, dann darf ich mit Wolle und den Pferden spielen!"

Larissa plapperte während der restlichen Fahrt ohne Unterlass. Entspannte Autofahrt geht anders.

„Ich bin ja so gespannt auf Bob. Ich helfe Becky ihn zu verkloppen."

„Larissa, ich bitte Dich."

„Doch, das mach´ ich wohl! Bob ist immer so gemein zu Becky."

Nach einer weiteren guten Stunde Fahrt erreichten sie die Einfahrt der Ranch. Eine breite Allee führte auf das großzügige Anwesen zu, links und rechts waren weite Felder, auf denen Vieh weidete. Eine große

Pferdekoppel grenzte an das Haus, in den Pferdestallungen arbeiteten fleißige Hände.

Da Lena ein heruntergewirtschaftetes Anwesen erwartet hatte, wurde sie durch den Anblick des weißen großen Haupthauses mit viktorianischen Säulen überrascht. Hier wohnten keine armen Farmer, das wurde ihr sofort klar.

Auch Lari staunte über das herrliche Anwesen.

„Das ist ja ein Riesenhaus", freute sich Larissa. Da können wir gut Verstecken spielen."

Noch bevor sie die Haustür erreichten, wurde diese geöffnet und ein fröhliches Kind rannte auf Larissa zu, gefolgt von einem Hund undefinierbarer Rasse. Das konnte nur Wolle sein, einen treffenderen Namen hätte wirklich niemand aussuchen können.

„Da bist Du ja endlich! Ich habe schon so lange gewartet und Wolle wollte mir nicht glauben, dass Du heute kommst!"

„Ich hab ja gar nichts gewusst! Mama und Papa haben mir nichts gesagt.", Lari stürmte gleich auf Becky los. Wolle, in einem Anflug von Eifersucht, sprang an Lari hoch und warf sie beinahe um.

„Na, Du lustiger Hund? Nicht so wüst. Du bist aber schön zottelig. Darf ich ihn kämmen, Becky?"

„Komm, ich zeige Dir erst mal mein Zimmer und dann das Haus und die Pferde."

Die Mädchen verschwanden mit dem Hund ins Haus. Jetzt erst bemerkten Lena und Malcom den Mann, der auf den Treppenstufen stehengeblieben war und dem Treiben amüsiert zuschaute.

Langsam kam er auf die beiden zu. „Ich freue mich wirklich, Sie wiederzusehen. Beim letzten Mal war der Anlass ja alles andere als angenehm."

Sebastian begrüßte Lena zuerst. „Nett, Sie kennenzulernen. Ich hoffe, Sie werden sich bei uns wohlfühlen. Becky schwärmt in den höchsten Tönen von Ihnen."

„Vielen Dank. Ich freue mich auch sehr, hier sein zu dürfen. Sie haben es wirklich beeindruckend nett."

Dann gab Sebastian Goring auch Malcom die Hand. „Malcom, ich heiße Sie willkommen. Ich bin Ihnen wirklich zu tiefstem Dank verpflichtet. Kommen Sie herein, meine gute Fee hat etwas zu Essen vorbereitet. Morgen Abend werden wir hier ein kleines Fest geben und den Grill anwerfen."

„Wie geht es Ihrer Frau?"

„Shirley geht es blendend, sie macht wirklich gute Fortschritte und sie sieht schon wieder viel gesünder aus. Becky und ich haben sie erst vor ein paar Tagen besucht. Sie freut sich auf ihr neues Leben ohne Drogen und Alkohol und vor allem ohne ihre Mutter."

„Ich wünsche es Ihnen so sehr", Lena dachte unwillkürlich an die Zeit, als sie Malcom in der Klinik besuchte, an die langen Gruppengespräche mit den betroffenen Familienmitgliedern.

„Sie hat noch eine lange Zeit vor sich, aber wir sind alle guter Hoffnung."

Sebastian führte sie in ein gemütliches Wohnzimmer, im Winter würde es hier wohl noch heimeliger sein, denn dann würde die offene Feuerstelle den Raum erwärmen.

Eine recht korpulente Bedienstete deckte im angrenzenden Wohnzimmer gerade den Tisch. Von Becky und Larissa war aus der Ferne Gekicher zu hören, Wolle bellte übermütig.

„Das ist ein wirklich schönes Anwesen. Ich würde sofort tauschen!"

„Ich habe die Farm von meinen Eltern geerbt. Wir hatten immer vor, hierher zu ziehen, aber Sie wissen ja, Shirley konnte sich nie losreißen. Ich habe das Glück, einen zuverlässigen Verwalter zu haben, der in den Jahren meiner Abwesenheit das Gut vorbildlich weitergeführt hat."

„Halt sich Becky eingelebt?", wollte Lena wissen.

„Becky hat sich hier sofort wohlgefühlt, aber es fehlt ihr ihre Freundin so schrecklich. Sie ist deswegen noch immer sehr oft traurig und in der Schule klappt es auch nicht so, wie es sollte. Aber was kann ich auch erwarten, das arme Kind wurde bisher nur herumgeschubst, jetzt versucht sie, ihren Platz zu finden. Langsam aber sicher gelingt es ihr, zumal sie mit ihrem Erzfeind Bob wohl so eine Art Waffenstillstand vereinbart hat."

Sebastian schaute Malcom verlegen an. „Darf ich Sie was fragen?"

„Ja gerne, nur zu."

„Wie lange hat es bei Ihnen gedauert, bis Sie gesagt haben, Sie haben es geschafft?"

„Ich habe mir schon vor der Therapie vorgenommen, es schaffen zu wollen, ich habe alle Therapiemaßnahmen angenommen und habe während der gesamten Zeit fest an mich geglaubt. Mit diesem Gedanken wurde ich entlassen und mit diesem Gedanken kämpfe ich mich Schritt für Schritt ins Leben zurück. Meine Therapie ist noch gar nicht so lange her und bislang habe ich keinerlei Bedürfnis, nach der Flasche zu greifen.

Geschafft? Gute Frage. Abhängig zu sein bedeutet leider, man wird diesen Dämon nie wieder los. Es geht mal sehr gut, mal nur gut ohne den Dämon, aber manchmal, wenn auch sehr selten, brennt mein Mund so sehr, dass ich denke, ich muss ihn mit Alkohol löschen. Aber ich habe mich unter Kontrolle. Ich habe ein Ziel. Und das ist ganz wichtig, Ziele zu haben, zu wissen, wofür man kämpft.

Schwierige emotionale Situationen, Stress, Niederlagen und Ärger sollte man tunlichst vermeiden, zumindest sind das bei mir die Punkte, die für das Brennen im Mund sorgen. Ich habe gelernt, damit umzugehen und andere Wege zu finden als den Weg zum Schnapsglas.

Ganz wichtig sind auch das soziale Umfeld und eine Beschäftigung. Langeweile ist sicherlich für abhängige Menschen der schnellste Weg, wieder in die aktive Abhängigkeit zu gelangen.

Geschafft? Nein, auch ich habe es noch nicht geschafft. Ich kann nur hoffen, trocken zu bleiben, aber kein Abhängiger kann sich anmaßen, dies zu garantieren."

Sebastian nickte. „Ich weiß, was Sie meinen. Auch Shirley hat einen starken Willen, nur haben Alkohol und Drogen schon ihren Körper angegriffen, die Leberwerte sind noch immer sehr schlecht und sie leidet seit Woche unter starken Kopfschmerzen. Die Ärzte sagen, es sei der Stress den ihr Körper hat, sich gegen das Übel zur Wehr zu setzen. Dennoch, sie kämpft tapfer und ich bin stolz auf sie."

„Dann sagen Sie es ihr auch, wie stolz Sie sind, das motiviert ungemein."

„Ich werde es mir zu Herzen nehmen. Aber bitte, nehmen Sie doch am Tisch Platz, das Essen ist fertig. Ich werde mal schauen, wo unsere beiden Prinzessinnen sind.

Die Zeit verging wie im Fluge, am späten Nachmittag verabschiedeten sich Lena und Malcom, um ihr Appartement zu beziehen und um die paar gemeinsamen Stunden alleine zu genießen.

Für den nächsten Abend verabredeten sie sich zum gemeinsamen Grillfest und natürlich, um Lari wieder abzuholen.

62.

Stabler hatte einen Termin für die Geschworenenauswahl anberaumt, es blieben noch zwei Wochen bis zum Count Down.

Toni war an diesem Montagmorgen erschienen, obwohl sein Anteil an der Arbeit im Großen und Ganzen erledigt war. Das wusste auch Toni, seine Anwesenheit war sicherlich nicht mehr täglich von Nöten. Unbeholfen räumte er seinen Schreibtisch auf, die anderen Mitarbeiter beschäftigten sich mit der Ausarbeitung des Ablaufs der Verhandlung. Sollte er sich verabschieden? War er hier nur noch im Weg?
Und wenn ja, war er wieder dazu verdammt, in sein einsames Leben zurückzukehren?

Malcom hatte Toni einen Scheck auf den Schreibtisch gelegt, wie allen anderen auch. Es war mehr als großzügig von ihm, aber war das gar der Hinweis für Toni, seine Sachen packen zu müssen?

Antonius Patzer grübelte, dann entschloss er sich, mit Malcom zu sprechen.

„Lilli, kann ich zu Mister Bloons, oder ist er gerade sehr beschäftigt?"

„Nein Toni, gehen Sie nur hinein!"

Verlegen klopfte er an Malcoms Tür, dann trat Toni ein.

[372]

Malcom saß an seinem Schreibtisch, der mit mehreren Stapel Akten bedeckt war.

„Toni! Treten Sie ein. Was kann ich für Sie tun?" Mit einer Handbewegung deutete er an, Toni möge sich doch setzen.

„Bitte verstehen Sie mich nicht falsch Malcom, ich möchte auch absolut nicht aufdringlich sein, das liegt mir fern, aber ich würde gerne mit Ihnen etwas besprechen."

Malcom runzelte die Stirn. „Nur heraus mit der Sprache, was haben Sie auf dem Herzen?"

„Nun, meine Aufgabe hier ist ja wohl erledigt und ich werde wohl nicht mehr gebraucht."

Malcom sagte nichts, war allerdings überrascht, er fürchtete, Toni wollte sich verabschieden.

„Darf ich ganz offen sein?"

„Natürlich Toni, das erwarte ich sogar von meinen Mitarbeitern, absolute Offenheit."

Für einen kurzen Moment war Toni verwirrt. Malcom hatte ihn als seinen Mitarbeiter bezeichnet. Es ehrte ihn.

„Ich weiß gar nicht, wie ich es sagen soll. Ich würde gerne weiterhin für Sie tätig sein. Ich verlange auch nichts, offen gestanden graust es mit vor dem erneuten Alleinsein, das Fehlen einer Beschäftigung und vor der Langeweile."

Malcoms Miene erhellte sich merklich. „Ach Toni, jetzt sind Sie mir aber entgegengekommen. Ich habe gestern noch zu Lena gesagt, wie wertvoll Sie für unsere Kanzlei wären. Ich habe mich gar nicht getraut, Sie anzusprechen, schließlich haben Sie Ihr ganzes Arbeitsleben ja bereits hinter sich und sich Ihren Ruhestand redlich verdient."

„Ich habe zu viel von dem Ruhestand, nichts zu tun und dieses Nichtstun macht mich zu einem Menschen, der ich gar nicht bin. Ich dachte nur, weil der Fall ja jetzt gelöst ist, würden Sie mich nicht mehr brauchen."

„Toni, wir haben hier natürlich nicht nur eine Akte zu bearbeiten! Auch wenn wir in den letzten Wochen unsere anderen Mandanten vernachlässigt haben, so geht uns die Arbeit nicht aus. Gar nicht daran zu denken, was hier los ist, wenn wir den Prozess gewinnen und auch noch Henry freibekommen. Ich fürchte diesen Tag, denn dann werden alle Inhaftierten in mir ihren Retter sehen!"

Antonius macht große Augen. Wie konnte er nur glauben, Malcom hätte nur diesen einen einzigen Fall zu bearbeiten. Er schämte sich für seine Naivität.

„Ich gebe Ihnen völlig freie Hand, was die Arbeitszeit betrifft, das können Sie ganz allein entscheiden. So handhabe ich es mit jedem Mitarbeiter, Sie müssen sich nur in den Büroplan eintragen, damit Lilli Ihre Stunden dann abrechnen kann."

„Malcom ich verlange keine Geld, ich möchte mich nur gebraucht fühlen, ich..."

Malcom hob die Hand.

„Sie glauben doch wohl nicht, wir lassen Sie hier umsonst arbeiten? Nein das kommt gar nicht in Frage, Sie bekommen wie alle anderen auch den üblichen Stundensatz. Keine Widerrede!"

„Danke Malcom, ich kann Ihnen gar nicht sagen, wie glücklich Sie mich machen!"

„Gerne, Toni. Sprechen Sie sich mit dem Team ab und suchen Sie sich Ihren Aufgabenbereich. Was liegt Ihnen denn am meisten?"

„Ordnung. Register führen, Akten sortieren, Akten ablegen und austragen, Dokumente sortieren und einordnen, das würde ich gerne übernehmen."

„All das also, was kein anderer gerne machen möchte! Perfekt Toni, worauf warten Sie noch? An die Arbeit, ich freue mich darauf, endlich ein aufgeräumtes Archiv zu haben!", flachste Malcom.

Mit viel Elan machte sich Toni daran, zunächst die erledigten Aktenberge zu sortieren, im Register auszutragen, fehlende Angaben zu ergänzen und die in den Akten befindlichen wichtigen Dokumente zu katalogisieren. Jeder würde ab sofort jede Akte und jedes Dokument finden. Toni war genial.

Antonius Patzer blühte geradezu auf und getraute sich sogar, seine Kollegen samt Chef zu einem Grillabend einzuladen. Alle nahmen gerne an, das Team wuchs zusammen und Toni war ein erstaunlich guter Gastgeber.

63.

Der Tag der Geschworenenauswahl war gekommen, Burn und Bloons gaben sich große Mühe mit der Bestimmung der einzelnen Personen.

Wie auch im ersten Verfahren schlossen sie jeweils drei der Anwärter aus, die sie als voreingenommen einstuften.

Sie stellten den vierundfünfzig übrig gebliebenen Personen ähnliche Fragen, wie sie den Anwärtern des ersten Castings gestellt hatten und waren mit dem gebotenen Ernst bei der Sache.
Jeder Außenstehende würde nichts Auffälliges bemerken.

Für den kommenden Prozess war die Wahl dann endlich getroffen. Ein recht buntes Potpourri aller Gesellschaftsschichten und ethnischen Gruppen: zwei farbige Frauen, ein farbiger Mann, zwei Männer mexikanischer Abstammung, wovon einer einen Lehrstuhl an der Uni hatte, vier weiße Frauen, darunter eine Jüdin und drei weiße männliche Bürger, wovon zwei muslimischen Glaubens waren. Zwei Ersatzgeschworene, ein Lehrer und eine Nonne.

Stabler war erstaunt über die Auswahl, sagte aber nichts, sondern verpflichtete die künftigen Geschworenen, belehrte sie über ihre Rechte und Pflichten, und kündete an, sie in Kürze isolieren zu müssen. Er bat sie, ihre persönlichen Angelegenheiten bis Ende der kommenden Woche zu regeln. Er bestellte sie für den 25. Oktober für die Isolation ein.

„Ich würde gerne mit Ihnen die Termine absprechen." Burn und Bloons waren einverstanden.

Stabler setzte fünf Termine an, der Verhandlungsbeginn wurde auf den 06. November 2018 um 9.00 Uhr festgelegt.

„Ich erwarte in den nächsten Tagen die Vorlage der Auflistung der in dem Prozess beabsichtigten einzubringenden Beweismittel sowie Ihre Zeugenliste."

Dann verschwand Stabler, offenbar hatte er es eilig.

Bis dahin war noch etwas Zeit, aber offensichtlich hatte Stabler vorher keine freien Termine mehr. Bloons und sogar Burn ärgerte dieser späte Termin etwas, denn Henry und Peter würden somit weiterhin im Gefängnis bleiben.

Bloons wies Lilli an, der Dolmetscherin die Termine mitzuteilen und mit Peter und Henry nochmals einen Besprechungstermin zu vereinbaren.

Burn und Bloons hatten sich entschlossen, weder Henry noch Peter vollständig über das Ergebnis zu informieren. Zu groß war die Gefahr, damit schon vor Prozessbeginn die Bombe platzten zu lassen und dem wahren Täter somit Gelegenheit zur Flucht zu geben.

[378]

„Ich gebe Ihnen Bescheid, wenn Lilli einen Termin bekommen hat. Wir können dann zusammen ins Gefängnis fahren, wenn es Ihnen recht ist."

„Natürlich. Rufen Sie einfach durch, ich habe momentan keine Termine, die nicht verschiebbar wären."

Drei Tage später verabredeten sich Malcom und Albert, um gemeinsam mit Will ins Gefängnis Three Rivers zu fahren. Will steuerte die Limousine.

Albert erzählte während der einstündigen Fahrt von seinem Hobbygarten und den Ausgleich, den ihm dieser Garten verschaffen würde. Malcom beneidete ihn um dieses Hobby, sein Vorgarten war zwar angelegt, allerdings pflegte meistens ein engagierter Gärtner Rasen und Blumen. „Ich habe einfach keinen grünen Daumen, aber ich gestehe, ein gesunder Ausgleich ist das in jedem Fall."

Vor dem Gefängnis wartete bereits Mireille auf die Anwälte. Sie war erstaunt, gleichzeitig mit Staatsanwaltschaft und Verteidigung sowie einem Richter a.D. zu dem Termin gerufen zu werden.

„Ein merkwürdiges Trio", dachte sie sich, hielt es aber für angemessener, sich jeglichen Kommentars zu enthalten. Sie war als neutrale Dolmetscherin berufen worden, das musste sie sich selbst immer und immer wieder selbst vorsagen. Jede Äußerung in die eine oder andere Richtung könnte ihre Neutralität in Frage stellen.

[379]

Sie liefe Gefahr, dass ihr jemand unterstellen würde, unkorrekte Übersetzungen an den Angeklagten zu geben oder Äußerungen des Angeklagten nicht richtig in die Akustik zu übersetzen.

Sie sollte sich keine Gedanken darüber machen, weshalb das Trio ein gemeinsames Gespräch mit zwei Angeklagten führen wollte. „Mach einfach nur Deinen Job, Miri!", sagte sie sich.

„Hatten Sie schon Gelegenheit, Peter Lakow kennenzulernen?", interessierte sich Albert.

„Ja, das hatte ich. Ich hatte den Auftrag zu klären, ob eine reibungslose Kommunikation möglich ist."

„Gebärdensprache ist nicht gleich Gebärdensprache", klärte Malcom Will und Burn auf. „Regional können die Unterschiede gravierend sein, so wie bei einem Dialekt, zu Beispiel.

Es gibt zudem wohl keine so ausführlichen Begriffsunterscheidungen wie in der eigentlichen Sprache. Zum Beispiel ist die Bedeutung des Unterschiedes zwischen *Glauben und Wissen* in der Gebärdensprache sehr schwierig bis im Grunde eigentlich gar nicht zu vermitteln. Deshalb müssen alle Ansagen klar und einfach formuliert werden, um von vornherein Missverständnissen aus dem Weg zu gehen."

„Das stelle ich mir sehr schwierig vor, ich habe erst kürzlich einige Gerichtsprotokolle gelesen, in denen taubstumme Zeugen vernommen wurden. Ziemlich chaotisch, denn die Gerichte können damit gar nicht umgehen." Auch Burn hatte sich bereits mit diesem Thema beschäftigt.

Malcom wandte sich an Miriam. „Kommen Sie mit Peter klar?"

Miriam errötete merklich. „Ja, selbstverständlich!"

„Nun gut, dann sollten wir nun hineingehen."

Nach der üblichen Sicherheitsprozedur wurde die Gruppe in einen Besprechungsraum geführt, der etwas freundlicher und heller wirkte, als der, in dem Malcom Peter bisher empfangen hatte.

Peter und Henry wurden gleichzeitig hineingeführt, ausgesprochen überrascht, auch Burn anzutreffen.

Peter begrüßte schüchtern Miriam. Malcom merkte sofort das Knistern in der Luft. Er gönnte es ihm von ganzem Herzen.

„Richter, Staatsanwalt und Verteidiger – dann könnten wir ja mit der Verhandlung beginnen", flachste Henry übermütig.

Sie alle setzen sich an den runden Tisch, Mireille saß Peter direkt gegenüber und übersetzte jede Äußerung. Die Gruppe nahm Rücksicht und passte die Geschwindigkeit ihres Gespräches dem Tempo der

Gebärdensprache an. Mireille war sogar in der Lage, simultan zu übersetzen.

Malcom und Burn erklärten die genaue Vorgehensweise bei Gericht, einige strategische Details verschwiegen sie wohlweißlich. Henry und Peter verstanden den Sinn der Aktion nicht, sie verstanden nicht, weshalb die Polizei nicht auf der Stelle den wahren Täter verhaftet. Weshalb müssten sie den jetzt noch weiterhin im Gefängnis bleiben, wenn doch alles so eindeutig ist.

Albert ergriff das Wort. „Es ist nicht so einfach, wie wir es hier schildern, es geht um Beweissicherung und Rekonstruktion der Tatabläufe. Wir brauchen hundertprozentige und lückenlose Beweise und wir benötigen Genehmigungen einiger Behörden, um gewisse Zeugen überhaupt vernehmen zu können.

Wenn wir jetzt die Fäden wieder den ermittelnden Behörden übergegeben, ist das wegen der prekären Lage Sache des F.B.I.s. Die örtlichen Sheriffs müssen die Sache aus der Hand geben. Es würde nicht nur die Sache erschweren, sondern auch verlangsamen. Bis das F.B.I. die Ermittlungen abgeschlossen hätte, vergehen zwei Jahre!"

„Glauben Sie uns", versicherte auch Malcom. „Wir wissen was wir tun."

Henry und Peter blieben skeptisch, zumal das Trio sich beharrlich weigerte, den Namen des Mörders bekanntzugeben.

„Ich verstehe Ihre Bedenken, es ist sehr schwer, uns einen Vertrauenszuschuss in Ihrer Situation entgegenzubringen", beschwichtigte Will, „aber ich versichere Ihnen, in der Verhandlung wird sich das für Sie erschließen und Sie werden verstehen."

Die Besprechung dauerte beinahe drei Stunden, am Ende waren sich alle einig. Henry und Peter hatten seit langer Zeit wieder berechtigte Hoffnung geschöpft.

64.

Albert Burn erschien zwei Tage später in recht legerer Kleidung in Malcoms Büro. So modern gekleidet hatte Malcom ihn noch nie gesehen, seit er ihn kannte, steckte Burn in dunklen Anzügen, nicht maßgeschneidert, aber auch nicht ganz billig. Malcom hatte sich schon einige Male vorgestellt, wie er mit seiner dunklen Hose und seinem weißen Hemd seinen Garten umgrub. Malcoms Vorstellung ließ gar keine andere Bekleidung zu.

Heute jedoch trug Albert eine bequeme Khakihose und ein grün-braun gemustertes Hemd. Seine schwarzen Lackschuhe hatte er in weiße Turnschuhe getauscht.

Er kramte aus seiner Aktentasche eine Liste heraus und setzte sich neben Malcom an dessen Schreibtisch.

„Wir sollten die Zeugenliste absprechen. Wer ruft wen auf? Ich dachte, die Staatsanwaltschaft sollte die zwei Zeugen benennen, die Peter überwältigt haben. Einen gewissen Tom Cresster und Alfred „Fred" Austin."

„Ja, das sind perfekte Belastungszeugen, die Peter zwar überwältigten, ihn aber nicht auf frischer Tat ertappten.

Ich werde Joe in den Zeugenstand rufen, damit mache ich mich das erste Mal unbeliebt, da wir ja weder Webber noch House benennen dürfen, von Joe hat Stabler ja nichts gesagt."

„Ich schreie dann ein paar Mal „Einspruch" und versprühe ein wenig Gift. Ich äußere eine Vermutung die den Zeugen als befangen aussehen lässt, ihn aber nicht bloßstellt."

„Ja, perfekt."

Malcom dachte nach. „Der Arbeitgeber von Peter ist als nächster, nichtssagender Zeuge dran."

„Die Geschworenen werden sich langweilen."

„Danach schicken wir Toni Patzer ins Rennen. Er wird einen Ausschnitt im Video präsentieren, auf dem der Firmenwagen von Peter zum Tatort fährt. Die Einbringung des Videos als Beweismittel werde ich ganz lapidar bereits im Vorfeld beantragen, das eigentliche und vollständige Video werde ich natürlich erst in einer anderen Phase der Hauptverhandlung anbringen."

„Nichts Spektakuläres also." Albert klatschte vor Begeisterung in die Hände."

„Und als letzten Zeugen benenne ich N.N., nomen nominandum", ergänzte Malcom zufrieden.

„Ich werde natürlich Bedenken äußern, mich aber schließlich einverstanden erklären. Ein Zeuge muss hinreichend individualisierbar sein, und so weiter, ich werde mich dann auf die Rechtsprechung berufen, die besagt, die Bezeichnung eines Zeugen als „NN" stellt

[385]

grundsätzlich keinen zulässigen Beweisantritt dar. Sie werden gegenargumentieren und am Ende werde ich gnädiger Weise Ihrem Gesuchen zustimmen. Dann wird Stabler einlenken müssen."

„Hoffen wir es!"

„Stabler wird nicht locker lassen und wissen wollen, wer der ominöse Mister N.N. ist, es gilt ja die Offenlegung der Beweise", gab Burn zu bedenken."

„Das erhöht jedenfalls die Spannung."

„Mal sehen, je nach Lage werde ich dann zu gegebener Zeit, das Notizbuch aus dem Auto einbringen und Sie dann die Verbindungsnachweise des Smartphones des Opfers, auch wenn dieses an sich bislang nicht aufgetaucht ist."

„Ich bin sicher, bei einer Hausdurchsuchung des wahren Täters werden wir sowohl einen Zweitschlüssel für die Wohnung, den Laptop und das Handy finden. Und noch etwas, Will hat das DNA Ergebnis erhalten, es überrascht also wirklich nicht. Volltreffer!"
Albert nickte zufrieden.

Nach einer Weile rutschte nervös auf seinem Stuhl hin und her. Es brannte ihm noch etwas auf der Seele.

„Der Surprime Court hat sich bei mir gemeldet, sie wollen die Verhandlung aufzeichnen. Und nicht nur das, sie wollen sie übertragen."

„Wie bitte? Der SC machen einen Justizskandal öffentlich?"

„Ja, natürlich will sich niemand später vorwerfen lassen, etwas vertuscht zu haben. Ganz bestimmt müssen da ganz viele Verantwortliche Rede und Antwort stehen. So verhindern sie wenigstens das Köpferollen."

„Na, dann werden wir doch für spannende Unterhaltung sorgen!"

„Nun gut, der Surprime Court, oder besser gesagt, zwei verantwortliche Vorsitzende, sind ja detailliert vom Ablauf unterrichtet, die alle erforderlichen Genehmigungen und Bevollmächtigungen sind unterschriftsreif an uns unterwegs, Sie können also Ihren Zeugen N.N. benennen", freute sich Albert.

„Will wird außer sich sein, er hat eh eine Ader für alles Theatralische, er wird sich mächtig ins Zeug legen und bestimmt Stimmung in den Saal bringen!"

„Ich soll Ihnen übrigens Grüße von meiner Frau ausrichten und sie bittet Sie und Ihr Team am Sonntag zum Barbecue. Getrauen Sie sich nicht, es abzulehnen!"

„Oh gerne, das freut uns, allerdings müsste ich dann auch unsere kleine Prinzessin mitbringen."

„Klar, ich bitte darum!"

65.
Die Tage schleppten sich dahin, dennoch waren sie gefüllt mit Arbeit. An Auszuruhen war nicht zu denken.

Das Grillfest bei Stella und Albert bot eine willkommene Abwechslung und stärkte nicht nur weiterhin das Team, sondern brachte alle Beteiligten näher zusammen, es bildeten sich die ersten Freundschaften, in die auch Toni Patzer mit einbezogen wurde.

Larissa tobte mit den Burn-Mädchen im Garten und freute sich sehr darüber, neue Freundinnen gefunden zu haben, die ebenfalls auch auf Larissas Schule gingen. Es würde ihre Einsamkeit und ihren schmerzlichen Verlust ihrer Freundin Becky zumindest etwas lindern.

Je näher der 6. November heranrückte, je nervöser wurden alle. Selbst Stabler hatte schlaflose Nächte. Seine Gereiztheit färbte auf Wilma ab, die sich zunehmend darüber beschwerte, wie wenig er sich um die bevorstehende Europareise kümmern würde. Alles habe Vorrang, selbst dieser dämliche Prozess!

„Anstatt Dich hinter Deinem Schreibtisch zu verkriechen, solltest Du Dich einmal fragen, was Du mir Gutes tun kannst, aber nein, das fällt Dir im Traum nicht ein!"

Wann immer es ging, ignorierte er Wilmas Gekeife, versuchte sich in sein Büro zu verbarrikadieren und schaffte es sogar das eine oder andere Mal, angeln zu gehen.

Fünf Termine hatte er angesetzt, er hoffte, keine weiteren zu benötigen. Weihnachten musste die Sache vom Tisch sein, damit auch er zur Ruhe kommen konnte.

Die Zeugenliste Malcoms ärgerte ihn. Burn hatte sich auf zwei Zeugen beschränkt, aber Malcoms Zeugenliste war eine blanke Ignoranz seiner Anweisungen. Stabler hatte ausdrücklich davor gewarnt, Webber und House in den Zeugenstand zu rufen, jetzt fühlte er sich von Malcom ausgetrickst. Für Stabler war klar was er eigentlich zum Ausdruck bringen wollte, die Polizeibehörde Corpus Christi ist tabu. Nun hatte Malcom ein Schlupfloch gefunden und wollte Joe im Zeugenstand befragen.

Und wer um alles in der Welt war Antonius Patzer? Bislang hatte er den Namen in der Akte nicht entdecken können. Seine Aussage sollte durch ein nicht einmal zweiminütiges Video unterstrichen werden. Das Band lag nicht bei den Akten, was aber nichts zu bedeuten hatte. Burn musste dieses Beweismittel auch gesichtet haben und hatte keinen Widerspruch dagegen erhoben, also würde es zwar eine beweisträchtige Wirkung haben, ein Unschuldsbeweis war dieses Video offensichtlich nicht.

Der Arbeitgeber des Angeklagten diente wohl dazu, Peters tadellosen Ruf zu unterstreichen, reine Zeitverschwendung, aber er wollte es Malcom gerne zugestehen.

Der Zeuge nomen nominandum machte Richter Stabler ebenfalls großes Kopfzerbrechen. War es lediglich eine

Vorsichtsmaßnahme, hegte Malcom Hoffnung, dass sich noch kurz vor der Verhandlung ein unbekannter Zeuge meldete, der zweifelsfrei Peters Unschuld belegen würde?

Welchen Sinn machte ein solches Ansinnen?

Stabler überlegte kurz, ob er sich deshalb mit Burn abstimmen sollte, entschied sich jedoch dagegen. In der Verhandlung war noch Zeit genug, um Bloons in die Schranken zu weisen. Bloons wusste selbst doch ganz genau, ein solcher Zeuge, der nicht namentlich benannt wurde, muss nicht zwingend zugelassen werden. Es lag also sowieso in seiner Richterhand, dem Antrag zuzustimmen oder abzulehnen für den Fall, dass sich dieser Zeuge als Luftnummer erweisen sollte. Und außerdem war ja auch noch Burn da, der eh lauthals nach Einwänden schreien würde.

Völlig irritiert aber war der Richter davon, Kameras auf sich gerichtet zu wissen.
Der SC bestand auf Übertragung der Verhandlung. Das war zwar nicht unüblich, aber in seiner Gerichtsstelle noch nie praktiziert worden. Ein einziges Mal hatte er einer Verhandlung beigewohnt, in der Aufzeichnungen für eine TV Übertragung erfolgt waren. Damals war er einer von drei Richtern gewesen.
Die Gerichtsverhandlung war mehr ein Theaterspiel als eine Gerichtsverhandlung gewesen. Anwälte pumpten sich wichtigtuerisch auf und grinsten ständig in der Hoffnung, die Kamera würde ihre gebleichten Zähne in

Szene setzen. Staatsanwälte setzten eine ernste Miene auf, um ihre absolute Gesetzes- und Landestreue zu demonstrieren und die Richter saßen aufrechter in ihren Sesseln als gewöhnlich.

Geschworene machten den Eindruck der ehrenhaften Bürger, die im Sinne des Allgemeinwohls ihre Pflicht taten, die Damen waren gut frisiert und geschminkt, Männer trugen Krawatten.

Auch die Zeugen wirkten eher wie Marionetten. Jeder wollte glänzen. Ein Werbespektakel für die Anwaltskanzleien, mehr entdeckte George nicht dahinter.

George hasste diese Art der Inszenierungen. Er fühlte sich überwacht und konnte nicht so agieren, wie er es gewohnt war. Jedes Wort würde auf die Goldwaage gelegt werden. Kritiker würden jeden Satz interpretieren, egal wie er gemeint war. Stabler müsste sich also große Mühe geben, seinen Unmut über Malcoms Zeugenliste zu überspielen. Keinesfalls sollte ihm irgendjemand Befangenheit oder gar Voreingenommenheit unterstellen. Auf gar keinen Fall wollte er den Eindruck erwecken, er habe sein Urteil schon gefällt, obwohl es so war.

Er prüfte die beantragten Beweismittel. Ein sichergestelltes Jagdmesser, die Tatwaffe, die blutbesudelte Kleidung des Angeklagten, dazu die DNA-Probe die besagte, das Blut an der Kleidung stammte eindeutig von dem Opfer, der Schlüsselbund der Toten, ein Verbindungsnachweis des Mobilphones des

Angeklagten, ein Notizbuch des Opfers, sichergestellt in der Wohnung, aus dem sich aber wenig schließen ließ. Zudem wurden Fotos vom Tatort von beiden Seiten eingereicht, die im Großen und Ganzen mit den Fotos in den Ermittlungsakten identisch waren. Malcom hatte zudem Fotos im Badezimmer und in der Küche von der Waschmaschine und der Spülmaschine gemacht. Das Video würde also nachgereicht werden.

Beide Seiten hatten sich die Vorlage weiterer Beweismittel in der Verhandlung vorbehalten. George blätterte in dem Notizbuch, fand aber auch da nichts, was auf einen Täter hätte hinweisen können, das „X" an jedem Donnerstag war nichtssagend.

George fand nichts, was ihn sonderlich beunruhigte, er würde also ein gutes Bild machen können und sich als souveräner Richter vor den Augen der Öffentlich präsentieren können. Seine Anspannung ließ nach. Wenn er sich zuvor auch nicht eingestehen wollte, wie sehr eine TV Aufzeichnung ihn furchtbar nervös machte, so sah er dieser jetzt gelassen entgegen.

Wilma würde stolz auf ihn sein!

66.

Die Präsenz einer Filmkamera lockte natürlich alle Anwälte der Umgebung an, die sich schon Stunden vor Verhandlungsbeginn auf den langen Fluren des Gerichtsgebäudes unter den fadenscheinigsten Gründen herumtrieben.

Der Gerichtssaal war ausreichend groß. Normalerweise! Er konnte in der Tat bis zu siebenhundert Besucher fassen, wenn die obere Tribüne des Saals, die an normalen Verhandlungstagen allerdings nicht freigegeben war, ebenfalls geöffnet wurde.
Aufgrund des Andrangs sah sich der Richter genötigt, die Empore freizugeben.

Malcom hatte in der Grand Jury Anhörung für Aufregung gesorgt, das hatte sich herumgesprochen. Nun erwarteten alle die Fortsetzung dieses vermeintlichen Gerichtskrimis. Die Kameras taten ihr Übriges und so ärgerte sich Stabler über den Andrang, der ihm sicherlich die Verhandlungsführung nicht leichter machte.

Die Geräuschkulisse würde immens werden. Kurz beneidete er Peter, der von diesem Krach nichts mitbekäme. Dieser Gedanke beschämte George aber noch im gleichen Moment, der arme Kerl hatte in seinem Leben bestimmt noch nicht viele Glücksmomente erlebt, und nun stand er auch noch wegen Mordes vor Gericht.

Burn stieg aus dem Fahrzeug und wollte die Stufen hocheilen, als ihn die gesamte Wucht der Presse traf. Bereitwillig blieb er stehen und ließ einen Schwall von Fragen über sich ergehen.

„Es besteht absolut kein Zweifel daran, wir werden im Laufe dieses Prozesses die Schuld des Täters zweifelsfrei beweisen." Oder:
„Ich bin absolut sicher, der Täter wird seiner gerechten Strafe zugeführt, mehr möchte ich an dieser Stelle nicht sagen."

Burn sprach bewusst von einem Täter, nicht von dem Angeklagten, die Pressevertreter bemerkten diese rhetorische Feinheit nicht.

Er bahnte sich souverän und lächelnd den Weg durch die Menge und verschwand im Gebäude.

Malcom hatte ausgesprochen gut geschlafen und wirkte ausgeruht und ausgeglichen. Die Presse bestürmte ihn, als er die Außentreppe des Courts hocheilte. Anders als beim letzten Mal, beantwortete er nun einige Zurufe der wartenden Reporter.

Sie redeten alle durcheinander. „Wird sich Ihr Mandant für schuldig erklären?", schrie einer.

„Ich bin zuversichtlich, die Unschuld meines Mandanten beweisen zu können."

Weitere Fragen, weitere Antworten.

„Ich gehe davon aus, Peter Lakow wird diesen Gerichtssaal als freier Mann verlassen."

„Es gibt natürlich eine Strategie, meine Herrschaften, aber Sie werden doch nicht ernstlich die Offenlegung hier auf diesen Treppenstufen erwarten, noch bevor die Verhandlung beginnt."

Fotoapparate klickten wie wild, die Kameras fingen jede noch so kleine Gemütsregung ein. Hatten die Paparazzi gehofft, einen nervösen Malcom Bloons anzutreffen, so wurden sie enttäuscht. Breit und unbeschwert grinste er in jede Kamera, die sich ihm entgegenhielt.

Wie bereits bei der Anhörung durch die Grand Jury, war der Zuschauerraum bereits gefüllt. Selbst die Empore war komplett belegt. Malcom entdeckte bekannte Gesichter seiner Kollegen, die freundlich grüßten und wie bereits beim letzten Mal ihm alles erdenklich Gute wünschten, sei es aus echter Kollegialität oder aus der Hoffnung heraus, er möge scheitern.
Es ließ sich jedoch nicht verbergen, wie neidvoll die Anwaltsschar zu ihm herüberblickte. Schließlich war es Malcom gelungen, den Gerichtssaal zu füllen und die TV-Übertragung zu inszenieren. Sie gingen ganz automatisch davon aus, die Kameras seien einzig Malcoms spektakulärem Auftritt bei der Anhörung zu verdanken.

Burn und Malcom begrüßte sich mit einem Handzeichen. Mireille betrat unsicher den Saal, ging auf Burn zu und begrüßte ihn. Dann richte sie Malcom die Hand und nahm gegenüber des Anklagetisches Platz, um direkt mit Peter kommunizieren zu können. Wenn Mireille nervös war, so gelang es ihr erstaunlich gut, es zu kaschieren.

Malcom hatte sein Team in der Zuschauermenge längst entdeckt, auch Will, der wieder diese alberne Verkleidung trug.

Zehn Minuten vor dem erwarteten Verhandlungsbeginn wurden fast gleichzeitig die Geschworenen und der Angeklagte Peter Lakow hineingeführt. Sofort wurde es still im Gerichtssaal, was allerdings Peter nicht bemerkte. Der Polizist entfernte die Ketten an seinen Armen und Beinen. Malcom klopfte ihm auf die Schulter. „Vertrauen Sie mir, Peter!"

Die Jurymitglieder musterten Malcom und seinen Schützling argwöhnisch.

Mireille war sichtlich erfreut, Peter zu sehen und begann eine Unterhaltung mit ihm. Sie war sich der Kameras bewusst, weshalb sie es bei einfachen Höflichkeitsfloskeln beließ. „Guten Tag Peter, ich hoffe Sie hatten eine gute Nacht. Bitte konzentrieren Sie sich ganz auf mich. Viel Glück."

Peter bedankte sich offensichtlich und schaute verlegen auf den Boden. Er würde heute den ganzen Tag in ihr

Gesicht und in ihre Augen blicken. Hoffentlich spürte sie nicht, was er empfand.

Mireille ging es ähnlich und bat den lieben Gott inständig, sie möge nicht dauernd erröten, wenn Peter sie ansah.

Pünktlich um neun Uhr betrat Richter Stabler den Gerichtssaal, das Volk erhob sich und setzte sich wieder, nachdem Stabler sich gesetzt hatte.

Er schaute in die Runde, betrachtete Burn, Malcom und den Angeklagten, dann wandte sein Blick auf die Zuschauermenge.

„Bevor ich die Verhandlung hier eröffne, möchte ich noch einige Worte in den Zuschauerraum geben!
Ich verbitte mir ausdrücklich jedwede Störung in diesem Gerichtssaal. Ich erwarte von Ihnen die Unterdrückung jeder akustisch wahrzunehmenden Äußerung. Sie alle werden schön brav sitzen und schweigen, so wie in der Kirche bei der Predigt." Langsam lies Stabler den Blick über die Menge gleiten.

„Ich werde jede Störung ahnden, die aus Ihren Reihen kommt. Ich lasse ohne weitere Ankündigungen den Saal räumen, sobald die Geräuschkulisse auch nur einen Phon anhebt.
Es versteht sich daher von selbst, dass alle Handys und Pager, die Sie mit sich führen, auszuschalten sind, und zwar jetzt auf der Stelle.

[398]

Diese Anweisung gilt sehr wohl und ausnahmslos auch für die Herren Kollegen im Zuschauerraum als auch für die Presse. Wer auf sein Handy nicht verzichten kann, wird bitte sofort den Gerichtssaal verlassen!"

Niemand ging.

Die Zuschauermenge wurde kollektiv unruhig, jeder griff nach seinem Handy, um die Anweisungen von Richter Stabler sofort in die Tat umzusetzen.

George Stabler hatte damit gerechnet und ließ dem Publikum die Zeit.

„Wer während der Verhandlung zur Toilette muss und nicht bis zur Pause warten kann, kann gerne gehen, bleibt dann aber bis nach der Pause vor der Tür. Weder die Verteidigung, noch der Angeklagte, noch die Staatsanwaltschaft und schon gar nicht ich können sich während der Verhandlung den Luxus leisten, zur Toilette zu rennen, auch wir müssen uns die natürliche Notdurft bis zur Pause verkneifen, demnach kann ich das auch von Ihnen als unbeteiligte Zuhörer verlangen.

Der Presse explizit, aber auch den Zuschauern sei abschließend noch eines gesagt: Während der Verhandlungen dürfen keine Fotos und keine Tonaufzeichnungen gemacht werden, die Ausnahme bildet hier einzig die angeordnete und genehmigte TV-Aufzeichnung Ihrer Kollegen von CNN.

Wir haben in diesem Verfahren eine besondere Situation, die uns alles abverlangt, auch Geduld, denn jedes Wort, das hier im Gerichtssaal während der Verhandlung gesprochen wird, muss dem Angeklagten in der Gebärdensprache übersetzt werden. Der Angeklagte muss es auch verstehen, erst wenn das geschehen ist, geht es jeweils weiter.

Die Staatsanwaltschaft und Verteidigung werden deshalb gebeten, auf rhetorische Spitzfindigkeiten, die in der Gebärdensprache nicht klar zu übersetzen sind, ausdrücklich zu verzichten. Die Dolmetscherin wurde ausdrücklich unterwiesen, jedes auch noch so kleine Missverständnis so lange zu erklären, bis der Angeklagte in der Lage ist, es so zu verstehen, wie es auch gemeint war!

Ich denke, ich habe mich klar und deutlich ausgedrückt!"

Stabler hatte sich Respekt im Gerichtssaal verschafft.
In der Tat war es im Gerichtssaal still wie in der Kirche geworden.

„Ich eröffne hiermit das Verfahren `Der Staat gegen Peter Lakow´."* Stabler haute einmal mit dem Hammer auf sein Pult.

„Bevor der Staatsanwalt nun die Anklageschrift vorträgt, möchte ich alle Beteiligten mit der Dolmetscherin Mireille Mitchel, bekannt machen, die in diesem Verfahren sowohl die Stimme des Angeklagten ersetzen wird, wie auch alles Gesagte an den Angeklagten wortwörtlich weitergibt.

Miss Mitchel ist examinierte Gebärdendolmetscherin. Sie hat an der Universität Houston einen Lehrstuhl für Gebärdendolmetscher und Kriminal-Psychologie. Miss Mitchel ist mit der Akte vertraut und wurde von allen Verfahrensbeteiligten als geeignete und neutrale Übersetzerin anerkannt. Ihr vorliegendes Diplom qualifiziert sie für diese Aufgaben hier im Gerichtssaal zweifellos. Weder Staatsanwaltschaft noch Verteidigung haben die Neutralität und die Qualifikation der Dolmetscherin innerhalb der zulässigen Frist angezweifelt, so dass diese hiermit nochmals öffentlich bestellt wird."

Mireille übersetzte fast synchron das, was der Richter sagte.

„Wie ich bereits ausgeführt habe, werden wir die Geschwindigkeit des Verfahrens an dem notwendigen Übersetzungstempo mit dem Angeklagten festmachen. Ist den Herren Anwälten das klar?"

„Ja, Sir", entgegnete Malcom, ein ebenfalls „Ja, Sir", kam von Burn.

„Die Herren Anwälte möchten sich nun bitte identifizieren."

„Albert Burn, Vertreter der Anklage."

[401]

„Malcom Bloons, Verteidiger des Angeklagten."

„Nun denn, ich erteile der Staatsanwaltschaft das Wort zur Verlesung der Anklage."

Burn erhob sich ehrfürchtig, setze sich eine Brille auf und verlas langsam und verständlich emotionslos die zehnseitige Anklageschrift, Mireille übersetze, Peter blickte ihr in die Augen, außerstande ihr zuzuhören. Nachdem Burn geendet und sich wieder gesetzt hatte, ergriff der Richter wieder das Wort.

„Angeklagter, erheben Sie sich."

Peter stand auf, Malcom und Mireille ebenfalls.

„Haben Sie die Ihnen zu Last gelegten Vorwürfe verstanden?"

Peter antwortete auf seine Weise und Mireille beantwortete die Frage mit einem „Ja, Sir."

„Angeklagter, bekennen Sie sich zu den hier gemachten Vorwürfen ganz oder teilweise für schuldig?"

Dieses Mal brauchte Malcom nicht für seinen Mandanten sprechen. „Nein Sir, ich bekenne mich in allen Punkten der Anklage für nicht schuldig!", übersetzte Mireille.

Peter nahm zusammen mit Mireille und Malcom wieder Platz.

„Dann werden wir jetzt in die Beweisaufnahme eintreten. Die Anklage wird nun bitte den ersten Zeugen aufrufen."

„Die Anklage ruft Tom Cresster in den Zeugenstand."

Der Gerichtsdiener öffnete die Tür, rief nach Tom Cresster. Dieser erschien sodann forschen Schrittes und steuerte auf den Zeugenstand zu.

Cresster war ein recht großer und kräftiger Mann, sicherlich war es für ihn nicht einfach, Anzüge von der Stange zu kaufen. Sein muskulöser Oberkörper zeichnete sich deutlich unter seinem Anzug ab.
Der Zeuge wurde vereidigt und Burn schritt gemächlich auf ihn zu.

„Sie sind Tom Cresster, siebenundvierzig Jahre alt und von Beruf Bauingenieur, verheiratet, drei Kinder und Sie wohnen in Sacramento, Kalifornien?" Burn stellte seinen Zeugen vor.

„Das ist richtig, Sir!"

„Bitte schildern Sie uns doch aus Ihrer Sicht die Ereignisse des Abends des 19. April 2018, an dem Tag, als das Verbrechen geschah."

Der Zeuge Cresster war keinesfalls nervös oder gar unsicher. Sicherlich konnte ihm im Leben nicht viel aus der Fassung bringen. Seine Haare waren noch kein bisschen ergraut, seine Gesichtszüge eben und seine Augen wachsam.

„Ich wollte mich gerade fürs Bett fertig machen, ich hatte einen anstrengenden Tag hinter mir und der nächste sollte für mich nicht weniger arbeitsreich werden. Kurz bevor ich ins Bett gehen wollte, klingelte es an der Haustür. Eine Frau rief panisch um Hilfe. Sie sagte, im Appartement 4-4-5 würde gerade eine Frau von einem Mann angegriffen. Ich stürmte also aus meinem Appartement und fand in der Tat den Täter gebeugt über das Opfer vor, dann sah ich das Messer in seiner Hand.
Einige Sekunden später erschien dann noch ein weiterer aufgescheuchter Bewohner und zusammen haben wir den Angeklagten überwältigt. Ich habe ihm das Messer aus der Hand getreten und ihn mit ein paar Griffen kampfunfähig gemacht. Der andere Mann und ich hielten den Täter so lange fest, bis die Polizei kam, die ihn dann abführte."
Cresster sprach ruhig und sachlich.

„Ist der Mann, den Sie mit dem Messer in der Hand am Tatort vorgefunden haben, hier im Gerichtssaal?"

„Ja Sir, er sitzt auf der Anklagebank."

Burn ging zum Richtertisch, griff nach dem Messer und hielt es dem Zeugen unter die Nase.

Die Herkunft des Jagdessers konnte nicht geklärt werden. Die ermittelnden Behörden vermuteten, der Angeklagte habe dieses in seinem Werkzeugkoffer mit sich geführt.
Weshalb jemand aber ein teures Jagdmesser in seiner Werkzeugtasche mitführte, konnten die ermittelnden Behörden nicht plausibel erklären.
Peter ging weder zur Jagd noch ging er angeln, ein solches Messer war zu kostspielig, um es achtlos in einen Werkzeugkoffer zu werfen.

„Ist dieses hier das Messer, welches der Angeklagte am 19. April dieses Jahr in seinen Händen hielt?"

„Ja, das könnte es sein."

Zufrieden legte Burn es zurück.

„Haben Sie das Opfer gekannt?"

„Nein Sir, ich habe sie einmal in der Tiefgarage gesehen, als sie in ihr Auto stieg, ansonsten hatte ich keinerlei Kontakt."

„Vielen Dank, Mister Cresster, keine weiteren Fragen."

Burn setzte sich und Malcom steuerte in einer gespielten Zurückhaltung auf den Zeugen zu.

„Mister Cresster, ich bin ein wenig verwirrt. Sie sagten, es klingelte an der Haustür und eine Frau schrie um Hilfe."

„Ja, das ist richtig."

„Meinten Sie tatsächlich die Haustür oder haben Sie sich versprochen und meinten eigentlich die Wohnungstür?"

„Nein, ich meinte tatsächlich die Haustür."

Malcom kratzte sich nachdenklich ans Kinn. „Das würde bedeuten, Sie haben die Hilferufe über die Sprechanlage der Haustür empfangen?"

„Ja Sir, genauso ist es."

„In welchem Stockwerk und in welchem Appartement wohnen Sie?"

„Ich war im vierten Stock im Appartement 4-6-3."

„Wenn ich das also recht verstehe, wohnen Sie neun Appartements weiter?"

Der Zeuge bestätigte es. Malcoms Gesichtsausdruck blieb nachdenklich.

„Fanden Sie es nicht ausgesprochen ungewöhnlich, dass Sie den Hilferuf über die Haustürsprechanlage erhielten? Ich meine, die Person, die offensichtlich vorgab, ein

Verbrechen zu beobachten, fährt erst mit dem Fahrstuhl nach unten, um dann bei Ihnen oder anderen Hausbewohnern zu läuten, anstatt von Wohnung zu Wohnung zu laufen, gegen die Wohnungstür zu hämmern und laut um Hilfe zu schreien?"

„Offen gestanden, darüber habe ich mir gar keine Gedanken gemacht. Vielleicht ist die Dame in Panik geflohen und vielleicht war der Täter auch hinter ihr her."

„Einspruch", schrie Burn, „das sind Vermutungen!"

Stabler gab dem Einspruch statt.

„Haben Sie die Stimme der Dame erkannt, die da um Hilfe rief?"

„Nein, tut mir leid."

„War es eine ältere oder eine jüngere Stimme? Hatte die Stimme eine besondere Klangfarbe, vielleicht sehr tief oder sehr hoch, vielleicht ein Akzent, an den Sie sich erinnern?"

Der Zeuge schüttelte nachdenklich den Kopf. „Mir ist nichts Besonderes aufgefallen."

„Ist die Dame denn nachdem der mutmaßliche Täter abgeführt wurde, zu Ihnen gekommen und hat sich bedankt oder zu erkennen gegeben?"

„Nein, ich habe nichts dergleichen mitbekommen, aber vielleicht hat sie sich ja bei der Polizei gemeldet."

„Eben nicht."

„Einspruch", wieder stand Burn auf. „Das sind alles irrelevante Fragen. Die Verteidigung verleitet den Zeugen zu Mutmaßungen!"

Wieder gab Stabler dem Einspruchsgesuch der Staatsanwaltschaft statt.

Malcom ließ sich nicht abbringen und streute Zweifel, die sehr wohl bei den Geschworenen im Gedächtnis blieben.

„Was schätzen Sie, wieviel Zeit ist vergangen zwischen dem Hilferuf und Ihrem Erscheinen am Tatort?"

„Ich weiß es nicht genau, ich glaube, ich habe nicht einmal mehr den Hörer auf die Gabel gelegt. Ich bin in meine Sandalen geschlüpft, habe die Tür aufgerissen und bin sofort losgestürmt, ohne viel nachzudenken. Vielleicht eine halbe Minute, vierzig Sekunden maximal. Sorry, ich kann es nicht sekundengenau sagen."

„Haben Sie gesehen, wie der Täter auf das Opfer eingestochen hat?"

Der Zeuge überlegte. Etwas zögerlich kam die Antwort: „Nein, das habe ich nicht, ich sah nur das Messer in seiner Hand", musste er zugeben.

„Erinnern Sie sich, in welcher Hand er das Messer hielt? Links? Rechts?"

„Rechts."

„Sind Sie sich da auch ganz sicher?"

„Ja, das bin ich."

Malcom ging auf und ab, hin und wieder schüttelte er den Kopf.

„Wie lange benötigt der Aufzug von der vierten Etage bis ins Erdgeschoß?

„Oh, das weiß ich nun wirklich nicht. Eine gefühlte Ewigkeit, mir kommt es jedenfalls immer so vor, wenn ich Aufzug fahre. Ich würde sagen, ein bis zwei Minuten?"

„Es dauert genau vierzig Sekunden, ich habe es probiert."

„Einspruch! Welche Relevanz hat die Fahrzeit des Aufzugs?"

Stabler wandte sich an Bloons. „Haben Sie für Ihre Fragen auch einen nachvollziehbaren Grund? Dieser erschließt sich dem Gericht nämlich noch nicht."

„Ja, Herr Vorsitzender, ich versuche gerade die Unstimmigkeit zu klären, weshalb eine in Not geratene Frau, den Aufzug nimmt und damit wertvolle Zeit vergeudet. Sie rennt vor die Haustür und dann erst ruft sie über die Haussprechanlage um Hilfe, anstatt ihrem Flucht- und Schutzreflex zu folgen, um sich den nächstgelegenen Schutz zu suchen, indem sie nämlich an die Türen der nächstgelegenen Appartements klopft. Darüber hinaus verstreicht auch wertvolle Zeit für das Opfer."

„Mister Bloons, ich gebe dem Einspruch statt. Diese Frage kann Ihnen der Zeuge nicht beantworten. Wenn Sie Abhilfe schaffen wollen und diese Fragen beantwortet haben möchten, dann sollten Sie dazu die hilferufende Dame in den Zeugenstand beordern!"

Malcom gab sich zerknirscht und sah sich hilfesuchend um.

„Eine Frage habe ich noch an den Zeugen. Wie lange wohnen Sie schon in der Wohnung 4-6-3?"

„Ich wohne nicht in dieser Wohnung, sondern ich habe sie für drei Monate gemietet, da ich geschäftlich in Corpus Christi zu tun hatte. Ich bin mit dem Bau des neuen Gesundheitszentrums und der Hospitalanlage betraut, deshalb hatte ich mich vorübergehend in Corpus niedergelassen. Nachdem der Mord geschah, habe ich mich noch zwei Wochen lang in Corpus aufgehalten. Eingezogen dort bin ich Anfang Februar."

Malcom ging darauf nicht näher ein. „Keine weiteren Fragen."

Cresster durfte gehen.

Burn holte den nächsten Zeugen in den Zeugenstand, Alfred Austin wurde hereingerufen.
Fred war ebenfalls sehr muskulös und groß, aber mindestens zwanzig Jahre älter als Cresster.
Fred Austin wohnte in Springs, Colorado, war fünfundsechzig Jahre alt und bereits in Rente. Er sei zusammen mit seiner Gattin für einige Wochen nach Corpus Christi gereist, habe in dem Tatobjekt ein Appartement gemietet, um seine Tochter bei den Hochzeitsvorbereitungen zu unterstützen.
Die Appartement-Nummer sei 4-6-9 gewesen.

Er beantwortete im Grunde die gleichen Fragen, die Burn zuvor schon Cresster gestellt hatte. Auch Malcom wiederholte sich, vermied es aber, die Fragen zu stellen, für die er abgestraft wurde.
Austin bekräftigte im Grunde die Aussage Cressters, ohne wirklich neue Erkenntnisse hervorzubringen.

Das wurde auch weder von Stabler noch Burn erwartet!

Nach dieser Vernehmung unterbrach das Gericht für eine halbe Stunde die Sitzung.

Die Toiletten wurden gestürmt, die aufgestellten Kaffeeautomaten spukten einen Kaffee nach dem anderen aus. Alle beeilten sich, nach der Pause wieder pünktlich auf ihrem Platz zu sitzen, um nicht Gefahr zu laufen, des Saales verwiesen zu werden.

Zähneknirschend genehmigte Stabler auf Bitten der Verteidigung Joe in den Zeugenstand. Joe Vendell gab seine Personalien an und wurde vereidigt.

Malcom stand vor ihm, eine Hand in der Hosentasche, mit der anderen gestikulierte er. „Mister Vendell, wenn ich richtig informiert bin, sind Sie seit ungefähr dreiundzwanzig Jahren im Polizeidienst und immer auf der gleichen Dienststelle hier in Corpus Christi gewesen?"

„Ja Sir, das ist richtig."

„Webber war also schon immer Ihr Vorgesetzter?"

„Nein, in den ersten drei Jahren gab es einen anderen Dienststellenleiter, der allerdings Alters halber ausschied. Danach übernahm Sheriff Webber die Aufgaben."

„Und nun sind Sie der Sheriff dieses Countys?"

Joe wurde verlegen. „Ja."

„Ihnen ist es zu verdanken, dass das Video- und Audio Vernehmungsprotokoll in dieser Sache gesichert wurde?"

Wieder ein verlegenes „Ja".

„Nur, damit wir hier alle auf dem gleichen Stand sind: Sie haben an dem Freitagabend, also einen Tag nach der Vernehmung, diese Bänder gesichert und montags drauf an die übergeordnete Behörde weitergegeben?"

„Nein Sir, es lag mindestens eine ganze Woche zwischen der Vernehmung und der Sicherung der Dateien."

„Sichern Sie des Öfteren die Daten?"

„Einspruch! Es ist unbestritten, dass Sheriff Vendell die Dateien gesichert hat, ich sehe keinen Grund, darauf weiter herumzureiten!"

Stabler dankte Burn. Er sah es genauso. Diese Peinlichkeit brauchte jetzt nicht vor laufender Kamera bis ins letzte Detail ausgelutscht werden.
Malcom zuckte die Schultern.

„Kannten Sie den Angeklagten schon vor der ihm vorgeworfenen Tat, Mister Vendell?"

„Ja, wir sind zusammen aufgewachsen und blieben auch über unsere Kindheit hinaus befreundet."

„Trauen Sie Ihrem Freund dieses Verbrechen zu?"

„Einspruch – Einspruch – Einspruch!" Burn war aufgesprungen. „Der Herr Verteidiger veranlasst schon wieder einen Zeugen zu Spekulationen!"

„Stattgegeben!"

„Nun gut. Joe, hätten Sie die Daten auch gesichert, wenn Sie nicht mit Peter Lakow befreundet gewesen wären?"

Burn wollte wieder protestieren, aber Stabler wies ihn mit einer Handbewegung an, den Zeugen antworten zu lassen.

„Selbstverständlich hätte ich das! Ich habe regelmäßig einige Dinge, die Sheriff Webber nicht ordnungsgemäß dokumentiert hat, bereinigt, damit alles sein Recht und seine Ordnung hat. Zudem waren wir auf der Dienststelle noch dabei, die ermittelten Details zu protokollieren und die Akten anzufertigen. Da gehört auch die Datensicherung dazu."

„Keine weiteren Fragen." Malcom machte abrupt auf dem Absatz kehrt und setzte sich.

Gemächlich stand Burn auf.

„Mister Vendell, durch Ihre Freundschaft mit dem Angeklagten haben Sie also ein besonderes Interesse an dem Fall! Haben Sie Ihren Freund im Gefängnis besucht?"

„Ja, das habe ich."

„Sie haben also auch ein Interesse daran, Ermittlungen auch in andere Richtungen zu tätigen?"

„Ja."

„Denken Sie, trotz Ihrer Bekanntschaft mit dem Angeklagten unbefangen an die Ermittlungen herangegangen zu sein?"

„Ja natürlich!" Joe gab sich entrüstet.

„Ihnen ist nicht in den Sinn gekommen, Sheriff Webber auf den Umstand hinzuweisen, dass Peter Lakow taubstumm ist?"

Joe überlegte kurz. „Nein, ich habe gedacht, es sei den Kollegen bekannt gewesen."

„Würden Sie sagen, Sie haben alles erdenklich Mögliche getan, um die Ermittlungen auch in andere Richtungen auszudehnen?"

„Ja, selbstverständlich."

Mit breit ausgestreckten Armen drehte sich Burn einmal um die eigene Achse. „Tja, wie Sie sehen, sitzt trotz aller

Ermittlungen Peter Lakow auf der Anklagebank! Keine weiteren Fragen!"

Ganz kurz ging unterdrücktes Gelächter durch die Zuschauerbänke, als Stabler den Hammer hob, verstummte die Menge sofort. Stabler brauchte nicht einmal den Hammer herunterfahren zu lassen.

Joe Vendell wurde entlassen. Stabler schüttelte den Kopf.
„Mister Bloons, lassen Sie uns fortfahren und rufen Sie Ihren nächsten Zeugen."

Carl Morgan, ein untersetzter Mann mit schütterem Haar, das er sich über seine lichten Stellen gekämmt hatte, betrat den Gerichtssaal. Die harte Arbeit hatte ihn eindeutig gezeichnet, seine Hände glichen Pranken und obwohl erst Mitte vierzig, sah er deutlich älter aus.

Carl machte Angaben zu seiner Person und entpuppte sich den Zuschauern als langjähriger Arbeitgeber des Angeklagten.

„Schön, dass Sie gekommen sind, Mister Morgan. Wie lange kennen Sie den Angeklagten!"

„Peter ist nach seiner Schulzeit direkt zu mir in die Ausbildung gekommen. Das dürfte jetzt gut und gerne zweiundzwanzig oder dreiundzwanzig Jahre her sein, seit er in meinen Betrieb kam. Er ist immer zuverlässig und fleißig. Und wenn Sie mich fragen, das Ganze hier ist doch ein Witz! Peter kann keiner Fliege was zuleide tun!"

Malcom grinste.

Stabler ermahnte den Zeugen: „Mister Morgan, bitte beschränken Sie sich auf die Beantwortung der Fragen, ohne Ihre subjektive Meinung hier kundzutun."

Das ließ sich Carl allerdings nicht gefallen! „Das hier ist ein freies Land, in dem jeder seine freie Meinung vertreten darf. Und ich lasse mir nichts einreden, nur weil die gesamte Beamtenschar meint, etwas Besseres zu sein, weil die Herrschaften feine Kleidung oder Uniform tragen. Keiner von Euch hat doch je richtig arbeiten müssen! Ist doch wahr!"

Stabler wurde lauter: „Mister Morgan, ich warne Sie. Und Sie Herr Verteidiger, sorgen Sie dafür, dass der Zeuge sich mäßigt."

Carl wollte erneut loslegen, Malcom fiel ihm aber ins Wort: „Mister Morgan, am späten Abend des 19. April erhielten Sie einen Notruf von einer Kundin, die angeblich einen Rohrbruch in ihrer Wohnung hatte. Wie allen hier bekannt ist, haben Sie dann Peter auf den Weg geschickt."

„Ja, Peter war immer bereit auch nach Feierabend oder an den Wochenenden die Sonderschichten zu übernehmen. Er…"

[417]

Malcom unterbrach ihn erneut. „Kannten Sie die Kundin aus einer früheren Geschäftsbeziehung?"

„Nein, ich kannte weder die Kundin noch das Objekt zu dem wir gerufen wurden. Ich hatte sie noch gefragt, weshalb Sie nicht den Hausinstallateur anruft, aber angeblich würde sie niemanden erreichen."

Malcom nickte. „Keine weiteren Fragen." Carl war verwirrt, er hatte mit mehr Fragen zur Entlastung Peters gerechnet.

Burn stand auf, ging auf den Zeugen zu und fragte ihn, ob er in der Vergangenheit Beschwerden von Kundinnen entgegengenommen habe, weil Peter die eine oder andere während der Ausübung seiner Tätigkeit unangemessen belästigt habe.

Carl brach in schallendes Gelächter aus. „Sie meinen, ob Peter der Casanova der Klempner-Innung ist? Ich muss Sie enttäuschen, keinerlei Beschwerden über sexuelle Belästigungen!"

Auch Burn hatte keine weiteren Fragen mehr, Stabler war froh, diesen Zeugen entlassen zu können.

Beim Hinausgehen hob Carl beide Hände vor die Brust, drehte sich zum Angeklagten und machte das „Daumendrücken-Zeichen".

„Wir machen fünfzehn Minuten Pause!" Stabler haute mit dem Hammer auf den Tisch und verschwand durch die Tür hinter seinem Richterstuhl.

„Es läuft alles genau nach Plan, Peter! Keine Sorge, wir langweilen heute das Gericht noch etwas, bevor wir dann morgen ein bisschen mehr Action machen!" Malcom lächelte Peter zu. Beide blieben im Gerichtssaal während dieser kurzen Pause.
Der Saal füllte sich wieder pünktlich, als Stabler ebenfalls wieder Platz nahm.

„Bitte Herr Verteidiger, Ihr nächster Zeuge!"

„Ich rufe Anthony Patzer in den Zeugenstand."

Tony kam unsicher herein und sah sich verloren um. Malcom kam ihm zur Hilfe und führte ihn in den Zeugenstand. Nach der Vereidigungsprozedur und den persönlichen Angaben begann Malcom vorsichtig mit der Befragung.

„Mister Patzer, Sie wohnen, wie wir soeben festgestellt haben, an der Zufahrtsstraße zum Lake. Eine wirklich schöne Gegend."

„Ja, das stimmt, aber trotzdem treibt sich dort allerlei Gesindel herum. Zweimal schon ist mein Auto aufgebrochen worden, am helllichten Tag!", entgegnete Toni mit Entrüstung.

Stabler hoffte, nicht schon wieder einen Zeugen vor sich zu haben, der sich selbst gerne reden horte.

„Und deshalb haben Sie auf Ihrem Grundstück Kameras moniert?"

„Vollkommen richtig. Ganz legal! Es hängen ausreichend Hinweisschilder an gut sichtbaren Stellen. Die Polizei hat mir genehmigt, auch den gegenüberliegenden Parkplatz beobachten zu dürfen."

„Ich verstehe das richtig? Zwischen Ihrem Haus und dem Parkplatz führt die Straße zum Lake?"

„Ja, ganz genau."

„Sie haben mir erzählt, dass Sie das Fahrzeug des Angeklagten auf einem Video festgehalten haben, als es um 21.48 Uhr an Ihrem Haus vorbeifuhr."

„Ja. Richtig. Das habe ich!"

„Ich beantrage, das Video hier und jetzt zu sichten."

Stabler, der offenbar aus dem Halbschlaf erwachte, sah Malcom böse an, auch Burn war überzeugend entsetzt aufgesprungen.

„Keine Sorge, das Video geht nur einige kurze Momente", versuchte Malcom die Anwesenden zu beruhigen.

[420]

„Ich fasse es nicht!", entfuhr es Stabler. Nachdem aber Burn sich wieder gesetzt hatte und keinerlei Einspruch erhob, blieb Stabler nichts anderes übrig, als dem Antrag stattzugeben. Sofort machten sich die Saalhelfer an den Aufbau des Fernsehapparates.

Das Video begann mit der Uhrzeit 21.46 Uhr. Zwei lange Minuten später fuhr das Geschäftsauto mit dem Angeklagten als Fahrer am Haus vorbei mit mäßiger Geschwindigkeit. Dann war die Straße wieder leer und das Video stoppte.

Ziemliche Ratlosigkeit machte sich breit.

„Was um Himmels Willen wollen Sie uns damit sagen, Malcom Bloons?", rief Burn.

Malcom tat, als würde er die Fassungslosigkeit nicht verstehen.

„Fassen wir doch zusammen. Mister Patzer hat aufgrund der vielen Sachbeschädigungen die polizeiliche Erlaubnis, den gegenüberliegenden Parkplatz zu überwachen. Er hat aufgezeichnet, wie um 21.48 Uhr der Angeklagte an seinem Haus vorbeifuhr. Mit normalem Tempo, er hatte es weder eilig, noch hat er herumgetrödelt. Um 21.57 Uhr hat er nach den polizeilichen Ermittlungen den Parkplatz des Appartementblocks erreicht. Gegen 21.29 Uhr wurde der Arbeitgeber des Angeklagten mit dem Notruf verständigt. Wir hörten, die Kundin war dort unbekannt. Peter wusste also weder, wer die Frau ist, noch wie die Frau aussehen würde, und wir haben glaubhaft versichert bekommen, ein Casanova ist Peter auch nicht. Ich bestreite also, dass Peter mit dem festen Vorsatz in sein Auto gestiegen ist, um die Kundin zu belästigen oder gar zu töten. Er wollte nur seine Arbeit machen."

Stabler schüttelte völlig verständnislos den Kopf und hoffte, Burn würde gleich einschreiten. Dies tat er sodann.

„Einspruch! Die Staatsanwaltschaft will das Vorbeifahren an dem Haus des Zeugen gar nicht bestreiten, alles andere ist doch reine Spekulation. Was der Angeklagte in diese Videoaufnahmen hinein interpretiert, spottet jeder Beschreibung!
Auch ich fasse zusammen. Der Angeklagte wurde blutverschmiert am Tatort überwältigt, die Kundin lag tot im Hausflur und wurde mit dem Messer erstochen, welches der Angeklagte in der Hand hielt und vermutlich mitbrachte. Die Tür wurde nicht aufgebrochen, ergo hat auch das Opfer dem Angeklagten die Tür geöffnet! Also, um was geht es hier?"

Stabler sagte nichts. Er gab weder dem Einspruch statt, noch lehnte er ihn ab.

„Hohes Gericht, ich beantrage die Echtheit des Videos anzuerkennen", polterte Bloons.

[422]

Stabler und Burn tauschten Blicke aus.

„Ich bestreite die Echtheit des Videos nicht!", sagte Burn.

Stabler nickte. „Gut, dann nehmen wir das Video als Beweismittel mit auf. Ist Ihnen dann damit gedient Mister Bloons und können wir dann für heute zum Schluss kommen?"

„Danke Sir. Keine weiteren Fragen an den Zeugen." Malcom setzte sich.

„Ich habe keine Fragen an den Zeugen", erwiderte Burn.

„Gut." Stabler sah auf seine Uhr. Zeit, um dem Spuk für heute ein Ende zu bereiten.

„Bevor ich die Verhandlung für heute schließe, möchte ich noch einige Worte an die Anwälte richten. Gerichtsdiener! Führen Sie die Geschworenen hinaus, sie sind für heute entlassen und haben sich morgen pünktlich um neun Uhr hier wieder im Gerichtssaal einzufinden."

Stabler wartete geduldig, bis die Geschworenen den Saal verlassen hatten.

„Ich habe die Geschworenen herausgeschickt, damit niemand mir vorwerfen kann, diese durch meine folgenden Worte beeinflusst zu haben.
Herr Verteidiger, Ihnen ist es gelungen, den Tag mit Langeweile auszufüllen, ohne irgendwelche sachdienlichen Argumente geliefert zu haben. Ich vermag auch bei höchster Anstrengung nicht zu erkennen, welches entlastende Beweismaterial Sie für den Angeklagten präsentiert haben. Überhaupt stellt sich die Frage, was die Zeugen hier überhaupt Hilfreiches vorgetragen haben und was wir mit den Informationen anfangen sollen und können.

Von Ihnen, Herr Staatsanwalt hatte ich mehr Leidenschaft erwartet, diese Zeugenbefragungen schneller zu beenden. Es geht in einer Beweisaufnahme darum, Beweise vorzubringen, die be- oder entlastend sind, und genau dieser Umstand fehlt deutlich in diesem Verfahren. Ich bin geneigt, die Beweisaufnahme morgen früh zu beenden!"

Malcom sprang auf. „Ich habe noch einen Zeugen und ich bestehe darauf, ihn anzuhören."

Stabler funkelte ihn an. Burn regte sich nicht, was Stabler ärgerte.

„Mister Burn?", Stabler hoffte Albert zu einer Ablehnung bewegen zu können.
Aber Burn zuckte nur mit den Schultern.

„Herr Verteidiger, wer ist denn nun Ihr ominöser Zeuge, dieser Mister oder Misses unbekannt?"

„Herr Vorsitzender, ich bitte um Verzeihung, aber ich werde diesen Zeugen erst in der morgigen Verhandlung benennen."

„Aus welchen Gründen wollen Sie dieses Geheimnis nicht preisgeben?"

„Hohes Gericht, ich kann die Gründe aus anwaltlicher Vorsicht heute noch nicht nennen, ich bitte um Verständnis. Mein Angebot auf Vernehmung des mit „NN" benannten Zeugen ist ausnahmsweise zu berücksichtigen, da dieser – unter Berücksichtigung seiner konkreten Funktion hinreichend zur Aufklärung beitragen kann und deshalb hinreichend auch individualisierbar ist."

Stabler schüttelte den Kopf. „Verständnis? Mister Bloons, ich warne Sie. Strapazieren Sie nicht die Geduld des Gerichts über das normal Maß hinaus."

Burn reagierte noch immer nicht.

„Sie wissen schon, dass Offenlegung aller Beweise für dieses Verfahren gilt?"

„Ja Sir, ich verschweige ja auch nichts, nur kann ich aus diversen Gründen der anwaltlichen Vorsicht den Namen erst direkt vor der Befragung nennen."

[425]

„Ja, ja, das sagten Sie schon!", Stabler machte eine unwirsche Handbewegung. „Mister Burn?", wandte sich Stabler erneut an den Staatsanwalt.

Burn räusperte sich. „Ich habe nichts gegen die Anhörung dieses Zeugen, ich bin sehr gespannt, was die Verteidigung uns auftischen will!"

Stabler schaute verständnislos vom Staatsanwalt auf die Verteidigung und wieder auf den Staatsanwalt. „Meine Herren, ich sage Ihnen, wie dieses Verfahren weitergeht. Wenn es denn sein muss, hören wir Ihren Zeugen N.N., aber nur unter der Bedingung, ihn morgen gleich nach Eröffnung des Verfahrens dem Gericht zu präsentieren. Ich werde keinerlei weiteren Überraschungszeugen zulassen, weder auf Seiten der Verteidigung und auch nicht auf Seiten der Staatsanwaltschaft. Mir erschließt es sich nicht, was Sie, Mister Bloons mit dieser Verzögerungstaktik bewirken wollen, aber dies hier ist immer noch ein Gerichtssaal und keine Theaterbühne! Ich dulde keine weiteren unnötigen Aktionen oder Verzögerungen.

Wenn Sie sich also morgen außer Stande sehen, uns Ihren Zeugen zu benennen und ihn hier nicht erscheinen lassen, schließe ich die Beweisaufnahme *ohne* die Anhörung. Ist das klar?
Sie brauchen ansonsten einen verdammt guten Grund, weshalb die Beweisaufnahme aufrechterhalten werden

sollte und den kann ich mir beim besten Willen nach dem heutigen Gerichtstag nicht vorstellen! Wenn also noch angedacht ist, den namentlich nicht benannten Zeugen aussagen zu lassen, dann bis spätestens morgen direkt nach der Eröffnung. Habe ich mich klar und deutlich genug ausgedrückt?"

Beide Anwälte nickten offensichtlich verunsichert.

„Sehr gut! Ich sehe, wir verstehen uns! Damit schließe ich die heutige Sitzung. Der nächste Sitzungstag ist morgen früh, neun Uhr." Der Hammer fiel.

Stabler sprang auf, klemmte seine Akte unter den Arm und verschwand.

Malcom und Burn blieben sitzen, bis der Angeklagte wieder herausgeführt wurde und die Zuschauermasse den Saal verlassen hatte.

Danach stellten sie sich der Pressemeute, ohne weitere Details preiszugeben. Die gleichen abgedroschenen Phrasen wie am Vormittag.
Jeder gab sich zuversichtlich!

67.

Die Zuschauer waren enttäuscht, hatten Sie doch einen aufregenden Verfahrenstag erwartet.

Malcoms Amtskollegen zerrissen sich die Mäuler. Nur ganz wenige hofften, Malcom hätte noch ein Ass im Ärmel, das Gros der Kollegen jedoch rieb sich vor Schadenfreude bereits die Hände, sie erwarteten einen harten Aufprall Malcoms.

Niemand glaubte so recht dran, dass dieser unbekannte Zeuge das Ruder herumreißen würde. Bestimmt nur eine weitere Verzögerungstaktik, um Verwirrung zu stiften, die allerdings Malcoms Klienten das Leben kosten könnte.

Jeder Jurastudent hätte die Verteidigung besser vorbereitet, nicht derart dilettantisch. Diese Meinung wurde in Fachkreisen einhellig vertreten.

Es wurden hohe Wetten abgeschlossen, Malcom vers Albert. Die Staatsanwaltschaft würde siegen und Malcom würde sich wieder in seinem Whisky ertränken. Nur um den Absturz Malcoms vor laufender Kamera zu erleben, würden sie wieder in Scharen in den Zuschauerraum strömen.

Beim Hinausgehen hatten Malcom einige seiner Kollegen schadenfreudige, andere mitleidsvolle Blicke zugeworfen. Malcom hatte sie ignoriert.

Dabei hatte alles so vielversprechend begonnen, die Sensation des ersten Prozesses verblasste langsam.

Allerdings war alles ganz genauso gelaufen, wie Malcom und Albert es geplant hatten. Nur, das konnten die werten Herren Kollegen ja nicht wissen!

Malcom wusste sehr wohl, von dem Gerede seiner Kollegen, ganz bewusst hatte er sich zum Looser gemacht.
Aber nur heute! Morgen würden alle ihr blaues Wunder erleben und Zeugen des größten Skandals werden, der dieses County, ach was, dieser Bundesstaat oder gar ganz Amerika, je erlebt hat.

68.

Ein Schrei, ein greller Schrei voller Todesangst.
Traum oder Wirklichkeit? Wirklichkeit oder Traum?

Gesichter, Fratzen, Engel und Teufel.
Vor Schreck aufgerissene Augen, verzerrte Münder.
Blonde Haare, blonde blutige Haare, blonde, blutige, ausgerissene blonde Haare!

Die Bettwäsche fühlte sich ganz klamm an, die Nachtwäsche klebte.
Blut! Das war bestimmt Blut!

Panik kroch hoch – Licht an, wo ist dieser verdammte Schalter. Nein, kein Blut. Nur Schweiß. Angstschweiß!

Dieser Schrei, er war Wirklichkeit. War es der eigene Schrei im Traum? Im Haus war alles ruhig, niemand hatte also einen Schrei gehört. Also doch ein Traum und kein eigener Schrei!

Tief durchatmen, ganz tief durchatmen! Gleich ist es vorbei, nur ein Traum, es war nur dieser schreckliche Traum!

Aber heute Nacht war es anders. An Schlaf war nicht mehr zu denken. Das Hin- und Herwälzen im Bett war fast so schlimm, wie zu träumen.

Im Wohnzimmer auf dem Tisch stand noch die Whiskyflasche. Ein Glas würde helfen, wieder zur Ruhe zu kommen. Es tat gut, die Wärme im Körper zu spüren. Ein zweites Glas beruhigte. Als die braune Flüssigkeit langsam durch die Poren kroch, setzte die Müdigkeit wieder ein.

Das Bett war immer noch warm und klamm. Niemand hatte etwas bemerkt, Gott sei Dank.

Die Ruhe war zurückgekehrt, aber heute war es kälter als sonst, viel viel kälter.

In den frühen Morgenstunden, als die ersten Lichtstrahlen die Nacht verdrängten, setzte zumindest eine Art Dämmerschlaf ein.

69.

Wie bereits am Tag zuvor, wartete die Presse vor dem Gerichtsgebäude auf die beiden Anwälte. Beide Parteien wiederholten die Worte des Vortages, jeder gab sich zuversichtlich.

Die ganze Nacht hatte es geregnet, dicke Wolken hingen am Himmel, einige Pessimisten deuteten dies als schlechtes Zeichen.

Das Gedränge um die Zuschauerplätze war stärker als am Tag zuvor, Malcom entdeckte Will inmitten der Menge, seine blonde Perücke war unverkennbar. Wenn er nicht auf sie aufpassen würde, würde sie ihm in dem Chaos noch verrutschen. Amüsiert betrachtete Malcom das Geschubse. Einige Zuschauer stritten sich bereits lauthals.

Burn war kurz vor Malcom erschienen, offensichtlich sehr nervös, so, als würde er als Hauptdarsteller vor der Prämiere stehen. Malcom ging auf ihn zu. „Nur die Ruhe, Herr Kollege, wir kriegen das hin. Schließlich habe ich mich zum Affen gemacht."

„Ich hoffe wirklich, alles geht gut. Der Richter ist schon im Haus. Ich hoffe, die erwartete Nachricht kommt pünktlich um neun Uhr. Sie werden Stabler nicht länger hinhalten können."

„Lena kommt in den Gerichtssaal, sobald die Nachricht da ist, es wird schon schiefgehen!"

„Hoffen wir es."

Malcom nahm seinen Platz ein, die Geschworenen traten ein und auch Mireille und Peter nahmen Platz.

Pünktlich um neun Uhr erschien der Richter, fast gleichzeitig erschien Lena und nickte Malcom zu. Man sah förmlich, wie Burn sich entspannte.

„Ich eröffne hiermit die heutige Verhandlung. Es gelten im Zuschauerraum noch immer die gleichen Regeln, die ich gestern verkündet habe. Ich stelle fest, dass alle Parteien und auch die Damen und Herren Geschworenen vollzählig anwesend sind. Bitte Herr Verteidiger, Sie sind an der Reihe. Rufen Sie bitte Ihren letzten Zeugen auf!"

Malcom stand auf, machte sich kerzengerade und sagte dann: „Ich rufe den Vorsitzenden, den ehrenwerten Richter George Stabler, in den Zeugenstand."

Im Zuschauerraum wurde es tumultartig laut und Stapler hämmerte auf seinen Tisch. „Ruhe, oder ich lasse den Saal sofort räumen."

Die Anwaltschaft unter den Zuschauern blickte auf Malcom, als hätte dieser seinen Verstand verloren, Burn blätterte mit gespielter Hektik in Gesetzesbüchern.

„Mister Bloons", wehrte sich Stabler, „haben Sie völlig den Verstand verloren?"

[433]

„Nein, durchaus nicht, Herr Vorsitzender. Ich bin sehr wohl Herr meiner Sinne."

Stabler schrie förmlich: „Was denken Sie sich eigentlich? Sie können doch einen vorsitzenden Richter, der eine Verhandlung leitet, nicht in den Zeugenstand rufen! Damit wäre eine Verhandlung ohne Führung. Das sollte selbst Ihnen einleuchten. Was sollen diese Spielchen? Ich werde Sie von der Verhandlung ausschließen!"

„Sir, das können Sie nicht!"

Burn, der befürchtete, Stabler würde seine Drohung sofort in die Tat umsetzen stand auf und bat, an den Richtertisch treten zu dürfen.

„Herr Vorsitzender, wenn es gestattet ist, würde ich gerne zitieren."

Stabler, der hoffte, Burn sei ihm zur Hilfe geeilt, erlaubte es.

Lakow und Mireille schauten entgeistert auf Malcom. Diesen Part der Verteidigung hatten Burn und Malcom ihnen verschwiegen, sie konnten diese Aktion nicht einordnen, sahen keine Zusammenhänge und fürchteten sich ganz offensichtlich vor dem, was nun kam.
Malcom versuchte mit einem Blick, beide zu beruhigen, es gelang ihm nur mäßig. Die allgemeine Nervosität war in der Luft zu spüren.

Die Zuschauer im Raum saßen mit offenen Mündern und aufgerissenen Augen in ihren Stühlen.

Burn war inzwischen bereit.

„Absatz 1.
Ein vorsitzender Richter kann während der Dauer einer laufenden Verhandlung, in dem er selbst den Vorsitz hat, nur in Ausnahmefällen in den Zeugenstand gerufen werden.

Sollte eine Vernehmung des vorsitzenden Richters während der laufenden Verhandlung erfolgen können, so ist der vorsitzende Richter für die Dauer der Zeugenaussage als Zeuge zu behandeln. Er verliert während der Befragung seinen Richterstatus.

*Absatz 2.
Ein Aufruf des den Prozess leitenden Richters in den Zeugenstand ist nur gestattet, wenn von dessen Aussage sachdienliche und beweiswürdigende Auskünfte in dem derzeit verhandelten Verfahren zu erwarten sind.*

*Absatz 3.
Für die Zeugenbefragung des vorsitzenden Richters in dem laufenden Prozess ist darüber hinaus von der beantragenden Partei eine schriftliche Genehmigung der dem verhandelnden Gericht übergeordneten Gerichtsbarkeit im Voraus einzuholen.*

Absatz 4.

Während der Dauer der Vernehmung des vorsitzenden Richters muss zwingend ein ebenfalls an demselben Gericht zugelassener zweiter Richter die Fortführung der laufenden Verhandlung ohne Verzögerung gewährleisten und durchführen. Hierzu bedarf es einer Bestellung der übergeordneten Gerichtsbehörde.

Während der Dauer der Zeugenaussage des vorsitzenden Richters, hat der vertretende Richter alle Befugnisse des fortlaufenden Verfahrens. Seinen Anweisungen ist Folge zu leisten."

Burn ließ die Worte wirken, Stabler bekam wieder Oberhand, schwitzte aber weiterhin Blut und Wasser. Er hoffte, sein Publikum möge ihm seine Unruhe nicht ansehen! Die Kameras waren auf ihn gerichtet, dessen war er sich sehr wohl bewusst.

Die Kollegen in den Zuschauerrängen, die wohl als einzige das Juristendeutsch richtig deuten konnten, rutschten nervös auf den Bänken. Sollte Malcom, dieser Filou, sie alle getäuscht haben? Ein älterer Herr mit auffällig blondem Haar verließ die Zuschauerränge.

„Da hören Sie es, Mister Bloons. Ich kann gar nicht in den Zeugenstand treten. Selbst wenn Ihnen ein übergeordnetes Gericht eine solche Genehmigung ausgestellt hätte – was ich allerdings bezweifle – dann scheitert Ihr Antrag schlicht und ergreifend am vierten Absatz: *Während der Dauer der Vernehmung des*

[436]

vorsitzenden Richters muss zwingend ein ebenfalls an demselben Gericht zugelassener zweiter Richter die Fortführung der laufenden Verhandlung ohne Verzögerung gewährleisten und durchführen.

Malcom Bloons, dieses Gericht hat keinen weiteren zugelassenen Richter an diesem Gericht! Deshalb..."

Hinter Richter Stabler wurde die Kammertür aufgerissen und wie auf ein Stichwort kam Will Louis, ohne Perücke und Schnurbart, aber in Amtsrobe herein.

„Da irren Sie sich, Herr Kollege, dieses Gericht hat sehr wohl einen weiteren zugelassenen Richter, wenn auch in Ruhe, a. D., aber die Zulassung gilt auf Lebenszeit! Ich fordere Sie deshalb auf, in den Zeugenstand zu treten, ich werde die Sitzung weiterführen!

Für diejenigen, die mich noch nicht kennen sei gesagt, mein Name ist Will Carl Arthur Louis und ich war fast ein halbes Jahrhundert vorsitzender Richter an diesem Gericht."

Der Auftritt machte Will sichtlich Spaß. Jetzt war der Gerichtssaal wirklich und wahrhaftig zu einer Theaterbühne geworden und die Akteure hatten die Bühne betreten, bereit für den nächsten Akt.

Im Zuschauerraum notierten sich die Pressevertreter hektisch alle Vorkommnisse, die Anwaltschaft unter den

Zuschauern war fassungslos und ein Gros dieser Kollegen unsagbar neidisch.

Dann wandte Will sich an Malcom. „Haben Sie die erforderliche Genehmigung in Schriftform vorliegen?"

Bloons bestätigte es und übergab das Schreiben Richter Louis.

Noch immer war Stabler von seinem Stuhl nicht aufgestanden, erst als Louis den Polizeibeamten ein Zeichen gab und diese auf Stabler zugingen, stand er auf und ging langsamen Schrittes und tief gebeugt in den Zeugenstand.

„Ziehen Sie bitte während der Vernehmung Ihre Robe aus, wetterte Louis!"

Stabler tat, wie ihm geheißen, dann nahm Will umständlich auf dem Richterstuhl Platz, hantierte noch eine Weile mit dem Hebel, der ihm die richtige Sitzhöhe verschaffen sollte und ordnete seine Akten.

„So, jetzt setzen wir uns erst alle einmal, auch Sie Herr Staatsanwalt und Herr Verteidiger."

Die Anwälte gehorchten.

„Gerichtsdiener, bitte führen Sie Mister Henry McGyer herein, er soll neben Mister Lakow Platz nehmen und schaffen Sie auch einen Platz für seine Mutter."

Durch das Seitenfenster des Gerichtsaals verirrte sich ein Sonnenstrahl und erhellte für einen kurzen Moment den Raum. Ein Zeichen dafür, wie sehr sich das Blatt nun zum Guten wenden würde? Mireille jedenfalls bemerkte es und gab diesen Eindruck an Peter weiter, der sie daraufhin glücklich anlächelte.

Im Zuschauerraum war es seit geraumer Zeit sehr unruhig, diese Unruhe verstärkte sich nun nochmals. Was um alles in der Welt veranlasste Richter Louis dazu, Henry McGyer herzuholen?

Will haute mit dem Hammer auf den Tisch. „Wie sehr mir das gefehlt hat", grummelte er. „Meine Herrschaften. Selbstverständlich gilt noch immer das, was Richter Stabler gestern und heute angewiesen hat. Auch ich dulde keinerlei Unruhe im Gerichtssaal. Entweder Sie reißen sich zusammen, oder ich veranlasse auf der Stelle, den Saal zu räumen. Dann können Sie alle vor Ihrem Fernseher die Fortsetzung dieser Verhandlung verfolgen.

Natürlich kehrte Ruhe ein, auch wenn sich die Zuschauer vor Spannung kaum auf ihren Sitzen halten konnten.

Henry wurde hereingeführt und neben Peter platziert.

„So nehmen Sie doch den beiden die Handschellen ab!"

Der Gerichtsdiener wollte protestieren, ließ es dann aber und gehorchte.

[439]

Henry war zwar unterrichtet worden, er würde der Verhandlung eventuell beiwohnen können, aber auf der Anklagebank fühlte er sich sichtlich unwohl.
Will bemerkte es. Henrys Mutter hingegen wirkte zuversichtlich und weniger ängstlich. Sie saß in der ersten Reihe direkt hinter der Anklagebank. Lena hatte ihren Platz freigehalten.

„Henry, keine Angst, Ihnen wird nichts passieren. Wenn der heutige Tag vorbei ist, werden Sie schon verstehen. Und Sie Mister Lakow, sollten jetzt auch wieder normal durchatmen." Will blickte in die Runde.

„So meine Herren, gibt es noch Beweismittel, die für die Zeugenbefragung benötigt werden? Dann stellen Sie bitte jetzt Ihre Anträge."

Burn erhob sich und bat um Zulassung von Videoaufzeichnungen. Malcom bat, zu einem späteren Zeitpunkt einen Schlüsselbund als Beweismittel heranzuziehen, und legte eine Liste der Einzelverbindungsnachweise des noch immer nicht aufgetauchten Handys des Opfers vor.
Burn übergab ein Notizbuch, das im Fahrzeug des Opfers sichergestellt wurde und Malcom stellte den Antrag, falls erforderlich, nochmals Mister Patzer zu hören.

Will Louis genehmigte alle Anträge. Beamer, Leinwand und Fernseher wurden betriebsbereit gemacht.

Richter Louis wandte sich an George Stabler. „Ich werde Ihnen jetzt Ihre Rechte vorlesen, Sie werden auch vereidigt werden. Wenn Sie aussagen, sollte es der Wahrheit entsprechen, sollten Sie sich durch Ihre Aussage selbst belasten, dürfen Sie schweigen und die Aussage verweigern." Dann las er der Form halber die Rechten und Pflichten des Zeugen nochmals vor, Stabler schwor auf die Bibel und das Spektakel ging in die nächste Runde.

Burn richtete sich für seine Ansprache auf. „Gestern und heute habe ich der Presse gegenüber gesagt, ich sei zuversichtlich, dass der Täter seiner gerechten Strafe zugeführt wird. Die Verteidigung und ich werden beweisen, was am Tattag des 19. April tatsächlich gesehen ist. Wenn wir geendet haben, wird es keine Zweifel mehr geben.

Es mag ungewöhnlich erscheinen, wenn Verteidigung und Anklage Hand in Hand arbeiten, aber es geht hier nicht um Gewinnen oder Verlieren, hier geht es um Gerechtigkeit und um Menschenleben. Es geht nicht darum, wer als glorreicher Sieger aus diesem Verfahren geht. Wie überall im Leben wird es auch hier Gewinner und Verlierer geben, allerdings dürfen wir eines nicht aus den Augen verlieren, das Recht ist dafür da, Sicherheit und Gerechtigkeit zu schaffen, um die Gesellschaft und jeden einzelnen vor Unrecht zu schützen. Die Gesellschaft hat einen Anspruch darauf, dass wir Juristen das Recht schützen. Und nichts anderes tun wir hier!"

[441]

Malcom erhob sich ebenfalls. „Hohes Gericht, werte Anwesenden, ich schließe mich den Worten der Anklage an. Es ist erforderlich, auch den bereits verhandelten Fall Henry McGyer mit heranzuziehen, um die Ungeheuerlichkeit dieser Verbrechen aufzuzeigen.

Beide Männer dort", er zeiget auf die Anklagebank – „haben die ihnen vorgeworfenen Verbrechen nicht begangen, sondern sind Opfer geworden, weil wir Juristen eben diesen Anspruch der Gesellschaft missachtet haben. Sie wurden Opfer, weil der wahre Täter ein perphil und perfektes System für sich entdeckt und umgesetzt hat!"

Will nickte. „Außergewöhnliche Umstände erfordern außergewöhnliche Maßnahmen, also bitte meine Herren, überraschen Sie das Gericht!"

Auf der inzwischen aufgebauten Leinwand erschienen zwei Appartementkomplexe gleichen Baustils. Beim ersten Hinsehen hätte man meinen können, das Bild sei dupliziert.

Malcom trat auf Stabler zu. „Kennen Sie diese beiden Appartementkomplexe?"

Stabler schaute kurz die Bilder an, dann sagte er: „Ich werde hierzu keine Angaben machen."

Malcom ließ sich nicht beirren. „Damit die Geschworenen und das Gericht und vor allem auch die

Zuschauer sich ein Bild machen können, welcher Skandal sich hinter diesen Bildern verbirgt, werden die Verteidigung und Staatsanwaltschaft in aller Ausführlichkeit die Hintergründe und Philosophie, die hinter diesen Gebäuden verborgen sind, erläutern."

Malcom leuchtete mit dem Laser-Pointer auf die Bilder. „Bei dem linken Gebäude handelt es sich um das Anwesen in Laredo, in dessen Appartement Nr. 4-4-5 Helen Wallmer vor fünf Jahren ermordet wurde. Für die Tat wurde Henry McGyer zur Rechenschaft gezogen und verurteilt. Herr McGyer ist soeben hereingeführt worden und sitzt neben Mister Lakow." Malcom machte eine Handbewegung in Richtung Anklagebank.

„Lassen Sie mich noch erwähnen, dass Miss Wallmer maßgeblich an der Ausarbeitung des Konzepts dieser Anlagen beteiligt war." Er zog ein Foto aus der Akte und pinnte das Bild von Helen an die Leinwand.

„Das rechte Bild stellt die Anlage in Corpus Christi dar, im Appartement 4-4-5 wurde Mister Lakow überwältigt, weil er dort angeblich Miss Caroline Hunter ermordet hat." Er hängte ein Bild von Caroline dazu.

„Mister Stabler, kennen Sie eine oder beide Damen persönlich?"

„Ich mache keinerlei Angaben dazu."

Beide Frauen hatten eine gewisse Ähnlichkeit und Typenverwandtschaft miteinander.

„Wie der aufmerksame Zuhörer bemerkt haben dürfte, sind beide Frauen in Appartements mit der Nummer 4-4-5 ermordet worden. Jedes Mal angeblich durch einen herbeigerufenen Servicemitarbeiter, jedes Mal durch ein Messer und jedes Mal durch die linke Hand des Täters.
Allein diese Umstände sagten mir, hier handelt es sich nicht zufällig um ein ähnlich gelagertes Verbrechen, sondern um eine ausgeklügelte Falle für Mister Lakow, in die bereits zuvor Mister McGyer getreten ist."

Malcom trat auf die Bilder zu und klebte jeweils die Appartementnummer 4-4-5 darauf, dann übergab er an Burn.

„Wie unschwer zu erraten ist, gehören diese Appartementkomplexe ein- und derselben Gesellschaft, nämlich der Worldwide Homesharing AG. Es gibt ca. fünfundsiebzigtausend Wohnungen in den weltweit vorhandenen Blocks, die, wie ist es auch anders zu erwarten, alle gleich aussehen. Nicht nur das äußere Erscheinungsbild ist identisch, nein auch die Einrichtung in den jeweiligen Appartements gleicher Nummern. So sehen zum Beispiel alle Appartements mit der Nummer 4-4-5 weltweit identisch aus, sie haben den gleichen Teppichboden, die gleichen Tapeten, die gleiche Möblierung.

Nun, das an sich ist noch keine Besonderheit, diese Gleichgestaltung finden wir auch im östlichen Deutschland vor, dort gaben sich Architekten und Wohnungsbaugesellschaften große Mühe, ihre sogenannten Plattenbauten alle im gleichen Stil und gleicher Ausstattung zu bauen. Allerdings reden wir in unserem Fall von ausgesprochenen Luxusappartements, mit höchster High-Level Ausstattung.

Mister Stabler, unterhalten Sie eine Geschäftsbeziehung mit der Worldwide Homesharing?"

Stabler sagte nichts.

Burn holte dann weiter aus, klärte die Zuhörer über die ursprüngliche Geschäftsidee auf, erklärte die Philosophie der Anonymität, erklärte das Miet- und Zahlungssystem und deutete an, zu welchen Zwecken dieses ursprünglich gut durchdachte System nunmehr zweckentfremdet wurde.

„Die Kunden selbst haben die Nutzungsänderung herbeigeführt, die sich langsam schleichend unter die eigentliche Philosophie kroch und sie untergrub, zunächst unbemerkt, später dann vom Konzern nicht mehr aufzuhalten oder gar steuerbar. Der eigentliche Zweck wurde völlig entfremdet. Homesharing konnte nur noch zusehen, nicht aber mehr eingreifen, ohne die Gesamtheit des Unternehmens in Frage zu stellen. Homesharing ist Opfer der eigenen Ideen geworden, inzwischen haben sie eine eigene Abteilung, die ausschließlich damit beschäftigt ist, Schaden von dem Unternehmen fernzuhalten."

Der Staatsanwalt kam dann wieder zurück zu den beiden Appartements, in denen die Verbrechen stattfanden.

„Zum Zeitpunkt des Mordes an Helen wurde Appartement Nummer 4-4-5 an den Mieter 9436571 vermietet. Zuvor war es die 6224876. Auf der Merkliste nach 9436571 mietete dann wieder 6224876." Burn klebte die Reihenfolge der Mieternummern auf das linke Bild.

Kommen wir nun zu Caroline. Zum Zeitpunkt ihres Ablebens war die Einheit von der Nummer 6224876 angemietet. Zuvor und danach war der Mieter die Nummer 9436571" Burn klebte diese Nummernfolge auf das rechte Bild.

Stabler war leichenblass geworden und drohte zu kollabieren.

Das Publikum war ebenfalls unruhig geworden, die vielen Informationen drohten trotz der anhaltenden Spannung das Publikum zu ermüden.

„Wir machen eine Stunde Pause und treffen uns hier pünktlich um 13.30 Uhr wieder", verkündete Louis. „Der Zeuge ist bis dahin zu bewachen."

Die Presse stürmte allen voran hinaus, gefolgt von wild diskutierenden und gestikulierenden Anwälten, die sich nun beeilten, der Presse anzubieten, ihre Sicht der Dinge unter juristischen Gesichtspunkten darzulegen und Prognosen zum Besten zu geben.

Noch war alles Spekulation, Gerüchte kochten hoch und die abenteuerlichsten Prognosen machten ihre Runde. Stablers Rolle vermochte noch niemand einzuordnen, aber auch hierüber wurden die wildesten Spekulationen kund getan.

70.

Malcom, Albert, Mireille, Peter und Henry bekamen einen Raum zugewiesen, in denen ein Essen vorbereitet war. Dafür hatte Lena gesorgt.

„Was geht da vor, Malcom? Was hat der Richter mit der ganzen Sache zu tun?" McGyer war außer sich. „Was läuft da, verdammter Mist?"

„Beruhigen Sie sich Henry. Essen Sie erst einmal in Ruhe, wir wissen, was wir tun."

„Hat Stabler was mit den Morden zu tun?", wollte Mireille wissen, die diese Frage gleichzeitig für Peter übersetzte.

Malcom und Albert sahen sich an. „Bitte stellt uns keine derartigen Fragen, wir müssen das Verfahren so durchziehen, wie wir es geplant haben, sonst verpatzen wir es. Vertrauen Sie uns." Burn versuchte zu beschwichtigen.

„Wir sollen Ihnen vertrauen, schön und gut! Hat dieser Drecksack die Frauen ermordet, ja oder nein?", Henry war aufgesprungen ließ sich nicht abwimmeln.

„Also gut, diese eine Antwort bekommen Sie noch, danach sind Sie damit zufrieden, okay?"

Nachdem Henry eingewilligt hatte sagte Malcom: „Nein, das hat er nicht."

Jetzt waren Henry und Peter noch mehr verwirrt, wussten aber, weitere Fragen würden nichts bringen. Also aßen sie schweigend.

Es fiel schwer zu vertrauen, aber Henry und Peter hatten keine andere Wahl. Wahrscheinlich hielt Malcom die Informationen hinter dem Berg, damit es zu keinen unschönen Szenen vor laufender Kamera kam. Zu ihrem eigenen Schutz, denn wenn Henry wüsste, wem er sein Schicksal zu verdanken hatte, würde ihn sicher die blinde Wut packen. Er hatte ja nichts zu verlieren.

71.

Nach der Pause setzte Malcom die Befragung mit George Stabler fort, der immer noch weiß wie die Wand war.

„Mister Stabler, ich frage Sie nochmals, hatten Sie eine Geschäftsbeziehung mit Worldwide Homesharing und sind diese Kundennummern 6224876 und 9436571 Ihnen zugeordnet?"

„Ich mache dazu keine Angaben."

Auf dem Fernsehapparat erschien das Bild eines Cocktailempfangs. Stabler neben zwei Geschäftsführern der Worldwide Homesharing und drei weiteren Damen, eine davon Helen Wallmer.

„Mister Stabler, ich hatte sie vorher gefragt, ob Sie eine oder gar beide der Damen aus den Appartements 4-4-5 kennen.
Auf diesem Bild hier sehen wir Sie fröhlich sektschlürfend zusammen mit Helen Wallmer in einem Gespräch vertieft. Gut, Sie haben keine Angaben gemacht, was ich akzeptieren muss, aber hiermit ist es wohl eindeutig bewiesen, Sie kannten Helen Wallmer persönlich!"

Gemurmel und entsetzte Ausrufe im Publikum, Louis hämmerte, es wurde wieder still.

Stabler wurde es zu bunt. „Ich habe sie nicht ermordet. Sie nicht und Miss Hunter auch nicht. Das Bild wurde aufgenommen bei der Eröffnung der ersten Anlage in Laredo. Mit mir sind noch mindestens dreihundert andere Gäste aus dem öffentlichen Leben der Einladung gefolgt. Und nicht nur ich habe mich mit Miss Wallmer unterhalten, also was wollen Sie beweisen?"

Ungewollt hatte sich Stabler in Rage geredet, was er sofort bedauerte.

„Sie haben Recht, mit Ihnen wurden viele weitere Gäste eingeladen. Sie wurden eingeladen mit dem Hintergedanken, die Gäste würden ein Kontingent an den Appartements erwerben. Ich bin sicher, für die Worldwide Homesharing hat sich dieses Event auch gelohnt. Der eine oder andere Gast hat mit an Sicherheit grenzender Wahrscheinlichkeit einen Vertrag unterschrieben. Nun, auch ohne Ihre Aussage werden wir Ihnen nachweisen, unter welcher Kundennummer Sie geführt wurden."

Stabler riss die Augen auf. Hatte er sich Zugang zu den Kontendaten verschafft? Eintausend Dinge schossen George gleichzeitig durch den Kopf.

„Während wir hier sitzen und plaudern", schritt Burn ein, „durchsucht die Polizei gerade Ihr Haus und auch Ihr Amtszimmer. Lassen wir uns überraschen, was die Herrschaften finden werden."

Ungläubig starrte Goerge vor sich hin. „Ich habe sie nicht ermordet", stammelte er ein weiteres Mal.

„Unterhielten Sie zu Miss Hunter und Miss Wallmer eine außereheliche sexuelle Beziehung?"

Stabler hatte Tränen in den Augen. „Dazu werde ich nichts sagen", erwiderte eine zittrige Stimme.

Nun schritt wieder Burn ein. „Sie brauchen auch dazu nichts zu sagen. Inzwischen haben wir in Ihrer Wohnung den Laptop von Caroline Hunter sichergestellt und in Ihrem Amtszimmer einen Schlüsselbund. Diesen Schlüsselbund haben wir, wie vorher gehört, als Beweismittel zugelassen.

Will nickte ihm zu und übergab Burn den Schlüsselbund.

Burn hielt Stabler den Schlüsselbund vor die Nase.

„Gehört er Ihnen?"

„Ich mache keine Angaben."

„Jedenfalls hängt daran Ihr Autoschlüssel, Ihr Wohnungsschlüssel, der Schlüssel für Ihr Amtszimmer und der Schlüssel für das Appartement 4-4-5 in Corpus. Wir haben die Schlüssel ausprobiert, Joe Vendell hat dies während der Mittagspause für uns getan und wird unter Eid bezeugen, dass alle Schlüssel in die genannten Schlösser passen.

[452]

Wir haben seinerzeit bei Caroline Hunter nur einen Schlüssel sichergestellt, was ungewöhnlich war, da nach eigenen Angaben Worldwide Homesharing an jeden Mieter zwei Schlüssel herausgibt. Also lag nahe, irgendjemand anderes ist im Besitz dieses zweiten Schlüssels. Da Caroline alleine lebte, musste sie den Schlüssel weitergegeben haben, an einen Freund oder eine Freundin, an Verwandte vielleicht? Damit derjenige jederzeit eintreten konnte?"

Stabler schwieg mit zusammengepresstem Mund.

Stabler erinnerte sich an den letzten Abend bei Caroline. Er hatte den Haustürschlüssel gesucht und ihn nicht in seinen Taschen gefunden. Er hatte nicht auf ihn aufgepasst. Dieser verdammte Schlüssel!

„Wir haben zudem die Verbindungsnachweise sowohl Ihres Handys als auch die von Caroline Hunters Handy sichergestellt und können nachweisen, wann, wie oft und wie lange sie zusammen telefoniert haben.

Ich kann Ihnen versichern, dass wir auch die Verbindungen von und nach Helen Wallmer prüfen werden. Dazu haben wir auch bereits Kontakt mit der Telefongesellschaft aufgenommen. Diese ist zuversichtlich, auch noch nach fünf Jahren fündig zu werden."

Malcom zeigte nun die Tatortfotos.

„Sowohl Helen als auch Carol hatten kurz vor ihrem Tod Sex. Das steht fest, entsprechende DNA-Spuren wurden an beiden Leichen gefunden. Es mag uns nicht weiter erstaunen, denn bei beiden Frauen wurde die gleiche DNA gefunden.

Wir haben Ihre DNA, Mister Stabler, mit der bei den Frauen gefundenen abgeglichen. Sie brauchen also auch hierzu nichts zu sagen, es sei denn, sie wollen?"

Stabler schwieg. Er kniff die Augen zusammen, Tränen rannen kaum merklich über sein Gesicht.

„Damit es zu keinerlei Spekulationen kommt, meine Herrschaften, die DNA ist identisch.

Es ging wieder ein Raunen durch den Saal und Will klopfte.

„Noch einmal diese Unruhe, und ich mache meine Drohung wahr und lasse den Saal räumen."
Das Publikum kuschte.

„Auf dem Badewannenrand haben wir Spuren abgestellter Sektgläser gefunden, die Gläser selbst, zwei an der Zahl, standen in der Spülmaschine, diese spülte mit eben nur diesen zwei Gläsern.

Ferner, das sehen wir hier, war die Waschmaschine aktiv, Inhalt Bettwäsche. Im Schlafzimmer wurde also das Bett mit frischer Wäsche überzogen. Nirgendwo in der Wohnung waren Fingerabdrücke, auch nicht die von Caroline, zu finden. Keine Haare, kein Staubsaugerbeutel, kein Müll. Nichts.

Die einzigen Fingerabdrücke wurden im Flur sichergestellt, es waren die von Mister Cresster und Mister Austin, von dem Angeklagten und von einigen Ersthelfern. Aber auch hier keine Fingerabdrücke von Caroline Hunter. Auch nicht am Türknauf, obwohl sie ja angeblich die Tür von innen aufgesperrt hatte.

Völlig identisch mit dem, was auch in dem Appartement in Laredo vorgefunden wurde. Auch dort fand man innerhalb der Wohnung nichts!"

Malcom ging auf und ab, Burn gesellte sich dazu. „Wir müssen von einem manipulierten Tatort ausgehen. Genau so manipuliert wie die Ablage der Akte McGyer, die angeblich ich selbst aus dem Prozessregister ausgetragen und ins Archiv verbracht haben soll. Natürlich ist diese Akte verschwunden. Bisher. Aber ich bin guter Hoffnung, diese noch zu finden."

„Mister Stabler, wo waren Sie am 19. April 2018, dem Tattag zwischen sechzehn und zwanzig Uhr und wo zwischen einundzwanzig und dreiundzwanzig Uhr?", mischte sich nun Malcom ein.

Stabler sprang hoch: „Ich habe sie nicht umgebracht, ich habe sie verdammt noch mal nicht umgebracht!"

Will hämmerte: „Setzen Sie sich, Mister Stabler und beherrschen Sie sich gefälligst. Beantworten Sie einfach die Fragen der Anwälte oder enthalten Sie sich einer Antwort, aber machen Sie hier nicht so einen Tanz! Weder die Staatsanwaltschaft noch die Verteidigung haben Sie des Mordes bezichtigt, oder habe ich da etwas verpasst?"

Verwirrt blickte Stabler umher. Das Publikum murmelte und die Geräuschkulisse stieg.

Wieder hämmerte Will, dem diese Tätigkeit ganz offenbar gefiel: „Ruhe im Saal, wollen Sie sich jetzt bitte alle wieder beruhigen!"

„Ganz recht, Euer Ehren. Niemand hier hat behauptet, Sie hätten Helen oder Caroline ermordet. Wollen Sie jetzt meine Frage bitte beantworten?"

Stabler hatte sich wieder gesetzt. „Nein, ich werde keine Angaben machen." Stabler rieb sich mit beiden Händen durch das Gesicht.

Malcom Bloons verharrte einen Moment. „Wenn ich das gerichtsmedizinische Gutachten richtig deute, dann wurden beide Frauen mit einem Stich ins Herz getötet, und zwar von einem Stich, der mit großer Kraft von unten nach oben erfolgte. Keine weiteren Verletzungen. Ein einziger aber tödlicher Stich, ausgeführt mit der linken Hand. Ein einziger kraftvoller Stich, in dem sich die ganze Wut entlud.

Mister Stabler, sind Sie Linkshänder?"

Stabler schüttelte mit dem Kopf.

„Natürlich nicht, wir alle konnten uns hier im Gerichtssaal bereits davon überzeugen, dass Sie Rechtshänder sind. Sie nehmen Ihre Kaffeetasse oder Ihr Wasserglas mit der rechten Hand, Sie schreiben mit rechts, Sie blättern in den Akten mit der rechten Hand und Sie knöpfen mit der rechten Hand Ihre Robe zu. Ihre Armbanduhr tragen Sie links.

Henry McGyer und Peter Lakow nehmen auch mit der rechten Hand das Glas und schreiben auch mit rechts, auch die Armbanduhr ist an der linken Hand, ein deutliches Zeichen eines Rechtshänders. Aber zweifelsohne wurde die Tat durch einen Linkshänder ausgeführt. Dumm nur, dass weder Henry noch Peter Linkshänder sind. Nachweislich!"

Burn ging inzwischen auf den Fernseher zu und übernahm. „Betrachten wir uns dieses Bild nochmals. Eine fröhliche Gesellschaft anlässlich einer Eröffnungsfeier. Die Gäste halten Sektgläser in der Hand, alle Gläser befinden sich in den rechten Händen, eine Ausnahme allerdings gibt es." Burn zoomte einen Ausschnitt aus dem Bild größer. „Eine linke Hand hält ein Sektglas in der Hand, die Uhr fehlt an diesem Arm, stattdessen wird sie am rechten Arm getragen. Mister Stabler, erkennen Sie die Dame?"

„Das beweist gar nichts", schrie Stabler.

„Nein, das allein sicher nicht, da stimme ich Ihnen völlig zu."
Malcom trat an Stabler heran, Burn setze sich.

„Das allein ist kein Beweis. Aber wir konnten das Puzzle zusammensetzen und sind in der Lage, den Tatablauf minutiös zu rekonstruieren und – und das ist das Entscheidende – die Anwesenheit des wahren Täters beweisen."

Stabler rührte sich nicht.

„Sie erinnern sich an das Video, das Mister Patzer uns gestern vorspielte und erklärte? Natürlich war das nur ein winziger Teil eines Ganzen. Aber Sie selbst, Mister Stabler, haben dieses Video als echt anerkannt. Das Video gibt noch viel mehr preis!"

Malcom wandte sich an die Geschworenen. „Es beweist, wer wann mit welchem Auto zum Tatort und zurück oder nicht zurück fuhr.
Wir können beweisen, dass Sie Mister Stabler, jeden Donnerstag immer um kurz nach sechzehn Uhr am Haus von Mister Patzer Richtung Lake vorbeifuhren und immer regelmäßig gegen neunzehn Uhr wieder zurück stadteinwärts fuhren."

In Stablers Gesicht stand mittlerweile das blanke Entsetzen.

[458]

Malcom zog eine Liste aus der Tasche, reichte Will Louis und Mister Stabler, gleichzeitig erschien diese Liste auf dem Bildschirm. „Die tattagrelevanten Daten haben wir hervorgehoben!"

Das Bild wechselte von der Liste und zeigte ein silbernes und ein rotes Auto, und wechselte wieder zur Liste.

„In den Wochen vor dem Mord fuhren jeweils das silberne und rote Auto in wenigen Minuten hintereinander und dennoch regelmäßig zwischen 16.30 Uhr und 16.50 Uhr.
Das silberne Fahrzeug, ein Mercedes Coupé, ist auf die Firma Universal Globus zugelassen und wird von Herrn George Stabler regelmäßig gefahren – wir alle kennen es, denn es steht jeden Tag auf dem Parkplatz des Gerichtsgebäudes. Das Kennzeichen ist auf einigen Aufnahmen deutlich zu erkennen. Das rote Fahrzeug ist ebenfalls auf die Firma Universal Globus zugelassen und wird von Frau Wilma Stabler gefahren.

Hinfahrt Park
29.März– silbernes Auto 16.41 Uhr/rotes Auto 16.43 Uhr
05. April- silbernes Auto 16.36 Uhr/rotes Auto 16.39 Uhr
12. April- silbernes Auto 16.48 Uhr/rotes Auto 16.50 Uhr
19. April-silbernes Auto 16.39 Uhr/rotes Auto 16.40 Uhr
26. April-keine Fahrten dieser Fahrzeuge

Nach dem 19. April keine Aufzeichnungen zu der angegebenen Zeit.

[459]

Rückkehr Fahrzeuge:

29.März– silbernes Auto 18.55 Uhr/rotes Auto 17.32 Uhr
05. April- silbernes Auto 19.25 Uhr/rotes Auto 17.01 Uhr
12. April- silbernes Auto 18.47 Uhr/rotes Auto 17.15 Uhr
19.April-silbernes Auto 19.12 Uhr/rotes Auto gar nicht
19. April- silbernes Auto 20.42 Uhr (wieder Richtung
Park)
19.April- Peter Lakow 21.48 Uhr
19.April- silbernes Auto 22.12 Uhr silbernes Auto
(zurück), erstmals mit 2 Personen besetzt)
19. April- mehrere Streifenwagen 22.15-22.17 Uhr
19. April- Streifenwagen (zurück) 22.40 Uhr.
20. April- rotes Auto zurück 06.45 Uhr.

„Wie gesagt, können wir jede dieser Bewegungen beweisen und ich schlage vor, wir beschränken uns auf den Tattag, Ich versichere, dieses Video ist das Originalvideo und Mister Patzer ist bereit, dies eidesstattlich zu versichern. Wir werden selbstverständlich die irrelevanten Passagen etwas schneller laufen lassen.

Am 19. April fuhr der Richter George Stabler um 16.39 Uhr am Haus des Mister Patzer vorbei, dicht gefolgt vom Fahrzeug seiner Gattin, die um 16.40 Uhr das Haus ebenfalls in Richtung Lake passierte.

Mister Stabler geht zu Caroline und vergnügt sich mit ihr. Anders als sonst fährt aber Misses Stabler dieses Mal

[460]

nicht nach Hause. Sie ist fest entschlossen, diesem Liebesspiel ein Ende zu bereiten und wartet, bis ihr Mann sich wieder auf den Heimweg macht. Er fährt um 19.12 Uhr bei Mister Patzer am Haus vorbei stadteinwärts.

Misses Stabler, rasend vor Eifersucht, gelangt irgendwie in das Haus und klingelt bei Caroline. Diese denkt sicher, George Stabler habe etwas vergessen und öffnet. Der tödliche Stich ins Herz trifft sie unvorbereitet.

Wilma Stabler geht in das Appartement hinein und ruft Ihren Mann an, der zuhause angekommen, sofort wieder in sein Fahrzeug springt und wieder zum Lake fährt und 20.42 Uhr wieder bei Anthony Patzer vorbeikommt.

Erst um 21.48 Uhr passiert Peter Lakow das Haus und kommt um 21.57 Uhr auf dem Parkplatz an.
Die Stablers brauchten also ziemlich genau eine Stunde, um den Tatort so zu manipulieren, so, wie die Polizei ihn später angetroffen hat.
Irrtümlich wurde die genaue Todeszeit an der Laufzeit der Waschmaschine festgemacht, denn diese lief noch, als die Polizei eintraf. Also rechneten die Beamten zurück und kamen so zu einem falschen Todeszeitpunkt."

Burn machte weiter. „Nachdem in der Wohnung alle Spuren vermeintlich beseitigt wurden, rief Misses Stabler den Notdienst unter dem Vorwand an, im Bad einen Rohrbruch zu haben. Sie ließen die Wohnungstür angelehnt und fuhren mit dem Aufzug nach unten, um auf den Kundendienst zu warten. Lakow gelangte durch die extra für ihn offengelassene Haustür in den Aufzug. In dem Moment, wo sich die Aufzugtür schloss, rief Misses Stabler voller Panik die Nachbarn über die Haustürsprechanlage zur Hilfe, die dann den ahnungslosen Peter Lakow überwältigten.

Aufgrund ihres Zustandes ließen die Stablers Wilmas Auto stehen und fuhren mit Georges Fahrzeug zusammen zurück. Es war 22.12 Uhr, als das Ehepaar Stabler unweigerlich am Haus Patzer wieder vorbei fuhr.

Mister Stabler holte das Fahrzeug erst am darauffolgenden Morgen, vermutlich ließ er sich mit einem Taxi dorthin fahren, auf den Videoaufzeichnungen sind in den frühen Morgenstunden mehrere Taxen auf dem Weg zum Lake unterwegs.
Um 6.45 Uhr passierte er mit dem Fahrzeug seiner Frau wieder das Anwesen Patzer stadteinwärts.
Mit diesem Fahrzeug erschien er am 20. April morgens um kurz vor acht Uhr auf dem Parkplatz des Gerichtsgebäudes. Ich selbst habe ihn damit gesehen, ich parkte direkt neben ihm."

Burn und Malcom machten eine Pause und Will ließ den Tumult im Gerichtssaal zu, damit auch die Zuschauer verdauen konnten, was sie soeben gehört hatten.

Henry und Peter saßen regungslos dar, still vor sich hinstarrend, langsam registrierend, einem Riesenskandal zum Opfer gefallen zu sein.

Nachdem sich die Lautstärke wieder reduzierte, gab Will die Bühne wieder frei.

Burn rang nach Worten, obwohl er diese schon zig-Mal vorher aufgesagt hatte. Jetzt, da die Wahrheit öffentlich wurde, wurde ihm bewusst, welchen Kraftakt er und Malcom gerade vollführt hatten. „Ihre Gattin, Mister Stabler, führt eines der größten Unternehmen in Texas und ist milliardenschwer. Dafür nimmt ein Ehemann sicherlich einiges in Kauf. Ein Skandal, eine Affäre oder gar Mord stören in jedem Fall den guten Ruf des Unternehmens.

Sie haben Kraft Ihres Amtes, seinerzeit als Staatsanwalt, heute als Richter, nicht nur die Tatorte, sondern auch die Strafverfahren entsprechend manipuliert. Das ist das, was ich zu Anfang sagte. Die Gesellschaft hat das Recht auf Gerechtigkeit und Sicherheit und wir Juristen dürfen diesen Anspruch weder missachten und schon gar nicht missbrauchen.
Das aber Mister Stabler, haben Sie getan. Sie haben Ihr Amt missbraucht, um einen Unschuldigen Mann hinter Gitter zu bringen und um sich, Ihre Gattin und damit Ihren dekadenten Lebensstandard aufrecht zu erhalten."
Burn wandte sich an den Richter.

„Ich beantrage, den Zeugen George Stabler in Polizeigewahrsam zu nehmen. In diesem Verfahren ist er lediglich ein Zeuge, gleich nach Sitzungsende werde ich ihm seine Rechte vorlesen und den Fall dem FBI übergeben. Es ist von der Inhaftierung des Zeugen auszugehen."

Will gab dem Antrag statt. „Bevor Sie den Zeugenstand verlassen, Mister Stabler", mischte Will sich ein, „lege ich Ihnen nahe, sich dem FBI gegenüber kooperativ zu zeigen. Ihre Gattin wurde bereits heute Vormittag dem Haftrichter überstellt und ist wenig bis gar nicht kooperativ. Nehmen Sie diesen gutgemeinten Rat an.

Gerichtsdiener, führen Sie Mister Stabler in mein Amtszimmer und bewachen Sie ihn, bis ich komme und über den Haftbefehl entscheide."

Der Zeuge wurde abgeführt. Burn nahm seinen Platz wieder ein und auch Malcom nahm neben Henry und Peter Platz. Hinter Malcom schluchzte Henrys Mutter.

Will erbat sich wieder absolute Ruhe und forderte die Anwälte auf, Anträge zu stellen, die angesichts des neuen Sachverhalts nun nötig seien.

Malcom beantragte Freispruch für seinen Mandanten Peter Lakow aufgrund erwiesener Unschuld. Ferner forderte er die sofortige Entlassung aus der Haft.

Burn räusperte sich. „Aufgrund der nachweislichen Unschuld des Angeklagten lasse ich hiermit die Anklage fallen und beantrage ebenfalls Freispruch für den Angeklagten aufgrund erwiesener Unschuld.

Will war zufrieden. Dann wandte er sich an die Geschworenen, die genau wie das Publikum, fassungslos dem Gerichtsverfahren folgten: „Meine Damen und Herren Geschworenen, Sie haben die Anträge der Anwälte gehört und sich ein Bild über den Tathergang machen können. Ich bitte Sie, sich nunmehr zurückzuziehen und zu beraten. Bitte lassen Sie mich wissen, wenn Sie Ihre Entscheidung getroffen haben."

Dann wurden die Geschworenen herausgeführt. Es war nur eine Formsache, niemand erwartete ihr längeres Fernbleiben.

Will unterbrach die Sitzung bis zur Rückkehr der Geschworenen. Die Gruppe um Malcom zog sich wieder in das bereitgestellte Zimmer zurück, Will gesellte sich dazu.

Zuschauer, Presse und Anwaltskollegen stürmten hinaus und zückten ihre Handys. Malcom hatte allen ein Schnippchen geschlagen. Mandanten würden seine Kanzlei stürmen, er würde der begehrteste Anwalt des Distrikts werden. Diese, im wahrsten Sinne des Wortes filmreife Leistung, würde nicht nur die Texaner aus den Sesseln hauen.

Und Burn, dieser Tausendsassa würde sofort die Stelle des Richters besetzen, ohne Zweifel hatten Malcom und Burn dies eingefädelt. Bestimmt war auch Will mit von der Partie gewesen.

Nach Ausstrahlung dieses Sensationsprozesses wären Malcom, Albert und Will gefeierte Stars der Juristenschaft. Noch Jahrzehnte lang würden sich die Juristen von diesem Staatsstreich erzählen. Selbst der in Texas bestbezahlteste Eliteanwalt konnte dies nicht von sich behaupten und das neidete.

Wie erwartet kamen die Geschworenen nach nicht einmal zwanzig Minuten zurück und präsentierten nicht überraschend die Einstimmigkeit ihrer Entscheidung. Auch sie hatten sich einstimmig für „Nicht schuldig" entschieden.

Will bat alle Anwesenden sich zu erheben und sprach mit lauter kräftiger Stimme Peter Lakow vom Vorwurf des Mordes frei. Mehr aus Reflex flog ihm sogleich Mireille in die Arme, noch bevor er sich bei Malcom bedanken konnte.

Wieder klopfte Will mit dem Hammer. „Nun, meine Herrschaften, nach diesem Prozessverlauf ist das Urteil nicht sehr überraschend, aber ich bin noch nicht fertig mit dieser Verhandlung, also setzen Sie sich wieder und die Zuschauer mögen bitte noch warten, bis ich fertig bin." Sein scharfer Ton verschaffte ihm die notwendige Ruhe im Gerichtssaal.

„Henry McGyer und Malcom Bloons, bitte erheben Sie sich."

Beide taten, wie ihnen aufgetragen.

„Mir liegt ein Antrag der übergeordneten Justizbehörde vor, die ohne weiteres Wiederaufnahmeverfahren Ihre sofortige Freilassung fordert. Diesem Antrag haben sich Ihr Rechtsanwalt Bloons und die Staatsanwaltschaft angeschlossen.
In dieser Verhandlung konnte in ausreichender Art und Weise der Sachverhalt geprüft werden und ohne Zweifel konnte ich zu einer Entscheidung kommen.

Ich spreche Sie hiermit vom Vorwurf des Mordes an Helen Wallmer aufgrund erwiesener Unschuld frei. Ihre sofortige Entlassung ist unverzüglich zu veranlassen, Ihnen wird für die Zeit Ihrer Inhaftierung eine angemessene Entschädigung zugesprochen.
Mister McGyer, Sie sind ein freier Mann. Ich wünsche Ihnen alles erdenklich Gute!

Damit schließe ich die heutige Verhandlung."

72.

Will blieb sitzen und genoss den Trubel, den diese Verhandlung verursacht hatte und auch deshalb, weil es sich so gut anfühlte, ein letztes Mal auf diesem Platz zu sitzen.

Nach der Urteilsverkündung war es einige lange Sekunden totenstill im Gerichtssaal, dann brachen die Zuschauer das Schweigen, sie standen auf und applaudierten und pfiffen, minutenlang,

Die Presse und Zuschauer stürmten aus dem Saal. Anwälte, die Malcom den Triumpf gönnten, kamen auf ihn und Burn zu und gratulierten zu dieser Meisterleistung. Auch diejenigen, die Malcom keineswegs diesen glorreichen Auftritt gönnten, kamen, um zu gratulieren, sie wussten, Malcom war wieder im Geschäft und es war sicherlich künftig von Vorteil, sich gut mit ihm zu stellen. Auch Burn erhielt Glückwünsche voller Hochachtung.

Die ansässigen Kanzleien würden sich scharenweise um die Stablers reißen.

Anders als erwartet blieb McGyer völlig ruhig. Er weinte leise vor sich hin. Seine Drohung, den wahren Täter zur Strecke bringen zu wollen, war im Nichts verpufft. Emotionen überrollten ihn. Peter und Miriam bemerkten es und legten tröstend den Arm um ihn. Henrys Mutter saß noch immer regungslos auf der Zuschauerbank, ebenfalls tränenüberströmt.

Carl Morgan hatte sich den Weg in den Gerichtssaal freigekämpft.

„Peter, ich habe es gewusst, diese Schwarzroben sind alles Verbrecher!"
Da Malcom und Burns noch anwesend waren, fügte er schnell hinzu: „Na ja, fast alle!"

„Ich erwarte Dich morgen wieder auf der Arbeit, abgemacht?"

Peter lächelte, natürlich würde er morgen nicht erscheinen, aber sicherlich in den nächsten Tagen.

Dann wandte sich Carl an McGyer. „Und Sie Sir, Sie können auch gleich bei mir anfangen. Kommen Sie morgen in mein Büro, dann können Sie den Vertrag unterschreiben."

Carl wandte sich um und sagte im Hinausgehen: „Meine Herren, ich verlasse mich auf Sie und Glückwunsch!"

McGyer würde den Vertrag unterschreiben, aber nicht morgen, aber sicherlich in den nächsten Tagen.

Miriam und Peter standen eine Weile ziemlich verloren da, sie wussten, sobald sie den Saal verlassen würden, würde sich die gesamte Pressemeute auf sie stürzen. Dabei hatte Miriam noch etwas mit Peter zu besprechen, sofort, nicht morgen, und schon gar nicht erst in den nächsten Tagen. Also zogen sie sich in eine

[469]

Ecke des Saales zurück. Sie unterhielten sich auf ihre Weise, beide wirkten glücklich und als Miriam und Peter sich küssten, hatten alle anderen auch verstanden, worüber die beiden geredet hatten.

„Wollen wir es wagen, uns den Wölfen zu stellen? Wir können ja nicht ewig hierbleiben." Burn wollte es hinter sich bringen.

„Gehen wir! Kommen Sie Will, Sie gehören auch dazu. Peter? Henry? Seid Ihr bereit?"

73.

In den Gefängnissen jubelten und applaudierten die Gefangenen, den meisten texanischen Inhaftierten war es gestattet worden, das Gerichtsverfahren im CNN Kanal zu verfolgen.

Malcom würde viele Briefe bekommen, sehr viele. In allen Briefen würde die Hoffnung ausgedrückt, Malcom möge sie aus der Hölle befreien mit dem unverhohlenen Wunsch, auf einen fairen Richter Burn zu treffen.

74.

„Mama, kriege ich dann auch so ein schönes Kleid, und Becky auch? Was ist eine Brautjuffer?", Lari war fasziniert von dem wunderschönen weißen Kleid mit der langen Schleppe, das sich ihre Mutter ausgesucht hatte. Sie plapperte und plapperte ohne Unterlass.

„Brautjungfer heißt das, mein Schatz. Und ja, selbstverständlich, Becky und Du, Ihr bekommt beide ein wunderschönes Kleid und Ihr dürft vorausgehen und Blumen streuen. Und die Burn-Kinder dürfen meine Schleppe tragen."

„Und was sind Trauzeugen?"

„Lari, Onkel Toni und Onkel Albert werden bezeugen, dass Papa und ich auch wirklich verheiratet sind. Und Onkel Will wird mich dann zu Deinem Papa an den Altar bringen."

„Aha, dann ist auch dieses System aufgegangen!"

ENDE

Nachwort:

Ich möchte mich an dieser Stelle herzlich bei all denen bedanken, die mich in diesem Buchprojekt unterstützt haben, die nicht müde wurden, mit mir über einzelne Passagen und Themen zu diskutieren und sich auch nicht scheuten, mich zu kritisieren.

Ein Dank geht auch an meinen Ehemann Rainer, der mich viele Stunden entbehren musste, wenn ich in meiner Schreibarbeit völlig versunken war.

Ich habe die Geschichte und alle darin vorkommenden Personen völlig frei erfunden, so wie ich es in all meinen veröffentlichten Werken bisher auch gemacht habe. Die beschriebenen Städte gibt es tatsächlich. Alle beschriebenen Geschehnisse und alle Personen sind einzig meiner Fantasie entsprungen.
Ähnlichkeiten und Namensgleichheiten wären demnach rein zufällig und keineswegs beabsichtigt.

Den Juristen unter Euch Lesern sei gesagt: Ich kenne mich überhaupt nicht im amerikanischen Dschungel des Rechtssystems aus. Ich habe weder amerikanische Anwälte konsultiert noch amerikanische Gesetztestexte analysiert. Die meisten zitierten Gesetzestexte gibt es in der Form gar nicht, ich hielt es aber für meine Geschichte für unerlässlich, diese frei zu erfinden.
Alles könnte sein, muss aber nicht!

Ob derartige Verfahrensabläufe im amerikanischen Rechtssystem überhaupt vorgesehen oder zulässig sind, vermag ich ebenso wenig zu sagen. Es könnte sein, muss aber nicht!

Auch die von mit beschriebene Zusammenlegung der Gerichtsbezirke gibt es sicherlich in der Form nicht, aber es könnte doch sein, oder?

Mala Niem

Das Leben ist eine Reise, meine Reise begann am 18.12.1962 in der westfälischen Kleinstadt Haltern am See. Dort wuchs ich wohlbehütet auf, absolvierte meine Schule und Ausbildung und ließ mich im Jahre 1986 im Schwarzwald, Nähe Freudenstadt, nieder.

Meine drei Kinder sind mittlerweile erwachsen, so dass ich es genieße, mit meinem Ehemann zwischen dem Schwarzwald und der Südpfalz zu pendeln. Dies ist auch dank meiner beruflichen Flexibilität möglich.

Individualität ist mein Lebenselixier, ich liebe Camping, ich liebe Bootfahren, ich liebe die Natur und ich liebe das Schreiben.

Mein erstes Buch schrieb ich im Auftrag einer Kindergruppe, die sich gegen die Schließung einer Musikschule wehrten. *„Und alles wegen Mozart"* ist ein Theaterstück und beschreibt die Welt ohne Musik.

Tahila, das Mädchen aus *„Wir sehen den selben Mond"* lässt uns tief in die Problematik der afghanischen Frauenwelt blicken. Wie kann es einem kleinen

Mädchen ohne Möglichkeit einer Schulbildung gelingen Ärztin zu werden, wenn für sie zudem eine Zwangsheirat vorgesehen ist?

„Der Ableser" wiederum ist ein mit Humor gespickter Kriminalroman.

„Symbole der Sünde" mein erster Thriller, der gleich durch mehrere Länder Europas führt.

Ein buntes Repertoire, eine bunte Reise. Individuell wie das Leben.

Gerne lasse ich mich überraschen, wohin mich die Reise noch führt.